ERNST KREUDER

HEREIN OHNE ANZUKLOPFEN

ROMAN

KRANICHSTEINER LITERATURVERLAG

Die Deutsche Bibliothek - CIP-Einheitsaufnahme

Kreuder, Ernst:
Herein ohne anzuklopfen: Roman/Ernst Kreuder – Darmstadt
Kranichsteiner Literaturverlag, 1993

ISBN 3-929265-01-X

ISBN 3-929265-01-X

2. Auflage 1999

Titelbild: Beate Koslowski »Herein ohne anzuklopfen«, 1993
Druck: Druckwerkstatt Kollektiv GmbH, Darmstadt
Repro: M. Dettloff GmbH, Pfungstadt
Erstauflage: 1954, Rowohlt Verlag, Reinbek bei Hamburg

Vorwort

Im September 1939 schrieb Ernst Kreuder in einem Brief an Horst Lange: „... es ist mir so ununterbrochen zum Kotzen zumute, daß ich froh sein kann, wenn meine Gedärme davon nicht ergriffen werden. Ja, wenn wir aus diesem Schlamassel je wieder herauskommen, dann hat wohl hoffentlich auch die Kunst etwas davon gelernt." Am 11. Juni 1945 abends kam Ernst Kreuder aus amerikanischer Gefangenschaft zurück nach Eberstadt - „wohlversehen mit Hungerödem, Zahnverfall und Bombenpsychose". Er erkundigte sich bei der Metzgerin, ob seine Frau noch lebte, ob die Kaisermühle noch stand. Schon fünf Tage nach seiner Heimkehr schrieb er die ersten Seiten einer neuen Erzählung. In einem Brief vom 9. Oktober 1945 heißt es: „Man schreibt nicht mehr wie früher, manchmal fragt man sich, ob es noch auf Kunst ankommt. Sie hat nichts verhindern können. Aber dann antwortet man, daß es nicht mehr auf den Leser ankommt, er hat versagt."

Ernst Kreuder war keiner, den es lange im Gefängnis der Resignation halten konnte. Bezichtigte er die eigene schriftstellerische Arbeit gerade noch der „Monomanie", so betrachtete er sie gleich darauf als seinen „Beitrag zur Gewissenserweckung". („Nur die fortschreitende, alles verheerende Gewissenlosigkeit hat uns das Genick gebrochen.") Schon ein halbes Jahr später konstatierte Kreuder: „Da sitzen wir irgendwo in dem zertrümmerten Land, und geben es nicht auf, Manuskripte zu schreiben, das bedeutet, an eine Zukunft der Literatur und der musischen Besinnung zu glauben."

Er beendete die Erzählungen „Die Gesellschaft vom Dachboden", „Schwebender Weg" und „Die Geschichte durchs Fenster". 1948 erschien bei Rowohlt sein Roman „Die Unauffindbaren". Das Fragment dazu (400 Manuskriptseiten) hatte er bereits vor dem Krieg geschrieben. 1953 zeichnete man Ernst Kreuder mit dem Büchnerpreis aus.

Doch: *Man schreibt nicht mehr wie früher*. Der Dichter, Gewissenserwecker und Don Quichote, der sich dazu bekannte, gegen Dämonen zu kämpfen, „wo andere nur Windmühlenflügel sehen", veröffentlichte 1954 den Roman „Herein ohne anzuklopfen". Hier verwirk-

lichte er sein schriftstellerisches Programm radikal: „Absage an die Phrase, Entlarvung der Gemeinplätze, der Schlagwörter, der Schablonen und Sprachattrappen."
In einem Irrenhaus bemühen sich die Insassen um Selbstfindung und Bewältigung der faschistischen Vergangenheit. (Daß auch der Schriftsteller Ernst Kreuder zu ihnen gehört, wen wundert's?) Sie, die „Verrückten", stellen sich dieser Aufgabe, während „draußen" besinnungslos restauriert, an Wirtschaftswunder und Konsumgesellschaft gezimmert wird. - „Leben verboten", läßt Ernst Kreuder den irren Hugo sagen: „erlaubt ist, was befohlen, nämlich arbeiten und kaufen, und davon leben die Industrien. Es lebt doch längst niemand mehr."
Leben verboten! Dem setzt Ernst Kreuder, der vitale Rebell, Antibourgeois und scharfzüngige Zeitkritiker die Forderung nach einem eigenverantwortlichen und *sinn*vollen Leben entgegen. Wenn es dazu auch immer wieder des Kunststückes bedarf, sich am eigenen Schopf aus dem Morast zu ziehen: „Der Schriftsteller zog einen dicken Schreibblock aus der Rocktasche, *D*eutsche *I*ndustrie *N*orm, DIN A 5, klappte ihn auf und nahm den Kugelschreiber in die Hand."

„Herein ohne anzuklopfen" wurde zum Buch des Monats Juli 1954 gewählt. Seit seiner Entstehung hat der Roman nichts von seiner Aktualität eingebüßt. Und weil es ja doch auf den Leser ankommt, sei der ihm - heute mehr noch als damals - gewünscht!

Iris Anna Otto
im Januar 1993

I

Zuerst dieses hauchend lange, pfeifende Heulen, mitten in der Luft, als käme die Lokomotive, die Sie nirgends sehen, im Bogen unter den Wolken hervor, die unbewegt niedrig über dem Hügelrand warten, bis man sie nicht mehr erblicken wird. Wassergeräusch, das durch das offene Fenster die Zeit hören läßt, die nicht untätig bleibt —, wohin das Wasser unten im Graben zwischen den Sträuchern fließt, läßt sich ersehen, das Geräusch fließt nicht nur durch Ihre Ohren, fließt durch diesen kühlen und grünen Nachmittag, und dann klappert jemand mit harten Schuhen eine harte und steile Holztreppe hinunter, das Klappern unterdrückt das Wassergeräusch, hört auf, eine Tür fällt zu, und das Wassergeräusch fließt weiter.

Es fing mit dem heulenden Pfeifen an, Geräusche können Sie nicht sehen, und selbst dann, wenn man beim Sehen nichts fühlt, bleibt alles gleich da und dort und läßt uns in Ruhe. Das sich hinziehende Pfeifen der Lokomotive, die ich mir hinzudenken mußte, ließ mich sogleich eine solche Menge von Zeit fühlen, daß ich wieder einmal wußte, es ist mit Minuten und Sekunden wie mit allen Namen, sie haben zwei Seiten, die eine Seite kann man messen, und mit der anderen Seite wird man selbst gemessen. Sie wissen, wie schnell man eine Aufeinanderfolge von bestürzenden Ereignissen träumt, nach dem Zifferblatt ist die Zeit dann nicht einmal ausreichend, um ein Ei weich zu kochen, denn das Fühlen ist Ihnen stundenlang vorgekommen und geträumt haben Sie vermutlich auch nicht schneller als man denkt.

Ich kann ergänzen, daß ich kein Rollen hörte, als das Pfeifen erklang, kein ratterndes hohles dumpfes Gerumpel, wie sich der Eisenbahnzug vernehmen läßt, wenn er auftaucht als Lärm und sich polternd wieder aus der zurückbleibenden Stille entfernt. Das Pfeifen hatte genügt, um mir etwas zu erklären, was ich vorher nicht begreifen konnte, weil man das Fühlen zunächst nur fühlt und das Begreifen hinzukommen kann oder ausbleibt.

Gewiß ist damals niemals heute, und beides bedeutet im Grunde so wenig, wie wenn Sie der Zeit ein vorn und hinten anhängen oder andichten wollten, denn es gibt ja darin keine sichtbare Richtung wie für Sonne und Mond oder für den Wind.

Ich war damals aus einem fahrenden Zuge gesprungen, er fuhr in der Kurve nicht schnell, aber auch nicht so langsam, daß man eben ein bißchen rasch hätte aussteigen können.

Berechnet war nur der Absprung, ins Gras und die flache Böschung hinunter, ich ließ mich nach rückwärts fallen in den Fahrtwind, in die Leere, und dann kollerte ich, locker, durchs Gras mit Purzelbäumen und rutschte im Kreis und setzte mich auf, und im gleichen Augenblick hörte ich den Zug nicht mehr, weil er die Kurve hinter sich hatte und mit dem Wind fuhr, nur das Pfeifen.

Das Pfeifen heulte auf und ging mir durch und durch und ich war gefaßt genug, es nicht auf mich zu beziehen, höhnend oder drohend oder abschließend, obgleich ich von all dem etwas fühlte. Ich hörte ihm nach, es war ein schleifendes Pfeifen, heulend oder klagend, wie diese Maschinengeräusche es haben können, wie aus einer Dimension von kaltem Unheil, ein eben hervorgestelltes Gespenst aus Geräusch, das die Zeit unverzüglich vernichtete und widerrief.

Ich stand auf, meine Finger und Handballen grün von zerrissenem Gras, ich blickte mich um, es hatte mich niemand gesehen, und ging durch die Wiese zur Landstraße hinunter in den Schatten der mächtigen Platanen. Dann hörte ich das Motorrad von weitem, das Geknatter, den blobbernden Lärm, das klopfende Tacken und verließ die Landstraße und folgte einem Pfad durch die Wiesen, das Gras war noch nicht gemäht und voller Margeriten und Hahnenfuß und darüber die winzigen, flimmernden Schmetterlinge.

Ich zerriß die Fahrkarte und bohrte die Pappfetzen mit der Schuhspitze in die lockere sandig trockene Erde eines Maulwurfhügels. Dann hatte ich die Anhöhe erreicht, Schwarzdornhecken, Holunderbüsche und Haselsträucher, Hopfenranken über den Sträuchern, ich blickte auf das blanke Ziegeldach des großen, alten Gebäudes hinunter, hörte die Hühner gackern in der Stille und das Stampfen und Scharren eines Pferdes im Stall, eine Kette klirrte gegen einen Eimer, das war der rückwär-

tige Teil des ausgedehnten Anwesens, das rings von einer hohen, alten Bruchsteinmauer umschlossen wurde.
Es war die Stunde zwischen sechs und sieben, ich hörte eine Amsel pfeifen und es duftete stark aus den Büschen, die Stunde, da sie in den Wirtschaftsräumen zu tun hatten und selten jemand in den rückwärtigen Hof kam.
Ich näherte mich der Bruchsteinmauer durch die Büsche und kletterte zweimal daran hoch, bis ich oben war. Vom Hause her konnte man mich hier nicht sehen, das Laub der Kastanie, die innen in der Nähe der Mauer stand, verdeckte mich. Ich legte mich längs auf den Mauerkranz und blickte in den Hof hinunter, Schubkarren, Bauholz, Gießkannen, Dachpappenrollen und Mülleimer, dann sprang ich in den Hof hinab, auf einen Sandhaufen in der Mauerecke, scheuchte einige Hühner auf und ging vor zum Brunnen. Dort standen Tisch und Bänke, ich setzte mich hin, zog den Brustbeutel heraus und fing an, die Geldscheine zu zählen und zu sortieren. Im gleichen Augenblick fühlte ich, daß mich jemand beobachtete. Ich holte das neue Notizbuch aus der Tasche, den blauen Kugelschreiber und begann, die verschiedenen Geldscheine zu notieren. Dann hörte ich Schritte, aber ich blickte nicht auf, dann wurde mein linker Arm von hinten gefaßt, ich schrieb weiter, und dann sagte eine grobe und laute Stimme:
„He, Sie! Was machen Sie hier?"
„Ich zähle mein Geld", sagte ich. Mein Arm wurde losgelassen, ich stopfte die Geldscheine in den Brustbeutel, dann blickte ich auf und sah ihn mir an. Für den dicken Kopf war der Hals zu kurz, der Rumpf saß zu weit oben, die Arme waren zu lang, die schwieligen Handteller wie Schaufeln nach hinten gekehrt, und für das alles konnte er mich nicht verantwortlich machen. Dünnes, farbloses Haar über der wulstigen Stirn. Braune Manchesterhosen und eine Art Dienstjacke aus braunem Gabardine.
„Was Sie hier machen, habe ich gefragt?"
In den Ställen wieherte ein Pferd, ein schütteres und klagendes Triumphieren. Geduckt und gedrungen stand er vor mir, kleine,

tiefliegende Augen im dicklichen Gesicht, er hatte seine Wut und seine Befehle, ich nickte ihm zu und zog das Zigarettenpäckchen heraus und bot ihm eine an. Brummelnd drehte er sich um und ging mit steifen, etwas schrägen Schritten nach dem Hause und verschwand um die Ecke. Es war wieder still im Hof, dann hörte ich das Schnauben eines Pferdes und dann wieder Schritte und sah hinter den Heckenrosenbüschen einen langen weißen Kittel vorbeiziehen, sie kamen jetzt zu zweit. Der Weißkittel war lang und mager, jung, hellblond mit rosigem Gesicht, die blauen Knabenaugen lächelten vergnügt hinter der randlosen Brille. Der Gedrungene mit den langen Armen blieb einen Schritt hinter ihm.
„Guten Abend, mein Herr", sagte der blonde junge Mann beruflich freundlich, „ich bin Dr. Schmidt, kann ich Ihnen behilflich sein?"
„Guten Abend", sagte ich, „sehr freundlich, vielen Dank."
Sein Lächeln war nicht ironisch und nicht nachsichtig, sondern zunächst noch ratlos.
„Und nun", sagte er lächend und schob die großen Hände in die Kitteltaschen, „worum handelt es sich?"
„Ich möchte ein paar Tage hier zubringen", sagte ich, „und im Voraus zahlen."
„Darf ich fragen, wer Sie sind?"
„Ich weiß es nicht. Ich habe mich oft genug danach gefragt."
Ich hörte, wie sich der Dickschädel hinter ihm räusperte.
„Selbstverständlich, gewiß", sagte Dr. Schmidt höflich, „uns genügt der Name."
„Ich habe ihn wieder vergessen", sagte ich.
„Und wie sind Sie hier hereingekommen?"
„Über die Mauer", sagte ich, „danke, es ging ganz gut."
„Selbstverständlich", sagte er, „und Sie haben sich nicht verletzt?"
„Verletzt? Nein. Können Sie mir jetzt mein Zimmer zeigen?"
„Darf ich Sie bitten, mit mir ins Büro zu kommen?"
Ich stand auf, holte den kleinen Kamm aus der Tasche und kämmte meine Haare. Der bullige Mann ging hinter mir her,

Dr. Schmidt ging links, wir kamen über einen Gartenweg mit roten Sandsteinplatten an kurzgeschnittenen Rasenflächen vorüber. Als wir durch die weißgestrichene Tür in den kühlen Flur traten, hörte ich einen Gongschlag aus dem Treppenhaus. Das Büro war ein großes Zimmer mit hellen, glatten Büromöbeln. Auf der gepolsterten Tür im Hintergrund befand sich ein Emailleschild, *„Direktion"*.
„Bitte, nehmen Sie einen Augenblick Platz", sagte Dr. Schmidt freundlich und verschwand hinter der Polstertür. Ich setzte mich hin, schlug die Beine übereinander und wartete. Dann erschien Dr. Schmidt wieder, und die Polstertür blieb offen.
„Bitte", sagte er lächelnd, „Herr Direktor Münch erwartet Sie." Ich stand auf und ging hinein, die Polstertür wurde wieder geschlossen. Hinter einem großen, hellen Schreibtisch saß ein schmächtiger, gelbgesichtiger Herr im grauen Anzug, grauem, leicht geöltem Scheitel, goldene Krawattennadel, goldene Manschettenknöpfe, zierliches, weißes Brusttüchelchen, er nickte mir zu. Die Serienstanduhr tickte teilnahmslos.
„Bitte, nehmen Sie Platz", sagte er mit einer angedeuteten Verbeugung.
„Vielen Dank", sagte ich und glitt in den knisternden Korbsessel.
„Sie möchten einige Zeit bei uns bleiben", sagte der kleine schmächtige Herr mit den dunklen, müden Augen. „Klack, klack", sagte die Standuhr. Ich nickte.
„Darf ich um die üblichen Angaben bitten? Name, Beruf, Geburtsdatum?"
Ich zuckte die Achseln.
„Und wo wohnen Sie?" fragte Direktor Münch. „Bong", schlug die Standuhr. Ich schwieg und blickte ihn verständnislos an. „Gut", sagte er. Er nahm den goldenen Füllhalter aus dem schwarzen Trichter und füllte den Formularblock mit Strichen und dann mit einigen Anmerkungen aus.
„Und wie sind Sie hierhergekommen?"
„Über eine Mauer", sagte ich.
„Und vorher?"

Ich schwieg.
„Irgendwelche Papiere, einen Paß?“
„Nichts“, sagte ich, „wozu?“
„Und warum sind Sie hierhergekommen?“
„Ich möchte einige Tage bleiben und im Voraus bezahlen.“
„Fühlen Sie sich nicht wohl?“
„Ich weiß es nicht.“
„Und diese — Beschwerden, wie äußern sie sich?“
„Es bleibt so vieles unverständlich.“
„Zum Beispiel?“
„Wahrnehmungen. Geräusche, was ihre Zeit anbelangt.“
„Geräusche. Hm. Hören Sie Stimmen?“ Er drückte auf den schwarzen Klingelknopf am Rand des Schreibtischs.
„Welche Stimmen?“ fragte ich,
„Herr Dr. Schmidt wird Sie jetzt untersuchen. Sie können ein Zimmer nach dem Garten bekommen, Zimmer 17.“
„Vielen Dank“, sagte ich, „genügt das für eine Woche?“
Er nahm die beiden großen Scheine, faltete sie und schob sie unter den Aschenbecher. Dr. Schmidt kam herein, ich stand auf und ging mit ihm hinaus.
In dem hellen Sprechzimmer zog ich mich vollständig aus. Dr. Schmidt untersuchte mich geschickt, gründlich und behutsam.
„Ich kann nichts finden“, sagte er und legte das Gummihämmerchen mit dem verchromten Griff auf den Schreibtisch. „Verdauung? Schlaf? Angst?“
„Die übliche Angst vor Lärm“, sagte ich.
„Und was führt Sie gerade hierher, Herr —, wie ist Ihr Name?“
Ich zuckte die Achseln.
„Und Ihr Beruf?“
Ich schwieg und zog mich wieder an.
„Sie wissen wirklich nicht, wie Sie hierhergekommen sind?“
„Zu Fuß über die Mauer.“
„Das ist vorläufig alles. Ihr Gepäck? Kein Gepäck, Sie können sich jetzt Ihr Zimmer ansehen.“
Wir gingen durch den halbdunklen, kühlen Flur und die breiten, gedunkelten Treppen hinauf. Im ersten Stock saß eine Kranken-

schwester am Flurfenster, sie klappte den dicken Roman zu und legte ihn auf das Tischchen. Hübsche, schwarzhaarige Dreißigerin.

„Hier ist Herr —, wie war —?"

„Mauermann", sagte ich.

„Sehn Sie, sehn Sie", sagte Dr. Schmidt vergnügt, „es geht schon viel besser, wie? Mauermann? Ach so, natürlich. Zimmer 17, Schwester."

Sie stand auf und preßte die vollen, roten Lippen zusammen. Hübsche kleine Ohren.

„Ich bringe den Herrn rüber", sagte sie streng, sie blicke mich gar nicht an. Ich folgte ihr durch den langen Gang mit den weißen Türen. Stille, Geruch von Bohnerwachs, Desinfektionsmitteln und Zigarettenrauch. Zaghaft rief jemand hinter uns: „Schwester Paula?"

Auch ich wandte mich um. In der geöffneten Tür von Nr. 34 stand ein schmales, großes, dunkelblondes Mädchen, ihr kindhaftes Gesicht war blaß, die unmerklich schrägen, länglichen blauen Augen blickten uns ängstlich an. Sie hatte eine hochgeschlossene weiße Bluse mit Glasknöpfen an und einen etwas zu langen, torfbraunen Rock. Vielleicht zweiundzwanzig, dachte ich.

„Was ist denn?" fragte die Schwester und preßte die vollen, roten Lippen zusammen.

„Darf ich nicht einmal bis zur Landstraße gehen?" fragte das Mädchen. Es betrachtete uns, als wären wir von ihr geträumt.

„Jetzt? Unmöglich. Wenn Sie still auf Ihrem Zimmer bleiben, Fräulein Pringsfeld, will ich sehen, was sich machen läßt", sagte die Schwester.

„Dankeschön", sagte das Mädchen.

„Bitte, kommen Sie", sagte die Schwester zu mir und ging weiter. Kopf, Oberkörper und Arme blieben beim Gehen so gerade und unbewegt, als würde sie auf einem Gestell gefahren, das sie selbst mit den Beinen bewegte. Nach einigen Schritten blieb ich stehen und bückte mich. Ich ging in die Knie.

„Augenblick, Schwester", sagte ich, „mir ist nicht gut."
Ich setzte mich auf den gebohnerten Fußboden.

„Wenn Sie vielleicht ein Glas Wasser...", murmelte ich mit fest geschlossenen Augen. Mit einem Zischen „fuhr" sie davon. Als ich sie um die Flurecke biegen und verschwinden sah, drehte ich mich um und blickte in das träumende Gesicht von Fräulein Pringsfeld.

„Ich werde Ihnen helfen", sagte ich, „sprechen Sie mit niemand darüber und schließen Sie jetzt die Tür."

Sie blickte mich mit den schrägen, sanften Augen staunend an, dann nickte sie rasch zweimal und ging in ihr Zimmer und schloß die Tür. Schwester Paula kam mit einem großen Glas Wasser zurück, ich stand auf und lehnte mich an die Wand und trank es auf einen Zug aus, während ich auf ihre vollen, zusammengepreßten Lippen blickte.

„Danke, Schwester", sagte ich, „jetzt geht es wieder."

Sie nahm mir das leere Glas aus der Hand, wir gingen weiter. Nochmals um eine Ecke und auf einen hohen, weißen Glasverschlag zu. Schwester Paula öffnete die klinkenlose Tür mit einem Drücker, ließ mich vorangehen und zog die Tür ins Schloß. Dann standen wir vor Nr. 17, sie öffnete, deutete auf die beiden weißen Schalterknöpfe neben der Tür und sagte: „Hier oben ist die Klingel, der untere das Licht. Die Mahlzeiten werden Ihnen aufs Zimmer gebracht."

„Vielen Dank, Schwester", sagte ich. Sie blickte mich noch einmal ausdruckslos an, preßte die Lippen zusammen und „steuerte" hinaus und schloß die Tür.

Ich setzte mich in einen der weißbezogenen Sessel und betrachtete das Zimmer. Die Nische mit dem Spiegel über dem Waschbecken, der weiße Kleiderschrank, der Tisch mit der blauweiß karierten Tischdecke, das Bett mit dem weißen Rohrgestell. Das Fenster mit den Milchglasscheiben war nicht vergittert, es fehlte der Fenstergriff, man konnte nur die obere Klappe öffnen. Die Möbel standen herum, als hätte noch niemand sie für Möbel angesehen. Auch das Zimmer zeigte diesen Ausdruck leerer, namenloser Gleichgültigkeit. Ich stand auf, zog die Jacke aus und ging zur Tür und drückte auf den oberen Klingelknopf. Wenn dieser Bulle jetzt käme, würde ich ihn nach Mineralwasser schicken. Es wurde geklopft, dann wurde die Tür ruhig geöffnet und ein nicht mehr ganz junger Mann mit hervorstehenden, hellen, traurigen Augen, dünnem, braunem Haar, eingefallenen Wangen, dünnem, herabhängendem Schnurrbart kam herein. Sein Anzug, schwarze Hosen und weiß-blau gestreifter Kittel, hing überall zu weit von seiner mageren Gestalt.

„Sie haben geläutet?" sagte er mit einer gedehnten, leisen Stimme und wandte sein knochiges, trauriges Gesicht mir zu.

„Bitte, kommen Sie herein", sagte ich. „Ich möchte hier einiges verändern und Sie sollen mir helfen. Wie kann ich Sie nennen?"

„Tivoli."

„Sehen Sie sich dieses Zimmer an, alles ganz ordentlich und bequem, aber doch nicht zum Wohnen, zum Bleiben, nicht mal gut genug zum Versteckspielen, Kinder würden es meiden. Wir wollen die Möbel mal 'n bißchen durcheinander werfen." Er sah mich traurig an, gewohnt, sich die Verstiegenheiten der Patienten mit Nachsicht anzuhören.

„Man könnte es beanstanden", sagte er leise.

„Hier beanstande ich", sagte ich, „und damit basta. Schließlich bezahle ich ja für diese Mottengruft."

Seine hellen Augen sahen mich mit geheimem, traurigem Einverständnis an.

„Ist das Haus gut belegt?" fragte ich. Er schüttelte betrübt den Kopf.

„Um so besser", sagte ich, „ich bin kein Krankenkassenkunde."

„Ihr Gepäck?" fragte er besorgt.

„Ohne Gepäck, ohne Hut, zu Fuß über die Mauer und ohne gestempelten Ausweis mit Lichtbild und eigenhändiger Unterschrift. Nur Barzahlung im Voraus. Ich will auch gar nicht wissen, wer ich bin. Sie heißen Tivoli. Nützt es Ihnen etwas, daß Sie's wissen? Nicht so viel." Ich schnalzte mit den Fingern. Ich sah es ihm an, er hätte gern genickt.

„Und nun mal ran", sagte ich, „die Möbel warten seit Jahren darauf, daß sie mal vom Platz kommen."

Wir bugsierten den Kleiderschrank von der Wand weg ins Zimmer, den Tisch zum Fenster, drehten das Bett mit dem Kopfende zum Schrank und stellten die Sessel rechts und links neben das Bett und den Stuhl vor den Tisch, und dann klopfte es und Dr. Schmidt kam herein.

„Sie machen sich's gemütlich hier", sagte er freundlich nach einem verdutzten Blick, „wenn Sie Glück haben, wird man es durchgehen lassen. Die Hausordnung —"

„Vielen Dank", ich unterbrach ihn, „ich denke, wer hier einzieht, hat es dringend nötig. Vielleicht hat er draußen soviel Hausordnung geschluckt, daß er davon Beschwerden bekam."
„Waren Sie früher bei der Marine?"
„Nicht daß ich wüßte", sagte ich, „und das ist wenig genug."
„Das sieht hier nach einer Kabine aus", sagte er, „Tivoli wird dafür Verständnis haben, er war schon in Filmateliers tätig."
Tivoli nickte zerstreut.

„Und dann möchte ich dieses Fenster öffnen können", sagte ich, „bitte sorgen Sie doch dafür. Ich springe bestimmt nicht hinaus, heftige Abneigung gegen Fenstersprünge."

„Der Chef möchte Fotos von Ihnen machen lassen und sie der Presse geben, er will alles tun, um Ihnen zu helfen, Ihren Namen wiederzufinden."

„Ich bin froh, daß ich ihn verloren habe, sagen Sie ihm das bitte. Solange ich hier Kost und Logis bezahlen kann und das Honorar für Immunität und harmonisches Exil, möchte ich auch nicht gesucht werden, weder öffentlich noch privat. Ich pfeife auf die sogenannte Identität, die gibt es doch nur als Bescheinigung, wer ist denn schon groß identisch? Sind Sie morgen früh noch immer derselbe, der Sie heute abend waren? Es wäre schlimm genug."

„Nun, natürlich, wenn Sie es so betrachten", sagte Dr. Schmidt und sah mich mit einem entsetzten Lächeln an, „dann allerdings."

Unter uns wurde der Gong geschlagen.

„Ich möchte mich hier erholen", sagte ich, „aber ich freue mich stets, wenn mir Leute begegnen, die wirklich wissen, wer sie sind."

Tivoli war leise aus dem Zimmer gegangen.

„Interessant", sagte Dr. Schmidt, er setzte sich auf die Bettkante und schlug die Beine übereinander. „Ich versuche, Sie zu verstehen", sagte er und nahm die randlose Brille ab und schaute mich mit dem milchigen Blick der Kurzsichtigen an. Dafür erhalten Sie Kost und Logis, dachte ich.

„Im allgemeinen", fuhr er fort, „flieht die Persönlichkeit vor der Realität in die Krankheit. Wir haben die Aufgabe, sie wieder zurückführen."

„Ich möchte vorläufig in diese sogenannte Realität nicht zurück", sagte ich. „Sie kommt mir so verschandelt vor, verraten und verdorben, daß ich froh bin, wenn ich sie mal nicht vor Augen habe. Wer kann hier einige Besorgungen für mich machen?"

Es wurde an der Tür geklopft. Tivoli trug das Tablett mit dem Abendbrot herein.

„Sagen Sie ihm, was Sie benötigen", sagte Dr. Schmidt, „und lassen Sie sich's gut schmecken." Er winkte mir zu und ging hinaus.

Ich betrachtete das Tablett. „Ich trinke abends keinen Tee", sagte ich, „sondern Rotwein. Besorgen Sie mir außerdem Zigaretten und Streichhölzer, hier ist etwas Geld." Tivoli nahm das Geld und verschwand.

Der Aufschnitt war frisch, ich machte mir belegte Brote, legte Gurkenscheiben dazwischen, und dann mußte ich über den Spruch von der fliehenden Persönlichkeit lachen und verschluckte mich. Tivoli kam herein und stellte eine Flasche ohne Etikett auf den Tisch, Zündhölzer und ein Päckchen Camel legte er daneben. Ich steckte mir eine Zigarette an, er räumte den Tisch ab und trug das Tablett hinaus. „Bringen Sie bitte zwei Gläser mit", rief ich ihm nach.

Wenn sie vernünftig sind, dachte ich, unternehmen sie nichts, um herauszubekommen, was sie „die Personalien“ nennen. Kein besseres Hotel interessiert sich heute mehr dafür.
Als Tivoli die beiden Gläser brachte, hatte ich die Füße auf dem Tisch liegen und rauchte. Ich hielt ihm das Päckchen hin.
„Nehmen Sie drei“, sagte ich, „und wenn Sie noch etwas Zeit haben, dann setzen Sie sich hin.“
Er blickte mich freundlich an und sagte: „Es geht leider nicht, ich habe noch Dienst.“
„Für wen machen Sie Dienst?“ sagte ich, „für den Patienten. Ich benötige Sie jetzt, zur Unterhaltung, sonst kann ich nachher nicht einschlafen. Ist das klar?“
Er setzte sich und ich stand auf, gab ihm Feuer und bat ihn, die Flasche zu öffnen.
Ich füllte die beiden Gläser mit Rotwein und sagte: „Haben Sie Familie?“
Er schüttelte den Kopf.
„Dann trinken wir auf die lebenslängliche Verdammung des Krieges, ohne Abzug.“
Seine Augen leuchteten auf, er nickte mir zu.
„Brüderlichkeit“, flüsterte er und trank.
„Es hat keinen Sinn mehr, vom Frieden zu reden“, sagte ich, „das tun sie heute alle und sie meinen damit ihre Macht, und willst du nicht mein Friedensbruder sein, dann schlag ich dir den Schädel ein.“
„Sie haben recht“, sagte Tivoli, „ich war vier Jahre Soldat und dann zwei Jahre in Gefangenschaft. Ich habe nicht geschossen, ich habe niemand etwas zuleid getan und man hat mich gut behandelt. Brüderlichkeit.“
„Wie man sich verhält“, sagte ich, „so wird man gehalten, auf Worte ist nichts zu geben, sie lassen sich nach Belieben aussprechen. Wenn mir jemand erzählen will, er sei dies oder das, Lichtkämpfer oder Bahai, Katholik oder Theosoph, Buddhist oder Mormone, Freimaurer oder Friedensfreund, dann sage ich

ihm folgendes: ‚Wie Sie sich nennen, das ist zunächst ein Geräusch, und Wasser rauscht mir lieber. Aber ich kann eines beurteilen, nämlich Ihr *Verhalten*. Taugt es etwas, dann mögen Sie sich unverdrossen Teufelsanbeter nennen, taugt es viel, dann dürfen Sie auch der Concierge der Hölle heißen, taugt es aber nichts, dann sind Sie ein Scheusal, und wenn Sie der Große Prophet höchstpersönlich wären.'"
„Ich freue mich, daß Sie so sprechen", sagte Tivoli, „ich wurde immer gut behandelt, weil —, ich habe jeden als meinen Bruder angesehen. Brüderlichkeit."
Ich schenkte wieder ein.
„Ein vorbildlicher Weg", sagte ich, „ebenso einfach wie schwer. Ich fürchte, die Herren hier würden es sich verbitten, von Ihnen als Ihre Brüder angesehen zu werden. Wie steht es damit? Haben Sie Schwierigkeiten?"
Er schwieg, betrachtete mich freundlich mit den hellen, traurigen, etwas hervorstehenden Augen.
„Tüchtige Ärzte, wie?" sagte ich, „unermüdlich bestrebt, ihre Kranken gesund zu machen und sie ins ‚Leben' zurückzuschikken. Und wie sieht es dort aus? Schikanen und Profit. Und alle zwei Jahrzehnte ein Weltkrieg, um den Weltfrieden zu retten. Sind Sie mit diesem Leben zufrieden?"
„Wie haben Sie das gemeint?"
„Sie haben sich zur Brüderlichkeit entschlossen, und nun werden Sie plötzlich Zeuge einer Herzlosigkeit, einer schändlichen Roheit, einer gemeinen Quälerei, sie braucht nur mit Worten ausgeführt zu werden, da gibt es hinterher keine blauen Würgemale oder Blutspuren —, wie verhalten Sie sich dabei, was rät Ihnen die Brüderlichkeit?"
„Hilfe", sagte Tivoli.
„Wenn es zu spät ist", sagte ich.
„Sie kommt nicht immer zu spät", sagte Tivoli. „Solange ich nur Zeuge bin und noch nicht helfen kann — ich könnte mir sonst jede Woche eine andere Stellung suchen — gebe ich ein Zeichen."
„Ein Zeichen? Auf Ihr Wohl, Tivoli."

„Auf das Ihre, Herr. Ich gebe zunächst ein kleines Zeichen, unauffällig, man kann da verschiedenes tun, und später, sobald die Luft rein ist, versuche ich zu helfen."

„Hilft es?" fragte ich.

„Nicht immer, aber oft. Es kommt auf den Fall an. Und es muß einem etwas einfallen. In leichteren Fällen erzähle ich eine Geschichte aus meiner Gefangenschaft. Es ging mir dort nicht schlecht, aber was ich in diesen zwei Jahren mitangesehen und gehört habe, das kann man nicht so schnell erfinden."

„Beruhigt es die Geplagten?"

„Es beruhigt sie oft schon im Augenblick. Es war grauslich."

„Und wenn das auch nicht mehr hilft?"

„Dann hole ich meinen Hund."

„?"

„Eine kleine, schwarze, wollhaarige Dackelhündin. Ist mir mal zugelaufen, als Junges, und ich hab ihn aufgezogen."

„Ihn?"

„Ich konnte Butzi nicht ‚sie' nennen. Sie verstehn, er ist mein Kamerad, mein Freund, da kann man nicht von ‚ihr' sprechen."

„Verstehe. Und dann?"

„Dann? Wer ihn sieht, muß lachen. Er sieht etwas komisch aus. Er ist zu freundlich, wissen Sie. Bellt nicht und beißt nicht, springt wildfremden Menschen auf den Schoß und schläft dort ein. Ich müßte ihn mal trimmen lassen, sein Fell ist zu dicht geworden, und die Leute sagen, er sieht aus wie selbstgestrickt."

„Und er hilft den Geschundenen?"

„Es ist streng verboten", sagte Tivoli, „und Sie werden es niemand sagen, sonst kann ich ihn nicht mehr zu ihnen raufschmuggeln."

„?"

„Er verhält sich mäuschenstill, ich lege ihn in einen Bastkorb, streue Petersilie, Karotten oder Lauch oder Blumen über ihn. Nelken riecht er gern, und trage ihn hoch. Keiner merkt etwas. Und so trage ich ihn auch wieder runter. Gewöhnlich am anderen Morgen."

„Und er schläft bei den Gemarterten?"

„Er schläft überall, wo man ihn hinlegt und zudeckt."
„Wie alt?"
„Ich habe ihn jetzt drei Jahre, und damals war er vielleicht drei Monate. Jeder kann mit ihm spielen."
„Also schmerzstillend, gegen Verzweiflung und Kummer? Und bei schlimmeren Fällen?"
„Wir haben hier keine schlimmen Fälle."
„Ich meine, wenn der Anblick Ihres Butzi nicht mehr hilft?"
„Dann hole ich den grünen Luftballon. Den blase ich erst auf, wenn wir im Zimmer des Patienten sind, und wenn ich sehe, daß es nötig ist."
„Und dann?"
„Dann werfe ich den grünen Ballon in die Luft. Butzi springt danach, sobald der Kinderballon runter kommt, und gibt ihm mit der Schnauze einen Stoß und der Ballon fährt wieder hoch, und das geht solange, bis der Ballon am Boden liegt, er ist ja nur mit Luft gefüllt, und dann werfe ich ihn wieder hoch. Kaputt macht er ihn nie. Es ist ausgeschlossen, daß es jemand gibt, der dabei nicht lachen muß."
„Hitler hätte nicht gelacht."
„Er war nicht hier, es hätte keinen Krieg gegeben, wenn er hier gewesen wäre."
„Sie haben doch keine schlimmen Fälle hier?"
„Sie haben recht, und dann wäre ich nicht hier gewesen."
„Wo ist Ihr Butzi jetzt?"
„Schläft."
„Das sollten wir jetzt auch versuchen. Trinken Sie ohne Eile aus. Wie kann man das Fenster öffnen?"
„Ist nicht erlaubt. Wenn Sie es morgen früh wieder zuschließen, lasse ich Ihnen den Drücker hier."
Er legte einen Dreikantdrücker aus Leichtmetall auf den Tisch. Ich probierte ihn am Fenster, er paßte. Tivoli trank sein Glas im Stehn aus und wünschte mir gute Nacht.
„Vielen Dank, Tivoli", sagte ich, „grüßen Sie Ihren Butzi von mir. Gute Nacht."

Ich war allein. Wenn sie sich nicht an Presse und Rundfunk wandten, dann blieb ich vielleicht hier ungestört. Es herrschte hierzulande eine geheime Gier, zu schnüffeln. Ein soziales Interesse liegt nicht vor. Wenn Presse und Rundfunk einen Mann suchen, der nicht gesucht werden will, dann gibt man, wie bei allem Undurchsichtigen, das sagenhafte Wohl der Allgemeinheit vor, dem noch nie jemand begegnet ist.
Ich werde Tivoli fragen, wie er es mit seinen Feinden hält. Es wird sie nicht geben. Wenn er angegriffen wird, wird er sich wie diese kleinen Käfer verhalten die sich „tot" stellen. Er wird den Gegner entwaffnen, indem er sich unbeweglich verhält. Kein Hund beißt einen reglosen Gegner. Demutshaltung.
Mit dem Drücker öffnete ich das Fenster, stieß die Milchglasflügel weit auf, über dem schwarzen Waldhügel flimmerten die Sterne. Die Luft war noch warm, ich zog mich aus und streckte mich aufs Bett. Blickte in die Sommernacht. Ich sah dem Flimmern der Sterne zu, sie flößten mir geheime Furcht ein. Ich empfand diese Furcht nicht in den Nerven, ich empfand sie im Denken. Was man „hier unten" ein Leben lang dachte, konnte sich den Wahrheiten nähern oder sie erreichen, und die Intensität des Denkens galt wenig vor seiner Redlichkeit. Dort oben nun deutete sich eine Dimension an, die so sehr außerhalb des Denkens blieb, daß auch die Redlichkeit des Denkens sie nicht mehr erreichte. Wer war imstande, Vorgänge wie „Unendlichkeit", „Weltanfang", „Weltall" einmal nicht als Begriffe zu denken, sondern im Wesen zu erfassen? Hatte die Zeit einen Beginn?
Hier unten war Anfang und Ende. Dort oben war alles immerfort. Ich schloß die Augen.

II

Am Morgen wurde ich zeitig wach, schloß das Fenster und schlief noch einmal ein. Dann weckte mich ein Klopfen. Tivoli trug das Tablett mit dem Frühstück herein. Ich nickte ihm zu, ich hatte noch keine Lust, zu reden. Er goß Kaffee in die Tasse, gab Milch und Würfelzucker dazu und brachte mir nach einem fragenden Blick die dampfende Tasse. Seine hellen, hervorstehenden Augen blickten mich dankbar und verloren an, ich dankte ihm und dann hörte ich, wie er das Zimmer verließ. Ich trank den Kaffee, rauchte eine Zigarette und spürte, wie sich die Mürrischkeit des Halbwachens verlor. Ich dachte an den Abend zurück, an die Gedanken vorm Einschlafen, an die Gestirne überm Waldrand. Dann versuchte ich, diese Stelle aus den „Pensées" Pascals, die ich mir einmal notiert hatte, im Gedächtnis wiederzufinden.

„Ich sehe diese furchtbaren Räume des Weltalls, die mich umschließen, und ich finde mich an einem Winkel dieser unermeßlichen Ausdehnung gebunden, ohne zu wissen, warum ich gerade an diesen Ort gestellt bin und nicht an einen anderen, noch warum mir die kleine Zeitspanne, die mir zum Leben gegeben ist, gerade an diesem und nicht an einem anderen Punkte der ganzen Ewigkeit zugeordnet ist; der Ewigkeit, die mir voraufgegangen ist, und jener, die mir folgt."

Ich hatte keine Zeit, über diese verzweifelte und unerbittliche Folgerichtigkeit nachzudenken, weil jetzt an der Tür geklopft wurde. Ich rief „Herein" und Dr. Schmidt trat ins Zimmer. Das frische, vergnügte Gesicht, die blinkenden Brillengläser, der frische, weiße, gebügelte Ärztemantel.

„Guten Morgen, bleiben Sie bitte liegen, ich hoffe, Sie haben die erste Nacht hier gut verbracht. Haben Sie geträumt?"

„Vielen Dank", sagte ich, „nehmen Sie bitte Platz. Ich habe ganz gut geschlafen und ziemlich wild geträumt."

„Sehr schön", sagte Dr. Schmidt, „und was haben Sie geträumt?"

„Ich kann mich an nichts mehr erinnern", sagte ich, „aber ich war recht erleichtert, als ich der wüsten Kolportage entronnen war."
„Hmm." Er blickte auf seine Armbanduhr. „Wenn es Ihnen recht ist, dann kommen Sie doch bitte um neun ins Sprechzimmer des Chefs. Es ist jetzt zwanzig nach acht."
Ich verglich die Zeit, meine Uhr ging wenig nach.
„Mit Vergnügen", sagte ich, „und wie lange sind Sie nun schon hier?"
„Im Herbst sind es zwei Jahre."
„Zählen Sie es bitte zu meinen ‚Beschwerden', sagte ich, „daß ich mich für meine Umgebung interessiere, Fragen stelle und mich zu orientieren versuche."
„Ja?"
„Ich habe hier angegeben, daß ich so ziemlich alles über mich vergessen habe, Namen, Beruf, Wohnort, und auch nicht weiß, wie ich hierhergekommen bin. Ich erinnere mich auch nicht mehr an die Namen von Menschen, die ich getroffen habe oder die mir nahe standen, nur einige Autorennamen sind mir im Gedächtnis geblieben."
„Das ist interessant", sagte Dr. Schmidt, zog aus der weißen Kitteltasche einen Notizblock und einen dünnen roten Bleistift und begann zu kritzeln.
„Und an welche Autoren können Sie sich erinnern?"
„Shelley."
„Wissen Sie auch noch den Vornamen?"
„Percy Bysshe."
„Sonst noch jemand?"
„John Keats, Charles Algernon Swinburne."
„Sind das nicht —?"
„Lyriker."
„Sehr schön. Erinnern Sie sich noch, wo Sie während des Krieges waren?"
„Schwarze Spiegel mit Schwingen."
„Schwingen?" fragte Dr. Schmidt, „Sie waren Flieger? Sind Sie abgestürzt?"

„Die hatten gelbe Spiegel“, sagte ich. „Sie wurden wohl nicht eingezogen?“

„Eingezogen öfter“, sagte er, „aber ich konnte mein Studium beenden.“

„Ich möchte wissen“, sagte ich, „welches Studium ich —, nun, nicht mehr wichtig. Haben Sie noch Fragen?“

„Aus dem Kriege ein bestimmtes Erlebnis? Verwundet?“

„Kein bestimmtes“, sagte ich, „uniforme Monate und Jahre, und auf den Plakaten stand: ‚Ein Teig, ein Rührer‘.“

„Wie standen Sie zum Nationalsozialismus?“

„Stand nicht. Man steht nicht herum, wenn das Gelände besetzt wird von bewaffneten Banden. Man kriecht in Deckung, gräbt sich ein, bringt die Tarnvorrichtungen an.“

„Schön. Und haben Sie etwas dagegen unternommen?“

„Sichtbar nichts. Hörbar nur mit größter Vorsicht. Ein Raum ist mit hochexplosiven Sprengstoffen angefüllt, sie können auf den geringsten Laut hin explodieren. Man hält den Mund zu und rührt sich keinen Millimeter. Ein Wirbelwind dauert nur einen Vormittag lang, schrieb Lao-tse.“

„Also passiver Widerstand. Wie denken Sie über Pazifismus?“

„Das ist für mich keine politische Frage. Man kommt damit in die Nähe von Fragen, die das religiöse Verhalten betreffen. Vorbild ist die Gewaltlosigkeit. Wenn ich auf der Straße belästigt werde, wende ich mich an den nächsten Polizisten. Die Kampflustigen sind im Zaum zu halten.“

„Danke, das genügt. Also um neun bitte beim Chef.“

Ich nickte ihm zu und er ging hinaus.

Ich wusch mich, zog mich an und trat hinaus auf den langen, stillen Flur. Im Treppenhaus kam mir Tivoli entgegen. Er trug einen großen Korb mit frischen Blumen, Kalendula, Goldlack, Löwenmaul.

„Schöne Blumen“, sagte ich und griff hinein und berührte die kühle Schnauze des Hundes. Er leckte meine Hand. Ich schob den Goldlack zur Seite und dann blickten mich die braunen, geduldigen und stummen Augen des schwarzen Butzi an. Ich

deckte die Augen wieder zu. Unter den Blumen klopfte der Hundeschwanz.
„Ich komme um elf zu Ihnen", sagte Tivoli, „bleiben Sie vorsichtig."
Er huschte mit dem Korb vorbei, ich ging hinunter ins Büro, wurde von einem blassen Tippfräulein im schwarzen Satinkittel gefragt, ob ich beim Herrn Professor angemeldet, und zuckte die Achseln. Dann trat Dr. Schmidt herein.
„Aber doch nicht hier, mein lieber Herr —", sagte er vergnügt, lotste mich aus dem Büro und ging mit mir den Flur entlang auf eine hohe, doppelflügelige Tür zu mit der Aufschrift:

DIENSTLEITUNG
Prof. Dr. v. Mengen

Dr. Schmidt öffnete die Tür, ging mit mir durch das Vorzimmer, Klubsessel, Rauchtisch, Bücherschränke, Mainlandschaft von Ludwig Thoma (Piperdruck) und klopfte an der nächsten Türe an, wartete einen Augenblick, leicht gebückt horchend, dann trat er zurück und forderte mich auf, die Tür zu öffnen und hineinzugehen. Sein vergnügtes Gesicht war jetzt verlegen und unsicher.
Als ich eintrat, blickte mich ein hünenhaft großer alter Herr besorgt und freundlich an, und ich hatte den Eindruck, als blickten mich nicht nur seine blauen Augen, sondern auch der millimetergenau geschnittene weiße Spitzbart an, die mächtige, stumpfe Nase und die ungewöhnlich großen, fleischigen Ohren, als betrachtete mich ein Riesengesicht mit fledermausartigen Schall- und Hörorganen. Er saß an einem „wuchtigen" Büroschreibtisch, Eiche gebeizt, mit grüner Schreibeinlage, zupfte leicht an der Bartspitze und deutete auf einen der beiden Klubsessel neben dem riesigen grünen Wachstuchlager.
„Sie haben die erste Nacht gut verbracht", sagte er und sein Gesicht betrachtete mich unbeweglich, während er mit zwei Riesenfingern den Spitzbart wie mit einer Schere packte und zupfte.

„Das freut mich", fuhr er fort, „wir wollen es als ein gutes Zeichen ansehen für Ihren Aufenthalt und für unser Haus. Waren Sie auch mit unserer Küche zufrieden?"

„Vielen Dank, Herr Professor", sagte ich, „ich konnte mir Rotwein besorgen lassen und schlief ausgezeichnet."

„So, so", sagte er, schnitt mit der stumpfen Fingerschere die Bartspitze und alles an seinem rosigen Gesicht betrachtete mich freundlich und unbeirrt, „dann bleiben Sie am besten dieser Gewohnheit treu und trinken ihn regelmäßig. Wir sind auf unsere Gewohnheiten bis zu einem gewissen Grad angewiesen, ich trinke abends gern ein oder zwei Fläschchen Bier, dunkel, und wenn ich auf meinen Reisen ins Ausland komme, dann vermisse ich oft unser vorzügliches deutsches Bier. Je weiter man nach Süden kommt, in Europa natürlich, um so weiter entfernt man sich von der Qualität dieses Bieres, zuletzt ist es dann nur noch eine Art bitterer Limonade. Dagegen würden Sie dort wohl einen immer besseren Rotwein trinken können."
Ich nickte. Es war die „gediegene Tour". Der Weihnachtsmann, feierlich, väterlich, seid ihr auch alle brav gewesen, und dann gibt es doch noch einen mit dem Besen.

„Darf ich rauchen?" fragte ich.

„Bitte", sagte er wohlwollend, aber sein Blick schien zuzusehen, wie ich gerade in die Falle, die er mir gestellt hatte, reinging. „Wir versuchen hier", sprach sein wohlwollendes Organ, „Gewohnheiten, die nicht schaden können, zu erhalten, um ein unerläßliches Wohlbefinden nicht von vornherein in Frage zu stellen. Sie haben Ihr Zimmer umgeräumt, das ist durchaus richtig, die übliche Anordnung der Möbel würde Sie vermutlich fortwährend stören. Wenn ich mich nicht täusche, sind Sie zu uns gekommen, um Störungen, die Ihnen lästig waren, hier zu verlieren."

Es war die „biedere Tour", der lautlose und geölte Lasso.

„Vermutlich", sagte ich, „ich weiß es gar nicht mehr."

„Solange solche Störungen von draußen kommen", fuhr er wohlwollend fort, „wird man ihnen aus dem Wege gehen können; eine völlig andere Situation haben wir erst dann, wenn sich die Störung in uns selbst befindet."

Er senkte den Blick, wie um einer Stimme, die ich nicht hören konnte, zuzuhören, nickte mehrere Male und sah wieder auf, im Blick nicht mehr so klar wie bisher.

„An welchem Tage", sagte ich, unwillkürlich in seinem ruhigen biederen Tonfall, „bleiben wir nicht von der gewichtigsten aller inneren Störungen wirklich frei?"

„Und als welche wollen Sie diese bezeichnen?"

„Gemeinhin wird sie als das Gewissen bezeichnet."

„Wer das Gewissen als Störung empfindet", sagte er und blickte wieder auf die grüne Schreibtischeinlage, „wird sich wohl oder übel einmal fragen müssen, was dieses Gewissen so störend belastet?"

Seine Fingerschere schnitt heftiger in die wie gemalt säuberliche gerade Bartspitze.

„Weder Missetaten noch Verbrechen", sagte ich, „sind jetzt gemeint. Aber ist es möglich, daß man , in einem ganz bestimmten Sinne, selbst bei einem lauteren Wandel, ein völlig reines Gewissen haben kann?"

„In welchem Sinne?" fragte er, starrte vor sich hin, schüttelte heftig den mächtigen Kopf, entschlossen, die unhörbare Stimme endgültig zu unterdrücken.

„Im Sinne eines folgerichtigen Denkens", sagte ich.

„Und wohin", fragte er und blickte von unten herauf, „führt Sie dieses folgerichtige Denken?"

„Überall hin", sagte ich, „nur nicht zur Gewißheit."

„Sie empfinden demnach", dozierte er, „diese ausbleibende Gewißheit ganz richtig als störend. Und um welche Gewißheit handelt es sich in Ihrem Falle?"

„Zunächst um die Antwort auf die einfachste Frage", dozierte ich, „die offenbar nicht gestellt werden darf, weil es darauf keine Antwort gibt."

„Nämlich?"

„Wer bin ich? Oder, wer ist das, der sich diese Frage stellt?'

„Müssen Sie das unbedingt wissen?"

„Nicht als Person, die biographischen Daten sind unerheblich, sie handeln von den Variationen, nicht vom Typus. Die Variationen sind flüchtig, vergänglich wie die Zeit, und wer wir selbst sind, als Existenz, bleibt unaufgeklärt."
„Sie haben sich mit solchen Fragen offenbar eingehender beschäftigt als üblich", sagte er vorsichtig, „daher werden Ihnen die bedeutendsten Theorien auf diesem Gebiet nicht mehr unbekannt sein. Sie reichen von den Vorsokratikern bis in unsere Zeit, vom Buddhismus bis zur Theosophie und den sogenannten Geheimwissenschaften, wenn wir die Glaubenslehren einmal beiseite lassen wollen."
„Das steht alles zur Verfügung", sagte ich, „für die Einsicht oder für den Glauben. Mir fehlt beides, vielleicht, weil es für jede einzelne Existenz nur eine einzige Antwort gibt, die nirgends zur Verfügung steht."
„Bleiben wir einmal hier", sagte er zögernd, er zog die goldene Taschenuhr aus der Westentasche, ließ den Sprungdeckel aufspringen, blickte aufs Zifferblatt und klappte den Deckel zu, „bleiben wir einmal in dieser Stunde und fragen wir uns, welche Aufgaben sie uns stellt. Fragen wir uns, was wir tun können, um grobe Übelstände, die aus Unwissenheit oder Böswilligkeit entstehen, zu beseitigen. Auch dies wäre eine Funktion des Gewissens. Solange Sie z. B. nicht Ihren Namen und Ihre Anschrift wissen, solange bleiben Sie doch verhindert, die Arbeiten zu erledigen, die Sie für dieses Leben gewählt haben."
„Nehmen wir einmal an", sagte ich, „es gehörte zu meinen ‚Arbeiten', Versuche mit mir selbst durchzuführen anstatt mit Theorien oder Ideologien, und es gehörte wiederum zu diesen ‚Versuchen', das Persönliche, die Personalien mit Erfolg zu vergessen, um unbeeinträchtigt die Situation des Selbst zu ergründen —, dann wird es doch einleuchtend, daß dieses selbst herbeigeführte Vergessen mich nicht nur nicht behindert, sondern ins Freie bringt, also fördert. Vermutlich bin ich deshalb hier, und ich möchte Sie bitten, eine Zeitlang unerkannt hier wohnen zu können, als zahlender Gast."
Die Telefonglocke schlug an.

„Mengen“, sagte er und blickte mich dabei an, „so, ist nicht mehr nötig, jawohl, vorläufig nichts mehr unternehmen. Verbindlichen Dank.“
Er legte den Hörer auf und blickte auf seine große weiße Hand. Er betrachtete die Hand, als wäre sie vorhin noch nicht dagewesen, nun lag sie auf dem Schreibtisch und das beschäftigte ihn einen Augenblick.
„Als zahlender Gast, gewiß“, sagte er und blickte nach mir, als säße ich am Ende eines langen, dämmerigen Saales, „solange Ihre Beschwerden mehr philosophischer Art sind, man würde heute sagen existentiell, erübrigt sich zunächst eine Behandlung, wie sie hier üblich ist. Damit sind Sie auch nicht an die Krankenordnung in unserem Hause gebunden.“
„Vielen Dank“, sagte ich, „dann kann ich jetzt auch mein Fenster öffnen und mich überall unbehindert bewegen?“
„Durchaus, selbstverständlich. Wir sind jedoch für Ihre Sicherheit verantwortlich. Falls Sie einmal hinaus möchten durchs Tor, wird Sie der Pförtner um den grünen Ausweis bitten, den Sie hier erhalten können.“
Ich erhob mich, verbeugte mich und ging hinaus. Im Vorzimmer und im Flur begegnete mir niemand. Ich stieg das leere Treppenhaus hinauf und ging in mein Zimmer. Ich hatte nichts Neues erfahren. Auch hier verleugnete man die tiefe Unruhe der „Existenz“. Wer hier strandete, den galt es, nach dem Wort eines bekannten Seelenforschers, wieder „arbeits- und liebesfähig“ zu machen. Man brachte die „sozialen Funktionen“ wieder in Gang. Also ließ man ihn auch hier im Stich.
Ich öffnete mit dem Drücker die Fensterflügel, lehnte mich über die Fensterbank und blickte in den Garten hinunter. Auch hier das übliche: kurzgeschnittener Rasen, Kieswege, weißgestrichene Bänke, rechteckige Blumenbeete, Nelken, Phlox, Buschrosen und Gartenmohn. Eine große Blutbuche, Akazien, Haselsträucher. Ein aufgeräumter, ein gekehrter, ein zurechtgeschnittener, ein täglich hergerichteter Garten, ein Garten ohne „Zustände“, ohne „Störungen“, ohne „Schwierigkeiten“. Ein bürgerlicher Zier- und Reviergarten.

Es hatte sich nichts geändert. In den Tagen des Kriegsendes hatte ich auch an unsere Gärten gedacht. Ich hatte gehofft, von nun an würde es niemand mehr wagen, öffentlich solche „Es-ist-serviert“-Gärten „anzurichten“, nach allem was sich zugetragen hatte und nachdem sehr viele ihren Garten einmal von unten her kennen lernten, im Erdgeruch, in der abgestützten Stollenhöhle, in die sie mit Stahlkassette, Koffern und Schlafdecken flüchteten, in der Gefahr, wenn oben die technischen Errungenschaften den heulenden Fortschritt ausklinkten.
Es hatte sich nichts geändert. Die Luftschutzstollen wurden zugeschüttet und planiert, und die alte geharkte Tischordnung der Tulpen und Hyazinthen wurde ungerührt weiter praktiziert. Manchmal dachte ich, es käme nur auf ein einziges Wort an, das man finden und ihnen zurufen müßte, und sie würden die Hand vor die Stirn legen und von Stund an alles anders ansehen und mit der phantasielosen Versachlichung und mit der geordneten Lieblosigkeit wäre es zu Ende.
Ich ging zum Türrahmen und drückte auf den weißen Klingelknopf. Es dauerte lange, bis Tivoli kam. Er sah betrübt aus, vermutlich hatten ihn die anderen wieder einmal „in der Zange“ gehabt.
„Nun“, sagte ich lachend, „wir haben schönes Wetter, Tivoli, es wird heute wieder sehr warm werden, warum schauen Sie so trübselig drein? Nehmen Sie erst mal eine Zigarette.“
Mein Lachen stimmte ihn schneller um, als ich erwartet hatte, er blickte mich schon mit einem verzagten Lächeln an, dann nahm er die Zigarette und ich bat ihn, sich hinzusetzen.
„Mir fällt gerade ein Witz ein“, sagte ich, „ich behalte Witze meistens nicht, hören Sie zu: Auf einer grünen Bank im Stadtpark sitzen zwei Männer, einer von ihnen hält eine große Angelrute, die Schnur mit dem Köder liegt über dem Sandweg. Ein Passant kommt vorüber, sieht sich das an und sagt: ‚Sie können aber doch hier nichts fangen.‘ ‚Sie werden wohl recht haben‘, sagt der Angler, und dann zu seinem Freund auf der Bank: ‚Rudere doch mal ein Stückchen weiter.‘“

Tivoli zuckte zusammen, er lachte und hustete zugleich. Dann sagte er, noch immer lachend und hustend, er wüßte einen ähnlichen Witz, nicht ähnlich, aber doch in dieser Art, ob ich ihn hören wollte? Ich nickte.

„In einer Nervenklinik macht der Arzt Abendvisite und kommt zu einem Patienten ins Zimmer, der still am Tisch sitzt und im Halbdunkel Zeitung liest. Der Arzt blickt sich um und entdeckt oben auf dem Spind einen Mann, der unbeweglich die gefalteten Hände in die Luft hält. ‚Was soll das dort oben?' fragt der Arzt den Zeitungslesenden. ‚Er bildet sich ein, er wäre eine Lampe', antwortet der Mann am Tisch. ‚Kommen Sie sofort herunter!' sagte der Arzt zu dem Mann auf dem Spind. ‚Moment mal, Herr Doktor', sagt der Mann mit der Zeitung, ‚und wie soll ich dann hier noch etwas sehen können?'"

Wir lachten beide.

„Wie geht es der Patientin von Nr. 34?" fragte ich dann.

„Es geht ihr nicht gut", sagte Tivoli, „wo haben Sie sie gesehen?"

„Auf dem Gang", sagte ich, „wie heißt sie eigentlich?"

„Fräulein Pringsfeld."

„Ich möchte mich einmal mir ihr unterhalten", sagte ich, „ich hatte einen guten Eindruck von ihr. Wie läßt sich das einrichten?"

Tivoli senkte den Blick. Er starrte vor sich hin, zupfte an den Schnurrbartenden.

„Schwester Paula hat heute Abend frei", sagte er dann und blickte mich wieder an, bekümmert und verhärmt, „dann wird es vielleicht gehen."

„Es liegt mir sehr viel daran", sagte ich, „wie lange ist sie denn schon hier? Hat sie Angehörige?"

„Seit drei Wochen", sagte Tivoli, „eine Tante hat sie hierhergebracht. Das Fräulein weint viel, schläft nicht richtig und ist oft verwirrt. Nichts Schlimmes. Der Professor sagte, es wird sich bald wieder legen. Sie will mit niemand hier ein Wort sprechen."

„Wie alt?"

„Dreiundzwanzig, sie ist im Staatsexamen durchgefallen, hat sich das zu sehr zu Herzen genommen."
„Hat sie Bücher im Zimmer?"
„Märchenbücher und Poesie."
„Poesie?"
„Gedichte."
„Märchen und Gedichte, das ist vielleicht die beste Lektüre, doch wenn sie verwirrt ist, wird sie davon nicht scharfsinnig klar werden. Vielleicht will sie das gar nicht. Wer möchte nicht ungestört am hellen Tag träumen, phantasieren, wenn ihm der Sommerfahrplan des Zwangsjackenalltags nicht mehr paßt, das Amtliche Kursbuch fürs Lebensalter? Haben Sie sich noch nie eine Liga der Brüderlichkeit erträumt?"
„Sie existiert", sagte Tivoli leise, während sein Blick über mich hinweg ging.
„Und Sie sind Mitglied?"
„Es gibt keine Mitglieder, wir sind Brüder."
„Aber eine Zentrale muß es doch geben, einen Hauptsitz, es gibt keine Loge ohne Büro."
„Genf", sagte Tivoli.
„Abzeichen?" fragte ich.
Er verneinte nachsichtig.
„Und woran erkennen sich die Brüder der Liga?"
„Darüber spricht niemand. Vielleicht an einem Zeichen."
„Vielleicht?"
Er nickte.
„Nun gut", sagte ich, „man kann jeden Tag Gutes tun und von Logen und Ligen nichts wissen, und man kann einen Bösewicht schon am Gesicht und am Gang erkennen."
„Das ist wahr", sagte Tivoli.
„Am besten spricht man überhaupt nicht von dergleichen", sagte ich, „das Sprechen ist so leicht und das Tun ist oft so mühevoll, könnten Sie Fräulein Pringsfeld ein paar Zeilen von mir aufs Zimmer bringen, unauffällig?"
„Sie bekommt gar keine Post", sagte Tivoli, „vielleicht wird sie sich freuen."

„Ich werde mir jetzt überlegen, was ich ihr schreiben kann, und Sie kommen in einer guten halben Stunde wieder vorbei?"
Er blickte mich schweigend an. Ich sah diesen Ausdruck zum ersten Mal in seinem Gesicht, brüderliche Genugtuung.
Als Tivoli das Zimmer verlassen hatte, setzte ich mich an den Tisch, nahm den Kugelschreiber und das Notizbuch und schrieb:

„Verehrtes Fräulein Pringsfeld,
ich sah Sie bei meinem Einzug gestern Nachmittag auf dem Flur, Sie fragten Schwester Paula, ob Sie nicht bis zur Landstraße gehen könnten, und ich sagte Ihnen, ich wollte Ihnen helfen. Tivoli, der Ihnen diese Zeilen bringt, wird es am Abend sicher möglich machen, daß ich mit Ihnen sprechen kann. Ich erzähle Ihnen dann auch, weshalb ich hier bin. Ich kann hier jederzeit wieder verschwinden und wenn Sie mir sagen, daß Sie nicht länger bleiben wollen, dann kann ich Ihnen versprechen, daß Sie bald frei sind. Man hat hier sicher den guten Willen, zu helfen und zu trösten, damit sich das übliche normale Befinden wieder einstellt, Appetit, Schlaf und jene Verfassung, die man mit gesundem Menschenverstand bezeichnet. Ich selbst halte nicht viel von diesem gesunden Menschenverstand. Ich habe nie recht begriffen, was er mit dem Menschen und mit der Gesundheit zu tun haben soll, denn man benötigt ihn auch, um Kriege zu führen.
Wer sich heute umsieht in der Welt, unter den Menschen in seiner Umgebung, und seinen Verstand nicht gänzlich verloren hat, den graut es vor der schon unvorstellbaren Häßlichkeit, der hassenswürdigen Häßlichkeit, die sich überall zeigt, wo der ‚gesunde Menschenverstand' ungehindert waltet und wirkt. Man braucht nur in einer beliebigen Stadt durch eine beliebige Straße zu gehen — ich denke jetzt nicht an Elendsviertel oder andere extreme Bezirke — und man gerät nach einiger Zeit in einen Zustand der Hoffnungslosigkeit. Sehen Sie sich die meisten Vorübergehenden an. Schöne Menschen? Unter Hunderten vielleicht ein Kind. Sonst: Kurze, Dicke, Lange, Gehetz-

te, Schleichende, Gebückte, Hinkende, ihre Gliedmaßen sind aus jeder Übereinstimmung geraten, ich möchte sie nicht im Badeanzug sehen müssen. Jede Pflanze, jede Blume, jeder Baum, jedes Tier, sie sind dagegen ein einziger Wohllaut in ihren Proportionen und in ihrem schuldlosen Ausdruck.

Das hat gar nichts mit Hochmut zu tun. Wen das Häßliche abstößt, weil er weiß, daß das Schöne nichts anderes als das Wirkliche ist, das unverdorben Wirkliche, der mißtraut den Machenschaften jenes ‚gesunden Menschenverstandes', der sich ausnehmend gut dazu eignet, die Darbenden auszunutzen und die Wohlhabenden vor Unbequemlichkeiten zu bewahren, also die Herzlosigkeit zu rechtfertigen und das öffentliche und planmäßige Betrügen zur Lebensaufgabe zu machen. Die Rechnung ist einfach: der gepriesene Nutzverstand schaltet das Menschlichste aus, das Mitfühlen, und damit unterbricht er den Kontakt mit allem Beseelten, mit der Wirklichkeit. Die Folgen sehen wir ringsum in einer alles verheerenden Verdorbenheit.

Das hat zunächst mit ‚Moral' gar nichts zu tun. Wer die mühelose Ausdrucksvollendung stets wieder von neuem erlebt, die sich überall offenbart, wo das Schöpferische noch aus dem Wirklichkeitsgrund wirkt, ob im Kristall, Vogel oder Fisch, und wer um die schöpferischen Mühen des Menschen weiß, ähnlich vollendete Ausdruckswirkungen in der Kunst zu schaffen, den muß es grausen, wenn er sich heute in einer beliebigen Straße unserer Städte umsieht. Bis auf einige Bäume, ein Blumenschaufenster und den Himmel muß ihm alles ringsum als von einer widernatürlichen Verdorbenheit im Ausdruck erscheinen. Ich will hier nicht aufzählen, was sich den Augen bietet an Häusern, Zäunen, Schildern, Kiosken, Höfen, Lastzügen, Straßenbahnwagen, von dem ununterbrochenen Lärm in seiner gräßlichen und quälenden Sinnlosigkeit ganz zu schweigen —, es ist alles gespenstisch verdorben, und wer nach einem solchen Gang den stillen Raum einer Kunstausstellung betritt und sich dort einen Constable betrachtet, einen Corot, einen Marées, einen Utrillo, Bracque, Matisse oder Kokoschka, oder wer danach sein ruhiges Zimmer aufsuchen kann, um den Ausdrucks-

schund, den seine Netzhaut und sein Bewußtsein auffing, zu vergessen, wem es nach einer Weile des Sichbesinnens gelingt, zu lesen, und zwar etwas heute so Überflüssiges und Zweckloses wie Gedichte, etwa Swinburne oder Keats, Baudelaire oder Valery, Däubler, Heym oder Trakl, Walt Whitman oder Benn oder Wilhelm Lehmann —, dem muß die heillose und wüste Verdorbenheit dieser so perfekt funktionierenden Realität ebenso beängstigend wie unsinnig und unerklärlich vorkommen. Er hat sich ‚unser tägliches Leben' auf der Straße angesehen und er weiß, das alles ist unaufhaltsamer Niedergang. Zerrissenheit, meilenfern von Meditation und Verinnerlichung. Zweckbetrieb fressender Ichsucht, der sie wieder in einen neuen Krieg führen wird.
Wer diesen täglichen Kitsch nicht erträgt, den wird man für ‚untüchtig' erklären, wer noch nach einer beseelten Wirklichkeit sich sehnt, den wird man als dem ‚Leben nicht gewachsen' bezeichnen. Und man wird ihn der Flucht vor der Realität bezichtigen, wenn er sich anschickt, aus ihrer mechanisierten Automatenrealität in die Wirklichkeit der Mythen und Legenden zu fliehen.
Genug davon, und verzeihen Sie bitte diesen lehrhaften Klang, die dozierende Tonart, es wurde schnell hingeschrieben, Tivoli wird gleich hereinkommen, um Ihnen diese Zeilen zu bringen. Und auf Wiedersehn heute abend.

Ihr — vorläufig —
Ungenannt."

Ich riß die beschriebenen Seiten aus dem Notizbuch und kniffte sie zusammen, bis sie aussahen wie ein zu kurzer und zu dicker Fidibus. Dann klopfte es, und Tivoli kam herein, blaß, hastig atmend, dünne Schweißperlen um die Nase und auf der bekümmerten Stirn.
„Setzen Sie sich erst mal hin", sagte ich, „es wird wieder schwül heute, und Sie sehen aus, als hätten Sie ein Wettrennen hinter sich. Oder was hat's gegeben? Streit? Mußte ein Patient wieder einmal beruhigt werden? Sie wollen nichts darüber sagen? Ver-

stehe ich gut. War es vielleicht Schwester Paula, mit der Sie sich nicht einigen konnten über den Geist der Brüderlichkeit?"
Seine hervorstehenden Augen blickten mich ratlos an. Ich suchte die Rotweinflasche, füllte ein Wasserglas und reichte es ihm. „Trinken Sie das jetzt, am besten in einem Zug, es macht ruhig und heiter."
Das Glas zitterte mit seiner Hand, er sah mich dankbar an, beugte sich aus dem Sessel vor und trank mit großen Schlucken den Rotwein. Er leerte das Glas, wischte sich mit dem gekrümmten Handrücken über die Lippen und den Schnurrbart und atmete auf.
„Ich danke Ihnen herzlich", sagte er, sein blasses Gesicht rötete sich leicht.
„Schon gut, Tivoli", sagte ich, „wer sich entschlossen hat, brüderlich zu handeln, wird täglich auf die Probe gestellt werden, mehrmals vermutlich, und dann wird es darauf ankommen, wieviel man ertragen kann, ohne der Kanaille das zu geben, was ihr gehört. Die werden Sie nämlich nie zur Brüderlichkeit bekehren, und wenn Sie Ihre gesamte Liga dazu aufbieten. Die Kanaille läßt sich nur kurieren, wenn man ihr, bildlich, zuvor die Knochen bricht. Denken Sie an die Nazis, diesen Höllendreck, von dem uns fremde Soldaten befreien mußten. Also was hat es gegeben?"
„Sie werden mich nicht verraten, man hat Schwester Paula überrascht."
„Mit wem?" fragte ich.
„Mit — einem Patienten."
„Und nun?"
„Nun behauptet sie, ich hätte ihr dies eingebrockt. Sie wurde sofort entlassen, sie packt jetzt ihren Koffer und fährt mit dem Omnibus heute abend."
„Und wo wurde sie überrascht?"
„In einem Zimmer, ich darf nichts —"
„Schon gut, und wer wird sie vertreten?"
„Schwester Ulrike und ich. Man wird mich jetzt suchen."
Er war aufgestanden. Ich zog den dicken Fidibus aus der Tasche.

„Mir liegt sehr viel daran“, sagte ich, „daß Sie diese Zeilen bald auf Zimmer 34 bringen.“
Er nickte, steckte die geknifften Blätter ein, fuhr sich mit dem Handinnern über die Stirn und lief hinaus.
Ich ging zum Fenster und blickte wieder hinunter in den Ziergarten. Sieh an, Schwester Paula, dachte ich. Im Grunde freute ich mich, daß sie gegen die Hausordnung verstoßen hatte. Vielleicht konnte ich etwas für sie tun? Ich verließ mein Zimmer und ging hinunter. Die Luft war heiß, das grelle Licht blendete mich. Ich ging zwischen den kurz geschorenen Rasenbeeten hindurch und setzte mich in den Schatten der großen Kastanie auf eine weiße Bank, grüne Fliederbüsche wuchsen ringsum. Ich schloß die Augen, hörte den Vogelstimmen zu und blickte erst auf, als ich Schritte hörte.
„Guten Morgen, Sie verzeihen bitte, ich wußte wirklich nicht —“
„Aber es ist mir ein Vergnügen“, sagte ich, „wenn es Sie nicht stört?“ Er gefiel mir, und ich wollte ihn nicht verscheuchen. „Alvenshain“, sagte er, er verbeugte sich ungeschickt, während er den weichen Strohhut abnahm. Seine Augen waren von der großen schwarzen Sonnenbrille verdeckt. Groß und schlank, in einem hellgrauen Anzug von angenehmem Schnitt, graue Wildlederschuhe mit Kreppsohlen, gebräuntes, schmales, scheues Gesicht —, er machte zunächst den Eindruck vorsichtiger Schüchternheit. Ich hielt ihn für Mitte vierzig. Er setzte sich hin.
„Vermutlich wird es auch heute wieder nicht regnen“, sagte ich. „Die Jahreszeiten werden zunehmend extremer, und manchmal scheinen sie völlig durcheinander geraten.“
„Jahreszeiten“, wiederholte er, „durcheinander geraten.“ Er hatte eine sympathische, tiefe Stimme.
„Es ist mir leider nicht möglich, micht vorzustellen“, sagte ich, „ich habe meinen Namen vergessen. Er wird sich wieder finden. Ich denke, man erholt sich hier recht gut.“
„Sicher“, sagte er, „recht gut.“
„Das Personal“, fuhr ich fort, „ist angenehm. Auch die Ärzte.“

„Angenehm", wiederholte er, die dunklen Gläser unbeweglich auf den gelben Strohhut gerichtet.
„Ob Geräusche das Wetter verändern können, weiß ich nicht. Aber das Wetter verändert die Geräusche immerzu."
„Geräusche?" sagte er, die dunklen Gläser gingen hoch und richteten sich gegen mich. Dann schien er zu horchen, während er mich betrachtete. Ich knöpfte den Hemdkragen auf. Eine Hummel fuhr summend vorbei. Ich konnte den blühenden Phlox riechen, ein milder Luftzug streifte mich und hörte wieder auf.
„Geräusche", sagte ich, „über ihren Ausdruck ist wenig bekannt. Ich spreche nicht von Tönen. Wir hören meist nur ihre Bedeutung und weniger den puren Ausdruck der Geräusche. Wenn man einen Sack Zwiebeln ausschüttet, wenn Koks geschaufelt wird, oder wenn eine Lokomotive pfeift morgens, im Winter, bevor es gerade hell wird, Tausende von Beispielen."
„Lokomotive?" sagte er.
Gegenüber im dritten Stock wurde ein Fenster geöffnet, wir hörten es und blickten hoch. Eine junge, dunkelhaarige Frau lehnte sich über das Fensterbrett. Sie trug das weiße Häubchen nicht mehr, Schwester Paula.
Herr Alvenshain zuckte zusammen und richtete sich auf.
„Taschentuch vergessen", sagte ich und stand auf und ging in den Garten hinein, um die Blutbuche herum und hinter die Heckenrosenbüsche. Ich konnte hier von Schwester Paula nicht gesehen werden. Sie blickte noch immer aus dem Fenster, sie trug eine olivgrüne Bluse mit kurzen Ärmeln und hatte die vollen, weißen Arme unter der hübschen Brust verschränkt. Jetzt nickte sie nach unten, sie sah sich noch einmal um und dann warf sie einen kleinen, weißen Zelluloidball hinunter und schloß das Fenster.
Ich zog das Taschentuch heraus und kehrte langsam zur Bank zurück. Die Bank war leer. Ich blieb stehen und sah mich um, ich sah niemand, aber ich hörte hinter den Fliederbüschen Schritte, dünnes Reisig knackte, ich setzte mich hin und wartete. Ich hatte mir die Richtung gemerkt, in die der weiße Ball geflo-

gen war. Herr Alvenshain suchte in der verkehrten Richtung. Dann waren die Schritte hinter den Büschen nicht mehr zu hören, es blieb still und dann hörte ich Schritte auf dem Kiesweg und Herr Alvenshain stand wieder vor mir. Er machte einen bedrückten Eindruck. Seine Hand mit dem weichen Strohhut zitterte, er zögerte, sich hinzusetzen, nickte mir zu und ging weiter.

Ich wartete noch eine Zeitlang, dann stand ich auf und suchte den Zelluloidball. Ich steckte ihn ein, ging ins Haus zurück und hinauf in mein Zimmer. Am Tisch untersuchte ich den Ball. Als ich die beiden dünnen Halbkugeln auseinanderzog, fiel ein weißer Zettel heraus, zusammengefaltet, wie ein winziges Telegramm. Mehr brauchte ich nicht zu wissen. Ich überlegte, wie ich das Fenster-Telegramm dem empfindlichen Empfänger zustellen konnte, ohne ihn zu vergrämen. Ich ging zur Tür und läutete. Aber es kam niemand. Dann steckte ich den geschlossenen Ball in die Tasche, ging hinunter und setzte mich wieder auf die weiße Bank. Nach einiger Zeit hörte ich Schritte und sah Schwester Paula zwischen den Büschen, sie hatte sich gebückt und suchte den weißen Ball.

„Hallo!" rief ich. Sie richtete sich auf und starrte unbeweglich durch das grüne Laub.

Ich stand auf, zwängte mich durch die Büsche, bis ich vor ihr stand.

„Was suchen Sie hier?" fragte sie streng und preßte die vollen Lippen aufeinander.

„Was Sie hier suchen", sagte ich, „habe ich nämlich gefunden."

„Wir können uns hier nicht unterhalten", sagte sie halblaut, „kommen Sie bitte zu den Treibhäusern." Sie deutete nach den Heckenrosenbüschen. Ich nickte. Straff, nur die Beine bewegend, „steuerte" sie durch die Büsche und Baumschatten davon. Ich beeilte mich nicht. Ich ging über die Kieswege zwischen den kurz geschnittenen Rasenflächen, gebrochenes, stumpfes Grün, und dann dachte ich an die wütige Lust bestimmter Männer, scharfe, kantige, stramme und zackige Frisuren zu tragen, den forschen und schneidigen Haarschnitt. Besonders be-

liebt bei amusischen Militärs und dem Gros technischer Hochschüler. Ausdrucksformen, die ihrer Mentalität schmeichelten. Das Anmutige galt als unzügig, untüchtig und unehrenhaft. Schmuck paßte nicht zur Plutoniumbombe.
Ich hatte die gläsernen Dächer der Treibhäuser erreicht. Schwester Paula in grüner Bluse und schwarzem Rock erwartete mich auf den Stufen zum vorderen Gewächshaus. Ihr Gesicht zeigte den Ausdruck freundlicher Strenge, sie betrachtete mich mit „Vorbehalten". Über ihr an der Tür hing ein verwittertes Holzschild:

PRIVAT
Kein Eingang

Jetzt wandte sie sich um, stieg die letzten Stufen hinunter, öffnete die Tür und trat in das Treibhaus. Ich folgte ihr in die schwüle, feuchte Luft, in den tischhohen Beeten wuchsen grüne Farne. Ein kleiner, alter Mann, mit weißem Haar und faltigem, gebräuntem Gesicht wandte sich um, er trug eine blaue Schürze mit einer gelben Messingkette statt des Schürzenträgers, freundlich betrachtete er mich aus stillen, kinderblauen alten Augen.
„Konrad hört nichts", sagte Schwester Paula, sie blieb im Gang zwischen den Adlerfarnen stehen. Ich zog die Jacke aus, nahm sie über den Arm und öffnete noch einen Hemdknopf am Halse.
„Mir tut es leid", sagte ich unvermittelt, „daß Sie von hier weggehen. Vielleicht ist es Ihnen nicht angenehm, mit dem überfüllten Omnibus zu fahren, bei dieser Schwüle und mit Ihren Koffern. Man könnte es so einrichten, daß Sie ein Wagen hier abholt und in die Stadt bringt."
Sie blickte mich an, die vollen Lippen zusammengepreßt, als hätte ich etwas Ungehöriges vorgeschlagen.
„Ein kleiner, offener Zweisitzer", sagte ich, „und auf dem Rücksitz könnte noch jemand mitfahren."
Sie runzelte die hübschen, schwarzen Brauen.
„Wie meinen Sie das?" fragte sie etwas kühl für diese unerträgliche Schwüle hier.

„Es fiel mir eben ein, daß noch Platz für einen Dritten im Wagen ist."
„Wer fährt eigentlich diesen Wagen?"
„Sagen wir, mein Fahrer."
Sie hatte längst begriffen, sie blickte mich freundlich an, unpersönlich, ein hilfsbereiter Fremder, man wollte ihn nicht vor den Kopf stoßen.
„Und hier ist der Nachrichtenball", sagte ich, „ich habe das Telegramm nicht gelesen."
Sie nahm mir den kleinen Zelluloidball etwas zu rasch aus der Hand.
„Danke", sagte sie leise.
„Wie wird es nun mit der Nachricht werden", sagte ich, „wenn Sie sich bis zum Abend auf Ihrem Zimmer aufhalten müssen? Der einzige, der hier diese Schwierigkeit überwinden könnte, ist Tivoli, hilfreich wie immer. Und gerade ihn haben Sie, leider, es tut mir nämlich leid um ihn, vergrämt. Haben Sie ihn nicht einer unehrenhaften Absicht beschuldigt, einer Indiskretion, ihn, der stets nur daran denkt, anderen beizustehen, und der seinen Butzi zu den Trostbedürftigen schmuggelt, unter Petersilie und Porree?"
Sie lachte, wohlgeformte, kleine, spitze weiße Zähne, anmutige Wangengrübchen. Ich lachte auch, und der Kontakt schien für einen Augenblick hergestellt.
„Es wäre", sagte ich, „eine Beruhigung, eine Freude, nämlich eine wirkliche Erleichterung für ihn und auch für mich, wenn Sie den ganz unbegründeten Groll gegen ihn rechtzeitig verwandeln wollten in — Sympathie, die er nötig hat, und die er doch auch verdient wie vielleicht niemand von uns."
„Wer sind Sie eigentlich?" fragte sie, sie lächelte, sorglos und lässig. Ich zuckte die Achseln.
„Sind Sie ein Detektiv?"
„So etwas ähnliches", sagte ich, „wenn Sie es nicht beruflich meinen. Auch ein Detektiv forscht nach ungeklärten Vorgängen, unbekannten Motiven und unbewiesenen Verdächtigungen. Aber mir wird es jetzt etwas zu heiß in diesem Farnverlies."

„Dann wollen wir gehen“, sagte sie frostig.

„Augenblick bitte“, sagte ich, „wir haben noch gar nichts geklärt. Ich denke jetzt weder an Sie noch etwa an mich. Mir liegt vor allem an Tivoli und dann an einem freundlichen, sympathischen Herrn, den Ihre Nachricht leider nicht erreichen konnte.“

„Welches Interesse haben Sie eigentlich?“

„Am besten nehmen wir ein fachliches Interesse an“, sagte ich, „um Erklärungen zu sparen. Ich könnte mir denken, Herr Alvenshain befindet sich nicht nur hier, um sich die Zeit zu vertreiben. Die Schwierigkeiten, die ihn hierher brachten, interessieren mich fachlich. Darf ich jetzt fragen, wohin Sie der Wagen heute abend bringen soll? Man könnte auch darüber eine Vereinbarung treffen und Ihr Begleiter wäre vielleicht damit einverstanden. Ungläubig? Sie sind die Phantasien von Patienten gewöhnt, wetten, daß der Wagen auf die Minute drüben auf der Landstraße hält, oder besser, hier am Tor?“

Ich sah, daß sie nun lebhaft wurde, vor Unruhe, sie blinzelte einige Male, preßte die Lippen zusammen und klopfte mit der Spitze des schwarzen Halbschuhs gegen den Holzpfosten unter den Farnbeeten.

„Halb sieben draußen vor dem Tor?“ fragte sie mit gespielter Überwindung.

„In Ordnung“, sagte ich, „achtzehn Uhr dreißig. Und nun benötigen wir noch eine gemeinsame Nachricht für Tivoli, damit er meinen Auftrag ausführt. Am besten schreiben Sie diese Zeilen, ich kann sie ihm nachher geben.“

Ich nahm das schwarze Notizbuch und den Kugelschreiber aus der Jackentasche.

„Ich weiß wirklich nicht, was ich schreiben soll“, sagte sie erstaunt.

„Schreiben Sie bitte“, sagte ich, „und ich werde ein bißchen mithelfen. Vielleicht schreiben Sie erst einmal ‚lieber Herr Tivoli‘ oder ‚lieber Tivoli, es ist mir wirklich schrecklich leid, daß ich Ihnen Unrecht getan habe. Ich war, wie Sie sich denken können, in einer scheußlichen Lage und nicht mehr imstande, einen vernünftigen Gedanken zu fassen. Ich wußte nur, daß mich hier irgend jemand verraten hatte, und ich konnte ja nicht M. verdächtigen. Ich schäme mich wirklich, daß ich auch nur einen Augenblick lang glauben konnte, Sie hätten mir dies angetan. Bitte verzeihen Sie diese Torheit und denken Sie nicht mehr böse an mich. Ihre Schwester P.'"

Sie hatte alles mitgeschrieben und ihr Gesicht war dabei rot geworden, auch die kleinen hübschen Ohren. Sie sah mich nicht an, als sie mir Notizbuch und Kugelschreiber zurückgab. Ich ließ ihr Zeit, das Erröten zu verlieren. „Nachdem nun auch dies vorbereitet ist", sagte ich, „möchte ich doch noch sagen, daß ich über solche ‚Zwischenfälle' völlig anders denke, als es hier im Hause oder wo sonst üblich ist. Ich sehe darin nicht nur nichts Verwerfliches, sondern im Gegenteil etwas zu Achtendes, um nicht zu sagen Hochherziges und Bewundernswertes. Die leidige und trostlose Gesinnung, welche die geschöpfliche Struktur als etwas Verächtliches betrachtet, hat noch immer zum Vernichtungskrampf geführt. Ob Inquisition, Folter oder Scheiterhaufen, dieser hochmütige Sündenrummel ist die erste Ursache allen Totschlags. Unversöhnlicher Haß gegen alles Körperliche wird schließlich zur Lust am Quälen, Schinden und Hinmorden, im Namen des hochmütigen, von den Sinnen nicht mehr berichtigten Geistes: er rächt sich für den Verlust des sinnlichen Erlebens mit fanatischem Vernichtungswahn. Ich wollte nur sagen, ich sehe auch diesen ‚Vorfall' hier als außerordentlich wichtig, notwendig und erfreulich an. Darf ich fragen, wie es sich mit dem Befinden von Herrn Alvenshain verhält?"

„Es geht ihm etwas besser", sagte Schwester Paula, sie sah ein wenig blaß aus, „ich möchte Ihnen danken, Sie haben mir wirklich eine schwere Last —, Sie haben mir wirklich geholfen."

Sie streckte mir ihre kleine, weiße Hand hin, sie zwang sich zu einem Lächeln, sie schämte sich noch immer.

„Und nun raus aus diesem Glaskäfig", sagte ich, „gehen Sie bitte voran. Es bleibt bei achtzehn Uhr dreißig."

Ich wartete, bis Schwester Paula das Treibhaus verlassen hatte. Dann ging ich zur Tür, sie war nach innen zu öffnen, und als ich mich beim Hinausgehen umwandte, sah ich, daß mir der alte Gärtner ein Zeichen mit der Hand gab. Ich zögerte. Ich hatte mich lange genug in dieser Dunstschwüle aufgehalten, aber die Luft war draußen auch nicht frisch, es würde wohl zu einem Gewitter kommen, überall diese Waschküchenfeuchtigkeit, diese drückende, lückenlose Schwüle. Doch da mich der alte, freundliche Mann nun einmal sprechen wollte, kehrte ich um. Er lächelte mir mit dem braunen, runzligen Gesicht, dem großen, strichgeraden, lippenlosen Mund entgegen, er hielt den Kopf ein wenig schief.
Er stand am Ende des Ganges, dort war wieder eine Tür, und als ich auf ihn zukam, stellte er das kleine, rote Gießkännchen zwischen die Farne, nahm von einem Nagel am Türrahmen eine Schiefertafel herunter, Griffel und Schwamm waren an einer Schnur festgebunden, hielt mir die Schiefertafel mit der alten, braunen, fleckigen Hand, die leise zitterte, hin und sagte: „Kann nichts hören. Möchten Sie ein paar Blumen? Haben Sie einen Wunsch? Bitte schreiben."
Ich nahm die Schiefertafel und schrieb mit dem Griffel: „Ist es hier irgendwo kühl? Blumen gern. Danke."
Er las, nickte und wischte mit dem feuchten Schwamm die Worte zittrig aus.
„Kommen Sie mit", sagte er, seine runden, blauen Augen leuchteten auf, er drehte sich um, die Schiefertafel unterm Arm, zog die Tür auf, tappte voran durch das nächste Glashaus, ging dort wieder durch eine Tür und die Treppen hinauf. Ich folgte ihm durch Baumschatten in einen Schuppen ohne Fenster, der Schuppen stand unter hohen alten Kastanien, der Fußboden war zementiert, ich hörte einen Bach gluckern und durch die halbgeöffneten Klappen strich ein leichter Windhauch. Es war fast dunkel hier und wirklich kühl. Die Tür blieb handbreit offen, er deutete auf den Schubkarren an der Bretterwand, ein Brett lag darüber, ich setzte mich auf das Brett und lehnte mich an die Wand.

„Wenig Licht hier zum Griffelschreiben“, dachte ich, er stand schon neben mir, zog an einer Kette, über mir öffnete sich eine Klappe und ein Lichtviereck fiel auf meine Knie. Dann setzte er sich mir gegenüber auf einen umgestülpten Bottich. Ich hängte meine Jacke an einen Nagel, schlug die Hemdsärmel hoch und wartete.
„Nicht alles so, wie es sein könnte“, sagte er in der tiefen, sommerdurchsummten Stille, seine verwerkten Hände ruhten auf seinen Knien aus, „es könnte aber viel schlimmer sein.“ Dann war es im Schuppen wieder still, ich hörte den Bach draußen gluckern, ich mußte ihm und dem Bach recht geben. Ich suchte das Zigarettenpäckchen und zündete mir eine Zigarette an. Ich war zufrieden, ich mußte auch dem Sommer recht geben.
„Haben es gut hier“, hörte ich ihn wieder, ich lehnte an der Wand und schloß die Augen bis auf einen Spalt, „und wenn es wieder so weit ist, wollten schon viele nicht mehr fort. Muß draußen noch verkehrter sein als früher. Fahren die Straßenbahnen noch?“
Ich nickte, dann reichte er mir die Schiefertafel.
„Als ich noch hören konnte“, fuhr er fort, „wurde mir jedesmal übel, wenn ich sie rattern und schleifen hörte. Warum, fragte ich mich, legte man nicht Kanäle an, pflanzt Platanen an die Ufer und fährt auf Wasser? Wäre ihnen nicht laut genug, halten es nicht aus ohne Lärm, bis es einige nicht mehr aushalten und hierher kommen.“
Ich nahm die Zigarette in die linke Hand, den Griffel in die rechte und schrieb: „Warum ist der Garten so scheußlich?“ Er las, wischte mit dem Schwamm darüber, gab mir die Tafel zurück und sagte:
„Ganz recht. Früher war hier meine Gärtnerei. Früher. Dann habe ich das meiste verpachtet, und da haben sie alles verschandelt, die städtischen Scher- und Knipsfritzen. Rechtsum, geradeaus. Ich seh mir das nicht mehr an, lebe in meinen Treibhäusern, kein Eingang. Kommen aber doch hierher, handeln ihre Miseren aus, Fisimatenten. Lese das an ihren Mienen, haben es immer

wichtig und eilig, doch wer hört auf mich? Ich müßte es ja einmal herausgefunden haben nach so vielen Geburtstagsfeiern. Fand nur immer wieder, nichts ist eilig, nichts ist wichtig, man glaubt mir nicht. Können den Gedanken nicht ertragen, daß gar nichts wichtig ist. Könnten sich dann nicht mehr aufregen, nicht mehr hetzen, herumfuchteln, rufen oder schreien. Darauf kommt es ihnen an. Astern, Efeu, Kastanien, keine Eile, keine Wichtigkeit. Farne wachsen ohne Geschrei. Stiften kein Unheil. Wer kam denn überhaupt als erster auf den Einfall, man könnte auf Erden etwas versäumen, bevor der letzte Zug geht? Man hört nicht auf mich. Oder man sagt, der alte Konrad hat nichts mehr zu versäumen, sind keine Felle zum Fortschwimmen mehr da, sein Ofen wird bald ausgehen. Darum handelt es sich nicht. Man stirbt heute nicht mehr so jung wie früher, und wenn sie dann in der Asche herumstochern und in die letzten Funken blasen, damit sie nicht ausgehen, dann merken sie manchmal, daß sie alles verkehrt gemacht haben, vor Eile und Wichtigkeit."
Er schwieg und ich rührte mich nicht.
„Frieden", fuhr er fort, „das hätten sie früher haben können, aber da juckte ihnen das Fell. Frieden wollten sie nicht, sie wollten Umtrieb, der Schornstein mußte rauchen. Frieden, dachten sie, gibt es im Alter noch genug, und dann kam der Griesgram, die Mürrischkeit, der Tatterich, das Nasentropfen und die endlose Leere. Ärger und Vergeßlichkeit. Von Frieden keine Spur.
Damit muß man früher anfangen, wenn das Holz noch grün ist. Wassertreten, Kastanien schälen, Muscheln sammeln, der Zeit aus dem Wege bleiben. So lange hat mir noch niemand zugehört. Wollen Sie schreiben? Nein? Es wird Zeit, daß ich die Gemüsesuppe aufsetze. Man muß vorsichtig sein, wenn man jemand zum Frieden raten will. Sauber ausklabüsern. Ist ja nicht die Pension gemeint, das Markenkleben, vierzig Jahre Versicherung gegen die Angst, wenn Sie sich die Farne genau ansehen, mühelos gefiedert, dort können Sie alles ablesen, was man nicht mit Worten sagen kann, von diesem Frieden. Mühelos, einfach und genau im Gleichgewicht, und Sie suchen vergebens nach

der Unterschrift, keine Schutzmarke, ‚nur echt mit braunen Sporen', führt nicht zu Kriegen, dauert ohne Weltrekord, die Farne sind gar nicht zu schlagen. Möchte sagen 1:0 für die Farne. Ich komme nicht dahinter. 72 Jahre, und ich kann mir nur sagen, so wie es immer wieder Farne sind und nicht Quekken, so sollten die Menschen wieder Menschen sein und nicht Gelegenheiten oder Hauptberuf, was ist denn da verdorben worden? In den Farnen wirkt seit Jahrtausenden ein friedliches Bild, das Farnbild, und die Schachtelhalme bleiben Schachtelhalme. Und wo ist das Menschenbild hingekommen? Es hat einige gegeben, sie haben es den anderen gezeigt, friedliche, stille Gestalten, haben gefastet und nachgedacht, vom Betrieb abgeraten, hängt euch nicht ans Vergängliche, es betrügt euch, verlaßt Familie und Geschäft, handelt nicht und bleibt still, geht ohne Füße den Weg in den inneren Frieden.
Für die Katz war das alles, wo ist das Menschenbild geblieben? Revolutionen, Kriege, Flugraketen, Atomwaffen, Verhöre und Zwangslager. Sie werden sagen, das Herumphilosophieren ist billig genug, und da haben Sie wieder recht. Ich will Ihnen lieber ein paar Blumen richten, wenn Sie am Nachmittag wieder vorbeikommen wollen? Und vielen Dank für die Unterhaltung."
Ich stand auf und drückte ihm die Hand. Dann verließ ich den Schuppen und ging durch das grelle Mittagslicht, durch die stickige Schwüle auf das große, graue Gebäude zu.
Als ich in mein Zimmer kam, stand das Fenster offen. Ich zog das Hemd aus und erfrischte mich am Waschbecken. Dann klopfte es und Tivoli kam mit einem großen Tablett herein. Er machte einen gehetzten und abwesenden Eindruck. Salzkartoffeln, Wirsing, gekochtes Rindfleisch, Vanillepudding mit Himbeersaft, ich freute mich aufs Essen. Ich holte das Notizbuch heraus und las ohne Einleitung die Erklärung Schwester Paulas vor. Die hektische Abgespanntheit in seinem mageren Gesicht verging, er nahm das große Tablett unter den linken Arm, die hervorstehenden Augen glänzten. Dankbar und erleichtert, noch etwas abwesend, blickte er mich an.

Ich riß die beschriebenen Seiten aus dem Notizbuch, faltete sie zusammen und steckte sie ihm in die Kitteltasche.
„Ich sehe, Sie haben es eilig, Tivoli", sagte ich, „ich komme gerade aus einer philosophischen Vorlesung, saß auf einem Schubkarren und hörte seiner Magnifizenz zu, dem geheimen unordentlichen Pflanzenrat im Schürzenornat, Präsident der Farne, Konrad, und was ich dort vernahm, leuchtete mir ein. Er machte mir zwei Dinge klar: nichts ist eilig, nichts ist wichtig in dieser vergänglichen Welt. Haben Sie schon gegessen? Nein? Wann können Sie sich für eine halbe Stunde losreißen vom Betrieb? Ich habe noch etwas mit Ihnen zu besprechen. Sind Sie mit diesem schriftlichen Reuebekenntnis zufrieden? Nach dem Essen werde ich eine Stunde schlafen, klopfen Sie nicht erst an, kommen Sie gleich herein."
„Es wird schon gehen", sagte Tivoli, „vielleicht zwischen zwei und drei."
Er deutete auf das angerichtete Essen. Ich nickte, Tivoli lief zur Tür, er schloß sie geräuschlos. Ich setzte mich an den Tisch und aß fast alles auf, nicht recht mit den Gedanken beim Essen, ich dachte wieder an Fräulein Pringsfeld und wie sie wohl meinen Brief aufgenommen hatte. Dann stand ich auf, zog die Vorhänge vor, kleidete mich aus und legte mich ins Bett, das kühle Leinen war der Haut wohltuend, in wenigen Minuten war ich eingeschlafen.

III

Jemand hustete und ich wurde wach. Tivoli stand vor meinem Bett, ich hatte tief geschlafen, wie lange er hier hustete, wußte ich nicht.
„Lieber Tivoli", sagte ich, „bitte geben Sie mir Streichhölzer und Zigaretten vom Tisch und setzen Sie sich neben mich. Ich werde mit einer Zigarette wieder frisch."
Tivoli saß im Sessel neben mir, wir rauchten, ich sah, er saß bequem und befand sich gern in diesem umgruppierten Zimmer.
„Ich habe Schwester Paula versprochen", sagte ich, „daß sie gegen Abend mit einem Wagen zur Stadt fahren kann. Wo können Sie hier im Hause ungehört telefonieren?"
„Vor drei ist niemand im Büro", sagte Tivoli.
„Dann rufen Sie am besten gleich an. Wählen Sie 2747, man meldet sich dort mit der Nummer, und Sie nennen die hiesige Nummer. Dann sagen Sie, man möchte achtzehn Uhr dreißig mit dem Wagen hier in der Nähe sein. Beschreiben Sie das ein wenig, und dann wird man Ihren Auftrag wiederholen, vielleicht mit einem Zusatz. Könnten Sie das gleich erledigen?"
Tivoli wiederholte meine Worte, ich sah, der Auftrag war nach seinem Geschmack. Er lief hinaus und ich stand auf, zog die Vorhänge zurück und erfrischte mich am Waschbecken. Dann klopfte es und Tivoli kam wieder herein.
„Erledigt", sagte er, „man hat mir geantwortet, Camille Pissaro wurde 1830 geboren."
„Vielen Dank, Tivoli", sagte ich, „dann ist dies auch in Ordnung. Setzen Sie sich bitte noch einen Augenblick hin, ich habe noch etwas mit Ihnen zu besprechen. Erstens: Kann Herr Alvenshain sich schon für einen Tag beurlauben lassen? Wie geht es ihm? Können Sie mir sagen, welche Beschwerden er hier verlieren soll? Nur ganz ungefähr, und was ist sein Beruf? Ich möchte diesem sympathischen und schwierigen Herrn gern einen Gefallen tun, und da sich die beiden, Schwester Paula und er, sagen wir vorsichtig, im Stande erster und heftiger

Anziehung befinden, also in Attraktion, möchte ich ihnen unbedingt helfen. Wollen Sie mich dabei unterstützen?"
„Brüderlichkeit", sagte Tivoli, sein Lächeln war traurig und glücklich zugleich. „Werde tun, was Sie vorschlagen."
„Nun, wie steht es mit Herrn Alvenshain? Beruf? Befinden? Darf er schon allein ausgehen?"
„Ungefährlich", sagte Tivoli, „nur ängstlich. Konnte im Anfang nicht allein aufs WC gehen, ich mußte draußen vor der Tür warten, sie blieb einen Spalt offen. Er fühlte sich nur im Bett ganz sicher. Fürchtete sich vor offenen Fenstern, vor Luken und Lücken, wo es hinunter ging. Butzi übernachtete öfter in seinem Zimmer, wenn es ihm schlecht ging. Eisenbahnrat oder so etwas ähnliches, Unfallspezialist, ist einer der ersten bei Eisenbahnunglücken, wenn sie die Schweißapparate ansetzen. Er wird dann mit dem Flugzeug geholt und vom Flugplatz mit Hubschrauber an die Unglücksstelle. Es geht ihm jetzt besser, aber er darf noch nicht allein ausgehen."
„Zweitens", sagte ich, „gibt es hier einen unbewachten Ausgang?"
„Gibt es", sagte Tivoli, „die Eisenpforte in der Mauer, hinter den Gewächshäusern. Privatausgang für den Gärtner, dem hier alles gehört."
„Gut, dann will ich mit ihm reden, er hat mir Blumen versprochen. Und nun drittens: Wie können wir Herrn Alvenshain verständigen, daß er achtzehn Uhr dreißig einen Ausflug mit Schwester Paula unternehmen soll?"
„Das übernehme ich", sagte Tivoli, „wenn er sich nicht traut, werde ich ihm Butzi mitgeben."
„Ausgezeichnet", sagte ich, „und nun noch eins. Damit nicht sofort Polizei, Rundfunk und Presse alarmiert werden, müßte er eine Erklärung hinterlassen, aus der hervorgeht, daß er sich für 24 Stunden selbst beurlaubt hat und auf Ehrenwort zurückkommt, wenn man bis morgen achtzehn Uhr dreißig nichts unternimmt, um ihn zu finden."
„Entendu", sagte Tivoli, „wenn nichts dazwischen kommt, fällt es nicht auf, ich kann das so einrichten. Er wollte schon öfter

keinen Arzt sehen, blieb tagelang im Zimmer, ich brachte ihm das Essen."

„Und nun zu Fräulein Pringsfeld. Haben Sie sie noch einmal gesprochen, nachdem sie meinen Brief gelesen hatte?"

„Sie kann Ihnen nicht schreiben, sagte sie mir. Es strengt sie noch zu sehr an. Aber sie möchte Sie unbedingt sprechen. Sie bleibt nach dem Abendessen etwas länger im Speisesaal, sie sitzt am letzten Fenster, von der Tür aus rechts das dritte, sie wird dort in den Zeitschriften lesen und Sie können sich vom Garten durchs Fenster mit ihr unterhalten. Sie erwartet Sie bestimmt."

„Wann wird das sein?"

„Das Abendessen ist um neunzehn Uhr."

„Dann könnte die Expedition schon gestartet sein. Wann geben Sie mir Nachricht, ob Herr Alvenshain mitfährt?"

„Sobald ich mit ihm sprechen konnte", sagte Tivoli, „und nun muß ich wieder hinunter."

„Sagen Sie ihm, es handelt sich um einen Ausflug in eine entlegene Jagdhütte, man kann dort kochen und hat Bad und Telefon, hohe Mauern und alte Bäume, er wird dort wieder abgeholt werden morgen und hierher gebracht. Wenn Sie mich nachher hier nicht antreffen, dann schreiben Sie mir einen Zettel und stecken ihn unters Kopfkissen. Und nun muß ich zu dem weisen Konrad."

Ich wartete, bis Tivoli das Zimmer verlassen hatte. Ich war unrasiert, Tivoli hätte mir noch verschiedenes besorgen sollen. Mir ging das mit den Eisenbahnunglücken und mit den Schweißapparaten durch den Kopf. Und der stille Herr Alvenshain hatte Angst vor allem, wo es hinunter ging.

Ich ging aus dem Zimmer und durch die Nachmittagsschwüle in den Garten, es roch durchdringend nach geschnittenem Gras und nach Harz und Rosen, in dem Feuerblau oben gab es nicht einen weißen Hauch, große Reglosigkeit des Sommers, harte Schatten, mauerstill, ich ging zu den Gewächshäusern, blickte durch die erhitzten Glasscheiben, ich konnte den alten Mann nicht finden, auch nicht im Geräteschuppen. Er hatte am Vor-

mittag davon gesprochen, die Gemüsesuppe aufzusetzen. Ich blickte mich in der Luft um. In der Tiefe des Gartens, zwischen hohen Tannen, stieg ein dünner, blaßblauer Rauchfaden auf. Ich zwängte mich durch dichte grüne Fliederbüsche, stieg über einen Zaun aus Reisern und stand in einem Wildgarten. Hier gab es keine Kieswege. Ginster, gefleckter Fingerhut, Wolfsmilch, Schöllkraut, üppig und wild durcheinander, hohes Gras, Brennesseln, Holunderbüsche und Akaziendickicht. Nirgends ein Pfad. Ich richtete mich nach den hohen Tannen, zwängte mich durch Ligusterhecken und kam auf einen Grasplatz und sah das niedrige, alte Steinhaus mit der schwarzen Blechröhre auf dem bemoosten Dach, dort schwelte der Rauch hoch. Ich rief Hallo, dann fiel mir ein, daß er nichts hörte, ging über den Grasplatz, an den Schuppen vorbei, vor dem Häuschen standen ein Sägebock, ein breiter Hackklotz, Gießkannen und Holzbütten mit Torf und Blumenerde, lagen Bretter und Balken herum, Schubkarren und rote Topfscherben. Ich ging auf die offene Tür zu, die Fensterläden waren zugezogen, dann hörte ich ein Plätschern und eine Stimme sagte: „Ich sah Ihren Schatten, kommen Sie herein und setzen Sie sich."
Ich trat ein und dann konnte ich schon einige Umrisse erkennen, es roch nach Herdfeuer und nach Gemüsesuppe, und dann sah ich seinen weißhaarigen Kopf über einer dunkelgrünen Brühe, er lag in einer verzinkten Badewanne und nickte mir zu. Ich setzte mich auf einen Holzschemel, zog die Jacke aus und schlug die Hemdärmel hoch. Man hatte hier noch mit dicken Mauern gebaut, ich sah es an den tiefen Fensternischen. Ich genoß die Kühle nach dem Sommerbrand draußen. Auf der gescheuerten Tischplatte stand ein Suppenteller, daneben ein Aluminiumbesteck, halb Löffel, halb Gabel. Dann hörte ich es wieder plätschern, er streckte den Arm aus dem grünen Wasser und deutete auf den ungestrichenen Küchenschrank.
„Die Schiefertafel", sagte er, „wenn Sie schreiben wollen." Der magere braune Arm sank in das sumpfgrüne Wasser und verschwand. Die Stunde sagte mir zu, hier konnte ich auch meine Versuche vergessen. Ich dachte, die Stunde war zufrieden mit

dieser stillen Steinhütte, mit ihm im moorgrünen Wasser, mit mir auf dem Schemel. Was hatte ich Verabredungen, Begegnungen anzuzetteln?

Ich stand auf und holte die Schiefertafel vom Nagel am Küchenschrank.

Schwamm und Griffel baumelten an einem Stück Treibschnur.

Ich setzte mich wieder hin. Er hatte die Augen geschlossen, schien im Wasser zu schlafen, sein Kopf ruhte in einem korbartigen Weidengeflecht. Ich hörte in der Mauerstille das strohene Dröhnen des Sommertags, das holzene Sommertosen. Dann wieder das Plätschern, sein Kopf glitt aus dem Weidengestell und tauchte unter.

Übungen, dachte ich, ich beneidete ihn um das Bad mit den grünen Essenzen. Dann tauchte sein Kopf wieder auf, er prustete, wischte das grüne Wasser aus dem Gesicht und öffnete die Augen.

„Habe die Blumen für Sie noch nicht geschnitten“, sagte er, „zu heiß, Sie begleiten mich nacher, werden es ja nicht eilig haben. Fürchte, die Gemüsesuppe brennt an.“

Er stieg aus der Badewanne, triefend, sein magerer, brauner Körper wirkte knabenhaft unbeholfen, die Haut war glatt und straff, in den Proportionen fehlte nirgends eine Lücke. Er tappte über die Steinfliesen in den Hintergrund, öffnete in der Mauer eine Schranktür. Auf einem gekachelten Sockel stand dahinter ein kleiner Herd, er nahm einen hölzernen Löffel und rührte in dem irdenen Topf. Dann trug er den Topf zum Tisch, stellte ihn auf einen Asbestuntersatz und deckte ihn zu. Schloß die Tür des Mauerschranks, trocknete sich mit einem rotkarierten Handtuch flüchtig Gesicht und Hände und setzte sich neben mich.

„Man kann das nach Belieben zubereiten“, sagte er, „täglich anders, mit Buschbohnen oder Tomaten, Blumenkohl oder Lauch, Karotten oder Erbsen, Gurken oder Fenchel. Man kann solche Suppen nie überbekommen, sich selbst dagegen allzu oft. Diese Pflanzen bleiben, was sie sind. Mit uns ist es veränderlich, wechselt von Tag zu Tag, heute sind wir Petersilie und morgen Thymian, Kümmel oder Majoran, keine Verläßlichkeit, Stimmungskräuter, nichts Eindeutiges. Diese Gewürzkräuter, geradezu Persönlichkeiten gegen uns wankende Wasserplanken."

Ich nickte, er schwieg, ich dachte an den Schlüssel für die Mauerpforte. Ich beneidete den einsichtigen alten Mann um seine Taubheit, er konnte reden und es konnte ihn niemand unterbrechen. Ich nahm den Griffel und schrieb auf die Schiefertafel:

„Schwester Paula wurde heute entlassen, weil man Anstoß nahm, daß sie im Zimmer von Herrn Alvenshain war. Ich möchte ihnen einen gemeinsamen Ausflug ermöglichen, ein Wagen wird sie um halb sieben hier abholen. Herr Alvenshain darf noch nicht ausgehen, könnte man ihn durch Ihren Privatausgang bringen?"

Ich gab ihm die Schiefertafel, er las, nahm den Schwamm und wischte das Geschriebene aus. Ich zündete mir eine Zigarette an. Er schlug die mageren braunen Beine übereinander.

„Entlassen!", sagte er, „Unfug. Selbstherrlichkeit. Moralpatrone. Und gesund werden sie hier nicht durch Behandlung, sondern weil sie Ruhe haben vor der Familie, vor den Kollegen. Die meisten hat der Wecker ruiniert. Nicht der Alkohol, nicht Überarbeitung oder Ausschweifungen, der Wecker hat sie zur Strecke gebracht. Vierzig Jahre unter Blechrasseln aus dem Federbett taumeln wie angeschossenes Wild, das zerrüttet gründlich und mit Ausdauer. Nehmen Sie von allen Nachttischen der Welt heute die Wecker fort und morgen wird es still und friedlich sein bis zum Himmel und die Gemütsheime stehen leer. Kriege, Revolutionen? Es wird niemand mehr rechtzeitig aufstehen zum Herumknallen."

Er stand auf, zog die Schublade am Küchentisch auf und brachte mir einen großen Schlüssel, blankgerieben. Ich steckte ihn ein und schrieb auf die Tafel:

„Das ist sehr nett von Ihnen, herzlichen Dank. Und wo finde ich die Pforte in der Mauer?"

Er las, wischte die Worte aus.
„Bringe Sie nacher hin", sagte er, „wenn wir die Blumen schneiden. Vernünftiger Plan. Alvenshain sehr sympathisch, habe ich beobachtet, fürchtet sich vor Mauselöchern im Garten. Was hat ihn denn so konfus gemacht?"
Ich schrieb: „Technische Kapazität bei der Eisenbahn, Sachverständiger für Zugkatastrophen."
Er las, nickte und wischte aus.
„Entgleisungen", sagte er, „weil sie es eilig haben. Hoppe, hoppe Reiter, wir bringen es noch weiter. Und wenn der Kopf entgleist, werden sie mit edlem Stirnrunzeln untersucht und haben einen kleinen Mann im Ohr. Das flotte Techtelmechtel dann mit den Fachausdrücken. Hochbezahlte Spurenleser, auf der Suche nach der abgekippten Persönlichkeit. Wollen Sie einen Teller Gemüsesuppe?"
Ich verneinte, deutete auf meine Zigarette. Er setzte sich an den Tisch, füllte den Teller mit dem wohlriechenden Pflanzenelixier. Ich rauchte und wartete. Er aß langsam und mit halbgeschlossenen Augen, ich sah den Löffel zittern und wehrte mich gegen die gräßlichen Augenblicke unzurechnungsfähiger Sympathie für einen alten Mann.
Gegen die Gefangenschaft des ernsten Mitgefühls.
„Wollen jetzt zu den Blumen gehen", sagte er und stand auf.
Er zog schwarze Drillichhosen an, Sandalen, hing die blaue Gärtnerschürze mit der Messingkette um den Hals, nahm die Gartenschere vom Haken hinter der Tür und tappte hinaus. Draußen setzte er sich einen riesigen, löcherigen Strohhut schräg nach hinten auf den Kopf.
„Sollten sich das auch aufsetzen", sagte er und deutete auf ein Faß an der Mauer, eine Blechschüssel mit Moos stand auf dem alten Faß, über der Moosschüssel hing ein verblaßter grüner Strohhut mit großem Rand. Ich setzte ihn auf. Der alte Mann war schon hinter den großen Tannen verschwunden. Als ich ihn eingeholt hatte, stand er unter den hohen Sonnenblumen, streichelte ein mächtiges schwarzes Blütenhaupt und schüttelte den Kopf.

„Es geht nicht“, sagte er, „tut mir jedesmal scheußlich weh.“

Ich verneinte heftig mit beiden Händen. Er bückte sich und schnitt aus dem ungeordneten, ungepflegten Blumenbeet einige große Zinnien heraus, eine mit blassem Gelb, eine blutfarbene, eine mit altem, silbrigem Rosa, eine mit verblichenem Weiß und eine ziegelrote. Dann ging er weiter zu den hochstieligen Nelken. Cremegelbe, feuerrote und schneeweiße, er schnitt behutsam und reichte mir die Blumen. Die Wege standen hier voller Unkraut, Kamille, Vogelmiere, Storchschnabel. Er schlüpfte zwischen zwei hohen, dichten Wacholdersträuchern hindurch, winkte mir. Als ich mich durch die zartstacheligen grünen Riesen zwängte, fiel mir der Strohhut vom Kopf. Ich setzte ihn wieder auf, das Nachmittagslicht war grell und scharf. Hinter den Wacholderbäumen war grüne Dämmerung, Akazien und junge Nußbäume, die hohe Bruchsteinmauer war dicht mit Efeu überwachsen. Er ging im Schatten an der Mauer entlang durch meterhohe Brennesselstauden und blieb vor der rostigen Eisentür stehen.

„Schließen Sie auf“, sagte er.

Ich nahm die Blumen in die linke Hand, steckte den langen Schlüssel ins Türschloß und schloß auf und drückte die blanke, gußeiserne Klinke nieder. Die Eisentür schwang lautlos nach innen auf, er mußte die Scharniere geölt haben. Über die dunkelgrünen Wiesen blickte ich zu der grellweißen staubigen Landstraße hinüber, die dunklen Schattenbalken der hohen Platanen lagen wie ein altes Gittermuster darüber.

Er stand neben mir, das braune, faltige Gesicht unter dem löcherigen Strohhut blickte still nach der Landstraße. Ich hatte den Eindruck, wir empfanden in diesem Augenblick nahezu das eine, gleiche.

Ich blickte in das starke, glühende Nachmittagslicht, blickte zu den breitästigen, mönchigen Platanen, dann wieder über den grünen See der Sommerwiesen hin, und wenn ich aufrichtig war, dann mußte ich mir sagen, daß ich wieder einmal nichts mehr begriff. Ich blickte in den feuerblauen ausgebrannten Himmel und spürte die klebrigen Blumenstiele in der Hand und verstand nichts mehr. Ein Leben lang redeten wir über die Welt, und im Grunde konnten wir ihre Erscheinung, ihr riesenhaftes Vorhandensein überhaupt nicht begreifen. Es war, als gehörten wir nicht dazu. Die Gewißheit einer nie auszulotenden Unerklärlichkeit blitzte auf und erschlug mich mit unhörbarem Hall.

Als wären wir aus einer nicht vorstellbaren Weltstruktur hierher gekommen ins Sichtbare, um bis zum Tode daran herumzuraten. Aber vielleicht gehörten wir früher einmal bewußtlos dazu und eine Veränderung hatte uns befallen und herausgetrennt aus der Weltzugehörigkeit, und nun blieben wir für immer aus der Mitte verbannt, Zugereiste, die sich ahnungslos und scharfsinnig behaupteten.

Seine Hand berührte mich am Ellenbogen, wir blickten uns an, wortlos deutete er hinaus. Ich nickte. Er deutete noch immer unbeweglich hinaus.

„Unverständlich", sagte er dann und wandte sich um. Ich verschloß die Eisentür und ging hinter ihm her. Wir kehrten zu seiner Steinhütte zurück. Da ich an der Tür zögerte, sagte er:

„Wollen Sie schreiben?"

Ich nickte, er tappte in den halbdunklen Raum und kam mit der Schiefertafel zurück. Ich legte den Blumenstrauß auf den umgekippten Schubkarren, setzte mich auf den Hackklotz und schrieb:

„Wie finde ich vom Hause drüben den Weg zur Mauerpforte?"

Er las, wischte es aus und sagte:

„Hinter dem Gewächshaus läuft ein Graspfad bis zur Mauer, dann links bis zur Tür."

Ich dankte ihm, er drückte mit einem Lächeln die Augen zu.

„Schon gut", sagte er, „ich gehe früh schlafen. Bin dann früh wieder auf. Besuchen Sie mich morgen. Wir wissen nicht, warum wir hier etwas tun oder lassen."

Ich nahm den Blumenstrauß in die Hand, der alte Mann war in die Steinhütte gegangen. Den Strohhut legte ich über die Moosschüssel, ging quer durch den Wildgarten, wich den Gin-

sterbüschen aus und hielt die rechte Hand über die Augen. Durch die Holundersträucher und über den Reisigzaun, ich kam wieder in den hergerichteten Teil des Gartens, über die Kieswege ins Haus.
Mir war heiß, als ich ins Zimmer trat. Ich warf das Hemd über den Sessel und erfrischte mich am Waschbecken. Dann legte ich die Blumen ins Wasser, vielleicht konnte Tivoli eine Vase besorgen oder einen Krug. Dann griff ich unters Kopfkissen und zog einen gefalteten Zettel heraus.
Eine mühevolle, krakelige Kinderschrift:

„Sie finden ihn achtzehn Uhr zwanzig hinterm zweiten Gewächshaus. Achtzehn Uhr dreißig geht sie durchs Portal.

Fraternité.“

Ich blickte auf die Armbanduhr, ich hatte noch Zeit. Ich setzte mich in einen Sessel und wehrte den Tagträumen nicht und reiste durch die Erzählungen des Sommers. Dann klopfte es und Dr. Schmidt trat herein. Der lange weiße Kittel war aufgeknöpft, hinter der scharfen, randlosen Brille blickten die blauen Knabenaugen vergnügt und zuversichtlich. Er bemerkte den Blumenstrauß im Waschbecken.
„Sie haben Blumen bekommen?“ sagte er und reichte mir die kühle, große saubere Hand.
„Der alte Gärtner hat mir weise Worte und Blumen geschenkt.“
„Dann haben Sie wohl geduldig zugehört? Er hat originelle Ansichten.“
„Man kann es auch Einsichten nennen“, sagte ich. „Er hat ein Leben lang mit den Pflanzen zugebracht, ganz unwissenschaftlich, das hat ihm manches eingetragen, das der Wissenschaft verborgen bleibt.“
„Was haben Sie gegen die Wissenschaft?“ fragte Dr. Schmidt, „es gehört zwar heute schon zum guten Ton, die Methoden der Wissenschaft als verfehlt zu betrachten, aber Sie sollten doch diese Mode nicht mitmachen.“
„Aber keineswegs“, sagte ich. „Ich fürchte, daß ich schon wieder altmodisch bin. Kehren wir zu dem alten Gärtner zurück. Er

hat den Umgang mit den Pflanzen gewählt, und er hat sie kennengelernt, weil er mit ihnen lebte. Er kennt sie ohne Mikroskop und Fachliteratur, und vielleicht kennen die Pflanzen auch ihn, auf ihre Art. Sie gedeihen nicht unter jeder beliebigen Hand. Dies nebenbei. Der sogenannte wissenschaftliche Kopf geht mit den Pflanzen völlig anders um. Ihn interessiert nicht ihr Ausdruck, die symbolische Chiffre, das chymische Wort, das die Welt in jeder Pflanze immerzu spricht. Sachkenntnis war noch nie Wesenskenntnis, die stille Rätselhaftigkeit, wenn sie ihn berührt, das sind Stimmungen, Gefühle, also unwissenschaftliches Verhalten.
Der alte Gärtner lernt die Pflanzen durch jenen Kontakt kennen, den der exakte Forscher meidet, naive Herzlichkeit, staunende, unaussprechliche Ehrfurcht, bis zum Grauen vor der numinosen Herkunft der Welt. Ein Vogelzug oder eine Rose, das sind doch nichts als Hieroglyphen aus der Bilderschrift des Alls. Wissenschaft hat es mit Wissen zu tun, Leben hat es mit allem Geheimnisvollen zu tun, das niemand zergliedert."
„Interessant", sagte Dr. Schmidt, „aber als Einwand nicht neu, gegen die wissenschaftlichen Bemühungen. Lesen Sie einmal ein kurzgefaßtes Lehrbuch der Psychiatrie. Wenn Ihnen da nicht schaudert vor den Qualen der endlos Gepeinigten, der unheilbar Gemarterten, dann weiß ich nicht, ob wir uns überhaupt noch verständigen können."
„Völlig richtig", sagte ich, „ich habe mich damit beschäftigt, und ich halte es für ästhetische Ahnungslosigkeit, etwa bei einem wahnsinnig gewordenen Dichter vom ‚Finger des Engels' zu sprechen, der ihn von der Welt erlöste. Und ich weiß, daß man die meisten dieser Kranken nicht mit Blumen oder Gedichtevorlesen heilen kann oder mit dem Betrachten von Kunstwerken, schaden würde es ihnen nicht. Aber ich denke, daß man diese Erkrankungen, wenn sie nicht im Stadium der Unheilbarkeit sind, nur kennenlernen und heilen kann, wenn man die Veranlassungen erfährt, die dazu geführt haben."
„Und welches", fragte Dr. Schmidt, „sollten diese Veranlassungen sein?"

„Mit Worten schwer auszudrücken, was sich nicht in Worte bringen läßt. Die Worte stammen von uns und die Welt stammt nicht von uns. Wir sind ihre Geschöpfte, und mit Worten machen wir die Welt zu unserer Schöpfung, mit dem Denken. Ich las bei einem ZEN-Meister: ‚Wenn das Denken auch nur einen Millimeter von der Wirklichkeit abweicht, treten Himmel und Erde auseinander.' Ich kann die Veranlassungen zu diesen entsetzlichen Leiden nicht nennen, vielleicht kann ich sie umschreiben. Diese Krankheiten sind Ausdruck einer Unterbrechung. Unterbrochen wurde nicht der vegetative, sondern der transzendente Zusammenhang mit der Wirklichkeit. Und dieser Zusammenhang besteht nur so lange, als Denken und Fühlen in Übereinstimmung bleiben."
„Nach Ihrer Definition", sagte Dr. Schmidt, „sind wir allesamt längst erkrankt."
„Nichts anderes", sagte ich, „ist damit gemeint. Und nicht anders sind die Katastrophen unserer Zeit zu deuten, der Lustmord an Minderjährigen wie der totale Krieg. Wenn das Denken nicht mehr vom Erleben geprägt wird, wird es nicht mehr vom Fühlen berichtigt. Ich darf noch sagen, was mit Erleben gemeint ist. Es handelt sich nicht um das, was die Leute ihre Erlebnisse zu nennen pflegen, obwohl diese auch dazu gehören. Erleben ist Erstaunen. Und Erstaunen ist schuldlos. Schuldlose Ergriffenheit vor den geheimen Bildern der Schöpfung. Landschaften, Gestirne, Blumen und laubstille Waldwege, Sommerverzauberung, Melancholie der Liebesinnigkeit —, das Gros der Unflate und realistischen Praktiker in aller Welt tut das als tränenselige ‚Romantik' ab, ach, welch ein Wort und welch ein Erschauern, Tränenseligkeit. Ich möchte noch ein wenig hinunter in den Garten. Aber noch einmal zu den Veranlassungen zu diesen unseligen Krankheiten. Zugrunde liegt allen der Verlust des Liebesgefühls."
„Liebesgefühl?" wiederholte Dr. Schmidt verwundert.
„Nichts anderes", sagte ich und erhob mich, „Liebesgefühl dem Geheimnis gegenüber, dem Geheimnis der Welt."
Wer sind Sie eigentlich?" fragte Dr. Schmidt, und stand auf.

„Wenn ich redlich bin“, sagte ich, „wie sollte ich das wissen?
Eine der unzähligen Signaturen dieser unerklärlichen Schöpfung.“
Es wurde an die Tür geklopft.
„Ich darf mich verabschieden“, sagte Dr. Schmidt, „interessant, um nicht zu sagen, überraschend. Jedenfalls Dank.“
„Herein“, rief ich und Tivoli trat ins Zimmer.
„Nichts zu danken“, sagte ich, „war mir wirklich wichtig, ich habe Ihnen zu danken.“
Dr. Schmidt nickte mir lächelnd zu, winkte Tivoli und verließ das Zimmer.
„Sie lassen Kopf und Schultern hängen, Tivoli“, sagte ich, „abgespannt? Setzen Sie sich hin, rauchen Sie eine Zigarette. Wie sieht es mit unserem Attentat gegen die Hausordnung aus? Ihre Nachricht unterm Kopfkissen war günstig.“
„Wenn nichts dazwischen kommt“, sagte Tivoli, „werde ich meine Stellung hier behalten.“
„Das lassen Sie mal meine Sorge sein“, sagte ich, „man hat Sie im Hause nötiger als gutes Wetter. Haben wir eine schriftliche Erklärung von Herrn Alvenshain? Gut. Und Sie sorgen dafür, daß man nicht nach ihm sucht. Können Sie wieder etwas Rotwein und Zigaretten besorgen? Und was Sie für sich brauchen, besorgen Sie mit. Hier ist das leidige Zahlungsmittel.“
Ich blickte auf die Armbanduhr. „Bleiben Sie bitte noch einen Augenblick hier, bis ich unten bin“, sagte ich.
Es war achtzehn Uhr zwanzig, als ich auf das erste Gewächshaus zuging. Das Licht flutete nicht mehr so grell, aber es war noch schwül und drückend, Stechmücken umschwirrten mein Gesicht zudringlich. Ich trat hinter das Gewächshaus, wischte mir das Gesicht trocken und trat auf den großen, schlanken Herrn zu, er stand an der Rückwand des Gewächshauses, unbeweglich und in guter Haltung.
„Guten Abend“, sagte ich halblaut. Er verbeugte sich und grüßte mit dem weichen Strohhut. Hellgrauer Anzug, mattgraues Hemd mit tadellosen Manschetten, frisch rasiert, Duft von Ra-

sierwasser, ich empfand sein gepflegtes Aussehen angenehm.
„Ich fürchte“, sagte ich, „es wird wieder nicht zu einem Gewitter kommen. Erlauben Sie bitte, daß ich vorangehe. Vielleicht nehmen Sie so lange den hellen Strohhut ab, man könnte ihn durchs Laub leuchten sehen.“
„Leuchten?“ sagte er und nahm ihn sorgfältig vom Kopf, „das ist sicherlich richtig.“ Er war stehengeblieben und horchte. Ich konnte das Geräusch hören, drüben auf der Landstraße brummte ein Motor auf, dann wurde hart heruntergeschaltet, und dann war nichts mehr zu hören. Wir gingen hintereinander an den Gewächshäusern vorbei und zwischen den Akazien den Graspfad hinunter bis in den Schattengang der hohen Mauer. Herr Alvenshain zupfte einige Kletten von seinem Anzug, ich wehrte den Stechmücken, die mir ins Gesicht flogen. Dann gingen wir durch die Brennesselstauden und durch das hohe Gras an der Efeuwand entlang bis zur rostbraunen Eisenpforte. Es war achtzehn Uhr fünfundzwanzig. In der grünen Dämmerung blieb die Luft lau und still. Ich nahm den Schlüssel aus der Tasche und schloß auf. Herr Alvenshain stand aufrecht und unbeweglich neben mir, die dunklen Augengläser auf mich gerichtet. Er öffnete die schmalen Lippen und schloß sie wieder. Nicht nötig, dachte ich, daß wir hier noch Höflichkeiten wechseln. Er öffnete noch einmal den Mund. Ich kam ihm zuvor.
„Wir gehen jetzt sofort zur Landstraße hinüber“, sagte ich, „und drehen uns nicht um. In einer guten Stunde sind Sie bereits in der Jagdhütte, Sie finden dort alles, was Sie bis morgen benötigen. Morgen vormittag lasse ich Sie wieder durch diese Pforte. Wenn Sie das Fahren anstrengen sollte, schließen Sie die Augen. Das ist alles.“
„Verbindlichsten Dank“, murmelte er.
Wir traten hinaus, ich schloß die Pforte ab, schnurgerade gingen wir zur Landstraße hinüber. Unter den Platanen stand ein niedriger, grüner Zweisitzer. Am Steuer saß ein tief gebräunter junger Mann in einem maisgelben Pullover, braune Baskenmütze, dunkle Sonnenbrille.

„Guten Abend, Freddy“, sagte ich, „dies ist Herr Alvenshain.“
„Guten Abend, Herr Doktor“, sagte Freddy und reichte uns die Hand. Herr Alvenshain stieg ein.
„Dort kommt Schwester Paula“, sagte ich, „fahren Sie schon los und nehmen Sie sie dann auf dem Rücksitz mit. Gute Fahrt.“
Der Wagen fuhr an, und ich winkte ihnen nach und ging durch die Wiese zur Mauer zurück. Als ich mich noch einmal umwandte, war der grüne Wagen verschwunden, und die helle Staubwolke hielt sich noch einen Augenblick und schwebte auf die Landstraße nieder. Ich schloß auf, trat ein und schloß wieder ab. Ich folgte der Efeumauer und kam wieder zu den Gewächshäusern, hielt mich nach rechts und dann war ich wieder in den Bezirken des Ziergartens, ging auf die Hausmauer zu und daran entlang, zählte die Fenster, zwängte mich durch ein Gebüsch und stand vor dem letzten Fenster, es war geöffnet, und dahinter sah ich weißgedeckte Tische. Die Teller waren abgeräumt, die Stühle leer, es war völlig still in dem hohen, weißgestrichenen Raum. Ich trat dicht ans Fenster und hörte das zögernde Blättern. Jemand blätterte in Zeitungen oder Zeitschriften, ohne etwas zu lesen, und als ich das erste Wort halblaut sagte, stand das Blättern wie mitten in der Luft still.
„Bitte rücken Sie mit dem Stuhl zum Fenster“, sagte ich. Hinter dem geöffneten Fenster blieb es still, als wäre längst niemand mehr in dem nüchtern kahlen Raum, nur noch die Luft und die schrägen gelben Lichtbretter der Abendsonne. Dann wurde ein Stuhl gerückt. In der Fensteröffnung erschien der dunkelblonde Scheitel des Mädchens. Fräulein Pringsfeld drehte den Kopf ein wenig und ich hatte jetzt ihr Profil vor mir. Die Zeichnung der Nase unter der leicht gewölbten nicht zu hohen Stirn war anmutig klar und lieblich streng, Nasenflügel und Lippenrand waren beinahe unerträglich hübsch. Das Profil im Ausdruck von einer sinnenden Behutsamkeit und scheuen Geduld.
„Sind Sie dort drin allein?“ fragte ich. Sie nickte.
„Nehmen Sie eine Zeitschrift zur Hand und blättern Sie ab und zu darin.“

Ich hörte das schleifende Geräusch, sie zog die Zeitschriften vom Tisch, dann hörte ich wieder das Umblättern.
„Sie möchten gern von hier fort? Das kann jeden Augenblick geschehen."
Das Blättern hörte auf, ich sah wieder ihr Profil, sie hatte die Augen geschlossen. Sie schien den Atem anzuhalten.
„Jeden Augenblick", wiederholte sie leise mit geschlossenen Augen.
„Jeden Augenblick. Dann können Sie draußen vor der hohen Mauer im Gras sitzen, in der Abendsonne, statt in diesem öden Speisesaal."
Über uns im Hause wurde eine Tür zugeschlagen, dann rauschte in der Wand eine Wasserleitung, eine Telefonglocke schlug an.
„Ich komme gerade von draußen. Vor der Mauer wächst Gras, dann kommt man durch die Wiese zur Landstraße, dort stehen die großen, alten Platanen. Darüber ist der Himmel, sehr weit und abendblau, sehr weit und still. Auf der Landstraße liegt Staub, zuweilen fährt ein Auto vorüber, und der Sommerabend ist überall, unverletzlich und leuchtend und allein, glänzend und mürb wie ein Bund Stroh."
Sie hörte noch immer mit geschlossenen Augen zu.
„Blättern Sie bitte wieder um."
Ich hörte das Umblättern schwach, sie blätterte ganz leise.
„Wenn man draußen ist, fühlt man noch mehr als man sieht, und dann reichen die Worte nicht mehr aus. Man kann auf das Gras zeigen, auf die Bäume, in den Himmel und wenn man auch alle Worte richtig gefunden hätte —, dann wüßte man zuletzt, daß noch ein Wort fehlt, ein einziges für etwas, auf das man nicht hinzeigen kann. Und weil man dieses Wort nie finden kann, deshalb bleibt alles, was man anschaut, unerklärlich."
„Warum kann man es nicht finden?", fragte sie und öffnete die Augen.
„Vielleicht verbirgt es sich. Wenn man die Gräser fragen könnte. Efeu oder Brennessel, einen Stein oder die Luft, vielleicht könnte man das Wort dann finden."

„Aber man kann sie doch fragen", sagte sie, und dann hörte ich sie ungeduldig umblättern.
„Man kann sie fragen", sagte ich, „und sie antworten nicht."
„Antworten sie wirklich nicht?" fragte das Mädchen.
„Nicht mit Worten, sie bleiben stumm."
„Was möchten Sie sie denn fragen?"
„Nicht viel", sagte ich, „ich würde das Wasser oder den Holunder fragen: ‚Wo seid ihr hergekommen?'"
„Und wir?" fragte sie.
„Dafür gibt es kein Wort."
„Kann man denn nicht alles mit Worten sagen?" fragte sie.
„Das Beste nicht."
„Kann ich jetzt hinaus vor die Mauer?"
„Ja, wenn Sie vorsichtig sind. Wissen Sie, wie man vom Speisesaal in den Garten kommt?"
„Nur durch die große Küche."
„Dann versuchen Sie jetzt, durch die Küche in den Garten zu kommen, ich warte draußen zwischen den Gewächshäusern."
Ich hörte Schritte, eine Tür wurde zugeschlagen, jemand sang vor sich hin, summte und mußte niesen. Ein helles Frauenniesen. Ich duckte mich und zwängte mich rückwärts durch das Gebüsch und stand auf dem kurzgeschnittenen Rasen, ging auf den Kiesweg und dann zu den Treibhäusern. Und nun stand ich heute zum zweiten Mal dort.
Ich wartete lange, und dann hörte ich Schritte, man kann sie auf dem Gras nicht unterscheiden, und dann stand Tivoli vor mir. Traurig und vorwurfsvoll und zugleich mitfühlend blickte er mich an.
„Was gibt es, Tivoli?" fragte ich.
„Man hat sie in der Küche erwischt, als sie in den Garten wollte. Ich kam gerade dazu, als Schwester Ulrike sie die Treppe hinauf führte. Dann läutete eine Patientin, und die Schwester mußte in eine andere Abteilung, ich brachte Fräulein Pringsfeld auf ihr Zimmer. Sie war aufgeregt und sagte immerzu, daß sie zu den Treibhäusern müßte."

„Hören Sie zu Tivoli, ich erkläre Ihnen später alles genau, Sie dürfen mich jetzt nicht im Stich lassen. Ich muß mein Versprechen halten, sonst war alles für die Katz. Denken Sie nach, wie könnte sie jetzt noch in den Garten kommen?"

„Nur noch durch meine Wohnung", sagte Tivoli. „Ich habe Ihnen das Abendessen gebracht, den Rotwein und die Zigaretten."

„Dann bringen Sie sie durch Ihre Wohnung hierher, unauffällig."

Tivoli zögerte, nickte betrübt, machte mir mit der linken Hand ein Zeichen und schlich fort.

Ich stand in der schwülen Luft, roch die Pflanzengerüche, stechend und brandig, Kamille und Minze und Salbei, ich setzte mich auf einen Stoß roter Ziegelsteine, ich wollte nichts denken, wollte der Hitze zuhören, der Stille, dem Nichtgeschehen ringsum, das ein unhörbares ununterbrochenes Geschehen war, Gedeihen, Blühen, Duften und Sichnähren. Hörte ich der Zeit zu?

Durch die Zeit kamen Schritte, waren nicht mehr zu hören, ich stand von den Ziegelsteinen auf. Dann hörte ich einen schwachen Ruf. Ich ging um das schräge Glasdach herum und sah das Mädchen im gelben Abendlicht, auf der Treppe zum Gewächshaus, es stand halb unter mir, streckte die Hand nach dem Türgriff aus, wandte das Gesicht und sah mich ängstlich, mit unwilligem Stirnrunzeln an. In der warmen Luft war es still, der Staub glänzte matt auf den schrägen Glasdächern.

„Nun", sagte ich, „da sind Sie also doch noch in den Garten gekommen."

Sie drückte die Klinke nieder, öffnete die Glastür und blickte in das stille Treibhaus, als erwartete sie in dem stickig warmen Halbdunkel etwas zu sehen, das durch die trüben Glasscheiben ihr von draußen verborgen blieb.

„Niemand", sagte sie und drückte die Tür zögernd zu. Sie blickte mich wieder an, ihr Blick wie schlafend oder von vielen Schlafmitteln benommen und im Auffassen unsicher.

„Der Gärtner geht schon zeitig schlafen", sagte ich. Ich deutete nach den hohen Tannen.

„Sie hat gar kein Wasser", sagte sie. Auf der Treppe stand ein Nelkentopf, die lange, gefüllte gelbe Nelke war mit einem Baststreifen an ein dünnes Stöckchen gebunden. Ich sah nirgends eine Gießkanne.

„Suchen wir uns eine Gießkanne mit Wasser", sagte ich und ging langsam den Graspfad hinunter.

„Wenn die Schwester das Fenster öffnet", sagte sie hinter mir, „kann ich die Glashäuser sehen. Warum wachsen hier so viele Kamillen?"

Sie war im Speisesaal ganz vernünftig, dachte ich, der Garten bringt ihr zu viele Eindrücke auf einmal.

„Wo führen Sie mich denn hin?" Sie blickte mich verzagt an, wie schlafend und als sähe sie in sich selbst etwas völlig anderes als draußen.

Ich holte den großen Schlüssel aus der Tasche.

„Damit können wir hinaus, vor die Mauer", sagte ich.

„Und dann?" fragte sie, sie strich eine unsichtbare Haarsträhne aus ihrer klaren, etwas runden Stirn.

„Dann können wir tun, was wir wollen. Wir können uns auch eine Hütte aus Zweigen bauen und uns verstecken oder Hamster und Dachs spielen."

„Ich glaube Ihnen nicht", sagte sie, aber sie lachte jetzt, noch etwas steif, sie hatte noch nicht den Mut, ungezwungen zu lachen, sozusagen rücksichtslos.

„Ich glaube mir auch nicht", sagte ich.

„Aber ich möchte mich gern verstecken", sagte sie.

Wer möchte sich nicht gern verstecken, dachte ich, und am liebsten vor sich selbst.

„Dann tun Sie's doch", sagte ich.

„Sie müssen die Augen zumachen und sich dreimal umdrehen", sagte sie.

„Und wann soll ich Sie suchen?"

„Sie müssen bis hundert zählen", sagte sie, „jetzt machen Sie bitte die Augen zu, umdrehn, zählen."

Ich hörte ihre Schritte auf dem Gras, dann hörte ich, wo sie in die Hecke hineinging, ich wartete noch etwas und öffnete die Augen. Der Graspfad war leer und allein. Unmittelbar war die Einsamkeit des Grases und der Luft zurückgekehrt, die Schatten dunkelten unter den Büschen, zwischen den Baumhekken war das Abendlicht schon dämmerig, bald würde es wie Rauch in dem grünen Dickicht stehen und in der Ferne verblauen. Sie konnte nicht weit gegangen sein. Vielleicht beobachtete sie mich aus einem Weidengebüsch. Ich ging etwas herum und dann auf die richtige Stelle zu, und vor dem Buschwerk zögerte ich. Sie wollte sich gern verstecken, wollte sie denn gefunden werden? In ihrem Versteck war sie jetzt frei. Sie wollte nur gesucht werden. Sicher fragte sie immer wieder die Schwester, ob sie bald fortgehen könnte, sie wollte nichts als dies: fort. Nun war sie fort. Es war nicht viel, aber für diese Minuten war es alles. Es gab nichts mehr, wogegen sie sich wehren konnte, und allmählich mußte sie sich selbst vorfinden. Es konnte die Krise beschleunigen.

Ich ließ ihr Zeit, ging an der richtigen Stelle vorüber, kehrte langsam um und gab mir den Anschein, zu suchen. Wie würde ihr die Verlassenheit im Versteck bekommen?

„Wenn ich nur wüßte, wo Sie stecken?“ sagte ich laut. Ich streifte durch die Akaziensträucher, sie sollte mich hören, noch durfte sie sich nicht verloren vorkommen vor lauter „Freiheit“, und dann fühlte ich wieder jene geheimen Übereinstimmungen der grünen Plätze, Orte und Baumgruppen, den absichtslosen Einklang der miteinander in der Erde wurzelnden Gewächse, nur zu fühlen wie eine grüne Übereinkunft in der Luft.

Ich war doch etwas weiter gegangen, als ich vorhatte, und als ich umkehrte, stand Fräulein Pringsfeld unbeweglich auf dem Graspfad. Ihr Blick hatte den trüben, dämmernden Ausdruck verloren.

„Warum haben Sie mich nicht gesucht?“ fragte sie spöttisch, „und gefunden haben Sie mich auch nicht. Sie träumen ja am hellen Tage.“

Ich war mit diesem Ton ganz zufrieden.

„Ich war ungeschickt“, sagte ich, und dann betrachtete ich sie mit unverhohlener Bewunderung. Das blasse Gesicht war

durchblutet, der Blick lebhaft, gespannt. Ich sah, sie fühlte meine Bewunderung. Ihre hilflose Vertraulichkeit war verschwunden und ich spürte bereits eine Zone von anmutiger Zurückhaltung, sanfter Kühle.
„Ich konnte nicht länger warten", sagte sie vergnügt und ungeduldig. Ich betrachtete ihr mädchenhaftes, dunkelblondes Haar.
„Wo steckten Sie denn?", fragte ich.
„Dort drin."
„Und Sie fühlten sich allein?"
Sie nickte. „Allein wie ein Käfer", sagte sie.
„Sie wollten doch einmal ganz allein sein?"
„Fühlte mich jämmerlich verlassen."
„Das geht mir nur unter Menschen so", sagte ich, „unter Zweigen und Laub und im Gras fühl ich mich wie zu Hause."
„Wer sind Sie eigentlich?"
„Das sehen Sie doch", sagte ich, „jedenfalls nicht der Abend und nicht der Garten."
„Und was tun Sie hier?"
„Was tut man hier", sagte ich, „darauf gibt es nur Antworten, die es schon gegeben hat, und jeder nächste Augenblick ist etwas, was es noch nie gegeben hat."
Wir gingen nebeneinander durch die Akazienschatten auf die efeubewachsene Bruchsteinmauer zu.
„Waren Sie krank?" fragte sie.
„Man sollte es annehmen", sagte ich, „wenn jemand über die Mauer hier eindringt, ohne Gepäck und ohne Ausweis und nicht angeben kann, wer er ist."
„Wissen Sie es wirklich nicht?"
„Wer ist man wirklich und wo kommt man wirklich her?"
„Und warum sind Sie hier eingedrungen?"
„Solange man hier bezahlt", sagte ich, „bleibt man hier unbehelligt. Die Stunden kommen und schwinden, und man behält das Gefühl: es gilt nicht."
„Was gilt nicht?"
„Was man hier denkt und tut, innerhalb der Mauer. Draußen, vor der Mauer, da gilt es."

„Ist das nicht ein Wort aus einem Spiel?“
„Man kann beim ‚Nachlaufen‘ nicht ‚geschlagen‘ werden, wenn man sich auf einen bestimmten Platz stellt. Bei den Kindern heißt er ‚die Ruh‘. Draußen, vor der Mauer, wird man ‚geschlagen‘.“
„Und was suchen Sie in der ‚Ruh‘?“
„Wenn man es weiß, sucht man es nicht.“
„Kann man etwas suchen, was man nicht weiß?“
„Gewiß“, sagte ich, „man sucht immer die Zukunft, und was weiß man von ihr?“
„Haben Sie noch den Schlüssel? Und wo ist das Tor?“
„Wollen Sie denn vor die Mauer?“
„Sie haben es versprochen.“
„Wo wohnen Sie denn?“
„Bei einer alten Tante.“
„Wollen Sie denn dort wieder hin?“
Sie schwieg, blickte ins Gras. Sie wollte nicht wieder zu dieser alten Tante. Sie wollte nur fort. Sie wollte in die Zukunft. „Geben Sie mir bitte den Schlüssel.“
Ich nahm den Schlüssel aus der Tasche, sie streckte beide Hände danach aus. Dann schloß sie die Augen, drückte den Schlüssel an ihre Brust und sagte:
„Jetzt bin ich frei, ich habe den Schlüssel.“
Fortsetzung folgt, dachte ich.
„Frei?“ sagte ich, „das zählt doch nur nach Metern und Minuten.“ Aber sie hörte nicht mehr zu. Wir gingen an der hohen schwarzgrünen Efeuwand entlang bis zur Eisenpforte.
„Versuchen Sie, aufzuschließen“, sagte ich.
Sie mußte beide Hände nehmen, um den Schlüssel herumzudrehen. Dann riß sie die Tür zurück und sprang hinaus. Ich lehnte mich an den verwitterten Sandsteinpfosten und blickte nach den hohen Platanen hinüber. Unverrückbar, schienen sie in dem milden Abendlicht eingekehrt wie in die Mitte irdischer Verliese. Sie war nicht weit fortgelaufen. Jetzt streichelte sie die Gräser und die Margeriten.
„Können Sie die Freiheit jetzt sehen?“ fragte ich.

War der Abend frei, dachte ich, war die Luft frei, die Platanen, die Wiesen? Sie wurden gewirkt. Sie wurden in die ununterbrochen sich wandelnde und ziehende Wirklichkeit gewoben.
Zaghaft ging sie draußen an der Mauer entlang, befühlte die alten Bruchsteine und die pelzigen Moospolster.
„Das gleiche Gras wie hinter der Mauer", sagte ich. Sie hörte nicht hin. Sie pflückte Blumen, Pechnelke, Glockenblumen, Margeriten, Hahnenfuß, Klatschmohn. Mit dem langstieligen Strauß kam sie zurück. Hatte sie Angst vor so viel Freiheit? Sie hatte sich von der Freiheit gepflückt, um sie in ihr Zimmer zu bringen.
„Genügt das für heute abend?" fragte ich. Ihre Augen waren klar, das Augenweiß nur noch schwach bläulich, sie blickte mich zärtlich an, ihr Betragen war jetzt schlicht und unverkrampft.
Ich lehnte noch immer an dem grünlichen Sandsteinpfosten. Ich dachte an meine „Versuche", ich hatte hier noch nichts begonnen, stets lief mir wieder jemand in den Weg, und ich konnte nicht widerstehen, wenn auch nur vorübergehend behilflich zu sein.
Sie wartete und ich rührte mich noch immer nicht. Es war mir wohl, es war einer der seltenen, ruhigen Augenblicke, die uns ermutigen, nichts zu tun, nichts mehr zu tun. Der weite Abendhimmel wurde in der Ferne grünblau. Es war immerzu etwas getan worden, Jahrtausende lang, Gutes und Schlechtes, hatte es sich gelohnt? Die Weltgeschichte, wo war sie hingeschrieben? Nicht in den Himmel, nicht in die Luft, die hatten sich nicht verändert. Ich dachte an jenen Fünfundzwanzigjährigen, er starb vor über hundert Jahren in Rom, an der Schwindsucht, an der Vergeblichkeit, an der Nutzlosigkeit, am Leben. Ich dachte an den Bericht über seine Todesstunde. „Der Sterbende", hieß es, „ließ sich den Kirchhof schildern und freute sich, daß viel Veilchen dort wuchsen; sie waren immer seine Lieblingsblumen gewesen. ‚Ich fühle schon, wie sie über mir wachsen', sagte er. Die Worte für sein Grabmal wählte er ohne Bitterkeit:

HIER RUHT EINER, DESSEN NAME INS WASSER GESCHRIEBEN WURDE.

Die Weltgeschichte, wohin geschrieben? Jahrtausende, wohin vergangen? Was blieb davon übrig? „Er freute sich, daß viel Veilchen dort wuchsen." Es blieben vielleicht ein paar Veilchen übrig...

„Gehen wir wieder hinein", sagte ich zu dem schönen Mädchen. Sie war damit beschäftigt, den Feldblumenstrauß zu ordnen. Sie nickte lächelnd. Sie war draußen gewesen, vor der Mauer, es war nicht mehr rückgängig zu machen, und sie nahm die Zeugen der „Freiheit" mit.

Take it easy, dachte ich. Ich bat um den Schlüssel, schloß die Eisentür ab und steckte den Schlüssel ein. Nebeneinander gingen wir an der Efeuwand zurück, unter den stillen Akazien, durchs niedergetretene Gras bis zu den Heckenrosen.

„Und nun gehen Sie allein voran", sagte ich, „ich kenne Tivolis Wohnung noch nicht. Schlendern, nicht laufen. Ich komme langsam nach."

Sie ging in weitem Bogen um das große, alte Gebäude herum und hielt sich ganz gut unter Bäumen und hinter Büschen in Deckung. Dann kam sie am Brunnen vorbei, dort hatte ich gestern abend gesessen und Geldscheine gezählt. In den Ställen war es still, die Hühner waren verschwunden, sie ging an den Fenstern der großen Waschküche vorüber und dann die Treppenstufen hinunter, dort wartete sie auf mich.

In dem reinen, noch klaren Abendlicht sah ihr weißes Gesicht schuldlos lieblich aus. Ich ließ den Augenblick vorübergehen, ich wartete, bis er endgültig in mir vorüber war, denn ich hätte sie jetzt gern an mich gezogen, in den Armen gefühlt und ihr liebliches Gesicht in den Händen gespürt. Ich klopfte an die verschlossene Tür. Die Fenster im Souterrain wurden erleuchtet. Dann wurde ein Schlüssel herumgedreht und die Tür ging auf und Lampenlicht fiel heraus und Tivoli zog uns herein und schloß wieder ab.

„Hier, bitte“, sagte er leise und öffnete links eine Tür. In der niedrigen, erleuchteten Stube lag ein ungewöhnlich großer Mann auf dem roten Sofa und las. Sein Kopf war glatt geschoren, er trug einen schwarzen, ärmellosen Pullover.

„Mein Bruder Hugo“, sagte Tivoli, befangen, lächelnd.

Der große Mann mit dem flächigen, winterbleichen Gesicht legte das Buch auf den Tisch, sprang vom Sofa, schlenkerte mit den langen, nackten Armen, scharrte mit den Schuhen und verbeugte sich mehrere Male. Ich interessierte mich für seine buckelige Stirn, für die schräg nach oben wachsenden schwarzen Augenbrauen.

„Angenehm, hohoho“, sagte er mit natürlicher, tiefer Baßstimme, zuckte mit den Schultern, zappelte mit den muskulösen, bleichen Armen, spitzte den großen Mund, wie um Rauchringe zu bilden, und steppte mit den Schuhen, während Tivoli uns bekannt machte.

„Er war sechs Jahre im Krieg“, sagte Tivoli halblaut zu mir, „er hat alles verloren.“

Aber der große Zappelphilipp hörte scharf.

„Hohoho, verloren“, sagte er, im Baß tönend, „in den Fässern war eingeschnittenes, eingesalzenes Kraut, deutsches Sauerkraut, alles verloren, den Krauthobel verloren, die Krautköpfe verloren, die eingesalzenen Köpfe verloren, es war eine Pracht, geschnitten und gesalzen, den gesalzenen Krieg verloren, sechs geschnittene und gesalzene Jahre verloren.“

„Hugo“, sagte Tivoli bittend. Hugo lachte schallend.

„Ich bringe Fräulein Pringsfeld nach oben“, sagte Tivoli ängstlich zu mir.

„Darf ich einmal wiederkommen?“ fragte das Mädchen, sie war fasziniert, aber diese Kur erschien mir zu drastisch.

„Sie dürfen, dürfen, dürfen“, sagte Hugo und schlenkerte mit den Armen, ruckte und zuckte mit Schultern und Hüften, „denn Sie müssen sich meine Sammlung ansehen, meine gesammelten Niederlagen, erkämpfte neuzeitliche Schlachtschäden, Ausstellung in der Brusttasche.“

Sie starrte ihn unbeweglich an, Tivoli schob sie sanft ins Nebenzimmer. Der große Mann setzte sich wieder auf das niedrige, rote Sofa.
„Können Sie mit den Ohren winken?“ fragt er entmutigt.
Ich verneinte. Er schloß die starren, grauen Augen, atmete tief ein, ließ die mächtige Brust schwellen, dann bewegten sich seine großen, fahlen Ohren mit winzigen Rucken hin und her. Pfeifend atmete er aus, riß die Augen auf und lächelte ergeben.
Ich nahm das Zigarettenpäckchen aus der Tasche.
„Gekonnt“, sagte ich, „nehmen Sie eine?“
„Ich rau-rau-rau-rau-rauche nicht“, sagte er taktierend, sprang auf, zog ein riesiges Messingfeuerzeug aus der Tasche, legte damit wie mit einer Pistole auf mich an und gab mir Feuer.
„Danke“, sagte ich, „und wo ist Butzi?“
Er ließ sich auf das knirschende Sofa fallen.
„Butzi hat Dienst“, sagte er „wollen Sie nachher meine Sammlung sehen? Katalogisiert, inventarisiert, herbarisiert, pasteurisiert, ich atme nur noch für diese Sammlung. Wenn das noch Sammeln heißt, wenn man das Stammeln preist, Volksgenossen, es wird auf jeden Verräter geschossen! Der Feind ist im Osten schon wieder vernichtend geschlagen, ich kann das an Stelle der Vorrsähung sagen, er wird sich nie wieder aus dem Blutkessel erheben, wir haben es ihm auf die deutsche Art gegeben. Eins, zwei, drei, da knallte es im Bunker der Reichskanzlei, da schoß er sich in den Gaumen und, vorher vergiftete er noch seinen Schäferhund. Das Großtausendjährige Reich war hin, sie verbrannten den Retter mit Benzin.“
Nun, dachte ich, wenn er es nötig hat. Er wird es nötig haben.
Er holte tief Atem und legte wieder los:
„Wieder sind ein paar Jährchen herum, auf den Gräbern blüht es ungestört, die Trauerschleier sind eingemottet, die Bücklinge sind billiger geworden, wen gelüstet es da noch nach Morden? Rumms, da muß doch etwas getan werden, das hält doch der friedlichste Kleinwohner nicht mehr aus, diesen lahmen Entenfrieden ohne Abschüsse, ohne Fanfarenmeldungen, wo soll das denn bloß hinführen? Und so wetzen sie wieder die geschwollne

Lippe, die gewerbsmäßigen Aufhetzer, die haarscharfen Gewitteriche, Beifall, der Marschtritt wird aufpoliert, donnernder Applaus, die beliebten Hetzartikel ziehen schon wieder, die Wortknallfrösche, allem weit voran die abgeschnittene echt altgermanische Waffenehre, die untragbare Landes-, Luft- und Wasserschande, die Gehässigkeitszünder, das allbeliebte volkstümliche Dolchstoßtoto, hier kann jeder hetzen, immer herein in den altdeutschen Hetzverein, wozu das viele junge Blut? Ran an den Feind und mehr Hinterbliebenenmut! Seid ihr alle da? Ja! Der Soldatenkalender ist auch wieder da. Den Generälen juckt das Winterfell, pensionsberechtigt bleibt man auf alle Fäll. Drei Millionen Tote haben sie auf dem harten Ruhegewissen, auf dem flotten Soldateneid, hinter der emsigen Memoirenfeder; die sie in den Ehrentod geschickt, können nicht mehr schreiben. Doch die Illustrierten mit den hohen Auflagen, 500000, 700000, das haut hin, würden auch die Toten gern zu Wort kommen lassen, mit Schnappschüssen unseres Totenberichterstatters, mit der Geheimkamera ins Jenseits und zurück, da kann man sich doch nicht einfach hinlegen, und da kann man doch nur sagen: nein!"

Er schwieg, streckte die Fäuste auf den Tisch, ließ die Oberarmmuskeln an- und abschwellen, lachte schallend und hüpfte auf dem Sofa herum, die Federn klangen, das Rahmengestell knirschte. — Ich wartete auf Tivolis Rückkehr. Auf leeren Magen ein bißchen unerwartet, dachte ich. Er will es loswerden.

Er beruhigte sich, hüpfte nicht mehr, aber er fing noch einmal an:

„Nützt alles nichts. Sobald sie sich wieder satt essen und voll trinken können, muß auch ein Feind her, wir werden ihn in die Pfanne schlagen rechts oder links, das ist Jacke wie Breeches, vorläufig toben sie sich noch bei Fußballschlachten aus. Die Bundesbahn legt Sonderzüge ein und die Post montiert Sonderpostämter, die Tiere brüllen, wenn der Hunger sie quält, die Wehrtüchtigen brüllen, wenn der Gegner ein Tor verpaßt bekommt, ach ist die Freude an der Gaudi schön, nun laßt uns auch noch zu den Boxern und den Knochenbrechern gehn!

Kultur? Wenn ich bloß dieses entartete Fremdwort höre, ziehe ich meinen Sechsschüssigen, sagte Herr Johst oder Herr Kaltenbrunner, Herr Heydrich oder Herr Frank. Wie war doch die Kristallnacht schön, wer weiß ob wir das wiedersehn. Was brannten doch die Synagogen so fein, und in die Gaskammern trieb man sie ohne Badeanzüge hinein. Gezeichnet: das Volk der Dichter und Denker. Gelichter und Henker!"

Tivoli war leise aus dem dunklen Nebenzimmer gekommen. „Du regst dich wieder auf, Hugo", sagte er freundlich.

Er stellte mir einen Teller mit belegten Broten hin.

„Ich muß mich aufregen", sagte der große Hugo. Tivoli stellte eine Flasche auf den Tisch, brachte drei Gläser und schenkte Rotwein ein. Der Appetit war mir vergangen, ich trank und rauchte.

„Ich kann mich nur nicht mehr abregen", sagte Hugo, „die Belogenen und Betrogenen haben schon wieder Seife in den Ohren, man hat sie tüchtig eingeseift, damit sie eines Tages mit Begeisterung wieder in die Massengräber sinken, bei gutem Fußballwetter, für die großen Intendanten. Heute ist es der Frieden, für den sie einander erschlagen sollen, morgen die Freiheit, für die sie einander massakrieren sollen, übermorgen das steuersüchtige Vaterland, für das sie in die Flammenwerfer laufen sollen, hört das denn nie mehr auf, wird denn daran noch immer so viel verdient, daß es sich lohnt, sie wieder aufzuhetzen, die Kumpels und die Kleinsparer, die Jungverheirateten und die Währungs-, Flieger- und Ruinengeschädigten, die Motorradfahrer und die Brieftaubenzüchter, die Kurzsichtigen und die Zuckerkranken? Wer hetzt sie denn zu einsamen Spaziergängen auf, wenn das Getreide hoch steht mit Mohn und Kornraden? Aber an Spaziergängen kann nichts verdient werden, der Krepp hält unverwüstlich. Wer hetzt sie zur Barmherzigkeit auf, zur Tierliebe, zur Nachsicht mit Igeln und Eidechsen? Soll das noch menschenähnlich sein, was einmal Seife aus Geistlichen machte? Das kann sich doch nicht mehr sehen lassen vor dem kleinsten Sauerampfer, Löwenzahn oder Huflattich, von Primeln ganz zu schweigen."

Der große Hugo schwieg, wimmerte und stöhnte, warf sich längs auf das rote Sofa, drehte uns den Rücken zu, keuchte und flüsterte vor sich hin.
„Es hilft ihm“, sagte Tivoli leise, bedrückt, als hätte er das Geschick seines Bruders auf dem Gewissen. Ich schenkte wieder ein, mir war übel und ich mußte Hugo recht geben. Tivoli rauchte, er saß still zu Füßen des großen Bruders, wir schämten uns, nicht Hugos wegen.
Die Feindseligkeit, dachte ich, in jedem Stadtviertel, in jeder Wohnstraße, in jedem Wohnhaus, was nährte sie? War es die Unzufriedenheit mit dem eigenen, unerbittlichen, lebenslangen Los? Dem Los der Zeitsklaven, Ehesklaven, Berufssklaven, Triebsklaven, dem Los ohne Trost, ohne Sinn, ohne Muße, ohne arglose Herzensfreude, ohne absichtslose Innerlichkeit? Man hatte mit der schuldlosen Lebensfrömmigkeit gründlich aufgeräumt...
Hugo setzte sich wieder auf, zog ein großes blaues Taschentuch aus der Tasche und schneuzte sich trompetend. Er schnitt Grimassen, schüttelte den kahlgeschorenen Kopf, griff nach seinem Glas und trank es auf einen Zug aus.
Tivoli nickte ihm freundlich zu, als wäre Hugo eben in die Stube gekommen.
„Der deutsche Mann flennt nimmermehr“, sagte Hugo schnüffelnd, „Nickel und Chrom, ehern, knorrig, zackig, alles Granit. Die betoneiserne Haltung, meine Herren, auch noch beim blonden Naturschatz im Bett! Achtung, Minengefahr. Keine Gefühle, das ist was für Weiber und Ästheten, für schwachbrüstige Dichter, wir halten der Wirklichkeit stand und geben ihr, was ihr gehört, wenn sie nicht pariert. Und was sie alle zu Biestern macht, davon wird nicht gesprochen. Geistliche Abendmusik, penetrante Unsinnlichkeit. Große Meister, Weihe, Mystik. Aber etwas fehlt. Es fehlt die Temperatur, die Wärme, zum Teufel mit diesem geistlichen Hochmut. Grau und schwarz bevorzugt die fromme Gemeinde im Anzug und die Gesichter sind gelblich und bleich, die Nasen spitz und kalt vor Dürftigkeit und vor Verachtung, was wird da verachtet, frage ich Sie? Das schwache,

ach so sündhafte Fleisch, die Liebeswonnen. Ganz augenscheinlich hat man sie lustlos gezeugt, auf kaltem Wege, die denaturisierte Umarmung, Vorsicht, erhöhte Lebensgefahr. Wie lästig und entwürdigend dieser Dienstbotenkörper des Geistes, dieser Gepäckträger des Lebens. Geist? Leben? Daß ich nicht in die Hosen mache. Hochmut, Dünkel und Kälte, Verachtung und Moral. Gehen Sie nicht vorüber, meine Herrschaften, gleich beginnt der Anfang! Sie sehen hier, was Sie noch nie gesehen haben, treten Sie näher, kommen Sie zur Kasse! Wir zeigen Ihnen heute nicht die tätowierte Dame ohne Unterleib, nicht den bengalischen Löwenmenschen, nicht das radfahrende Krokodil, wir zeigen Ihnen heute, nur für Erwachsene, kein Spiegeltrick, kein doppelter Boden, die Weltsensation, *Teutolfo* oder das Wunder der absoluten Unmenschlichkeit. Wer aus dem hochverehrten Publikum nachweisen kann, daß Teutolfo einer menschlichen Regung fähig ist, erhält an der Kasse hundert Mark in bar ausgezahlt. Kommen Sie herein, meine Herrschaften, Sie werden es nicht bereuen, kein Roboter, kein mechanischer Hokuspokus, Teutolfo lebt, er wird mit Ihnen sprechen, er wird vor Ihren Augen Proben seiner Unmenschlichkeit ablegen, die jedermann bis heute für unmöglich halten mußte. Überzeugen Sie sich persönlich. Das müssen Sie gesehen haben, da müssen Sie dabeigewesen sein, wenn Teutolfo ein lebendes weißes Kaninchen entzwei sägt, ohne mit der Wimper zu zukken, und zum Beweis, daß nichts an ihm zittert, nicht einmal seine garantiert arische Stimme, wird er während des Sägeaktes auf besonderen Wunsch ein Lied singen, das Sie alle kennen, und er wird Sie bitten, den Refrain laut mitzusingen, ein Lied unseres Nationalpreissängers Theodor von Vollkörner: ‚Lenker der Schlachten, ich rufe Dich!' Kein Chloroform, kein Evipan, er wird das Kaninchen lebend zersägen, nur für starke Nerven, nur für Vollmenschen, Studenten und Militär zahlen halbe Preise, anschließend wird Teutolfo ihnen den Kampf mit ‚Blizzard', dem weltberühmten Grizzylbären vorführen, er legt ihn in drei Minuten auf die Matte. Teutolfo, das Wunder der Unmenschlichkeit, der Recke der Vorzeit, einmalig gefühllos, das Genie

ohne Todesfurcht, Träger der höchsten Auszeichnungen, Inhaber der Großen Blutmedaille, wird sonst nur auf Weltausstellungen gezeigt!
Wie der flotte Unmensch von heute entsteht, das kann man auf keiner Juxbühne zeigen, die moralische Entrüstung ist unsichtbar, die hämische Verdächtigung geschlechtlicher Funktionen ist wohlbewährtes Allgemeingut. Daß sie ein Leben lang Urin und Kot lassen, wie sind sie alle darauf bedacht, daß es schön glatt und schmerzlos geht, das beliebte Zaungespräch zwischen Nachbarn, das Wunder des warmen Ölklistiers, spüls Gedrüs und du wirst hochbetagt und in den Illustrierten geehrt, doch wehe dem Schändlichen, der es wagt, einmal nicht vom Kleiekauen zu sprechen, vom Grützemüsli, von den Mysterien der Beerensaftkuren, der es wagt, von den Vorgängen zu sprechen, denen sie selbst und alles Lebendige seit eh und je das Vorhandensein verdanken, ihr Herumkriechen und Herumschwätzen, von der Alchimie der Lust! Denn damit, mit der heuchlerischen Entrüstung, mit der verlogenen Empörung über die harmlosen Freuden der Liebeslust, mit der Verächtlichmachung alles geschlechtlichen Lebens ensteht die Verunstaltung der Liebesfähigkeit, die Spaltung des Liebesgefühls in die ehrbar kitschige Sentimentalität und in die brutale, unersättliche, mordlüsterne Sexualität. Und so entstand der hochgepriesene normale Unmensch der Gegenwart. Rede ich schon pastoral? Haut ihn, den Lukas! Die Sittlichkeitsverbrechen schmücken die Abendblätter, die Lustmorde an Minderjährigen und an Kindern werden nur noch vereinzelt veröffentlicht, die Fotos der Lustmörder zeigen oft ganz normale Gesichter, nichts verzerrt Unmenschliches, was ist denn da krankhaft, frage ich mich, die namenlose Heuchelei, die solche Ausbrüche gebiert, oder die Ausbrüche aus diesem schauerlichen Triebgefängnis? Ganz davon abgesehen, daß die meisten Vergewaltigungen und bestialischen Lustmorde begangen werden von Strafgefangenen, die lange Strafen abgesessen haben, geschlechtswütig wurden und oft schon in den ersten Stunden nach ihrer Entlassung die furchtbaren Sexualverbrechen begingen. Doch das steht nie in den

Abendblättern, es könnte der kostenlosen Volksempörung abträglich sein.
Wehe, wehe, ich sage euch, solange ihr nicht die Kasernen in Liebesschulen umwandelt, solange werdet ihr euch noch gegenseitig zerfleischen und euch dafür prämiieren und pensionieren lassen. Der Rest hopst in den Klapsmühlen herum, fängt unsichtbare Fliegen und spricht mit Gespenstern."
An der Wand leuchtete eine rote Glühbirne auf, erlosch, leuchtete auf und erlosch wieder. Tivoli stand auf und drückte auf einen schwarzen Knopf unter der Glühbirne.
„Ich werde gerufen", sagte er, „bald zurück." Er ging durchs Nebenzimmer fort.
„Und was schlagen Sie zur Rettung der Menschlichkeit vor?" fragte ich Hugo, „wie wollen Sie die allzeit kampflustige, provokatorische und geschäftstüchtige Unmenschlichkeit kurieren?"
„Abstellen", sagte Hugo, „nicht kurieren. Es müßte einmal aufhören mit dem planmäßigen Hervorbringen von Menschenmassen, mit dieser gewissenlosen Serienfabrikation, mit dieser hemmungslosen Überproduktion von Schicksalen, mit dem pausenlosen Auffüllen der Gräber. Dann würde alles ruhiger, friedlicher, auch die Geschäfte lassen dann nach und mit den Kriegsfreiwilligen wirds immer mehr hapern. Sehen Sie sich mal die Erde an, drehen Sie mal den Globus ein bißchen herum, da gibt es die großen Meere und die Wüsten, die Hochgebirge, Tundren, Steppen, Sümpfe, Riesenflächen mit geringer Bevölkerung, Wälder, Schweigen, Einsamkeit. Durch die Pampas fährt keine Straßenbahn, durch die tausendjährigen Wälder rollt morgens um fünf nicht der tausendköpfige, graue, unausgeschlafene tausendfüßige Riesenkäfer der Industriefahrer, das emaillierte Essenkännchen in der verbeulten, geflickten Spaltledermappe. Wenn sich dort zwei begegnen wollen, unter alten Baumriesen, sind sie vorher schon Wochen unterwegs, und wenn sie sich endlich erblicken, brauchen sie erst mal Stunden, um sich zu begrüßen, und Tage, um sich auszufragen, sich die Flasche zu reichen und den Tabak, drehen Sie ruhig mal 'n bißchen weiter am Globus, vielleicht finden Sie auch den

kleinen Klecks, man übersieht ihn leicht. Hugo ist dafür nicht verantwortlich, woanders leben da vielleicht sechzig Familien, wenn es hochkommt, und hier sind es nur etwas über sechzig Millionen Menschen, Kinder und Opas, Mammis und Gören, Hunde und Katzen und Motorradfahrer, das Bagno der Werktätigen, auf diesem kleinen Klecks, und die Grenzen sind steuerpolitisch scharf bewacht, der Grenzschutz stellt keine Penner ein, sechzig Millionen in einem Pott mit ständigem Zufluß aus dem Östlichen, und es wird mit Hochdruck weitergeboren, Geburtenregelung von Staats wegen verboten, von der Kirche verboten, von den Parteien verboten, und wenn ein einsichtiger Medizinmann ein paar armen Frauen mal hilft, wird er mit kochender Entrüstung verknackt, 5 Jahre Z oder den stinkenden Kübel im Einzimmerheim, weil er von Rachsüchtigen verzinkt wurde. Bei den entrüsteten Wohlhabenden erfährt niemand etwas, die Töchter kehren genesen von einer Nierenentzündung zurück und es wird pflichtbesessen weiter verdammt und verurteilt. Die Parteien brauchen Wähler, die Kirchen brauchen Gottesfürchtige, die Zeitungen brauchen Abonnenten, die Geschäftsmänner Käufer, die Schulen Schüler, die Ärzte Patienten und der Rechtsstaat Divisionen, heißa!"

Im dunklen Nebenzimmer fiel ein Stuhl um.

„Bist du das, Theobald?" fragte Hugo.

Im Halbdunkel der Türöffnung erschien Dr. Schmidt, helle Flanellhose, leichter, karierter Sportsakko, gestreifter Querbinder, der mausgraue Nylonhut saß ein wenig schräg, die randlosen Brillengläser blitzten im Lampenlicht.

„Oh, pardon, guten Abend", sagte Dr. Schmidt. Er lehnte am Türpfosten, zündete sich eine Zigarette an, lächelte, knipste mit den rosigen Fingernägeln.

Hugo war aufgesprungen, schlenkerte enthusiastisch die muskulösen Arme, scharrte mit den Füßen und verbeugte sich, Grimassen schneidend.

„Sei friedlich, Hugo", sagte Dr. Schmidt.

„Sehr friedlich, zu Befehl", schnarrte Hugo, „viel zu friedlich, Exzellenz, vor lauter Friedlichkeit schon im Wassereimer,

Hochwürden, während die anderen, die Unfriedlichen hochkant auf Touren laufen, ‚drum tat es dem Kaiser leid, daß sein Soldat gestorben war, es schien ihm noch vor der Zeit'."
Ich aß ein belegtes Brot.
„Setz dich ruhig hin", sagte Dr. Schmidt.
„Sowieso hin", sagte Hugo, er ließ sich auf das rote Sofa fallen, die Spiralfedern klangen, der Rahmen knarrte.
„Sie wissen, wie das ist", sagte Dr. Schmidt zu mir. Ich nickte. Ich wußte nicht, wie es war.
„Und sie vermehrten sich friedlich wie die Wanzen", sang Hugo, „und ließen sich friedlich fürs Massengrab stanzen."
„Man kann nirgends hingehen", sagte Dr. Schmidt, „ist abends heute überall das gleiche."
Ich nickte. Ich wußte nicht, wie es abends überall war.
„Großer Krupp, wir loben dich", sang Hugo, „wenn auch das Zahnfleisch unterm Gras verblich."
Nebenan war Tivolis Stimme. „Das gleiche, Herr Doktor?"
Dr. Schmidt wandte den Kopf und nickte ins dunkle Nebenzimmer.
„Weiche, weiche, weiche", sang Hugo, „in fünf Minuten bist du das Gleiche."
„Und kein Licht, bitte", sagte Dr. Schmidt.
„Gewiß", sagte Tivoli nebenan, „kein Licht." Dann wurde ein Stuhl gerückt.
„Theobald, Theobald", sang Hugo, „komm mit mir doch in den Wald, dort kannst du unsre Helden sehn, gebt Feuer, ach wie schießt ihr schön!"
Dr. Schmidt ging in den Nebenraum, ich hörte, wie er sich hinsetzte. Dann hörte ich das „Plob", eine Flasche wurde geöffnet, danach Stille. Ein Schnalzen. Dann Dr. Schmidts Stimme: „Also dann, mhmm, ah, brr!"
„Bitte sehr", Tivolis halblaute Stimme.
„Ist sie nun friedlich?" fragte Dr. Schmidt.
„Skopolamin", sagte Tivoli leise.
„Angeschnallt?"
„Hatte den Gurt zerrissen."

„Ich bin nicht hier“, sagte Dr. Schmidt, „Sie wissen, Ausgang, vorhin weggangen.“
„Herr Doktor ging vorhin weg“, sagte Tivoli.
„Kaffeeholer raustreten!“ rief Hugo. Ich aß noch ein Brot.
„Aber Sie wissen, wo ich im Notfall zu erreichen bin“, sagte Dr. Schmidt, „Fernfahrerruh, Sie sagen, Sie würden mich dort anrufen.“
„Fernfahrerruh“, sagte Tivoli, „noch einen Doppelten?“
„Achtung, Achtung“, rief Hugo, „wir erwarten soeben eine Sondermeldung!“
„Danke“, sagte Dr. Schmidt, „ah, mhmm, brr!“
„Wir mußten sie zu dritt halten“, sagte Tivoli.
„Fertigmachen zum Revierreinigen!“ rief Hugo.
„Man sollte diesen Klapskäfig“, sagte Dr. Schmidt nebenan, „Sie wissen schon, zurücktreten, Türen schließen.“
„Ihr Bullen“, rief Hugo, „erzählt mir bloß keine Opern, ich werde euch fertig machen, daß euch die Sch... im Hintern kocht.“
„Diesen Affenkäfig“, sagte Dr. Schmidt, „und der Alte schnipselt an seinem Spitzbart herum und beäugt seine Hand, er merkt auch schon was. Man sollte, man könnte, na, Sie wissen ja, wie es ist.“
„Stürzt sie ein“, sang Hugo, „stürzt sie ein, stürzt die Zementfabriken ein!“
Tivoli erschien unter der Tür.
„So was wie bunter Abend hier“, sagte ich.
„Jubel, Trubel, Heiterkeit“, sagte Hugo, „oder die Nacht der langen Geometer.“
„Herr Dr. Schmidt möchte Sie einen Augenblick sprechen“, sagte Tivoli. Ich nickte, stand auf und ging in das fast dunkle Nebenzimmer, stieß an einen Stuhl, blieb stehen und konnte noch nichts sehen.
„Es freut mich“, sagte die Stimme Dr. Schmidts, „daß Sie auch hier sind, nehmen Sie doch bitte Platz. Wollen Sie etwas trinken? Ich bin hier ex —, Sie verstehen, außer Landes, exterritorial.“
Ich setzte mich auf den Stuhl und hörte Tivoli hereinkommen.

„Noch ein Glas, bitte“, sagte Dr. Schmidt. Ich konnte jetzt das helle Tischtuch erkennen und Tivolis weißliche Hände, sie schoben mir ein dickwandiges Schnapsglas hin. Den Arzt konnte ich noch immer nicht sehen. Ich nahm das Glas vorsichtig auf.
„Salut“, sagte Dr. Schmidt. Ich trank, es war Genever.
„Also“, sagte Dr. Schmidt in der Ecke, und ich konnte jetzt die weiße Gesichtsfläche erkennen, „wir sind hier in der Emigration, Sie verstehn, ich spiele mit.“
„Sie sind schon länger in dieser Privatklinik?“ sagte ich.
„Zu lange“, sagte er und nahm den Hut vom Kopf, „viel zu lange. Wenn ich frei habe, weiß ich nicht, wo ich hingehen soll. Sie kennen das vielleicht.“
„Sicher“, sagte ich. Ich kannte es nicht.
„Ich weiß nicht mehr, wo ich hingehen soll“, sagte Dr. Schmidt, „Sie verstehn. Es ist überall dasselbe. Früher ging ich noch gern in Lokale, ich kann nicht mehr hingehen, es ödet mich an. Ich kann es nicht mehr sehen, nicht mehr hören. Überall das gleiche, wo man hinkommt. Die Rechthaber und die Verbitterten, die Entrüsteten und die stillen Süffel, die schnellen Hübschen und die pikierten Gezierten, alles durchsichtig, Wiederholungen, wo soll man hingehen? Hier sieht man von morgens bis abends nur Jammer, Verunglückte, vom Schicksal überfahren, sie wollen nicht essen, sie wollen nicht trinken, sie wollen nicht reden und sie wollen nicht schlafen, oder sie wollen alles auf einmal. Was wollen sie eigentlich? Sie wollen ihr Stück spielen, und keiner will zusehen, keiner will zuhören, niemand will ihr Stück. Ist das nicht zum —, ich meine, um auf den Händen zu laufen? Ich trinke die ganze Woche nichts, abends mal eine Flasche Bier, aber wenn ich dann ausgehen will, wird es mir sonderbar, nicht schlimm, Sie verstehn, bis zum Kragen flau. Dann möchte man sich Mut machen, hier, im Souterrain, und dann kommt man meistens nicht mehr weiter. Möchten Sie noch einen?“
„Heraus, heraus, der Krieg ist aus, geht schnell nach Haus, erholt euch bald, eh’s wieder knallt“, rief Hugo nebenan.

„Muß auch sein Stück spielen", sagte Dr. Schmidt halblaut, „mag ihn gern, eigentlich Kollege, hat zuviel auf einmal sehen müssen, damals, Gefrierfleischwinter, vor Moskau, jetzt zerfasert er sich. Sind Sie noch hier, Tivoli?"

„Hier", sagte Tivoli im Dunkeln hinter mir, „bitte." Dann bückte er sich neben mir, nahm die Flasche vom Boden und schenkte vorsichtig ein.

„Salut", sagte Dr. Schmidt und ich trank den Genever.

„Man wird nicht mehr benötigt", sagte Dr. Schmidt, „draußen, damit fängt es an. Mit den Zerstreuungen kann man nichts mehr anfangen. Theater, Konzert, Kino, das paßt nicht mit mir zusammen, Pervitin, Lift, man rauscht hoch, schwebt hinauf, hinterher liegt man wieder ganz unten, brr!"

„Man kann nicht immer zu Hause bleiben und lesen", sagte ich.

„Zu Hause?" sagte Dr. Schmidt, „wo gibt es denn sowas? Freie Kost und Logis, und die Wäsche wird abgegeben. Lesen? Wie meinen Sie das? Romane, mit Hans und Grete, vorher und nie nachher? Man möchte doch einmal leben."

„Und dieses Stück", sagte ich, „wird nicht mehr gespielt. Vom Spielplan abgesetzt. War früher jahrzehntelang ausverkauft, zwei Weltkriege, danach wird Schrott gesammelt. Vielleicht ist man in Textilkreisen noch solvent, oder mit Häuten und Ersatzteilen, doch ist das keine Form, kaufen und verkaufen, keine Form, zu leben, wie sollte das zu einem Ausdruck kommen?"

„Und mit einer Wohnung?" sagte Dr. Schmidt, „wird's da besser?"

„Früher", sagte ich, „war eine Wohnung das Revier, das man nicht überschritt, nach vorheriger Anmeldung, also eine Form zu leben und zu denken. Zwei oder sechs Zimmer, es kam nicht so sehr darauf an, dort konnte man sich vergraben, dort konnte man auch Gäste haben, wenn sie einem gefielen. Heute hat man darin Untermieter, meterlang das Bettzeug aus dem Fenster, Gelächter und Gewieher, Geschwätz und Türenschla-

gen. Und ab und zu dringen diese Nasenfritzen ein, Wohnungsamt, Zollstock in der Tasche, und dann werden die Kubikmeter gemessen, darin Sie niesen dürfen und träumen.
Leben, das fing mal mit Wohnen an, Bücher und Aquarelle und einen Stahlstich im Flur. Und vor allem Stille. Geräuschlosigkeit. Erzählen Sie das mal den Nasenheinis, dann wird denen vielleicht der Kohl aufstoßen, Stille! Führ'n wa nich in der Kartei. Zwei Weltkriege bis zum Endkampf und leben? *Der* Schalter ist geschlossen. Leben findet in Industriekreisen statt, und das hat mit Denken nichts zu tun."
„Zum Teufel", sagte Dr. Schmidt, „hört das denn nie mehr auf?"
„Wie sollte das aufhören", sagte ich, „solange sie pausenlos den Nachwuchs rausbuttern? Zwei Zimmer sind für einen einzelnen nicht erlaubt, ohne Baukostenzuschuß, Kinder sind uferlos erlaubt, für die Kubikmeter wird man sorgen, vielleicht wird es auch mal wieder Ansteckbroschen geben für die Mutterbrust. Hunde, die werden versteuert. Kinder, alles Steuerermäßigung, also prämiiert. Der übliche Zukunftswahnsinn. Da ihnen das Leben fortgeschwommen, wollen sie für ihre Kinder leben, denen es eines Tages noch schneller fortschwimmt. Nötig wären Hochschulen für Geburtenregelung. Der Klerus schützt das keimende Leben. Wenn Hunderttausende junger Menschen zu Dreck und Brei zerfetzt werden, tritt der Klerus nicht dagegen auf. Wenn die jungen Frauen schreien und weinen, weil man ihnen die Taschenuhr und den Trauring im Papierbeutel gebracht hat, murmeln die schwarzen Diener etwas von höherem Ratschluß, das ist nicht einmal fair. Aber Fahnen und Kanonen segnen. In der Pfarrwohnung wird per Kubikmeter über den Daumen gepeilt."
„Ich habe genug", sagte Dr. Schmidt. „Ich habe von der Zukunft genug. Nehmen Sie noch einen Doppelten? Auch die Zukunft will nur ihr Stück spielen, mit uns. Die Betroffenen nennen es dann Schicksal oder es hat nicht sollen sein. Man sollte ein Pferd haben."
„Ein Pferd?"

„Schenken Sie bitte noch einmal ein, Tivoli. Ein Pferd, zwei Decken, Kaffeekessel und Pfanne, vielleicht noch ein Zelt. Ein Pferd ist mehr als ein Freund, und dann viele Jahre unterwegs, abends rasten, Feuer machen, man braucht wenig Proviant, es wird ja viel zu viel gefressen —, und danach am Feuer sitzen, rauchen, allein, weit und breit allein. Am Morgen weiter ziehn. Länder genug, Täler und Hänge, hübsche Augen genug, hübsche Wangen, ein hübscher Mund, und auch dies wird die Zukunft verwüsten, entstellen, ins Feuer werfen, fahrwohl, wollte sagen: salut!"

„Sagten Sie denken?" fuhr er fort, „abends am Feuer sitzen, rauchen und denken, allein, ins Feuer blicken und denken, nüchtern, ruhig, in der Nacht allein. Vielleicht bliebe dann nichts mehr von den Vorwänden übrig, mit denen sie sich ein Leben lang am Denken erhalten, sie gingen im Wind unter, der durch die Felder weht und ins Feuer bläst, die Täuschungen vom Leben, vom Eifern und vom Streben, sie gingen ein, wenn die Sterne aufgehen oben und durch die Nacht blinken —, rauchen, an die Sterne blicken, das Pferd ist angebunden, denken für sich ganz allein. Mit niemand zusammendenken, wer hält das aus, jahrelang, gegen alle und alles andenken, abends, an den großen Flüssen, an den Seen Feuer machen und auf den Wind hören im Schilf? Oder am Meer, das Donnern und das Toben der Brandung, zuhören, was wird da gesprochen, was wird da erzählt mit hochsprühendem Gischt und milchig strudelndem Schäumen, keine Täuschungen werden da angepriesen, keine Vorhaben mit der Zukunft, diese Inschriften sind ohne Reim, wie wollen Sie da noch mit Absichten auftreten, mit Leistungen und Pflichten und Tagewerk? Algen, tote Fische, Salzgeruch, Salzgeruch und Wind, Wind und Sand und das Gerüttel von Dorngestrüpp. In den Wind blicken und denken, nicht an kaufen und verkaufen, nicht an bauen und sparen und weiterkommen, nicht sich mit Kindern auspflanzen, nicht ans Ausgehen denken abends, an die Vorwände, sich wichtig zu nehmen, zurücklassen die Täuschungen, dann bleibt die Zukunft hinter uns und vor uns der Exitus, und der ist unsere

Inschrift, ohne Lyrik und ohne Guthaben, ohne Zukunft und ohne Wahn.
Genug, melde mich vom Ausgang zurück, genug Genever geredet heute abend, Feuerwassergefälle. Lassen Sie uns den Eisenbahnrat noch etwas hier? Auch Fräulein Pringsfeld wird es wieder hier gefallen. Sie wissen jetzt, daß Sie auf mich zählen können, gute Nacht!"
„Gute Nacht", sagte ich, „und vielen Dank!"
Er stützte sich beim Aufstehen auf Tisch und Stuhl, Tivoli führte ihn hinaus.
Ich blieb in dem dunklen Zimmer sitzen. Auch nebenan blieb es still. Reden, dachte ich, Reden, und es änderte sich nichts. Ich war nicht hierher gekommen, um Reden zu hören und Reden zu halten. Denken, Gedankengänge. Das wurde offenbar immer mehr die Form, zu existieren. Die Form, über die Zeit zu springen.
Da war also noch einer, dachte ich, der entkommen wollte, entrinnen, und alles Entrinnen galt der Zeit, mit einem Pferd wollte er den Jahren entrinnen. In der Enge ist die Stunde enger, in der Eintönigkeit ist der Tag eintöniger, im Alltag ist die Zeit alltäglicher, nur unterwegs ist das alles erträglicher. In der Bewegung ist sie nicht mehr so erdrückend, die Zeit, erscheint sie fast aufgehoben, wer sich draußen fortbewegt, im Freien, über die Landstraßen, durch Wälder und Einöden, scheint die Zeit beinahe hinter sich zu lassen, er wird von der Nacht eingeholt, ehe er das Zelt aufschlagen und Feuer machen kann, von der Zeit eingeholt, unterwegs hat er es wie die Zeit gehalten, fortziehend, nicht verweilend, flüchtig, und hat die Zeit vergessen.
Da war also noch einer, der mit nichts mehr vorlieb nehmen wollte, nicht mit dem Ausgehen und nicht mit dem Lesen, der ganz und gar ausgehen wollte, wo wollte er denn hin? Fort. Auch Fräulein Pringsfeld wollte fort. Sie wollten immerzu alle fort. Wohin fort?
Dr. Schmidt wollte nicht in die Zukunft. Die Zukunft sollte nicht ihr Stück mit ihm spielen, und er wollte die Zukunft,

die Zeit hinter sich haben. Abends, beim Feuer, wenn das Pferd angebunden war, konnte ihn die Zeit dann einholen und der Schlaf. Dr. Schmidt *wollte ins Denken fort.* Er hatte genug von dem Spielplan, den er sich täglich hier ansehen und über den er berichten mußte, genug von den Proben und Inszenierungen, den Leiden und den Erwartungen, er hatte sie überbekommen. Er konnte danach nicht mehr ausgehen, mußte im dunklen Zimmer trinken. Bei Licht sah er immer noch etwas vom Fach, von den Rollen, die jeder spielt, ob er raucht oder trinkt, das Kinn hebt oder die Schultern nach vorn bringt, grinst oder mit der Hand fuchtelt, und es war ihm zuwider. Ich kannte einen Mann, der überall, wo er auf seinen Reisen oder in der Weltstadt, in der er wohnte, in Lokalen einkehrte, genau darauf achtete, wie der Ober ihm das Glas hinstellte oder einschenkte —, und nur danach beurteilte er alles übrige.
Dr. Schmidt ertrug dieses Selbstportraitieren nicht mehr. Ich hörte Tivoli zurückkommen. Ich bat ihn, noch eine Zigarette mit mir zu rauchen.
„Wie geht es Hugo?" fragte ich ihn.
„Hugo schläft", sagte er, „wenn er so getobt hat, kann er wieder einmal schlafen. Ich will ihn noch zudecken."
„Er schläft schlecht?"
„Er fürchtet sich vorm Einschlafen. Dann muß er wieder in den Krieg. Und dann reden die Verwundeten wieder mit ihm, und die toten Kameraden."
„Was sagen die Ärzte dazu?"
„Nichts Neues für sie. Er ist ja ungefährlich."
Ich stand auf. Tivoli führte mich durch das dunkle Zimmer hinaus, durch eine Tür ins Treppenhaus. Ich dankte ihm, wünschte ihm gute Nacht und stieg die Treppen hinauf. Milchglaskugeln mit schwachen Glühbirnen, Nachtbeleuchtung für die Abfahrt der Betäubten. Überall war es still, in den Gängen, hinter den weißen Türen mit den Emailleschildchen. Evipan, Luminal, Morphium, sie waren in die Zeitlosigkeit gerettet. Ich trat in mein Zimmer, zog mich im Dunkeln aus, zog die Decke über mich und wartete, bis das Bewußtsein zerfiel.

IV

Kühle Luft wehte ins Zimmer, das weiße Morgenlicht blendete mich. Ich schloß noch einmal die Augen, wollte noch nichts denken, vertrieb die andrängenden Vorstellungen, versuchte das Nichts walten zu lassen, das, was nicht war, was nicht entstanden, nicht geboren war, das Ziel des Erwachten, das Land des Erleuchteten, Samsara zu verlassen, den Kreislauf der Geburten, das Karma zu beenden, in aller Ewigkeit nicht mehr geboren zu werden war das Initial des Nichts.
Da hörte ich, daß die Tür geöffnet und wieder geschlossen wurde. Ich sah einen großen Mann durchs Zimmer kommen, kahlgeschoren, er trug das Frühstückstablett, die schwarzen Hosen waren zu kurz und das hanffarbene Drillichjäckchen war ihm zu eng.
„Herein ohne anzuklopfen“, sagte ich, es duftete nach frischem Kaffee wie nach Festtag.
„Sehr wohl, Euer Gnaden“, sagte Hugo, „wo darf ich das Frühstück in Stellung bringen?“
„Backbord voraus“, sagte ich, „auf einem Stuhl hart an die Bordwand.“
Er schob den Stuhl mit dem Tablett dicht ans Bett.
„Darf ich eingießen? Milch? Wieviel Zucker?“
„Zwei Zucker und die Fenster schließen.“
„Sehr wohl, die Milchglasschotten schließen.“
Die Milchglasscheiben filterten das heftige weiße Morgenlicht. Ich tunkte die Buttersemmel in den süßen, heißen Kaffee, es schmeckte herrlich und unverdient. Hugo stand am Fußende des Bettes, ausgeschlafen und vergnügt, zufrieden sah er mir zu.
„Hoher Gerichtshof“, sagte er und verbeugte sich, „würden Sie es Ihrem unwürdigsten Diener erlauben, sich diesen vortrefflichen Spruch seiner Sammlung einzuverleiben: ‚Herein ohne anzuklopfen!‘ Unübertreffliche Richtschnur, zugleich einzigartige Blitzlichtaufnahme unserer Situation. Wir werden nie angeklopft, möchte ich sagen, weder vorher noch nachher, weil

die Großen Drei überall hereinkommen und es hat nicht geklopft! Wäre Ihnen ein Wasserweck lieber? Es gibt hier nur Milchbrötchen."

„Die großen Drei?"

„Der unsichtbare Schnelldienst", sagte Hugo, „auch Geste genannt. Schneller als das Überfallkommando, Filialen in aller Welt, am Himmel wie auf Erden. G wie Geburt, S wie Schicksal, T wie Tod, geheim, schnell und treffsicher. Nannte es früher den spurlosen Wind oder den lautlosen Laufschritt der Fügung, die Fenster auf, die Türen auf, die Schrift des Windes ist zu Lauf, man sollte sich winddurchlässiger machen, aber sie denken alle nur ans Imprägnieren, gegen die Wasser der Ewigkeit, gegen den Hagel der Zukunft, sie möchten ihre Haut schicksalsdicht eincremen, und dann schaukelt sie das Unerforschliche aus dem Eigenheim, dann werden sie vom Verdruß ausgebombt, von Depressionen totalgeschädigt, diese D.P.'s der himmlischen Besatzungsmächte, alles Soforthilfeberechtigte der Vorsehung."

„Kein freier Wille also?" sagte ich.

„Ergebenst keiner", sagte Hugo, „wir haben nur die Freiheit, zu zweifeln, zweifelsfrei, die Freiheit, uns nicht zu entscheiden. Ja oder Nein, damit werden wir schon broschiert oder gebunden, damit erscheinen wir schon im universellen Verlagsprogramm, herein ohne anzuklopfen, mehr bleibt uns nicht zu sagen, mehr können wir nicht wagen, rouge oder noir, das können wir nicht fragen, rien ne va plus, das Sterben läßt sich nicht vertagen."

„Wir haben die Freiheit, zu fragen", sagte ich. „Wer kann mich heute rasieren?"

„Mein Bruder", sagte Hugo, „Tivoli wird Sie gern rasieren, ich kann es nicht, ich zittere zu sehr, nur äußerlich, müßte demnach heißen, mich zittert es zu sehr, wer zittert mich? Das ist nicht herauszufinden, man biegt bei einem Satz um die Ecke und landet schon im Unverständlichen."

„Die Summe des Unverständlichen", sagte ich, „heißt Ich. Ohne Ich wäre alles in Ordnung, wie Sonne, Mond und Sterne."

„Und wer ist Ich?“ fragte Hugo.
„Dieses Haus hier“, sagte ich, „diese private Nervenklinik beschäftigt sich im Grunde mit Ichreparaturen. Die beschädigten Ichs werden hier nachgesehen, gereinigt und überholt, die Bremsvorrichtungen werden geprüft und richtig eingestellt, dann fährt das Ich wieder eine Zeitlang wie neu. Manche bekommen den Führerschein ganz entzogen, und es waren oft nicht die Schlechtesten, es waren oft die Größten.“
„Wie sprechen Sie wahr“, sagte Hugo am Fußende des Bettes, „Friedrich im Turm am Neckar und Friedrich von Sils-Maria, die Größten waren nicht mehr zu reparieren. Hier wird doch nur Kleinzeug geölt und aufpoliert, wie Hugo zum Beispiel, gehorsamst, Reparaturschaden im Turm. Und wer hat uns dieses Ich eingebrockt?“
„Das Beunruhigende ist, „sagte ich“, daß dieses Ich nicht in der Wirklichkeit existiert.“
„Nicht existiert?“ fragte Hugo in der Vorfreude der Hoffnung.
„Man kann von einem Vorübereilenden nicht sagen, daß er still steht, während er entschwindet. Genau das gleiche gilt für das Ich, für die Identität der Person. Wenn Sie heute früh noch identisch wären mit dem Hugo, der sich auf einen Schulausflug freute, weil er dann unterwegs an den Wasserhäuschen für zehn Pfennig grüne Limonade trinken kann, oder tranken Sie lieber gelbe? Dann hätten Sie auch Angst vor Ostern, weil Sie nicht wissen, ob Sie versetzt werden. Vermutlich war es doch Ihr Ich, das Angst hatte und versetzt werden wollte, und niemand anders. Wo ist es denn geblieben?“
„Fort“, sagte Hugo, „dort, wo alles hinkrängt, wo alles hindrängt, also vermißt.“
„Wann soll da eine Identität zusammenkommen“, sagte ich, „es sei denn, Sie wollen behaupten, gestern sei mit Kopfweh identisch und nächste Woche mit dem vorgestern gezogenen Backenzahn. Bin ich beim Jupiter derselbe, wenn ich nagelneue Maikäfer in der Fehlfarbenkiste ins Klassenzimmer mitbringe und unterm Pult aufschwirren lasse und in der Kleiderkammer die Montur verpaßt bekomme, Stahlhelm, Gasmaske, Fußlap-

pen, zwei Verbandspäckchen, Schnürschuhe und Drillichanzug, paßt, raus! Mitnichten."
„Wie wahr", sagte Hugo, „wie wasserklar. Und wie lange dauert es, bis man nicht mehr derselbe ist?"
„Man könnte es beschleunigen", sagte ich, „wenn man das Ich losläßt, wenn man sich nicht mehr festhält. Alles, was zur eigenen Inszenierung gehört, wie Dr. Schmidt sagt, also Meinungen, Gewohnheiten, Charakterzüge, Rechthaben, besondere Kennzeichen, gewisse erworbene Fähigkeiten im Rechnen oder Tauchen, sodann die Leibspeisen, Lieblingsgerichte und Geburtstagsfeiern, alles ablegen, abgeben, überall liegen lassen, und nicht mehr aufs Fundbüro gehen, sich nicht mehr suchen, nichts mehr finden wollen —, dann könnten Sie es schon in ein paar Monaten schaffen. Und dann von sich selbst nicht mehr in der ersten Person sprechen, und wenn Sie gefragt werden, wer Sie sind, geben Sie allgemeine Antworten."
„Allgemeine Antworten?"
„Dann sagen Sie zum Beispiel: es ist niemand zu Hause und die Leute im ersten Stock sind ausgezogen. Wenn es wieder Krieg gibt, sind auch die Ameisen im Kiefernwald nicht mehr vor Bombenschäden sicher. Ziegen und Hasen erkennt man an den Nasen. Das sind allgemeine Antworten und niemand fühlt sich gekränkt."
„Und dann?" fragte Hugo.
„Wenn Sie erst einmal nicht mehr derselbe sind, haben Sie das meiste schon hinter sich. Wenn Sie Ihr Ich losgeworden sind, kann nicht mehr viel passieren. Dieses Ich wollte stets etwas, es wollte *haben,* und das hat dann aufgehört. Wenn Sie nichts mehr haben wollen, haben Sie Frieden. Das Unglück in der Welt kommt von drei Worten: ich bin ich. Die Formel für Sie lautet aber jetzt anders: dieses Ich ist eine Fiktion. Eine Chimäre. Ein Aktenstück. Hugo ist ein Durchgangslager für die flüchtigen Jahre, das ist alles. Eines Tages wird dieses Lager dem Erdboden gleichgemacht, die Zeit zieht weiter, lohnt es sich, für dieses kurzfristige Lager Anschaffungen zu machen?"
„Es lohnt sich nicht", sagte Hugo.

„Es lohnt sich nur zu zweifeln und zu fragen", sagte ich. „Das Lager fragt nach dem richtigen Verhalten. Die Antwort kann poetisch ausfallen, etwa so: das Menschenleben ist ein einziger Lebenstag. Es dauert knapp vierundzwanzig Stunden. Angesichts der Jahrmillionen, die das Weltall hinter sich hat und vermutlich noch vor sich, ist das noch ziemlich hoch gegriffen. Lohnt es sich, für diesen flüchtigen Tag auch nur die Stirn zu runzeln?"

„Wie wahr", sagte Hugo, „wie glockenklar, es lohnt sich nicht, die Stirn zu runzeln."

„Vormittags wird man in die Schule geschickt", sagte ich, „mittags heiratet man und geht danach ins Büro, nachmittags wird man in den Krieg geschickt, wenn es gut geht, steht man zur Vesper hinter Stacheldraht, abends wird man ins Krankenhaus geschickt, wenn man rechtzeitig zurückkommt, ist der Ofen noch warm und man feiert den Siebzigsten mit Punsch und Abführmitteln, dann ist es schon Zeit, sich von allen zu verabschieden. Auf Wiedersehen gilt nicht, und Lebtwohl ist übertrieben, also Nevermore. Der Lebenstag ist rum, das Totenhemd ist der letzte Schlafanzug, im Kasten wird das Verwesliche zum Städtischen Friedhof gefahren, Ruhe Sanft Auf Nimmerwiedersehn, Kränze und Blumen, Blumen und Kränze. Und etwas später geht der Mond hinterm Kiefernwald auf. Hat es sich gelohnt? Es lohnt sich nur, den Blumen Wasser zu geben, den Möwen Brötchen in kleinen Bröckchen zuzuwerfen und die Hunde zu streicheln. Hat es nicht geklopft?"

„Herein ohne anzuklopfen", sagte Hugo und blickte zur Tür. Tivoli trat zögernd ein, blickte mich lächelnd an, scheu, bekümmert —, so treten sie auf, dachte ich, hin über die Erdkruste verstreut, hilfsbereit und verscheucht, Paarfüßler, Fünfzeher, behäutete Ichs, ich war versucht, Tivoli mit meinem Namen anzureden, den ich vergessen wollte, ich war versucht, zu denken, daß wir alle identisch waren, nicht nur Freunde, nicht nur in der Brüderlichkeit, nicht nur im Kummer und in der Liebesstille, sondern identisch über alle Maßen und von jeher, nicht zu unterscheiden und immer zu verwechseln, besonders im Dunkeln und wenn keiner mehr spricht, zu verwechseln in den Säuglingsbetten, in den Gräbern, namenlos identisch, hier war für die Autoren die neue Perspektive, sie konnten Romane schreiben, darin alle Personen so verschieden aussahen, wie sie es nun einmal waren, und doch alle miteinander identisch, keiner mit sich selbst identisch, weil identisch mit allen, und das würde etwa so aussehen: ich lag im Bett und die Tür ging auf und ich kam herein und blickte mich an, meine hervorstehenden Augen blickten verschwommen traurig umher, die dünnen Schnurrbartenden hingen kläglich von meinen eingefallenen Wangen, meine schmächtigen Schultern bewegten sich verzagt und unerwachsen, guten Morgen, sagte ich an der Tür zu mir im Bett, kannst du mich heute rasieren, sagte ich im Bett zu mir an der Tür. Gern, sagte ich und ging zu mir auf das Bett zu, und ich richtete mich auf und gab Hugo das Zeichen, zu verschwinden, Hugo zuckte zusammen, rüttelte mit den Schultern, senkte den großen, kahlgeschorenen Kopf, scharrte mit den Schuhen, hob das Tablett vom Stuhl und tanzte im Sambaschritt seitlich zur Tür und hinaus, bis ich mich im Bett nicht mehr sah und im Bett mich draußen nicht mehr sehen konnte.

Tivoli hatte die Tür hinter Hugo geschlossen. Ich winkte ihn heran, er kam mit hängenden Schultern, hängendem Kopf, mit bekümmerter Geduld und Hilfsbereitschaft, glitt seitlich in einen Sessel, so läßt man sich in die Badewanne, ins Wasser sinken, dachte ich, ich gab ihm eine Zigarette, er gab uns Feuer, wir rauchten schweigend, eifrig, als könnten wir damit dorthin gelangen, wo keiner herkommt, ich blickte ihn wieder an und sagte:

„Warum können wir uns nicht vertauschen, Tivoli, dann wären Sie jetzt ich im Bett und ich wäre Sie im Sessel und hätte Dienst. Was hat Sie so vergrämt heute früh? Nicht nötig, daß Sie antworten, ich kann das gut für Sie besorgen, die Unterschiede zwischen Personen sind vorläufige, Herz, Leber, Lunge, Nieren, Magen oder Milz, bei allen in den Funktionen identisch, der Schulzwang identisch, das Los identisch, das Herbstzeitlos, das Los zum Kummer, das Los zum Fortgehn ohne Stock und auf Nimmerwiedersehn. Geben Sie mir Ihre Hand, man soll nie länger als nötig sich mit Sie anreden, du wirst sehen, es war überhaupt nicht nötig, und nun sage, ob ich etwas für dich tun kann?"

Er streckte mir die Hand hin, leichtes Fingerzittern, Raucherfinger mit gelblichen Flecken, nicht recht erwachsene und unbehilfliche Hände, ich drückte keine starke Hand, ich drückte die Hand der Nachgiebigen, Ängstlichen und Mitfühlenden, und er blickte mich lächelnd an, verzagt, bedrückt und scheu, er freute sich und war beschämt, ich ließ die Hand los und sagte:

„Ich nenne dich Tivoli wie bisher und du brauchst für mich keinen Namen, aber wenn du einen brauchst, kannst du ihn erfinden, behalt ihn für dich, sprich ihn nicht aus und vergiß ihn nicht. Hat man dich geärgert?"

Er blickte vor sich hin, schüttelte den Kopf.

„Hat dich ein Traum verstimmt?"

Er nickte.

„Du bezahlst Krankenkasse", sagte ich, „du bezahlst Lohnsteuer und Invalidenrente und Arbeitslosenversicherung und wie das alles heißt, du bezahlst mit der Arbeit für dein Leben, du bist immer am Bezahlen, mit dem Essen bezahlst du für den Hunger, und mit den Heimsuchungen bezahlst du für deine Träume. Es gibt dafür keine Krankenkasse. Hast du von einem Mädchen geträumt?"

Er sah mich an und nickte.

„Glaub mir", sagte ich, „oder glaub mir nicht, von den Mädchen lohnt es sich nur, zu träumen. Was du auch mit ihnen anfängst, wenn du nicht von ihnen träumst, hast du sie verloren, auch wenn sie dich nie im Stich lassen sollten. Du wirst dir eine Wohnung wünschen, ein Heim, einen Menschen, der zu dir hält, ein Geschöpf, das dich liebt, und es wird für dich kochen müssen, waschen und Hemden bügeln, Strümpfe stopfen und das Geschirr spülen, und es wird nicht für dich träumen. Und du wirst nicht mehr von ihm träumen. Nicht nur im Traum

träumen, sondern am Tag, er hat viele Stunden und keine Arbeit ist es wert, daß man nicht dabei träumt, und man sollte nur von Mädchen träumen. Nicht von jungen Frauen, die haben ihre Sorgen, ihre Wünsche und ihre Mühen, Niederlagen und Triumphe, das Gespinst ihrer Träume ist nicht mehr so hoffnungslos unwirklich und unerfahren, der Duft ihrer Lippen ist nicht mehr so rein und ihr Blick nicht mehr so verletzlich, vielleicht können Mädchen sich noch vor Sehnsucht verzehren, die jungen Frauen sind schon praktischer und verstehen sich aufs Einkaufen und Feilschen, aufs Bitten und aufs Ablehnen. Du wirst bei den Mädchen nichts finden, Tivoli, sie können dir nichts geben und sie können nichts für dich sein, sie sehnen sich und sie träumen, sie können mit dir durch die Sommerwiesen gehen und in der Konditorei Mohrenköpfe und Schillerlokken essen, sie können über nichts lachen und albern, sie können dir ungeschickt die Hand streicheln, das Haar, und du wirst sie vergeßlich finden und unzuverlässig, grundlos ausgelassen und verschlossen, und sie können dir mehr sein und geben, als du begreifen kannst, sie können dir die Verzweiflung zum Träumen geben, die Sehnsucht zum Träumen, die Verdammnis zum Träumen, die Verzweiflung, die Verdammnis und das Kainszeichen zum Träumen.
Wenn du sie liebst, wirst du dich nach ihnen sehnen, wenn du dich sehnst, wirst du von ihnen träumen, träumen, was es nicht gibt. Also wirst du dich verlieren und dir selbst fremd werden und wie in einen Fremden verzaubert sein. Gibt es mehr? Ich fürchte, mehr gibt es nicht. In der Zeit ist Glücklichsein nur ein rascher vergehendes Licht, das Sichsehnen glüht und leuchtet ohne Licht, ohne Flammenschein, Träume werfen keine Schatten, für Träume gibt es kein Alibi.
Was ich hier rede, kann dich nicht trösten, wenn dich ein Traum verstimmt hat. Es kann dich vielleicht wieder ermutigen, kann dir deinen verlorenen Stolz wiederbringen, du kannst deiner Brüderlichkeit vertrauen, Tivoli, und ich kann stolz auf dich sein. In dieser von den Tüchtigen entstellten Welt, von den Eifrigen verdorbenen Welt, in dieser längst zu Tode zerglieder-

ten und zum Überdruß erklärten Welt wird es noch einen letzten und einsamen Stolz geben, den Stolz des Träumens, und mit dem Träumen wird alles wieder unbegreiflich. Man kann auch sagen, alles was unbegreiflich ist, hört nicht auf, in uns zu träumen."
Tivoli nickte mir zu, lächelnd, herzlich und brüderlich blickte er mich an, dann wurde an die Tür geklopft und die Klinke niedergedrückt und Dr. Schmidt trat ein.
Tivoli stand auf, er wandte mir den Rücken zu, seine Hand hielt mir einen gefalteten Zettel hin. Ich zog den Zettel aus seiner Hand, Tivoli ging dem Arzt entgegen, sie unterhielten sich halblaut, während ich den Zettel lesen konnte: „Anruf für Sie durchgegeben: Heute Tausenddreißig."
Ich sprang aus dem Bett, band mir das Handtuch um die Hüften, lief zum Waschbecken und ließ das Wasser einlaufen.
„Rasieren!" rief ich Tivoli nach, er stand an der Tür, nickte mir zu und ging hinaus.
Dr. Schmidt stand unbeweglich im Zimmer, die großen Hände in den Taschen des langen, weißen, frischgebügelten Arztkittels. Es wurde mir allmählich zuviel. Ich war ja kaum noch eine Viertelstunde allein. Vielleicht merkten sie, daß ich sie alle hier mochte, und ich konnte sie nicht kränken. Das einlaufende Wasser rauschte gleichmäßig, und dann wußte ich plötzlich, daß ich nicht mehr im Fließenden mich hielt, daß ich von lauter Schleusen umgeben war, von Stauwehren, aber ich ahnte noch nichts von diesem Abend und von der Nacht.
Dr. Schmidt stand mir jetzt in der Zeit im Wege, ich mochte es ihm nicht sagen, ich deutete an mir herunter und dann auf das Waschbecken, drehte den Wasserhahn zu, und in die augenblicklich entstandene Stille sagte er:
„Respekt, Sie sind schon wieder gut beieinander, der Genever ist Ihnen also bekommen. Kann ich etwas für Sie tun?"
„Nehmen Sie doch bitte Platz", sagte ich, „Tivoli wird mich noch rasieren, dann möchte ich in den Garten, ich bin noch etwas dösig, und im Garten erhole ich mich am besten."

„Sie haben noch immer kein Waschzeug außer der Zahnbürste", sagte er, „wenn Sie erlauben..."
Die Tür blieb angelehnt und dann kam er zurück und brachte mir einen nagelneuen großen Schwamm.
„Nichts zu danken", sagte er abwehrend, „Sie werden es ohnehin auf Ihrer Rechnung finden, ein Herr ohne Gepäck, wir sind darauf vorbereitet, ein Herr ohne Namen, wir sind dafür eingerichtet. Aber mit Seife und Handtuch allein geht es nicht gut. Hugo hat mich bereits unterrichtet, Sie hatten ein interessantes Frühstücksgespräch."
Ich ließ den ins kalte Wasser getauchten prächtigen Meeresschwamm über die Haut gleiten, sie dampfte und rötete sich, ich nahm keine Seife, und Dr. Schmidt sprach wieder, ich fummelte wild mit dem Schwamm die Glieder und steckte noch einmal den Kopf ins Wasser, dann begann ich mich trocken zu reiben.
„... also halten Sie sich doch für identisch, und ohne diesen Halt wären Sie längst verloren", beendete er seine Rede.
„Ich halte mich an keinem Halt fest", sagte ich, „auch nicht an meinen Behauptungen, ich hangele weiter von Frage zu Frage und von Zweifel zu Zweifel. An welchem Seil wir hier hängen, wissen wir nicht und wir können es nicht beschreiben, denn es ist ohne Ende und wir kennen den Anfang nicht. Vielleicht darf ich jetzt einmal übertreiben. Wir sind uns gestern abend nicht unverständlich geblieben, lieber Doktor, und nun wollen Sie noch berücksichtigen, daß ich Ihnen das Folgende nicht in einem Gasthaus erzähle drüben an der Landstraße, sondern in einem Rasthaus für klinisch Ratlose: ich kam hierher, um mit einigen Versuchen zu beginnen, Versuche mit der Identität und der Zeit."
Ich zog mich jetzt an, und er saß im Sessel, die Hände unter der Nase zusammengelegt, er betrachtete mich kritisch und stirnrunzelnd.
„Es geht uns ja nicht um ‚akademische' Erörterungen", fuhr ich fort, „müßig oder unmüßig, es geht uns nicht um wohltemperierte Erwägungen, und es geht mir auch nicht um mich

selbst, meine Person, mein Geschick, sondern um diesen Entwurf der Schöpfung, der sich hier zwischen Fischen, Vögeln, Insekten und Vierfüßlern aufhält, der nachdenkt und nachsinnt und immer wieder kapitulieren muß, weil er sich seiner fremden Herkunft nicht mehr entsinnen kann. Er wird also von etwas Unbegreiflichem, gegen das er immer wieder antritt, ausgezählt, im Ring des Denkens, weil er zu Boden gehen und aufgeben mußte.
In dem Traktat des Philosophen Wittgenstein heißt es einmal: „Die Lösung des Rätsels von Raum und Zeit liegt außerhalb von Raum und Zeit.“ Damit liegt sie auch außerhalb unserer Ausdrucksmittel. Identisch oder nicht identisch, es kann also nur außerhalb von Raum und Zeit Identitäten geben und damit ‚Existenzen', aber da klopft es schon wieder und Tivoli kommt mit dem Rasiergerät.“
Tivoli trug das Tablett mit den Rasiersachen zum Waschbecken, ging mit dem Streichriemen und dem Rasiermesser zur Tür, hängte den Lederriemen an den Türhaken und zog das Messer ab, gleichmäßig, behutsam und flink. Ich hörte dem taktmäßigen Geräusch zu.
Dann setzte ich mich auf einen Stuhl, dachte an Tausenddreißig, sah auf die Uhr, und Tivoli seifte mir wortlos und leicht Kinn und Wangen ein. Dr. Schmidt sah zu, er rieb die rosigen, frisch gewaschenen, großen Hände und fühlte sich wohl, und ich konnte ihn nicht loswerden.
„Existenz, Identität, Zeit“, sagte er und streckte die langen Beine zufrieden aus, schlug sie übereinander, „wir haben die Chance zu leben. Unter welchen Bedingungen, das ist zunächst nicht zu untersuchen.“
Tivoli glitt mit dem Rasiermesser unterm Kinn aufwärts, ich konnte nicht antworten. Allgemeinheiten, dachte ich, Redensarten, draußen beginnt ein riesenweiter Sommertag, blüht und grünt und blaut, und im Fußballtoto hatte auch jeder eine Chance, im Überseehandel, in den Preisausschreiben der Illustrierten, Chancen über Chancen, wohin mit all diesen Chancen. Das Leben lebte, das Denken dachte, setzte nur im Schlaf aus und

begleitete uns als Wissen ein Leben lang. Das Wissen vergällte uns das Leben, die Frösche wußten nichts davon. Und wir wußten, wir lebten nur auf ein klägliches Ende zu.
Bei Thomas Browne hatte ich gelesen: „Ich fürchte den Tod nicht so sehr, als daß ich mich seiner schäme: er bezeugt den Stand der Ungnade und Schmach, in dem sich unsere Natur befindet."
Tivoli drehte mein Gesicht zur Seite und wieder schräg nach oben. Ich konnte noch immer nicht antworten, und Dr. Schmidt sprach schon wieder:
„Wir sollten also nicht grübeln, sondern leben, jetzt und hier. Die Ewigkeiten bestehen aus Augenblicken, las ich heute früh. Also ist noch in jedem Augenblick eine, wenn auch unendlich verdünnte Lösung vom sogenannten Salz der Ewigkeit."
Der beliebte Haushaltsartikel, dachte ich, das Feinsalz der Ewigkeit, in der Konsumpackung des Augenblicks. Und niemand wußte genau, was ein Augenblick war. Sie glichen sich nie, diese Augenblicke, und von der Ewigkeit wußten sie noch weniger, Worte, Worte, daraus fabrizierten sie ihre Unterhaltungstorte. Ich blickte wieder auf die Armbanduhr und dachte, daß die Zeit drängte, und das war wieder eine von diesen ausgehöhlten und abgegriffenen Redensarten, die Zeit drängte niemand, sie dachte nicht daran, niemals und nirgendwo, halte den Atem etwas länger an und laß die Vorstellungen nacheinander das Bewußtsein verlassen, aber ich wollte mir noch einen Strohhut ausleihen bei dem weisen Konrad, mit Sonnenbrillen hatte ich schlechte Erfahrungen gemacht, Sehschärfentrübungen und Benommenheit hinterher, einen Strohhut mit Krempe gegen dieses schonungslos grelle Sommermorgenlicht, und Tivoli hatte offenbar im Sinn, mich spiegelglatt zu barbieren, ich wollte mich nachher nicht hetzen müssen, ich mußte pünktlich an der Mauerpforte sein, um den Ausflügler wieder hereinzulassen. Ich brummte jetzt vor mich hin, Tivoli nickte, nahm das Papier mit dem aufgehäuften Schaum von meiner Schulter, strich noch einmal flüchtig über die Apfelglätte und gab mich mit einem brüderlichen Lächeln frei.

„Uff“, stöhnte ich, bedankte mich ausgiebig und wusch das brennende Gesicht mit dem herrlichen Mittelmeerschwamm, trocknete es tupfend ab und wußte noch immer nicht, wie ich den redefreudigen und denklustigen Dr. Schmidt loswerden konnte, ohne ihn zu kränken.
Ich kämmte mich noch einmal, stopfte das Oberhemd unter den Gürtel, zog die Jacke an und dann klopfte es wieder und Hugo stürzte herein, schulterzuckend, stotternd im Baß:
„Herr Doktor, der Chef —, Herr Doktor, der Chef ist soeben —, ich weiß nicht, also ohnmächtig geworden.“
Dr. Schmidt sprang auf, er war errötet vor Überraschung, ich war erleichtert, mit federnden Schritten eilte er hinaus, Hugo lief hinter ihm her, mit dem Finger tippte er gegen die Schläfe, Tivoli nickte, er hatte offenbar dieses Zeichen erwartet.
Als ich allein im Zimmer war, öffnete ich das Fenster und blickte durch das grelle Licht in den Ziergarten hinunter. Ich fragte mich, ob der Chef während seiner Ohnmacht existierte oder identisch blieb —, und nicht nur meine Augen labten sich an dem frischen, leuchtenden Grün dort unten. Seit den Kindheitstagen ergriff mich unerklärliche Lust bei dem Geruch und dem Anblick von frischer, grüner Ölfarbe auf einem Gartenzaun, aus Holz natürlich, nicht diese gestanzten Eisengitter. Ob das Aussehen der Leute erträglicher wäre, fragte ich mich, wenn sie dunkelgrüne Gesichter hätten? Nichts ist wichtig, prägte ich mir noch einmal ein, nichts ist eilig. Dann verließ ich das Zimmer, ging durch das stille Treppenhaus hinunter, niemand saß hinter dem Fenster in der Portierstube, draußen schützte ich die Augen vor dem aggressiven, tränentreibenden Licht mit der Hand und ging durch den Garten zu den Treibhäusern.
Durch die Glasscheiben sah ich die blaue Schürze des alten Gärtners und die kleine leuchtendrote Gießkanne zwischen den hohen, grünen Farnen. Ich ging die Stufen hinunter, die Glastür stand offen, und ich ging in den feuchten schwülen Dunst und in das gefilterte grünliche Licht und in den stockigen Erdgeruch hinein.

Der alte Mann stellte das rote Gießkännchen auf den Boden, richtete sich auf und blickte mir aus dem schmalen, braunen, hundertfaltigen, hundertrunzligen Gartengesicht, aus den blauen, baumalten, stillen Kinderaugen entgegen. Er hielt den weißhaarigen Kopf ein wenig schief, öffnete den fast lippenlosen Mund und sagte:

„Habe Sie erwartet, guten Morgen. Nicht alles so, wie es sein sollte, aber es könnte viel schlimmer sein. Haben Sie einen Wunsch? Bitte schreiben."

Er streckte mir die braune, fleckige, zittrige Hand hin, mit der Linken zog er die Schiefertafel aus den Farnen. Ich drückte die sandige Hand, spürte Schweißtropfen über den Brauen und auf der Oberlippe, nickte und die Tropfen fielen auf meinen Handrücken. Ich nahm die Tafel und den Griffel und schrieb:

„Bitte leihen Sie mir wieder einen Strohhut. Kann ich den Schlüssel noch etwas behalten?"

Er nahm die Tafel, las und wischte mit dem feuchten Schwamm darüber. Ich blickte auf die Uhr.

„Kommen Sie mit", sagte er, „sollen den besten bekommen, federleicht."

Ich ging hinter ihm her, strich leicht über die nachgiebigen Farnwedel, er öffnete die Zwischentür, tappte voran durch das grüne Licht, dann die Stufen hinauf und unter den alten Bäumen hin im dunklen Schatten bis zu dem festerlosen Schuppen. Wieder hörte ich das hauchleise Wassermurmeln und Gluckern des Baches, spürte den schwachen Luftzug im dunklen Schuppen, der Alte deutete auf den Schubkarren an der Bretterwand, wie gestern lag ein Holzdeckel darüber, ich setzte mich wie gestern hin, lehnte mich gegen die Wand und sah ihn im Halbdunkel vor dem ungestrichenen Spind, er zog die Spindtüre auf, griff in das Fach oben und zupfte mit den Fingerspitzen einen Strohhut heraus, schüttelte ihn in der Luft, blies zweimal darüber und hielt ihn mir hin.

Er war neu, noch beinahe weiß, ein weicher Panama mit grünem Band. Ich setzte ihn auf, er paßte schon, ich nickte Konrad meinen Dank zu und er winkte mit der Hand ab, er saß jetzt

auf dem umgestülpten Bottich, die Schiefertafel auf den Knien, kaute auf einem kurzen Strohhalm und nickte leise vor sich hin. Ich vergaß, daß ich es eilig hatte, ich saß in dem halbdunklen Schuppen auf einem Schubkarren und fühlte mich wie abgereist, die Stunden der Sorgen füllten geduldig die Silos der Zeit und die Zukunft ereignete sich überall, und hier fand sie keine Landemöglichkeiten, dachte ich ahnungslos... Konrad schwieg, als beabsichtigte er mit diesem Schweigen etwas, das ich nicht erraten konnte. Wie gestern lauschte ich der sommerdurchsummten Stille, und dann gab es in meinem Denken einen Ruck, ich fühlte einen leichten Schauer zwischen den Schultern, und ich konnte mich täuschen: der Alte versuchte, das vergangene Gestern zurückzubringen, durch Vorahmen heranzulocken, wie die Regenmacher einst durch Vorahmen den Regen heranzulokken versuchten, wie das junge Paar, das sich in den Furchen des noch brachen Ackers vereinigte, durch Vorahmen die Fruchtbarkeit in den Acker zu locken suchte. Ich konnte mich täuschen.
Ich suchte das Zigarettenpäckchen, zündete eine Zigarette an, rauchte, den Panama auf den Knien. Der alte Gärtner kaute besonnen den kurzen Strohhalm, vielleicht saßen wir gestern um die gleiche Stunde hier, 24 Stunden älter wir beide, ich fühlte mich heute frischer, nicht älter, der halbdunkle Schuppen war mir heute vertraut und gestern noch fremd, vorgestern noch unbekannt, und so war das Gestern schattenhaft noch im Heute enthalten, und das Heute war ein vertieftes, vertrautes Gestern, ein angereichertes Gestern, ein nicht mehr neues Gestern..., und so war jeder neue Tag ein gefiltertes Gestern, gelüftet, frisch gedeckt —, ich mußte damit aufhören, aber ich konnte ja noch eine Probe machen, ich bat mit einer Handbewegung um die Schiefertafel.
„Wann hat das allererste Heute begonnen?" schrieb ich und hielt ihm die Tafel hin. Er las, wischte aus, zog den Strohhalm aus dem Mund und sagte:
„Wenn Sie mich fragen, nie. Man kann ja nur mit Worten antworten. Das erste Heute hat nie angefangen und wird nie

vergehen. Nur was sich verändert, ist vergänglich. Weil es kein erstes Heute gab, wird es auch kein letztes geben. Tag und Nacht kommen und gehen, weil es ihnen so gewährt wird von etwas Nichtbenennbarem, das nicht kommt und nicht geht, das nicht anfängt und nicht aufhört. Also von einem unbegreiflichen Immer. Oder, wenn Sie wollen, von einem ewigen Heute."

Er hatte langsam, halblaut und mit einer gewissen Anstrengung gesprochen. Jetzt stützte er die Ellenbogen auf die Knie, den weißhaarigen Kopf in die Hände und schloß die Augen.

Ich warf den Zigarettenstummel auf die Erde, zerrieb ihn mit der Schuhsohle und starrte vor mich hin. Er hatte mich überholt. Er hatte mich überrundet, in einem Geräteschuppen, an einem Sommermorgen, der nur wirklich werden konnte, der nur kommen und wieder schwinden konnte, weil es dem Gras und den Hecken, dem Efeu und den Rosen, den Bäumen und den Bächen, dem Wind und dem strömenden Licht unter dem Himmel gewährt wurde, zu erscheinen und zu schwinden, gewährt von einem Immer, einem Heute, das niemals kam und niemals schwand, das unaufhörlich war, jenseits der Worte und jenseits des Nichts. Von einem unaufhörlich erscheinenden Immerdar.

Ich konnte nicht erkennen, ob er jetzt schlief. Ich wollte ihn nicht stören, vielleicht war es ihm gelungen, ins Gestern einzukehren, indem er sich nicht mehr rührte und nichts mehr dachte, ich erhob mich still und ging lautlos aus dem Schuppen. Wenn sich nichts mehr bewegte, dachte ich, nicht nur auf der Erde, sondern im unendlichen All, in den Weltenräumen, dann wäre auch die Zeit erloschen, die nichts war als das Nichtstillstehenkönnen der Wirklichkeit. Nur Zahlen standen still. Mit Zahlen konnte man die fliehende Zeit messen.

Ich zog den Panama in die Stirn, als ich aus den Baumschatten trat, und blickte auf die Uhr und dann hinauf in die blaue Wolkenlosigkeit. Ich kam gerade recht. Hinter den Gewächshäusern den Graspfad entlang unter den Akazien bis zu der

Efeumauer und durch die hohen Brennesseln an die Pforte. Dort schloß ich auf, öffnete die rostige Tür und sah draußen einen hochgewachsenen Mann stehen, er kam mir bekannt vor und ich erkannte ihn nicht sogleich, natürlich war es Herr Alvenshain und er war es auf eine undurchsichtige Art auch wieder nicht.

„Hallo“, sagte er laut und fuhr mit dem Strohhut durch die heiße Luft, „famos, da sind Sie ja, wurde vor fünf Minuten dort drüben abgesetzt, enorm heiß, machen Sie mir die Freude, etwas mit mir zu trinken!“

„Mit dem größten Vergnügen“, sagte ich, er lachte herzlich und streckte mir die Hand hin. Ich zog ihn herein und schloß die Pforte ab.

„Außerordentlichen Dank“, sagte er im Schatten an der Mauer, „furchtbar nett von Ihnen, daß Sie mich pünktlich herein ließen.“

Er setzte den weichen, gelben Strohhut wieder auf, schlug mit dem Handrücken nach einer Wespe, traf sie im Flug, sie fiel ins Gras, drehte sich dort summend, dann wurde sie von seinem Schuh ausgetreten.

Ich protestierte nicht, gestern wäre er noch vor einer Wespe geflohen. Ich hatte ihn nicht gleich erkannt, weil er die Sonnenbrille nicht mehr trug, die großen, geschliffenen schwarzen Gläser verdeckten nicht mehr seine im Schnitt frauenhaft wirkenden braunen Augen.

„Wirklich außerordentlichen Dank“, murmelte er, wir gingen an der Efeumauer entlang, „entzückend eingerichtet, Ihr Bungalow, erinnerte mich aber auch an Thoreau, Sie wissen, ‚Walden‘, und mir fällt wieder ein, was Emerson berichtet, als er Thoreau besucht hatte, wollen Sie es hören?“

Ich war stehen geblieben, nickte.

„Emerson schrieb: ‚die Fische schwammen auf ihn zu und ließen sich von ihm aus dem Wasser nehmen, die Vögel flatterten auf seine Schulter, und die Eichhörnchen liefen ihm über den Schuh, wenn das gerade der nächste Weg war.‘ Verzeihung, ich habe natürlich ‚Walden‘ in Ihrem Büchergestell entdeckt.

Wie konnte ich das vergessen. Wirklich sagenhaft friedlich, Ihr Bungalow, vollkommen unirdische Stille."
Im Garten krachte ein Revolverschuß.
„Teufel", sagte Herr Alvenshain und rannte voran, „welcher Teufel durchlöchert denn hier die Stille?"
Ich holte ihn ein und wollte ihn gerade am Arm festhalten, als er stocksteif stehen blieb und halblaut sagte:
„Nun sehen Sie sich das bitte an!"
In dem lichtdurchbrochenen Schatten eines dichten Haselstrauchs stand ein hünenhafter Mann, in Hemdsärmeln, aufgerissenem Kragen, zerrissener Weste, ohne Schuhe, die weißen Wollstrümpfe leuchteten durch das hohe grüne Gras. Sein hochrotes Gesicht beobachtete uns unbeweglich, er hielt die rechte Hand auf dem Rücken. Ich erkannte ihn an der mächtigen Nase, den großen, rosigen Ohren, der gepflegte weiße Spitzbart war unterm Kinn wagrecht abgeschnitten.
„Um Himmelswillen", sagte ich leise, „der Chef ist nicht in Ordnung, Kurzschluß —."
Der Hüne nahm die rechte Hand vor, zielte mit der Mauserpistole auf uns und rief:
„Hände hoch bis an die Strohhüte! Halten Sie die Strohhüte damit fest!"
Wir griffen nach oben und faßten den Rand der Strohhüte. „Umdrehen!" rief er. Wir drehnten uns um.
„Jetzt zurück an die Mauer! Keinen Fluchtversuch, ich schieße sofort!"
Die Hände an den Strohhüten gingen wir ohne Eile nebeneinander unter den Akazien auf die hohe Mauer zu. Ich konnte nicht hören, ob uns der strümpfige Mann durchs Gras folgte.
„Er kann nur auf einen schießen", flüsterte Herr Alvenshain, „und er wird im Schatten nicht treffen. Wenn ich jetzt losrenne, dann könnten Sie ihn umkreisen und überrumpeln."
„Keinen Unsinn jetzt", sagte ich, „das würde ihn wild machen. Warten wir ab, man muß ja den Schuß gehört haben."
Wir blieben vor der Mauer stehen.
„Und was sollen wir an diesem Spinnengestrüpp?"

„Er wird sich beruhigen“, sagte sich, „wenn wir uns nicht mehr rühren“.
„Ich komme um vor Durst“, sagte Herr Alvenshain, „sollen wir bis zum Abend in dieses Efeugestrüpp starren?“
„Das Gras wird abends feucht“, sagte ich, „er wird nicht solange in Strümpfen hinter uns stehen.“
„Wir sind hier im Schatten“, sagte Herr Alvenshain, „er wird nicht treffen, ich will ihm zeigen, was ich von seinem Bluff halte.“
Er hatte sich umgedreht, bevor ich ihn daran hindern konnte, der Schuß krachte im gleichen Augenblick, die Kugel schlug über uns in das Efeugestrüpp und blieb in der Bruchsteinmauer stecken.
„Also zu hoch“, sagte Herr Alvenshain, „und ich schwitze schon wie ein Pferd.“
„Umdrehen!“ sagte ich ägerlich, „Sie sehen, daß er gereizt ist. Wo steht er jetzt?“
„Ich konnte ihn nirgends sehen“, sagte Herr Alvenshain, er drehte sich wieder zur Mauer, „muß in einem dieser Gebüsche stehen, wenn ich nur etwas zu trinken hätte.“
„Man muß die Schüsse im Haus gehört haben“, sagte ich, „aber vermutlich haben sie dort nicht mal ’ne Vogelspritze.“
„Vogelspritze?“
„Schrotflinte für Spatzen“, sagte ich, drehte das Gesicht zur Seite und rief: „Erlauben Sie jetzt, daß wir die Hände herunternehmen? Wir möchten gern rauchen.“
Ich wartete noch einen Augenblick, aber er antwortete nicht. Dann nahmen wir die Hände von den Hutkrempen.
Ich nahm das Zigarettenpäckchen heraus, Herr Alvenshain schüttelte den Kopf, dann zündete ich mir eine Zigarette an.
„Würde daran ersticken, vor Durst“, sagte er, „später gern.“
„Vermutlich war das Magazin gefüllt“, sagte ich, „er hat also noch genügend Patronen. Wohin er auch trifft, seinen Freispruch wird er damit nicht verfehlen.“
„Freispruch?“
„Das Kollegengutachten“, sagte ich, „macht ihn immun.“

„Immun“, sagte Herr Alvenshain, „daran dachte ich natürlich nicht vorhin.“

Ich rauchte die Zigarette zu Ende und drückte sie zwischen den Efeuranken an der Mauer aus.

„Ich wünschte, Hugo wäre jetzt hier“, sagte ich voller Ungeduld.

„Hugo?“ frage Herr Alvenshain.

„Hugo ist hier“, sagte eine Stimme flüsternd am Boden. Ich blickte schräg hinunter. Hugo lag auf dem Bauch im Gestrüpp, spitzte den Mund und hielt den Zeigefinger vor die Lippen. Das hanffarbene Drillichjäckchen war an den Schultern aufgeplatzt, eine grüne Raupe kroch langsam über seinen Kragen. Ich hätte ihn hören müssen, dachte ich, man kann doch nicht auf allen vieren völlig lautlos hier herankriechen.

„Nur geringe Spähtrupptätigkeit“, flüsterte Hugo, griff in den Nacken und warf die Raupe fort, „man hätte ihn überrollen können, aber ich habe noch mit ihm abzurechnen. Achtung! Ich werde Sie decken. Sobald ich aufspringe, werfen Sie sich längs hin. Ich sehe genau, wo er steht.“

Ich hörte wie Hugo hinter mir vorbeikroch. Dann hörte ich ihn aufspringen.“

„Hinwerfen“, sagte ich und riß Herrn Alvenshain zu Boden, gleichzeitig hörte ich den Schuß krachen, über mir stand der lange Hugo, hielt die Hände hoch und schwenkte sie von links nach rechts.

„Schütterer Spitzbold“, rief Hugo, „komm heraus aus deinem Feigengebüsch, ich fürchte deinen Taschenpüster nicht. Hugo hat andere Schüßchen gehört, warum schießt du auf unbewaffnete Leute, du verwitterter Nasenbär? Wollen wir nicht zusammen fliehen, bevor sie dich hier schnappen? Ohne mich kommst du hier nie mehr raus, überleg dir das.“

„Fliehen?“ rief die erregte, zitternde Altmännerstimme, „holen Sie sofort den Schlüssel beim Gärtner, den Schlüssel für den Geheimausgang.“

Ich drehte mich auf die Seite, zog den langen Schlüssel aus der Tasche und klopfte damit gegen Hugos Kniekehle. Hugo

ließ den linken Arm sinken, ergriff den Schlüssel und hielt ihn dann hoch.
Herr Alvenshain mußte niesen.
„Alles voller Ameisen hier“, sagte er und schlug ins Gras, „das übrige immerhin wohltuend unwahrscheinlich.“
„Kannst du den großen Schlüssel jetzt sehen?“ rief Hugo, „dann schleudere deine Kanone hier auf den Weg, zum Zeichen, daß du friedlich bist und mit mir fliehen willst. Aber beeil dich, ich höre Stimmen, sie schicken schon ihren Spähtrupp aus.“
„Haben Sie das gehört?“ sagte Herr Alvenshain neben mir im Gras. „Verwitterter Nasenbär? Würden Sie das einem Vorgesetzten gegenüber so formulieren? Kaltes Flaschenbier wäre jetzt etwas ungewöhnlich Erfrischendes.“
„Bringen Sie den Schlüssel sofort hierher“, rief die schüttere Altmännerstimme, „aber halten Sie die Hände hoch! Ich zähle bis drei, dann gebe ich Feuer. Eins —.“
„Halt!“ rief Hugo, „zählen Sie nicht weiter. Wenn Sie den Tesching nicht fortwerfen, fliegt der Schlüssel über die Mauer.“
„Zwei!“ rief der unglückliche Hüne aus den Büschen.
„Drei!“ rief Hugo und warf sich zu Boden, der Schuß krachte, die Kugel riß kleine Splitter über uns aus den Mauersteinen. Hugo rollte sich zu uns herum. „Haben Sie eine Zigarette, Hochwürden?“ fragte er, „rauche sonst nicht, nur in Gefechtspausen.“
Ich hielt ihm das Päckchen hin, gab ihm Feuer.
„Allergeziemendsten Dank!“ sagte Hugo, „er ist unheilbar aufs Schießen aus, ist glücklich über jedes bewegliche Ziel.“
„Wir wollen etwas tun“, sagte ich, „und zwar rasch, ehe sie ihn überwältigen. Danach wird er erst wirklich tobsüchtig werden.“
Herr Alvenshain mußte wieder niesen. Hugo rauchte noch einige Züge, drückte dann die Zigarette ins Gras, zerrieb sie zwischen den Fingern und blies das Zerriebene fort.
„Es kommen immer mehr Ameisen“, klagte Herr Alvenshain, „Ihre Auffassung ist natürlich richtig, wir sollten ihm unbedingt helfen.“

„Dann müßten wir uns beeilen", sagte ich, „unverständlich genug, daß sie ihn noch nicht ins Haus gebracht haben."
„Die haben alle einen kalten Hintern, wenn's knallt", sagte Hugo, „traut sich keiner heran, solange er noch Munition hat. Ich werds versuchen, werde ihm den Schlüssel bringen, aber er schießt ja schon wieder."
Hintereinander krachten zwei Schüsse.
„Bringen Sie ihn in die Wohnung des Gärtners", sagte ich, „dort können wir ihn vielleicht verstecken, bis er wieder zu sich kommt. Ich gehe schon voraus, aber halten Sie sich in Deckung, Hugo."
„Wem sagen Sie das?" sagte Hugo und sprang auf. „Nicht schießen, Herr Professor", rief er, „ich bringe jetzt den Schlüssel."
„Sie kommen später nach", sagte ich zu Herrn Alvenshain, „sobald Hugo das erledigt hat und hier nicht mehr geschossen wird."
„Und wo wohnt dieser Gärtner?"
„Hundert Schritte an der Mauer entlang, dann nach links und auf die großen Tannen zu, ein niedriges Steinhaus. Und wenn man den Chef hier sucht, dann schicken Sie die Leute in die verkehrte Richtung."
„In die verkehrte Richtung", wiederholte Herr Alvenshain, „ich bin orientiert."
Ich kroch einige Meter an der Mauer entlang, dann hörte ich aus der Richtung des Hauses Rufe und das Geräusch von zerbrechendem Glas und das Klirren von Glasscheiben, die auf dem Boden zersprangen. Ich stand auf und lief auf Umwegen zu den Gewächshäusern. Konrad saß im vorderen Treibhaus auf einem niedrigen Schemel und betrachtete die stillen, gefiederten Farne. Er fühlte mich kommen, sein Faltengesicht blickte mich an, die blauen Augen prüften mich freundlich und abwesend. Er nickte mir zu, zog die Schiefertafel aus den Farnen und sagte:
„Verdruß? Bitte schreiben."
Ich legte die Tafel auf die Einfassung des Farnbeetes und schrieb:

„Der Chef läuft im Garten herum und schießt auf jeden, der nicht stehenbleibt. Wir möchten ihm helfen, bevor sie ihn einsperren. Können wir ihn in Ihre Wohnung bringen?"
Der alte Mann nahm die Schiefertafel, las und wischte mit dem feuchten Schwamm darüber.
„Sollte man ihn nicht noch etwas schießen lassen?" fragte er dann, „schlechter Schütze, wird niemand treffen, hat sicher noch nie geschossen in seinem Leben."
Ich nahm wieder die Schiefertafel und schrieb:
„Schießt verhältnismäßig gut. Wenn er keine Munition mehr hat, wird man ihn überwältigen und ins Haus schleppen, und dann wird er tobsüchtig werden. In Ihrer Wohnung würde er sich eher beruhigen."
Der alte Konrad las, wischte es aus und sagte:
„Ich werde ihm Beruhigung verschaffen, bringen Sie ihn in meine Küche."
Ich nahm zum letzten Mal die Tafel und schrieb:
„Könnten Sie den Chef dort verstecken?"
Er las, wischte mit der Hand darüber und sagte:
„Man wird ihn bei mir nicht finden, kommen Sie jetzt mit."
Er nahm die Schiefertafel unter den Arm, stand auf und ging voran. Ich folgte ihm, erleichtert. Wir kamen in das grelle Nachmittagslicht, im Garten war es jetzt ruhig, schlüpften durch eine Zypressenhecke in den Wildgarten und gingen über den weiten Grasplatz auf das niedrige Haus zu. An den Holzhütten und Gießkannen vorüber, um den Topfscherbenhügel herum und in die halbdunkle Küche. Konrad legte die Schiefertafel auf den Tisch, ging an die Badewanne, steckte den angeketteten Gummistöpsel in die Abflußöffnung und ließ Wasser einlaufen. Dann öffnete er den Küchenschrank und stellte vier Steinguttöpfe und eine grüne Korbflasche auf den Tisch. Ich setzte mich auf einen Hocker und zündete mir eine Zigarette an. Der Alte hantierte besonnen und bewegte zuweilen die Lippen, er hatte jetzt eine große braune Tonschüssel vor sich stehen, schöpfte mit einem Holzlöffel getrocknete und zerriebene Kräuter aus den Töpfen und goß einen grünen, dicken Sirup darüber.

Das plätschernde Geräusch des einfließenden Wassers änderte sich in dem Augenblick, als der Boden der Badewanne mit Wasser bedeckt war, dann wurde das Geräusch dunkler und leiser.
Bevor er mit dem Umrühren begann, nahm er von einem Nagel an der Wand das korbartige Weidengestell und hängte es am Kopfende der Badewanne ein. Dann rührte er sorgfältig, goß noch etwas grünen Sirup dazu, tauchte einen Finger hinein, prüfte die Zeit, die der Tropfen brauchte, um in die Schüssel zu fallen, und trug dann die Schüssel zur Badewanne. Er schüttete den grünen Brei ins Wasser, verrührte ihn mit dem langen Holzlöffel und drehte den Wasserhahn zu.
„Bitte helfen Sie mir jetzt", sagte er. Ich folgte ihm in den Verschlag hinter dem hohen Küchenschrank. Er zog eine lange Sperrholzplatte heraus, wir trugen sie durch die Küche und lehnten sie gegen die Badewanne. Die Platte paßte als Deckel auf die Badewanne, an der Kopfseite war eine viereckige Klappe mit Scharnieren angebracht.
Konrad ging wieder zum Küchenschrank und räumte die Korbflasche und die Steinguttöpfe ein. Ich setzte mich auf den Hocker an der Wand, zündete eine Zigarette an und hörte draußen durch die angelehnte Tür Schritte. Dann hörten die Schritte auf und die klagende Altmännerstimme sagte:
„Ich möchte jetzt mein Billet haben. Wo ist der Hauptbahnhof? In diesem Ziegenstall hält kein Schnellzug. Keinen Schritt weiter, ich verlange den Fahrdienstleiter. Habe ich nicht Ihr Ehrenwort, daß Sie mich unter den Tannen befreien?"
„Zu Tal, zu Tal", sagte draußen Hugos Baßstimme, „in die Moore der gefleckten Vipern, in die Unkrautstollen des Hades werden Ihre Fesseln klimpern und rollen, das versprach ich bei meiner Liebe zu den Trollen. Hier sollen Sie befreit werden von Schlingarmen und Ketten, hier wird man Sie garantiert vor den Übeln der Welt erretten. Auch was Sie sonst noch hindert am Barte oder am Ohre, hier öffnet der Tresor der Freiheit die Tore. Hier können Sie wieder reingewaschen werden, von allem Wucher und Wurmfraß auf Erden."

„Mein Billet", sagte die Stimme des Professors, „hier ist nicht der Bahnsteig. Und wo ist mein Gepäck? Träger!"
„Halten wir uns nicht an der Sperre auf", sagte Hugo draußen, „Parole Ziegenpeter, stürmen Sie die Tür, bevor uns die Polizei erwischt und mit Fußtritten verhört."
Die Tür flog auf, der große Mann tappte in Strümpfen herein, seine Hände waren vor dem Bauch mit einem riesigen blauen Taschentuch zusammengebunden. Er bewegte die dicken, gefesselten Hände hilflos, Schweißtropfen fielen aus dem hochroten Gesicht, er schüttelte noch mehr Schweißtropfen ab, schnaubend und brummend.
Hugo schloß die Tür und knüpfte die Taschentuchfessel auf. Der verstörte Hüne rieb sich die geröteten Handgelenke, strich dann über den weißen Bart, stutzte, starrte in die leere Hand, er vermißte seine Bartspitze. Vorwurfsvoll blickte er mich an. Dann suchte er in den Hosentaschen und Westentaschen nach der fehlenden Bartspitze.
Konrad ging langsam auf ihn zu, die Hände hinter der blauen Schürze. Er mußte schräg zu dem geröteten Riesen hinaufblikken. Hugo setzte sich auf den Fußboden und bewachte die Tür. Niemand sprach. Ich rauchte und der Professor gab es auf, die weiße Bartspitze zu suchen.
„Wie Sie wohl wissen", sagte der alte Konrad hinauf zu dem schwitzenden Gesicht des Hünen, „bin ich seit vielen Jahren taub. Ich habe Ihren Besuch mit Freude erwartet und das Bad für Sie gerichtet."
„Welches Bad?" fragte der Professor.
„Bitte ziehen Sie sich aus", sagte der alte Gärtner.
„Er kann sie nicht hören", sagte ich zu dem verwirrten Riesen, „er ist taub. Blicken Sie selbst in die Badewanne, überzeugen Sie sich. Der Weg in die Freiheit führt durch dieses Bad aus dunkelgrünem Drachenblut und Hornissensaft, es macht unverwundbar."
„Unverwundbar?" fragte er verständnislos.
„Von oben bis unten", sagte Hugo am Boden, „von hinten und von vorn, gegen Schrot und Dorn."

„Ruhe", sagte der Professor, „Drachenblut?"
„Prüfen Sie selbst", sagte ich, „kein gewöhnliches Badewasser. Frei von Blutegeln, von Blutsverwandten und von Blutrache. Es kann nur einmal im Jahr zubereitet werden, mit ewigem Schnee, bei Vollmond und beim Klang von Unkenrufen mit Wolfsmilchtau verquirlt. Und es kann nur einmal benutzt werden. Wenn Sie es verschmähen, werde ich das kostspielige Bad für mich in Anspruch nehmen."
Ich bückte mich und knüpfte den rechten Schuh auf.
„Sie irren sich gründlich", sagte der Professor, „hier bin ich der Chef. Ziehen Sie mich aus, Hugo!"
Brummend stand Hugo auf.
„Sagten Sie frei von Blutsverwandten?" fragte der alte Herr. Hugo zog ihm die zerrissene Weste aus.
„Nachweislich frei", sagte ich. „Nach dem Bad sind Sie die unglaublichste Verwandschaft los."
„Und wozu dann dieses Gestell?" fragte er.
„Die Blutbuchen sind rot und die Salamander sind kalt", sang Hugo, „wer die Maiglöckchen läuten hört, wird tausend Jahre alt."
„Das Gestell dient als Unterlage", sagte ich, „als Garantie der Freiheit. Der Kopf bleibt souverän trocken, während die Befreiung den übrigen Körper durchdringt."
„Zerren Sie nicht so ungeduldig", sagte der Professor zu Hugo. „Drehen Sie sich bitte um, meine Herren", sagte er zu mir. Ich stand auf und ging zu Konrad an den Küchentisch. Konrad schob mir die Schiefertafel hin. Ich las: „Früher war sein Vollbart rund, dann stutzte er ihn spitzer und spitzer, alles spitzte sich in ihm zu."
„Schließen Sie die Augen", sagte der Professor zu Hugo, „ich ziehe jetzt mein Hemd aus."
Ich las weiter: „Und was hat ihn heute aus der Kurve gerissen?"
„Teuflisch kalt", rief der Professor, „kalt und glatt wie Glyzerin. Wache! Sie stehen hier Wache, Hugo!"
„Wer bezahlt uns das?" sagte Hugo, „zu Befehl, Herr Admiral."
Ich hörte das Plätschern und Spritzen, dann wurde es still.

Ich wischte Konrads Worte aus und schrieb: „Aus der Kurve brachte ihn der unerforschliche Ratschluß oder die Fliehkraft der Aspekte. Als die Spitze überspitz geworden war, mußte er sie abschneiden und sich bewaffnen. Er konnte die Schwerkraft der Zeit nicht mehr ertragen."

„Verräter und Verschwörer", rief der Professor in der Badewanne, „belauerten mich Tag und Nacht, als Kassenpatienten getarnt. Sie spionierten meine Zeit aus, nach diesem Bad wird kein Pardon mehr gegeben. Sie machten mich zum Patienten, ich sah in ihren Augen den gierigen Saugrüssel, sie konnten ihn nicht schnell genug bei mir ansetzen, um mir die Zeit aus dem Mark zu saugen. Sauggesindel, Rüsselspione. Dieser Bart ist jetzt ab. Haben Sie die Bartspitze gefunden, Hugo?"

„Nirgends gefunden, Euer Gnaden", sagte Hugo am Boden, er lehnte sich gegen die Badewanne.

„Dann fragen Sie diese Leute hier, ob das Bad auch gegen die Zeit unverwundbar macht."

„Erst wenn die Badewanne zugedeckt wird", rief ich.

„Sofort zudecken!" sagte der Professor.

Ich stand auf und ging zu der verzinkten Badewanne. Der mächtige Kopf mit den fleischigen Ohren, der dicken Nase und dem weißen Spitzbart ohne Spitze ruhte in dem Weidengestell. Die starke Rötung im Gesicht war verschwunden.

„Was geht hier vor!" fragte er mit geschlossenen Augen.

„Wir decken jetzt zu", sagte ich, „der Deckel schützt vor Licht und Geräuschen. Dunkelheit und Stille widerstehen der Vergänglichkeit. Über Ihrem Kopf ist eine Klappe, wenn Sie sprechen wollen, drücken Sie die Klappe hoch."

„Beeilen Sie sich", sagte der Hüne.

Hugo faßte mit an, wir schoben die Sperrholzplatte über die Badewanne. Sofort ging die Klappe am Kopfende hoch, ich sah einen ölig triefenden grünen Arm und die blauen, schon wie träumenden Augen des Chefs.

„Invalidenmarkenkleber", sagte er, „Zeitgauner. Man muß direkt in die Augenrüssel zielen. Stechmücken, sie stechen aus

Neugierde, um fremde Zeit zu trinken. Die Neugierrüssel einschießen!"

Der grüne Arm versank, die Klappe fiel zu.

„Ich sorge mich um Herrn Alvenshain", sagte ich zu Hugo. „Er sollte längst hier sein. Sehen Sie doch mal bitte nach, ob Sie ihn finden. Und könnten Sie etwas Flaschenbier besorgen? Wir sind alle durstig." Ich gab Hugo einen Geldschein.

„Alles klar", sagte er, „prompt, reell und schnell, wir werden Sie noch heute zu unseren Stammkunden zählen!"

Er verbeugte sich, wackelte mit dem Kopf und schlotterte mit den Armen. Ich riegelte die Tür hinter ihm ab. Dann setzte ich mich wieder an den Küchentisch. Konrad schob mir die Schiefertafel hin. Ich las:

„Seinem Vorgänger erging es hier ähnlich. Vor 17 Jahren. Professor Mammoth. Er korrespondierte mit mir. Kaufte eines Tages eine neue, blaue Briefträgeruniform. Der Wärter Franz mußte sie zweimal am Tage anziehen, um zehn und nachmittags um fünf. Da holte Franz bei mir die Antwort auf den Brief vom Vormittag. Können alle Briefe lesen, eine Schublade voll. Ging alles gut, und an einem Sonntagmorgen kam der Professor selbst in der Briefträgeruniform. Franz hatte Ausgang. Er sagte, er fühlte sich als Briefträger bedeutend wohler. Am Montag wurde er entlassen. Kluger Kopf. Er war der Ansicht, die Patienten sind nicht krank, sondern unartig. Er unterstützte ihre Unarten. Weil die Leute nicht mehr unartig sein können, sagte er, fallen sie den Kliniken zur Last. Dort benehmen sie sich ungebundener. Er veröffentlichte eine Schrift über die Unarten der Haustiere. Fachkreise lehnten ihn ab."

Jemand rüttelte draußen an der Türklinke. Ich stand auf und ging zur Tür.

„Wer ist draußen?" fragte ich.

„Machen Sie bitte auf", sagte Dr. Schmidt. Ich schob den Riegel zurück und ließ ihn eintreten.

„Dienstlich?" fragte ich.

„Ist der Chef hier?" fragte er rasch.

Er blickte sich in der Küche um.

„Von einem Chef wissen wir hier nichts“, sagte ich, „nehmen Sie doch bitte Platz.“
Er setzte sich auf den Hocker, wischte mit dem Taschentuch über die Stirn, putzte die Brillengläser und setzte sie wieder auf. Er trug eine weiße Leinenjacke, graue Flanellhosen, dunkelblaues Hemd und rotweißgestreiften Querbinder.
„Ich habe dem Direktor ausreden können“, sagte er, „die Polizei zu benachrichtigen.“
„Unser Schutz und Helfer“, sagte ich.
„Es gelang mir, ihn zu überzeugen“, sagte er, „daß keine unmittelbare Gefahr besteht, solange das Haus fest verschlossen bleibt und niemand den Garten betritt. Nach dem ersten Schuß ließ der Wärter am Portal, das stets abgeschlossen ist, den eisernen Rolladen vor dem Portierfenster herunter und bat telefonisch bei mir um Weisungen. Ich riet ihm, sich um nichts zu kümmern und sich ganz ruhig zu verhalten. Dann ging ich hinaus in den Garten und beobachtete den Chef, unauffällig. Plötzlich war er verschwunden. Haben Sie keine Ahnung, wo er jetzt sein könnte?“
„Bei dieser Hitze“, sagte ich, „wird er vermutlich längst schlafen.“
„Sie wissen, wo er schläft?“
„Ich lasse seinen Schlaf bewachen“, sagte ich.
„Dem Himmel und allen Heiligen Dank, das wäre vorüber. Jemand verletzt worden? Haben Sie eine Zigarette?“
Als wir rauchten, sagte ich: „Niemand verletzt. Was werden Sie mit ihm tun, wenn Sie ihn finden?“
„Nicht das allergeringste“, sagte Dr. Schmidt, „kann jedem von uns mal passieren. Unterhalten, mit ihm spazieren gehn.“
„Er wird diese Klinik satt haben“, sagte ich.
„Ich fürchte, er wird noch viel mehr satt haben“, sagte Dr. Schmidt, „wer hätte das nicht?“
„Er wirft den Kranken vor“, sagte ich, „daß sie ihm die Zeit stehlen, als Krankenkassenpatienten getarnt. Er gibt an, Saugrüssel in ihren Augen entdeckt zu haben, sogenannte Neugierrüssel. Mit diesen Augenrüsseln saugten sie ihm die Zeit aus

dem Mark, behauptete er. Er nahm sich vor, überall in die Saugrüssel zu schießen."

„Gar nicht mal so unverständlich", sagte Dr. Schmidt. „Er lag in meinem Untersuchungszimmer, er hatte eine Ohnmacht, aber er atmete normal, weiß der Kuckuck, wo die Schwestern steckten. Als ich einen Augenblick rausging, um mir eine Schwester zu holen, muß er zu sich gekommen sein, holte meine Pistole aus dem Schreibtisch und lief in den Garten."

„Diese Patienten", sagte ich, „müssen ihn geradezu ausgeplündert haben. Damit hat er natürlich nicht gerechnet, als junger Student. Eine Laufbahn ließ sich errechnen, nur eines ließ sich nicht übersehen: es kostete ihn mehr Zeit, es kostete ihn den Grundriß."

„Welchen Grundriß?"

„Farne kann man nicht mit Geranien verwechseln. Was sie seit je zu Farnen oder zu Geranien oder Lupinen werden läßt, ist wohl ein inneres Bild, ein Grundriß. Ein Hecht wird kein Karpfen. Bei Pflanzen und Tieren darf man daher berechtigt von Identitäten sprechen. Der Erwachsene hat nur die Chance, diesem Grundriß nahe zu bleiben, also die Signatur des Menschen zu verteidigen, dem inneren Bild treu zu bleiben. Der inneren Handschrift. Reüssiert er und verliert dabei diese innere Existenz, dann findet er sich bald selbst zum Verwechseln, auch wenn die ‚Persönlichkeit' noch so unverwechselbar wirken mag, nach außen."

„Und was wollen Sie dagegen tun?" fragte Dr. Schmidt.

„Unterlassen", sagte ich, „was nichts mit uns zu tun hat."

„Aber wir haben doch alle täglich Dinge zu tun, die nichts mit uns zu tun haben."

„Und Sie selbst", sagte ich, „haben täglich damit zu tun, Leuten, die es nicht mehr ertragen konnten, daß ihre Arbeit und ihr Leben nichts mehr miteinander zu tun hatten, zu helfen."

„Ach, weiß der Himmel", sagte Dr. Schmidt, „wenn man nur wüßte, ob es sich lohnt."

Die Klappe im Badewannendeckel flog hoch, hakte ein, der grüne Arm verschwand. „Wache!" rief der Professor.

„Wer liegt denn da drin?“ fragte Dr. Schmidt leise.
„Hugo“ sagte ich, „er hat sich vorgenommen, den Professor zu spielen.“
„Die Wache holt Bier“, rief ich.
„Bier?“ Es wurde ihm befohlen, sich nicht zu entfernen! Ist jemand erschossen worden? Ist jemand vorhin in diese Badewanne gestiegen? Ich habe diese Person vertrieben. Mit einem Revolver herumknallen, möchte nichts mehr mit ihr zu tun haben. Wir haben nur leichte Fälle, vielen Dank für Ihren Anruf. Sagten Sie nicht vorhin, daß dieses Bad unidentisch macht?“
„Man verliert darin nur die niedere Identität“, sagte ich, „wer aber damit gurgelt, wird auch die höhere verlassen.“
„Höhere? Wie hoch über dem Meeresspiegel?“ fragte die Stimme in der Badewanne.
„Das Lebensalter durch sieben mal Verzicht plus Schweigen“, sagte ich.
Es war wieder still, dann hörte ich ihn gurgeln und ausspucken. Dr. Schmidt hatte micht zuerst wütend angeblickt, und als er aufspringen wollte, hielt ich ihn am Arm zurück.
„Scheußlich“, sagte der Professor, „und wie oft muß man mit dieser Krötenbrühe gurgeln?“
„Sieben Atemzüge, einmal gurgeln“, sagte ich, „wenn das Atmen richtig betrieben wird, macht es ungeschichtlich.“
„Scheußlich ungeschichtlich. Wie ist die richtige Ausführung?“
„Durch die Nase. Beim Einatmen holt man die nächste Erinnerung herauf ins Bewußtsein, beim Ausatmen stößt man sie hinaus in die Vergessenheit.“
„Zwei Spiegeleier mit Bratkartoffeln und Gurkensalat!“ rief der Professor.
„Das Restaurant ist geflohen“, sagte ich.
„Dann holen Sie es ein! Wache! Ich hungere mich hier zugrunde.“
„Hunger macht unidentisch“, sagte ich, „gurgeln Sie sich satt, atmen Sie sich zufrieden.“
„Lassen Sie sofort das Pferd satteln“, rief er, „satteln und schmücken, mit Rosen und Levkojen, mit Nelken und Olean-

der, mit meterhohem Gras, mit kühlem Grund, mit haushohen Schatten, ich möchte eine Kerbelsuppe, bitte."
„Man wird nach Kerbel suchen", sagte ich, „sonst wird es Brunnenkresse geben."
Konrad saß am Küchentisch und las in einem alten Lexikon mit Stockflecken und Wasserrändern auf den vergilbten Seiten. Dr. Schmidt rauchte, starrte auf die Badewanne und schlug von Mal zu Mal die Beine anders übereinander. Der Professor in der Badewanne schwieg. Eine Zeitlang blieb es still in der Gärtnerküche, friedlich und wohltuend. Ich fragte mich, was hatte das alles mit meinen „Versuchen" zu tun? Und ich hatte den Eindruck, daß mir alles entglitten war und daß die Versuche mit mir unternommen wurden. „Sechzig Jahre", rief der Professor, „und dann in einer Brunnensuppe. Ich fürchte, ich komme wieder zu mir. Werde mich selbst entwaffnen. Vorbei. Rufen Sie die Polizei, man soll mich festnehmen."
„Gar kein Anlaß", sagte ich, „die Polizei bleibt zwar auf die Mitarbeit des Publikums zu 99 Prozent angewiesen, aber Ihr Wunsch ist verständlich. Wer möchte nicht einmal festgenommen werden?"
„Sechzig Jahre", sagte der Professor, „und dann auf Strümpfen und mit Revolver in den Garten der Lustbarkeit. Ist Emilie hier? Und wofür? Für die Miezekatz. Ich fürchte, ich bin wieder normal. Und wofür? Ich halte diesen Unfug nicht mehr aus. Ein Leben lang Gutachten. Hören Sie sich das bitte an: ‚Er war den Anforderungen, die das Leben an ihn stellte, nicht mehr gewachsen!' War schon jemand den Anforderungen des Sterbens gewachsen? Horrender Unsinn. Wache, meine Kleider! Ich möchte im Walde wohnen, ein Eichhörnchen zum Spielkameraden haben, Feldhasen, Waldenten, lassen Sie sofort Dr. Schmidt rufen!"
„Herr Professor?" sagte Dr. Schmidt und stand auf.
„Hinsetzen", sagte der Professor, „Sie sind mein Vertreter. Schwäne und Nymphen, ich nehme Waldurlaub. Hugo fesselte mich rechtzeitig mit einem Taschentuch. Entfernen Sie bitte diesen Deckel, ich möchte jetzt heraus."

Dr. Schmidt faßte mit an. Wir zogen die Sperrholzplatte herunter und stellten sie an die Wand. Der Professor schaute uns grübelnd zu, zwinkerte mit dem linken Auge. Dann stand er plötzlich aufrecht in der Badewanne, triefend von dem öligen, grünen Wasser.
Konrad klappte das Lexikon zu und brachte ein großes, hellblaues Frottiertuch. Der Professor stieg aus der Badewanne, drehte uns den fetten weißen Rücken zu und rieb sich trocken. Dann setzte er sich auf den Hocker und zog sich an, stöhnend und murmelnd. Niemand sprach. Konrad las wieder in dem alten Lexikon.
„Wo sind meine Schuhe?“ fragte der Professor.
„Sie besuchten uns in Strümpfen“, sagte ich.
„Richtig“, sagte er, er zog einen kleinen braunen Kamm aus der Tasche und kämmte den gestutzten weißen Bart. „Sehr erfrischt“, sagte er, „sollte man öfter tun. Kräuterbad. Ausgezeichnet. Habe meine Zigaretten vergessen.“
Ich gab Dr. Schmidt mein Päckchen und er bot es seinem Chef an. Der Professor betrachtete einen Augenblick seine rechte Hand. „Tremor“, murmelte er, die Zigarette fiel ihm aus der Hand. Dr. Schmidt hielt ihm noch einmal das Päckchen hin. „Es kommt auf den ersten Zug an“, sagte der Professor, dann blickte er zur Tür.
Die Tür öffnete sich und Herr Alvenshain kam herein. Er nahm den Strohhut ab und verbeugte sich ernst und stumm. Hinter ihm kam der große Hugo herein, über der linken Schulter einen großen, verschossenen grünen Rucksack.
„Herein ohne anzuklopfen“, sagte Hugo und schloß die Tür. Konrad brachte ein Paar Sandalen und hielt sie dem Professor hin. Hugo stellte den Rucksack auf den Boden, die Flaschen klirrten. Konrad öffnete den Küchenschrank und stellte Wassergläser hin. Der Professor zog die Sandalen an, sie waren zu kurz und er trat die Kappen nieder. Hugo stellte Bierflaschen auf den Tisch, das grüne Flaschenglas war noch beschlagen.
„Famos“, sagte der Professor und setzte sich an den Küchentisch, „Urlaub, Frühschoppen!“

„Ich weiß nicht", sagte Dr. Schmidt, „ob das jetzt bekömmlich ist, Herr Professor?"
„Unsinn, setzen Sie sich. Ist drüben alles ruhig?"
„Es ist jetzt Essenszeit", sagte Dr. Schmidt.
„Vollkommen ruhig, Euer Gnaden", sagte Hugo, „ich war in der Küche, holte das Bier aus dem Eisschrank."
Herr Alvenshain setzte sich neben Konrad und versuchte, in dem Lexikon zu lesen. Hugo ging um den Tisch und schenkte Bier ein, hell, Export.
„Zum Wohl, meine Herren", sagte der Professor, hob das beschlagene Glas mit dem weißen Schaumkragen und trank es in einem Zuge leer.
„Ihr Wohl, Herr Professor", sagte Herr Alvenshain und trank ebenfalls leer. Dr. Schmidt trank einen Schluck, Konrad trank nichts, ich prostete allen Herren zu.
„Vorzüglich", sagte der Professor, „besonders nach dem Bad und auf den leeren Magen."
„Ein heißer Tag", sagte Herr Alvenshain. Hugo füllte nach.
„Ein friedlicher Tag", sagte der Professor, „fühle mich unverständlich wohl. Muß ich mich noch bekannt machen? Nicht mehr nötig. Was war denn los, Schmidt, ich kippte irgendwann um?"
„Unwohlsein", sagte Dr. Schmidt, „die Hitze, der Blutdruck."
„Wie geht es Ihnen heute, Herr Alvenshain?" fragte der Professor.
„Könnte wirklich nicht besser gehen."
„Mein Gedächtnis", sagte der Professor, „zum Wohl, wie war doch *Ihr* Name, mein Herr?"
„Ich kam über die Mauer", sagte ich, „ohne Gepäck."
„Richtig", sagte der Professor, trank und stellte das leere Glas wieder hin. „Kamen Sie nicht von der Ärztekammer?"
„Privat", sagte ich, „wenn es das überhaupt noch gibt."
„Sie zahlten im voraus, richtig, mit Ihrer Identität war etwas nicht in Ordnung. Sie hatten nicht mal Papiere, ja?"
„Man bekommt heute ohne Schwierigkeiten gute Papiere", sagte ich, „und nicht nur beim Geheimdienst. Nur die Tiere fliegen

noch ohne Ausweis durch die Luft, stehen ohne Reisepaß im Wasser, traben ohne Visum über die Grenze."
„Zoologe!" fragte der Professor.
„Fiel mir nur so ein", sagte ich, „wir verhalten uns immer mehr so, als wäre der Kosmos ein Hotel."
„Erklären Sie bitte", sagte der Professor.
„Man meldet sich an", sagte ich, „man trägt sich ein. Fließendes Wasser, Telefon, Klingelknöpfe, die das Personal rufen. Lift und Zentralheizung. Spinnen, Fliegen und Staub versucht man fern zu halten. In der Halle allenfalls ein Aquarium mit Zierfischen. Ein Lebensstil, der lange vorbereitet wurde. Blumengeschäfte, Juwelierläden und Modeschöpfer wurden völlig unentbehrlich. Zum Wohl!"
„Zum Wohl", sagte der Professor, „und weiter?"
„Einige verschrobene Gelehrte" sagte ich, „mit verschrobenen Lebensgewohnheiten leisteten die Vorarbeit. Elektrizität, Telegrafie, Radio und Flugzeug. Generationen von Gelehrten arbeiteten gewissenhaft an der Vervollkommnung. Als Leistung unvergleichlich. Nur —, es steht nicht dafür."
„Wofür?" fragte der Professor.
„Vor Jahren", sagte ich, „las ich ein Werk über die moderne Kunst. Verfasser ist Psychiater, Kretschmer-Schüler. Der Autor gelangte zu der Feststellung, von einer Wertung zunächst absehend, die moderne Kunst ‚ist nie von beschwingter Heiterkeit und ausgelassener Fröhlichkeit', im Gegenteil, sie gibt sich ‚humorlos, derb und todernst'. Soweit der Verfasser. Die Kunst einer Epoche, darf ich hinzufügen, wird in jedem Falle über diese Epoche etwas zum Ausdruck bringen, also eine Art psychische Spiegelung bedeuten.
Unsere Epoche zeigt erfindungsreichen Komfort als Resultat jahrzehntelanger wissenschaftlicher Bemühungen. Das ist die Außenansicht. Nach innen sieht es anders aus: Unbehagen, Leere, Freudlosigkeit, Kälte und ein finsterer Ernst. Gehört das zusammen? Von den in einigen fortschrittlichen Ländern überfüllten Nervenkliniken ganz abgesehen. Was liegt da vor, oder

was liegt da nicht vor! Ein Symptom überströmender Fülle wird es ja wohl nicht gerade sein."

„Fahren Sie fort", sagte der Professor, trank und wischte sich den weißen Bart ab. Er mußte aufstoßen und entschuldigte sich.

„Unermüdlicher Gelehrtenfleiß", sagte ich, „in Studierzimmern und Laboratorien, damit Bequemlichkeit und Schutz vor den Elementarmächten gewährleistet wird. Frühstückend und zeitungslesend, von einem Mozartquartett unterhalten, fliegt der Zeitgenosse heute über die Weltmeere hin. Nur in drittklassigen Hotels könnte er noch von einem Skorpion gestochen werden. Mondreisen werden vorbereitet, nicht ohne Komfort. Der Kosmos als Hotel. Eine riesenhafte Geistesarbeit, Maschinenstädte, Teleskopgiganten, Monsterarmeen —, und die Ausgelassenheit, die Fröhlichkeit, die Heiterkeit ziehen sich zurück. Sorge, Angst und die psychischen Defekte breiten sich aus. Ich fürchte, man hat etwas zu einseitig für das Hotelzubehör gearbeitet und den Menschen im Stich gelassen."

„Wieso im Stich?"

„Vom Höhlenbewohner zum Hotelbewohner", sagte ich, „das ist nur äußerlich und vor Gebrauch zu schütteln. Für die kollektive Seelsorge gibt es noch heute den Gottesbeamten, er kann die Entwicklung nicht mehr abwenden, im Einzelfall vermag er zu trösten und zu helfen, soweit er noch Mitgefühl besitzt. Und wonach sehnt sich der einzelne heute im Grunde, sofern er noch einmal zu sich kommt im Urlaub und es ihm gelingt, die Tage allein zu verbringen auf Spaziergängen? Ich fürchte, er wird es wohl kaum noch wissen, wonach er sich sehnt. Auf keinen Fall nach Hotelzubehör oder Unterhaltungsindustrie. Wenn ihm das Alleinsein und die Stille zusagen, wird er sich nach gewissen Stimmungen sehnen, die er nicht näher beschreiben kann. Wie diese Stimmungen zustande kommen, ist zunächst nicht wichtig. Oder überhaupt unerklärlich. Unserem Feriengast im Schwarzwald oder am Bodensee kommt es allein auf diese Stimmungen an. Eines Abends steht er vielleicht auf einer Mole, völlig allein, und blickt hinaus über den weiten

See, der Abendnebel schwebt schon auf. Es ist meilenweit still und es wird schon kühl. Er blickt auf das stille Wasser, schattenblau und schattengrau, nichts als die Einsamkeit des Abends und der Seegeruch und die weiten, freien Wassertiefen. Er blickt hinaus in die Wasserstille, in die Abendstille, und es wird ihm leicht und schwer zugleich, die Seele wird ihm leicht, und das Herz wird ihm schwer. Wovon ist er ergriffen?

Wir kennen alle das längst geschmacklos gewordene Wort vom Stimmungszauber. Nehmen wir es wörtlich, dann wird es wieder unerklärlich wie Zauber und Stimmung. Wir wissen nicht, was diesen Feriengast für Augenblicke bewegt. Wurde er von etwas Magischem berührt und getroffen?

Willentlich kann man einen solchen Zustand kaum herbeiführen, und man kann ihn auch nicht nach Belieben verlängern. Vielleicht ahnt er dort am See-Ufer etwas Unverständliches, für das es noch keine Welterklärungen gibt.

Kein Zubehör, keine Bequemlichkeiten, ein Nichts von einer Stimmung. Stille und Einsamkeit. Keine Wallungen, keine Sensation. Ein vorübergehender Zustand von unverständlicher Ergriffenheit, kaum freudig und eher am Rande der Schwermut und des Tragischen.

Und diesen unsichtbaren Menschen im Menschen hat man endgültig im Stich gelassen."

Eine Zeitlang sprach niemand am Küchentisch.

„Ich bitte ums Wort", sagte dann Hugo.

„Warum wollen Sie diesen Herrn nicht weitersprechen lassen?" sagte der Professor.

„Ich habe nur noch eine Einschränkung zu machen", sagte ich, „in der Kunst ruft man immer wieder nach diesem unsichtbaren Menschen. Aber was bedeutet heute Kunst und Dichtung in Wirtschafts- und Industriekreisen? Man macht sich dort nicht einmal mehr über sie lustig. Und nun sollten wir Hugo reden lassen."

Der Professor nickte. Dr. Schmidt zündete sich eine Zigarette an.

„Sehr verehrter Herr Professor", sagte Hugo, „verehrte Zeitbewohner, die Worte meines hochverehrten Vorredners haben mich sehr unruhig gemacht. Ich kann es aber nicht so gut ausdrücken. So wie man uns alle im Krieg im Stich gelassen hat, so läßt man uns auch heute im Frieden im Stich. Im Krieg durften wir uns nicht widersetzen, und im Frieden dürfen wir uns nicht freuen. Wen die Freude impulsiv überkommt, der muß den Impuls ersticken, denn er muß sich zuerst einmal umsehen, ob sein Betragen nicht als anstößig gilt. Die riesige Zahl der Verbotsschilder in Stadt und Land haben alle nur einen Sinn, in Wald und Flur, nämlich, das Freuen zu vergällen. Ob da steht: Rauchen verboten, Baden verboten, Hinauslehnen verboten, Zelten verboten, Betteln verboten, das Nächtigen in Anlagen und auf Bänken verboten, Hunde mitbringen verboten, im Grunde ist damit nur eins gemeint: Freuen verboten. Man wagt es nur nicht so auszudrücken. Im Krieg war Lachen verboten, wenn das vorgesetzte Litzenmänneken mit einem sprach oder einen nur ansah. Alles sauerernst. Die Katzen und die Hunde spielen, die Schwalben und die Stare tummeln sich in der Luft, die Finken und die Grillen musizieren den ganzen Tag, und der beschäftigte Zeitbewohner starrt giftig aus der Wäsche. Nichts als dusselige Wichtigkeit. Und wenn er sich abends ein paar hinter die Binde gießt, fängt er an, markig zu krakeelen. Man sollte sie einfangen und internieren, die Wichtigblicker, die Schwarzseher, die Essigköpfe, die finsteren Hetzer und die Gallengesichter, sie machen den anderen das Freuen sauer. Wenn ich mich nicht mehr freuen kann, nur so und ohne Grund, dann kann ich auch nicht mehr leben. Es sind so viele Wissenschaften entstanden, die Forstwissenschaft, die Betriebswissenschaft und die Religionswissenschaft, für alles prima gesorgt, Fachkräfte von Weltruf, nur wie der Mensch sich heute freuen soll, das wissen sie nicht, das überläßt man den Brauereien und den professionellen Spaßmachern."

„Möchten Sie sich dazu äußern, Herr Professor?" fragte ich.

„Ich möchte noch ein Glas Bier", sagte der Professor.

Hugo stand auf, öffnete eine Bierflasche, ging um den Küchentisch und schenkte überall ein.
„Was sagen Sie dazu, Schmidt?“ fragte der Professor.
„Es wird doch immerzu viel gelacht heute“, sagte Dr. Schmidt, „die Leute erzählen sich Witze, sie machen ihre Witzchen im Büro, auf der Straße und zu Hause, die Witzzeichner geben sich Mühe, aber das ist wohl nicht die Freude, die Hugo meint. Warum können wir uns so wenig freuen?“
„Als Laie“, sagte Herr Alvenshain, „geziemt es sich nicht, sich zu einer so ernsthaften Frage zu äußern. Mir fiel nur ein, daß es heute so viele herzkranke Menschen gibt.“
„Nicht nur herzkranke“, sagte ich, „auch magenkranke, gallen- und leberkranke und nervenkranke Menschen. Den Kranken quält die Krankheit, wie könnte er sich da freuen?“
„Richtig“, sagte Dr. Schmidt“, nur kommen wir mit dem Reden nicht weiter. Was können wir tun?“
„Wir müßten mit unserem Verhalten experimentieren“, sagte ich, „jeder kann sofort damit beginnen.“
„Zu welchem Zweck?“, fragte der Professor.
„Es gibt nur einen Zweck“, sagte ich, „den Kranken zu helfen. Wer sich nicht freuen kann, ist krank.“
„Wir tun unser Bestes“, sagte der Professor, „mehr können wir nicht tun.“
„Sie waren vorhin einsichtiger“, sagte ich, „jetzt denken Sie wieder normal.“
„Ich verstehe Sie nicht.“
„Solange wir uns normal verhalten“, sagte ich, „können wir Ihren Kranken nicht viel helfen. Solange arbeiten wir nach Lehrbüchern, und der Patient bedeutet für uns einen Fall unter hundert Fällen. Wir behandeln ihn nach den wissenschaftlichen Ergebnissen, wie sie zur Stunde vorliegen. Vor dem Krieg waren es andere Ergebnisse. Und in zwanzig Jahren werden es wieder andere sein, und immer gründlich und gewissenhaft.“
„Was verlangen Sie denn?“ fragte der Professor.
„Sehr wenig und sehr viel“, sagte ich, „wir müssen uns mit dem Kranken befreunden.“

„Und wenn er sich das verbietet?"
„Solange wir uns normal verhalten", sagte ich, „wird er sich das vielleicht verbieten. Wir müssen uns also verrückt verhalten."
„Verrückt!"
„Es gehören dazu Einfälle", sagte ich, „Erfindungen, Tricks, also Phantasie statt Logik. Vor allem aber müssen wir eines verlieren: Anmaßung, berufliche Überheblichkeit, Kaltschnäuzigkeit, Nichtachtung und unfreundschaftliches Verhalten im Umgang. Der Kranke ist nicht lächerlich, er ist nur entsetzlich unglücklich."
„Gehorsam, Armut und Keuschheit", sagte der Professor spöttisch.
„Richtig", sagte ich, „nicht im Sinne der Kirche. Gehorsam dem eigenen Gewissen gegenüber, Armut als die Bereitwilligkeit, mit dem Kranken das Essen und die Zigaretten zu teilen, und Keuschheit nicht als Askese, sondern als Verzicht auf jede selbstsüchtige Handlung."
„Moralpredigten", sagte der Professor, „und wie sollte das praktisch aussehen? Soll ich die Kranken freilassen?"
„Das brauchen Sie nicht mehr zu tun", sagte eine tiefe Stimme an der Tür.
In der geöffneten Tür stand ein mittelgroßer, etwa fünfzigjähriger Mann im Schlafanzug, einen gelben Wollschal um den Hals. Die Füße in roten Lederpantoffeln, graue Wildlederhandschuhe an den Händen und um den Hals eine rote Schnur mit einer schwarzen Trillerpfeife. Das breite, kräftige, gedunsen wirkende Gesicht wurde durch die ungewöhnlich dicken Gläser der schwarzen Hornbrille maskenhaft entstellt. Er zielte mit einem Revolver auf uns.
„Hände auf den Tisch", sagte der kräftige Mann in dem blau und rot gestreiften Pyjama und strich mit der Linken über die gestrüppartige braune Mähne, „die Hütte ist umstellt, die Kranken sind befreit, sobald ich pfeife, dringen sie hier ein, um das Verhör mit Ihnen zu beginnen."
Wir legten die Hände auf den Küchentisch.

„Der Gärtner kann Sie nicht hören“, sagte ich, „er ist taub.“ Konrad betrachtete den athletischen Mann in der Tür mit dem Revolver, dann unsere Hände auf dem Tisch und senkte den Kopf wieder über das alte Lexikon.
„Die Wärter sind überwältigt“, sagte der Mann mit den grauen Handschuhen, „der Direktor sitzt gefesselt und geknebelt im Keller, die Sicherungen sind herausgeschraubt, die Telefonleitungen sind intakt, es werden nichtssagende Auskünfte gegeben.“
„Erzählen Sie das mal Ihrem Wellensittich zu Hause“, sagte Hugo. „Pfeifen Sie doch die Leute herein, ich bin auch krank, sie werden mir beistehen.“
„Halten Sie den Mund, stehen Sie auf, nehmen Sie die Hände hoch und kommen Sie hierher!“
Hugo rührte sich nicht.
„Los, Hugo, stehen Sie auf“, sagte Dr. Schmidt ungeduldig.
„Er hat Ihren Revolver“, sagte Hugo, „nach der Knallerei von vorhin ist höchstens noch eine Patrone drin.“
„Das ist jetzt gleich“, sagte Dr. Schmidt, „stehen Sie auf, es hat schon genug Scherereien gegeben heute.“
Hugo sprang auf und ging mit erhobenen Händen auf den Pyjamamann zu.
„Jetzt hören Sie mal zu, Kreuder“, sagte der Professor, „wir haben uns die größte Mühe gegeben mit Ihnen, mit Ihrem Untermieterkomplex, mit Ihrem Alkoholismus, Ihr Betragen ist ganz und gar unfair, wir sind hier nicht in einem Zirkus.“
„Drehen Sie sich um“, sagte Kreuder zu Hugo, er tastete ihn mit der linken Hand geschickt und schnell von oben bis unten ab, während er ihm den Revolverlauf an die Rippen preßte. „Zurück“, sagte er, „und nun Sie bitte.“ Er deutete auf mich. Ich stand auf, hob die Hände und ging zu ihm hin.
„Peter Kreuder oder Ernst Kreuder?“ fragte ich, als er mich untersuchte.
„Angeblich Ernst Kreuder“, sagte der Professor am Küchentisch.

Ich erhielt einen Schubs und ging zum Tisch zurück.
„Herr Dr. Schmidt, bitte“, sagte Kreuder.
„Aber Sie haben doch meinen Revolver“, sagte Dr. Schmidt und stand auf.
„Dies ist der letzte Romanschriftsteller“, sagte der Professor, „den ich auf eigenen, kniefälligen Wunsch hier aufgenommen habe. Sie sollten sich zu Tode schämen, Kreuder. Diese Skribenten sind allesamt permanent verrückt. Unsere Sorge gilt den akut Erkrankten.“
„Drehen Sie sich um“, sagte Kreuder an der Tür und begann, Dr. Schmidt abzutasten.
„Kintopp“, rief Hugo, „Kriminalfilm, von unerhörter Spannung keine Spur.“
„Herr Oberbahnrat“, sagte der Mann mit der Trillerpfeife um den Hals.
Herr Alvenshain erhob sich und ging aufrecht und mit ausgebreiteten Händen auf ihn zu. Unvermittelt griff er dem Schriftsteller ins Gesicht, zog ihm die Brille von der Nase und steckte sie in die Rocktasche. Dann setzte er sich auf den Fußboden vor ihn hin.
Kreuder starrte wie erblindet in die Luft, dann tastete er nach der roten Schnur, hob die Trillerpfeife an die Unterlippe und sagte:
„Die Brille zurück oder ich pfeife! Dann kann das große Verhör gleich beginnen. Sie haben den Teerkessel schon aufgesetzt.“
Im gleichen Augenblick hörten wir draußen Lärm, Gepolter, Schläge und Gerumpel. Kreuder hatte noch nicht gepfiffen. Jetzt rief er durch die offene Tür: „Ruhe! Ihr sollt hier keinen Lärm machen. Ich bin noch nicht fertig mit ihnen.“
Draußen war es wieder vollkommen still.
„Geben Sie ihm die Brille wieder“, sagte Dr. Schmidt.
„Kolportage“, rief Hugo, „Heimkino, Küchenterror, das rächende Feuilleton!“
Herr Alvenshain stand auf, nahm die Brille aus der Tasche und setzte sie dem Schriftsteller mit dem geübten Griff eines Optikers ins Gesicht.

„Zurücktreten", sagte Kreuder, „und jetzt zu den Unterschriften. Hat einer der Herren einen Füllfederhalter?"
Herr Alvenshain schraubte seinen goldenen Füllfederhalter auf. Kreuder zog aus der Pyjamajacke ein großes, gelbes Kuvert und warf es nach uns. Hugo fing es auf.
„Es sind die Entlassungspapiere der Kranken", sagte der Mann mit dem Revolver, „ein Omnibus wartet auf der Landstraße, er wird die Kranken zurückbringen, sobald die Papiere von Ihnen unterschrieben sind, Herr Professor."
„Schundroman", rief Hugo, „Frank Allan, der Rächer der Enterbten!"
„Ich denke nicht daran", sagte der Professor, er legte die rosige, fleischige, große Hand auf den gelben Briefumschlag.
„Dann müssen Sie sich ausziehen", sagte der Schriftsteller, „man hat Plumeaus aufgeschnitten, der Teerkessel kocht, die älteren Frauen wollten unbedingt teeren und federn!"
„Ich unterschreibe nichts", sagte der Professor.
„Ich sehe nicht ein", sagte Dr. Schmidt unruhig, „in dieser Situation, Herr Professor, wir werden ja dazu gezwungen..."
„Nichts", sagte der Professor.
„Fünf Minuten", sagte Kreuder an der Tür, er blickte auf die Armbanduhr, „gebe ich Ihnen Zeit. Wenn Sie bis dahin nicht alle Papiere unterschrieben haben, kann ich für Ihre Haut nicht mehr einstehen. Ich rate Ihnen, den Raum nicht zu verlassen."
„Herr Kreuder, einen Augenblick bitte", sagte Herr Alvenshain. „Ich habe kürzlich ein ro-ro-ro-Buch von Ihnen gelesen, es spielte auf dem Dachboden, und Sie setzten sich darin für die Freundschaft ein..."
„Humbug auf Stelzen!" rief Hugo.
„Ich helfe den Kranken", sagte Kreuder, „in fünf Minuten wird man Sie teeren und federn, wenn die Entlassungspapiere nicht unterschrieben sind."
Er ging hinaus und warf die Türe zu.
Hugo öffnete eine Bierflasche, ging um den Tisch und schenkte die Gläser voll.

„Kreuzhimmeldonnerwetter!" sagte der Professor, er trank, verschüttete Bier und wischte sich den spitzlosen Bart.

„Das wird uns die Stellung kosten", sagte Dr. Schmidt, „eine verrückte Geschichte. Aber man könnte doch zunächst diese Papiere unterschreiben, die Kranken werden nicht weit damit kommen."

„Unsinn", sagte der Professor, „wenn sie erst mal zu Hause sind, kriegen wir sie nicht wieder. Wissen Sie denn, wie lange er uns hier festhalten wird? Er wird ihnen mindestens 24 Stunden Vorsprung geben."

„Ich werde mit ihm reden", sagte ich und stand auf.

„Man wird Ihnen mit einer Kugel antworten", sagte Dr. Schmidt, „wenn Sie hinausgehen."

„Der Zweite Weltkrieg hat nicht stattgefunden", sagte Hugo, „ich gehe mit Ihnen!"

„Wenn ich Sie brauche, Hugo", sagte ich, „dann rufe ich Sie. Ich rede besser allein mit ihm."

Draußen krachten Schläge auf eine Eisenplatte, dann stürzte etwas mit Gepolter zusammen, Balken, Bretter und Steine, dann schrie jemand, hoch und anhaltend, dann war es plötzlich wieder still.

„Laßt mich hinaus!" rief Hugo, „ich kämpfe mit der bloßen Faust, Freiheit! Sieg oder Kapitulation! Hurra, hurra!"

Seine Schultern zuckten, sein Kopf wackelte, er schleuderte die Arme herum, und Dr. Schmidt hielt ihn fest um die Hüften.

„Setzen Sie sich", sagte der Professor.

„Ich werde Sie schon rufen, Hugo", sagte ich und ging an die Tür, horchte dort einen Augenblick, dann stieß ich sie auf. Ich legte mich auf den Fußboden, wartete noch etwas und kroch dann langsam hinaus.

Das grelle Mittagslicht blendete mich. Ich legte die Hand über die Augen und starrte in den wüsten Haufen von Balken, Brettern, Fässern und Ziegelsteinen.

Wieder horchte ich, es blieb alles still. Dann kroch ich zwischen einem umgestürzten Schubkarren und einem zerbrochenen Bottich auf den Schatten des offenen Schuppens zu. Die Augen schmerzten mich, das grelle Mittagslicht war unerträglich. Plötzlich sah ich einen roten Lederpantoffel. Ich hob vorsichtig den Kopf und beobachtete den rabiaten Schriftsteller, er saß still im Schatten auf dem umgeworfenen Holzklotz und schrieb. Die grauen Handschuhe lagen neben ihm, er hatte die Beine übereinander geschlagen und kritzelte schnell und pausenlos, der kleine, dicke Schreibblock rutschte auf seinem Knie hin und her. Über ihm, an der Schuppenwand hing der Revolver an einem starken, rostigen Nagel.

Ich stand auf und klopfte die Erde von meinen Knien. Er blickte hoch, wütend über diese Störung.

„Sie wagen es?“ schrie er mich an, dann kritzelte er weiter und blickte wieder auf.

Ich ging in den Schatten und setzte mich neben ihn auf einen großen Balken.

„Wo sind die Kranken?“ fragte ich.

„Wie soll ich das wissen?“ sagte er, murmelte vor sich hin und schrieb schnell weiter, „einen Augenblick noch, bitte.“

Ich zündete mir eine Zigarette an.

„So“, sagte er dann, „und nun zu Ihnen. Oder zu mir. Ich schreibe kein Kapitel mehr, bevor ich nicht Schritt für Schritt die Proben durchgeführt habe. Vorher, mein Bester, vorher! Man hat meinen Büchern lange genug mangelnden Realismus vorgeworfen, Flucht aus der Wirklichkeit. Nun, Rezensenten sind nicht allzu erfinderisch. Übrigens, kennen Sie das famose Wort von Jean Paul? ‚Der einzige Mensch, der nach einem Rezensenten nichts fragt, ist ein Rezensent‘.“

„Ich kannte es nicht“, sagte ich, „soll das nun heißen, daß Sie sich in Ihrer Arbeit von Rezensenten beeinflussen lassen?“

„Durchaus“, sagte er, „genau richtig. Die Rezensenten entscheiden über meine Unabhängigkeit. Urteilen sie günstig über meine Bücher, wird man sie kaufen und meine Unabhängigkeit bleibt gesichert.“

„Das ist doch keine Arbeitsauffassung?“ sagte ich.

„Wieso?“ sagte er, „ich kann nur arbeiten, solange ich unabhängig bin. Ich nehme die Rezensenten ernst und weiß, daß sie an einem Buche vor allem die Genauigkeit schätzen. Deshalb probe ich vorher jede Episode durch. Man kann es auch experimentieren nennen. Sie waren soeben bei dieser Probe zugegen. Verlief nicht alles völlig einwandfrei?“
„Und wer lärmte und schrie hier herum?“
„Vorbereitungen“, sagte er, „und eine geteerte Schnur, die man sich um den Fuß bindet. Man zieht den Fuß vor und der Bretterhaufen kracht zusammen.“
„Und die Entlassungspapiere?“
„DIN A4, Hartpost, leere Bogen. Den Revolver fand ich im Gras, die Szene ist fertig, vielleicht komme ich heute Abend noch zu einer Probe, mir fehlt dazu noch eine junge Dame. Keine sogenannte Dame, wohlgemerkt, jüngeres Mädchen, intelligent, sensibel, dabei anmutig und wohlerzogen, sehr schwierig.“
„Hugo!“ rief ich, und dann hörte ich ihn schon laufen, er raste durch die Tür.
„Alles klar“, sagte ich, und sah, wie er im Laufen bremste, ruckend und zuckend, „war eine Art Probeaufnahme wie beim Film. Sagen Sie jetzt drin Bescheid!“
Einen Augenblick sah es noch so aus, als wollte sich Hugo auf den schon wieder kritzelnden Schriftsteller stürzen. Dann drehte er sich mit einem Ruck um und ging mit hängenden Armen und gesenktem Kopf zurück in das weiße Steinhaus.
„Sie werden jetzt Vorwürfe zu hören bekommen“, sagte ich.
„Die Freunde der Kranken“, sagte Kreuder, „werden mich schneiden. Vielleicht werde ich sie dafür noch einmal erschrekken.“
Der Professor erschien zuerst in der Tür, die zerissene Weste war zugeknöpft, er hielt die rechte Hand über die fehlende Bartspitze und blickte starr geradeaus, dabei stieß er mit dem Schienbein gegen den Griff des umgefallenen Schubkarrens, fluchte und steuerte weiter geradeaus, eifrig die Kappen der

geliehenen Sandalen niedertretend. Hinter ihm ging Dr. Schmidt, Hugo und Herr Alvenshain gingen nebeneinander. Sie „schnitten“ den verrückten Autor.
Als sie etwa hundert Meter gegangen waren, nahm der Schriftsteller den Revolver vom Nagel, setzte die Trillerpfeife an die Lippen, ein schrilles, durchdringendes Trillern ertönte, gleichzeitig krachte der Schuß. Mit einem Sprung verschwand der Professor im nächsten Gebüsch, Dr. Schmidt warf sich ins Gras, Hugo blieb stehen, wandte sich um und drohte mit beiden Fäusten. Herr Alvenshain hatte sich ebenfalls umgedreht, jetzt kam er zu uns zurück.
„Das war die letzte Patrone“, sagte der Autor und setzte sich wieder auf den Holzklotz. Konrad stand in der Tür, kaute auf einem kurzen Strohhalm und betrachtete den wüsten Bretterhaufen, dann bückte er sich und nahm das Ende der geteerten Schnur auf, wickelte sie über die Hand.
„Wenn ich noch einmal stören darf“, sagte Herr Alvenshain, er stellte sich neben mich in den Schatten des Schuppens, „ich möchte mich noch einmal herzlich bei Ihnen bedanken.“
„Aber das ist doch nicht der Rede wert“, sagte ich, „es war ein Einfall von mir, Sie mal über Nacht hier herauszubringen, und ich bin froh, daß es das Richtige war.“
„Das Richtige?“ sagte er und sah mich betroffen an, und ich fürchtete, er würde jetzt feierlich werden, „es war ganz unglaublich“, er senkte den Blick, seine Stimme klang belegt, „unvergleichlich“, sagte er dann leise, „unvorstellbar...“
„Sie haben sich heute ausgezeichnet verhalten“, sagte ich, „gratuliere.“
„Sie beschämen mich“, sagte Herr Alvenshain, „es war wirklich, ich weiß gar nicht, der Professor hat mich soeben entlassen.“
„Gratuliere nochmals“, sagte ich, „aber nun möchte ich mich noch um einen anderen Patienten kümmern, bevor das Überfallkommando anrückt.“
„Halte ich für ganz ausgeschlossen“, sagte Kreuder, er hörte auf, zu kritzeln, blickte auf, „was ist denn passiert? Der Chef hat sich blamiert, ich sah ihm vom Fenster aus zu, wie er mit

dem Revolver im Garten herumtobte, strümpfig —, die Kranken befinden sich auf ihren Zimmern, es wurde kein Direktor im Keller gefesselt und geknebelt, und die übrigen Herren haben sich auch nicht gerade mustergültig betragen. Der Direktor ist vor zwei Stunden in Urlaub gefahren, er hörte sich gerade noch Dr. Schmidts Bericht an und verließ das Haus, nachdem Hugo den Alten im Garten entwaffnet und mit dem Taschentuch gefesselt hatte."

„Was halten Sie eigentlich von dieser Klinik?" fragte ich.

„Es gibt schlimmere", sagte Kreuder, „aber natürlich ist auch dieser Betrieb völlig veraltet. Ich will nicht von den Kranken reden, sondern von den Gesunden hier. Sie leiden nur auf andere Weise. Woran? Nun, an einem fortschreitenden Mangel an Wirklichkeit. Diese Klinik und die Methoden der Behandlung sind so ziemlich das Unwirklichste, was sich denken läßt. Man arbeitet und lebt hier nach theoretischen Richtlinien. Es wäre übrigens ein Leichtes, die sogenannte Realität dieser Klinik aufzuheben. Vielleicht kommt es noch einmal dazu. Sie entschuldigen mich jetzt bitte, ich habe noch zu arbeiten."

„Bitte, gern", sagte ich, „kommen Sie mit, Herr Alvenshain?"

„Moment noch", sagte Kreuder, „haben Sie meine Bücher gelesen?"

„Ich werde es nachholen", sagte ich, „in welchem Verlag sind sie erschienen?"

„Alle bei Rowohlt", sagte er.

„Sind Sie mit Ihrem Verleger zufrieden?"

„Ja und nein", sagte er, „man wird dort rasch vernachlässigt, wenn man keinen Rummelerfolg erzielt. Hastige, nervöse Leute, wie in einer Schnellbäckerei, neue Bücher, gute Bücher, so schnell kann niemand schreiben, um bei diesem Tempo mitzukommen."

„Was hat denn Schreiben mit Verlegen zu tun?" fragte ich.

„Zunächst einmal gar nichts", sagte er, „nur bilden sich manche Verleger ein, Verlegen hätte mit Schreiben zu tun und versuchen, dem Autor dreinzureden."

„Meinen Sie damit die Lektoren?"

„Lektoren sind in der Mehrzahl verkrachte Autoren", sagte Kreuder, „Weyrauch ausgenommen, daher haben sie keine reine Freude mehr an runden, überdurchschnittlichen Leistungen. Sie sind gern bereit, Mittelmäßiges zu loben, weil sie wissen, daß sie es selbst besser machen könnten. Als mein erstes Buch erschienen war, zeigte mir der junge, sympathische Ledig — wir waren damals noch nicht so befreundet wie heute — eine Anzahl von Lektorengutachten. Vielmehr Abschriften davon, ohne Datum, ohne Namen, für mich also völlig anonym. Diese fünf Gutachten waren gründlich, sorgfältig und gewissenhaft ausgeführt. Sie überzeugten selbst mich, daß man mein Buch unmöglich drucken könnte. Zwei dieser gewissenhaften Lektoren — sie sind mir ewig unbekannt geblieben — bescheinigten mir in ihren Gutachten, und zwar ganz unabhängig voneinander, schonend und nachsichtig, eine akute Geisteskrankheit, entstanden durch Kriegseinwirkungen. Im ersten Augenblick glaubte ich dann selbst daran. Ich war fünf Jahre Soldat, und auch bei der Flak im Ruhrgebiet war gegen Ende eine Filiale der Hölle in Hochbetrieb. Um so mehr freute sich dann Heiner Ledig, als das unmögliche Buch seines geisteskranken Autors nacheinander in verschiedene Sprachen übersetzt und von der damals nicht übertrieben deutschfreundlichen ausländischen Presse gut aufgenommen wurde. Genug davon. Nur noch dies: für den durchschnittlich gebildeten deutschen Leser bleibt Phantasie stets etwas Verdächtiges, um nicht zu sagen Ungehöriges. Das Paradox, den grotesken Einfall, Clownerie, im Fasching und im Zirkus gern hingenommen, hält er für unseriös. Er wird am Absurden nicht übermütig, es macht ihn mißtrauisch. Man muß ihm mythologisch verbrämt kommen oder christlich vielsagend, die pastoralen Seelenzitterer, die verschämten Gemütskneter halten die großen Auflagen. Da lese ich lieber Detektivromane."

„Detektivromane?"

„Die Autoren der Detektivromane", sagte Kreuder, „müssen sich heute außerordentliche Mühe geben, um die Hochspannung durchzuhalten. Bei der sogenannten schönen Literatur unserer

Autoren ist das nicht nötig. Ein Minimum an Erfindung muß da schon genügen, und das Minimum ist meist nicht mal erfunden, sondern aus Zeitberichten, wenn nicht aus der Antike. Und nun arbeitet man mit Bildungsbeständen und mit Bedeutungen, es geht in die seelische Tiefsee, ich kenne ja meine Rückfälle nur zu gut —, und weil man keine Spannung zustande bringt, lehnt man sie natürlich ab und kommt dunkel und beunruhigend. Man bedrückt das Gewissen des Lesers, man infiziert Schuldgefühle und Gewissenskonflikte, und offenbar lechzen die Leser danach, es kann gar nicht genug an ihrem Gewissen gerüttelt werden. Weiß der Kuckuck, warum. Und so füllen sich die Romane unermüdlich mit ihren alten Lieblingsthemen, dem ausweglosen Gewürge und Gezerre von Gut und Böse, von Schuld und Reue, von Pflicht und Neigung, von Liebe und Ehe, das ist schon zu einer nationalen Spezialliteratur geworden, und die seit Menschengedenken bedrohte Ehre hätte ich beinahe vergessen. Vielleicht können sie nach der Lektüre gereinigt und geläutert mit neuem Furor daran gehen, ihre Mitmenschen zu tratzen, zu piesacken, zu schikanieren und schlecht zu machen. Sie können ja doch nie, verklemmt und verhemmt wie diese Rassenmischung nun einmal ist, mit Freuden und gutem Gewissen sündigen. Vielleicht übertreibe ich wieder. Nun, beim Detektivroman kann nicht gemogelt werden nicht geflunkert mit transzendentem Nebel und der beliebten, frommen Seelengitarre; nichts mit seelenvoller Falschmünzerei, sondern *Barzahlung*. Mich hat noch nie interessiert, wer nun wirklich der Mörder war, aber ich schätze die genaue Arbeit, die Überraschungen, die Spannung, den Bann, der gerade noch erlaubt, die Seiten umzuschlagen, den verheerenden Zustand, ganz und gar zur Beute dieser Piraterie geworden zu sein. Hinterher ist mir dann natürlich übel, man ist leer und verkatert, vom Fieber der Spannung ausgezehrt, aber das bezahlt man stets für eine Droge, wenn sie wirklich gut war.

Das ist der Detektivroman, ich spreche nicht von der großen Literatur, die gibt es bei uns kaum noch, die Altmeister Döblin, Hesse, Jahnn, Mann, Meyrink und Schaeffer haben noch keine

Meisterschüler gefunden, ich möchte nicht Musil und Broch vergessen. Kasacks Leistung wird wohl einmalig bleiben, und die große Langgässer hat man schon vergessen. Vielleicht holt Nossack noch einmal auf, auch Belzner und Horst Lange müßten wieder zum Zuge kommen. Aber auch draußen: Joyce, Proust, Bernanos, Julien Green, Faulkner und Wolfe und Hemingway, da ist heute noch nicht wieder Ebenbürtiges zu nennen, und Henry Miller wird auch schon sechzig. Und natürlich Sartre. Aber nun müssen Sie mich wirklich entschuldigen."

Wir verabschiedeten uns wortlos und ich ging mit Herrn Alvenshain durch den Wildgarten zurück. In der Portiersloge saß der bärenstarke Wärter und beobachtete uns mißtrauisch durch das kleine Schalterfenster. Herr Alvenshain bedankte sich nochmals bei mir, er gab mir seine Karte und lud mich ein, ihn zu besuchen. Wir trennten uns im stillen Treppenhaus. Ich kam müde in mein Zimmer, das Mittagessen auf dem Tisch war kalt, Hafersuppe, Krautwickel und Kartoffelpüree. Ich aß einen Löffel Suppe und zwei kalte Krautwickel, schloß die Milchglasfenster und zog mich aus und schlief im Bett sofort ein.

V

Als ich erwachte, saß Tivoli neben meinem Bett im Sessel und schlief. Ich blickte auf die Uhr, ich hatte lange geschlafen. Dieser Vormittag war nicht gerade geruhsam gewesen. Wo war ich hingeraten? Es gab keine „Ruh“, es „galt“ überall, und die Welt brodelte weiter.
Ich lechzte nach einem Kaffee. Um die Dösigkeit zu vertreiben, zündete ich mir eine Zigarette an. Da wurde Tivoli wach. Es ging ihm gut, er betrachtete mich lächelnd, erschrak und stand auf. Ich deutete auf das Fenster. Der Drücker lag auf der Fensterbank, er öffnete die Fensterflügel weit.
„Warum hast du mir diesen kuriosen Schriftsteller verschwiegen?“ fragte ich und bot ihm eine Zigarette an.
„Er wurde sonst nur mit seinem Pseudonym angeredet“, sagte Tivoli, „eine Abmachung mit dem Chef. Er hatte Bedenken, die Presse könnte von seinem Aufenthalt hier erfahren.“
„Und das könnte den Verkauf seiner Bücher beeinträchtigen?“
Tivoli nickte.
„Wie lange ist er denn schon hier?“
„Vier Wochen.“
„Was war denn mit ihm los?“
„Nichts Schlimmes. Er hatte einen normalen Untermieterkomplex, so drückte sich der Chef aus. Und er trank zuviel Bier, rauchte zu viel und fühlte sich beobachtet.“
„Verfolgungswahn? Zwangsvorstellungen?“
Es klopfte und Dr. Schmidt kam herein, im weißen Kittel. Er winkte Tivoli zu sich heran, sprach flüsternd mit ihm, Tivoli nickte mehrere Male, blickte zu Boden und ging dann schnell hinaus. Ich hatte schon Hose und Hemd angezogen und erfrischte mich am Waschbecken.
„Wie ist die Lage?“ fragte ich dann und kämmte mich. Dr. Schmidt setzte sich in einen Sessel.
„Darf ich rauchen?“ fragte er und griff in die Kitteltasche. Ich nickte. „Was ist mit diesem komischen Herrn, mit diesem Kreuder los?“

„Schwierig“, sagte Dr. Schmidt, „und dann auch wieder verblüffend einsichtig. Habe mich öfter mit ihm unterhalten. Muß es in der Jugend schwer gehabt haben, und dann legte er es zu lange darauf an, gegen den Strom zu schwimmen. Opposition als Genugtuung für äußeres und inneres Elend. Daß er sich beobachtet fühlt, stimmt nur zum Teil. Es wird wohl auch umgekehrt sein, er beobachtet seine Umgebung, wie weit sie von ihm Notiz nimmt, denn er fand erst spät Anerkennung.“
„Wie hat er es in der Nazizeit gehalten?“
„Er hielt sich aus der braunen Konjunktur heraus, dann mußte er fünf Jahre in den Krieg. Sensibler Autist.“
„Und wo hat er seinen Knacks bekommen?“
„Den entscheidenden Tiefpunkt“, sagte Dr. Schmidt, „muß er in der Gefangenschaft erreicht haben. Nach seiner Formulierung die ‚innere Kapitulation‘. Natürlich fast verhungert, geschwollene Knie, Marasmus, mit vier Hungerkameraden in einem Dreiviertelzelt, monatelang auf einem Acker bei Hitze und Regen.“
„Was versteht er unter der inneren Kapitulation?“
„Er fand, nach seinen Worten, heraus, daß der lebenslange Umgang mit Kunst, Literatur, Philosophie ziemlich unverbindlich bleibt. Man kann nichts davon anwenden, wenn es wirklich einmal darauf ankommt.“
„Todesgefahr?“
„Nicht nur in Todesgefahr, die hat ihm zwar auch zugesetzt, aber er hält die Verzweiflung für schlimmer, das vollendete Verzweifeln, wie er es nennt.“
„Die normale Situation des abendländischen Geistigen?“ sagte ich, „hinreichend orientiert über die zur Verfügung stehenden Erkenntnisse, die ihm nichts nützen, wenn es ihm einmal mit Wucht an den Kragen geht. Und was brachte ihm die Verzweiflung ein?“
„Einige Bücher. Und natürlich die Einsicht, daß die intensive Beschäftigung mit Kunst und Literatur allenfalls das Klima vorbereitet, das nötig ist, damit man in der Verzweiflung nicht hysterisch wird.“
„Und wie verhielt er sich, als es ihm an den Kragen ging?“

„Leer“, sagte Dr. Schmidt, „solange er es noch ertragen konnte.“
„Und als er es nicht mehr ertragen konnte?“
„Dann betete er wie verrückt.“
„Was betete er denn?“
„Er rief den Himmel und die Planeten an, Himmelskräfte, Himmelsmächte.“
„Wurde ihm geholfen?“
„Er deutete es an. Die rechtzeitige Entlassung aus dem Lager verhinderte, daß er an Entkräftung starb. Er konnte vor Schwäche kaum noch gehen, Bauersfrauen standen auf der Landstraße um ihn herum und heulten hemmungslos, muß schon wie gerade ausgebuddelt ausgesehen haben. Ein Fahrzeug, Holzkocher, nahm ihn dann mit. In seiner Wohnung saß ein Untermieter, das ging eine Zeitlang gut, und dann stellte er sich eine Axt an die Tür. Hier entstand seine Theorie von der Unerbittlichkeit der höheren Hilfen.“
„Sie meinen die Gebühren?“
„Richtig. Er sagt, der Himmel hilft nicht kostenlos.“
„Mir ist eine andere Theorie bekannt“, sagte ich, „wer betet, dem wird geholfen, nur kann es sich dann herausstellen, daß man nicht um das Richtige gebetet hat.“
„Er kam mit dem Leben davon, das war doch wohl zunächst das Richtige.“
„Und wie ging es weiter?“
„Er fing an, zu trinken.“
„Ich habe nicht den Eindruck“, sagte ich, „daß er wegen eines lästigen Untermieters trinkt?“
„Sie kennen unsere Schweigepflicht. Und ich weiß nicht, wer Sie sind.“
„Wenn ich in den Spiegel sehe“, sagte ich, „weiß ich es auch nicht. Ein Toter hat auch ein Spiegelbild, und einen Schatten.“
„Arbeiten Sie für ein Institut?“
„Das müßte ich noch erfinden.“
„Würden Sie schweigen? Schweigen und vergessen, wenn Ihnen ein Bericht etwa für eine Stunde zur Lektüre überlassen würde?“

„Zweifellos. Namen interessieren mich nicht im geringsten."
„Falls Sie also in Ihrem Zimmer einen verschlossenen Umschlag vorfinden, dann kleben Sie ihn nach der Lektüre wieder sorgfältig zu, Klebstreifen liegen drin. Man wird ihn wieder abholen. Und nun muß ich gehen."
„Moment bitte, Doktor", sagte ich, „ist die Lage sonst klar?"
„Alles klar", sagte er, „der Chef ist wohlauf, fühlt sich verjüngt und ist zerknirscht, der Direktor ist in Urlaub, die Kranken sind krank und die Gesunden sind unheilbar. Irgendwo sollen heute Nacht Truppenübungen stattfinden. Wir sehn uns abends."
Er winkte mir mit zwei Fingern, ich kannte das Zeichen nicht. Als er draußen war, zog ich mich noch einmal aus und ließ das brunnenkalte Wasser ins Waschbecken laufen, rieb mich mit dem großen Schwamm munter und tauchte dann Kopf und Arme unter, bis ich Luft holen mußte, das wiederholte ich einige Male. Dann schüttelte ich die Ohren frei und zog mich wieder an.
Ich ging zum Tisch, dort lag ein großer, brauner Briefumschlag, ohne Anschrift, ohne Absender, mit Cellophanstreifen zugeklebt. Während ich den Kopf ins Wasser tauchte, mußte jemand ins Zimmer gekommen und wieder hinausgegangen sein, ich hatte nichts gehört.
Ich ging zur Tür und drückte auf den Klingelknopf. Als Tivoli erschien, bat ich ihn um eine Tasse Kaffee. Er nickte, er hatte es eilig und ließ die Tür offenstehen. Ich setzte mich an den Tisch und steckte mir eine Zigarette an. Draußen war es heiß und still, keine Wolke am Himmel, der Sommer brannte mit rauchlosen Feuern bis zum Firmament.
Dann hörte ich Schritte, und die Tür wurde aufgestoßen und Hugo kam mit einem Tablett herein, dickwandige, weiße Kaffeetasse, ohne Zucker und ohne Milch. Néscafé.
„Für mutigen Einsatz und heldenhafte Bewährung vor dem siegreichen Feind", sagte Hugo und klapperte mit den Hacken.
„Vielen Dank, Hugo", sagte ich, „zünftig, daß Sie uns zu Hilfe kamen, als der Professor seine Munition verschoß. Zuletzt lie-

ßen wir uns leider von diesem Probeschriftsteller bluffen. Er kann es. Nun, wo kämen wir hin, wenn nur die Parteipolitiker, die Fachkräfte und die Sachverständigen bluffen könnten?"
„Ins Schlepptau der unabhängigen Zeitungen", sagte Hugo, „nur bekämen wir nicht die großen Kredite, die sie für ihre Unabhängigkeit erhalten."
„Woher wissen Sie das mit den Krediten?"
„Von den abhängigen Zeitungen", sagte Hugo, „man bekommt sie zugeschickt, im Briefumschlag, mit fiktiven Absendern, privat."
„Wer sind Sie eigentlich, Hugo?"
„Halten zu Gnaden, Hugo von Hugohausen und zu Tal, von der Truppe versprengt, in Kurven abgesetzt, die Flanken begradigt, empfindliche Verluste im Sinn, passe mit fünfunddreißig, im Vorlauf ausgeschieden, Bobmeister im Gedankenhochsprung, Koffergewicht, den Koffer voll, den Koffer voll von Holzmedaillen, Holzbeinen, Holzwolle und Holzgedichten, gemeint ist Arno, der Geflügelte aus der Blechschmiede."
„Belesen, belesen", sagte ich.
Hugo dankte mit einem Kratzfuß und tanzte andächtig, elegisch hinaus. Ich trank den starken Néscafé und öffnete mit der Nagelfeile das braune Couvert, zog die Bogen heraus, maschinengeschrieben , und las:

Vorgänge der unbegreiflichen,
ununterbrochenen Gegenwart,
oder
Warum hat er zuviel
Bier getrunken?
(Nicht zur Veröffentlichung bestimmt.)

Ort und Handlung: Finden keine bleibende Statt.
Tageszeiten: Wer andern eine Stunde schlägt,
fällt stets allein.

a) Vorläufiger Bericht eines reuelos Gestrandeten (nachdem der Strand zu feucht geworden war). Für die Richtigkeit keine

Haft. Achtung! Aufnahme (ins Trinkerwaldheim wird erwogen).
b) Der Unterzeichnete hält sich für biersüchtig (Export, Hell). Über Biersucht Einschlägiges nachzulesen in unseren preiswerten Volks-Lexika. Siehe auch dort die betr. Abbildungen: 1.) Die inferiore Biersucht, 2.) Die gekoppelte Korn-Biersucht, 3.) Die gestaute Flaschenbiersucht, 4.) Die querulatorische, auch sogen. hanebüchene Biersucht, etc. etc.
c) Schreiber erklärt freiwillig an Eides Statt, keine Ausreden zu scheuen, die reine Wahrheit zu furchten wie offenes Feuer, belastendes Material unter losen Bodendielen versteckt zu halten und sich stets in vorteilhaftes Rampenlicht zu rücken. Hören Sie also bitte wohl voreingenommen zu!

(Ende der Einleitung)

In eigener Sache

Besagter Süchtiger trank nach 1945 wie Jedermann und Jedefrau bierähnliches Getränk, bis die stark historisch belastete Währungsreform das jahrelang vermißte Exportbier wieder zum Ausstoß brachte. Inzwischen hatte sich folgendes zugetragen:
An einem Sommertag fand er auf einer Reise südwärts Quartier in einer kleinen Dachkammer in einem alten Hause am Rande des Moors. Binsen, Heidekraut, Schilf und Torftümpel, Disteln, Birken und meilenweites Moos. Die Hausbewohner, zwei ältere, bekannte Astrologen, befanden sich wieder einmal in Untersuchungshaft. In der Dachkammer fehlte nur die Lagerstatt. In der ersten Nacht schlief er auf dem Fußboden, auf einer Unterlage von Vorhängen, Tischdecken und alten Illustrierten. Am nächsten Tage wanderte er durch die Moorgegend, um vorzusprechen. Zuerst in den von Vertriebenen, Entrechteten und Verfolgten strotzenden und lärmenden Sommerhäuschen, danach in den von rechtzeitig geflohenen Parteikassierern, Ober-, Haupt- und Kreisbonzen besiedelten Wochenendschuppen, zu-

letzt in den von notdürftigen, steuerbefreiten Intellektuellen bewohnten Moorhütten. Nirgends war ein Strohsack zu entbehren. Die Not war progressiv und der Nachwuchs nicht einzudämmen. (Geld zählte damals nicht viel, man zählte es kaum. Noten, die nicht die Unterschrift von Chesterfield, Camel oder Morris & Co. trugen, schienen so gut wie verfallen und wurden nicht mehr aufgerufen. Im Kurs hielten sich, bevorzugt im Abendgeschäft, Lyons, Maxwell, Prince Albert und Velvet.) Gegen Abend öffnete ihm ein düster blickendes Kind, ein kräftiges, vierjähriges Mädchen, als er den grünspanbezogenen Klopfer an der gesprungenen Tür anheben wollte. Er stand vor einer großen Moorscheune. Später erfuhr er dann, die Scheune war vor dem Kriege von einem schizophrenen Monumentalbildhauer umgebaut worden. Der Bildhauer war in Anstalten verschollen. Die dürftig bezahlten Agenten des Wohnungsamtes hatten die nach lizenzfreien Entwürfen umgebaute Atelierscheune wiederholt als für kinderreichen Zuzug, besonders in der kalten Jahreszeit, unbeziehbar befunden. Man kann in dreistockhohen Hallen nicht durchheizen und auf Galerien keine Stubentüren zumachen.

Das dunkelhaarige Mädchen rief „Mutti“ und verschwand. Die riesige, verquollene Holztür blieb offen. Er wartete auf den roten Sandsteinstufen, dann hörte er einen leichten Schritt, und dann erschien eine jüngere, große, blonde, schmalhüftige Frau, furchtsam und lächelnd und eher lieblich als hübsch. Das lange, etwas verschossene blaue Kleid aus Naturseide war unter den Armen in den Nähten geplatzt. Keine Strümpfe, ausgefranste Sandalen. Scheu und verlegen, verträumt und schimmernd.

Er sagte seinen Namen und entschuldigte sich. Sie nickte freundlich und reichte ihm linkisch die Hand. Sie erinnerte sich an seinen Namen, beim Zahnarzt, beim Friseur lagen früher diese Zeitschriften herum, vom Blättern an der unteren rechten Ecke filzig gequollen und grau und angerollt, in diesen Heften hatte er früher melancholisch-erotische Erzählungen veröffentlicht, gefühlvoll und zuweilen spannend. Sie führten ihn in das Monumentalatelier.

Unter einer Galerie und zwischen hölzernen Säulen hindurch, an engen, steilen Stiegen vorüber, an hohen Leitern, Brunnenfiguren, Vitrinen, Büchergestellen und einem langen, geplatzten roten Ledersofa vorbei. Da und dort reichte das Atelier durch die Stockwerke, die unregelmäßig hoch waren, bis zum Dachgiebel, an den Wänden standen in hohen, beschädigten Vasen Schilfsträuße, Wacholderzweige, Ginsterbüschel und Farne, auf dem Fußboden lagen verstreut Spielsachen, Kasperlköpfe, Puppenkleider, Bauklötzchen und Vogelfedern.
Er nahm in einem unbezogenen Sessel Platz, wo man sofort seitlich einsank, so daß er sich die ganze Zeit mühsam geradehalten mußte. Man sprach zunächst über die Bücher namhafter Autoren, die nicht zurückgekehrt waren oder noch nicht zurückkehren wollten, danach erzählte er von seinem Quartier, er wollte dort ein Manuskript zu Ende schreiben, das er vor dem Kriege begonnen hatte. Es fehlte ihm noch die Lagerstatt.
Unverhältnismäßig freudig sagte sie ihm drei Matratzen und ein Rahmengestell mit Sprungfedern, allerdings ohne Füße, zu. Man konnte sich vier Klötze beschaffen und sie darunterstellen, Klötze oder Ziegelsteine. Nach einer Stunde verabschiedete er sich, denn sie mußte in die Küche, um Grießbrei zu kochen für das kleine Mädchen.
Am nächsten Morgen gelang es ihm, einen großen, klapprigen Leiterwagen auszuleihen, die Räder liefen schief, einige Speichen fehlten, und die Reifen waren mit Draht festgebunden. Nachdem das Rahmengestell und die Matratzen aufgeladen waren, zog er den Leiterwagen durch das sommerstille Moor, die junge Frau und das kleine Mädchen gingen neben ihm her, sie hielt mit der einen Hand die Matratzen fest, die andere Hand hielt das Kind, es war keine Wolke am Himmel. Bei den Entrechteten und Vertriebenen rauchten die Kamine am stärksten, schwärzlichgelbe, dicke Rauchbäume, kläfften die Köter, wurde gehämmert, und die Radioapparate dröhnten mit Rummelplatzlautstärke über die heidekrautstillen Moorwiesen hin, bei den Intellektuellen rührte sich noch nichts in den Konservendosenschornsteinen, bei den Defraudanten qualmte es

flau, und ihre Volksempfänger kratzten und knackten schäbig.
Das Rahmengestell und die Matratzen wurden abgeladen und durch das stille Treppenhaus der abwesenden Astrologen nach oben gebracht, mühsam genug. Sie half ihm tragen, heben und stemmen,.das Rahmengestell war lang und die Windungen der Treppe waren kurz und sie hatte nicht viel Kräfte. Sie schwieg auch etwas viel oder lang, wo gab es das in diesem Jahrhundert der perfekten jungen Frauen, sie sprachen doch überall viel und besonders gern und meistens schnell, diese hier blieb still, ihre Fragen waren scheu und ihre Antworten verlegen, unbestimmt, und es war nicht gespielt, nicht berechnet, eher kleinlaut oder infantil, eine natürliche Schüchternheit, wenn es das überhaupt noch gab.
Kaum waren Gestell und Matratzen in die ofenheiße Dachkammer geschafft, die sie nicht betrat, war sie schon wieder unten bei ihrem „Engelchen", und nun erbot sie sich noch, den geliehenen Leiterwagen zurückzufahren und abzugeben. Sie würde sich freuen, sagte sie beim Abschied, wenn er wieder einmal herüber käme, und ob er dann aus dem Manuskript etwas vorlesen möchte?
Er sagte alles zu, bedankte sich noch einmal und ging nach oben, zog sich aus, die Badehose an, baute die lange Lagerstatt auf, zwischen Fenster und Tür, dann saß er am Klapptisch vor der geöffneten Fensterluke und sah sie mit dem Leiterwagen durch das Moor ziehen. Das „Engelchen" mit den dunklen Locken und dem zu großen Kopf und dem düsteren Gesicht saß unbeweglich im Leiterwagen und ließ sich ziehen. Ihr hellblondes Haar mit dem weichen Knoten über dem schmächtigen, hohen Hals, über dem dünnen, blauen Kleid, leuchtete zwischen den Jungkiefern und Ginsterbüschen hindurch, er blickte ihr nach und dachte an das meilenlange Kleefeld, auf dem kein Kleehalm mehr stand und der Ackerboden hartgebacken war von Sonne und Regen und festgetreten von den hunderttausend Paar Barfußsohlen und den zweihunderttausend Paar Ledersohlen —, mitunter leuchtete ihr Haar in der Sonne goldblond

auf und erglänzte schimmernd —, auf dem Kleeacker standen niedrige Zelte mit grüngelben Tarnmustern, und er dachte daran, wie er seinen vergrabenen Vorrat an Dickrüben zählte, Futterrüben, landschaftlich auch Dickwurz oder Runkel, zählte und in der Pfeife Tee rauchte (noch war es schwarzer Tee, später rauchte er heimischen Kräutertee), die Eintragungen ins verschmierte, verklebte Notizbuch machte, noch viereinhalb Rüben, von der Teeraucherei wird einem übel, werde doch noch die Armbanduhr mit Leuchtzifferblatt verscherbeln, wenn sie nur wieder liefe, steht seit Wochen, Kazubek könnte drei Päckchen Old Gold dafür bekommen, eins für ihn und zwei für mich, waren vierzig aktive, auf Verdacht, in Raten geraucht, an den Stacheldrahtzäunen standen Gruppen von fünf, manchmal zehn älteren Männern, sie rauchten zusammen eine einzige Zigarette, hatten zusammengelegt, bei zehn Mann gab es höchstens zwei Züge pro Lunge, er war öfter vorübergekommen und hatte hingesehen, weil sie nicht sprachen, Fetzen von Mützen oder Strümpfen auf dem Kopf, die Sonne sengte heftig, Fetzen von Hemden oder Jacken um die Schultern, die verbrannten, ausgemergelten Trübsalgesichter, sie standen still da, etwas vorgebeugt, sie schwiegen, sie betrachteten den, der gerade den Zug machte, Frauen hätten vielleicht geschnattert, die hier schwiegen, nichts von Würde, nichts von Lyrik, vielleicht schwiegen sie, um den Geschmack nicht zu verlieren vom letzten Zug, oder um die Luft aus der Lunge anzuhalten mit der schwachen vergehenden Tabakessenz —, also drei Runkelrüben, eine stehengebliebene Uhr, ein abgebrochener Aluminiumlöffel, seit neun Tagen kein Stuhlgang, muß mir heute abend vorm Schlafen einen Kernseifenspan einführen, es waren schon einige tot umgefallen bei diesem mörderischen Geschäft, in Hocke gespreizt über diesen stinkenden, niedrigen Gräben auszuharren, tot umgefallen und hatten Fliegenbesuch bekommen, er wußte nie, wo sie verscharrt wurden —, sie wurde jetzt zunehmend kleiner im Moor mit dem Leiterwagen, und ehe sie in der gelben Sandmulde verschwand, dachte er daran, daß er sich damals — er hatte in der Mittagsstunde im Zelt bleiben können, allein, die vier anderen trieben sich draußen herum, er hatte geschlafen und von fetttriefenden, braun gebratenen Hammelkeulen geträumt, während draußen die schmutzigen Kartoffelschalen, die er am Vormittag zwischen den Zelten herumkriechend aufgelesen, gesammelt hatte, ungewaschen in der Sonne trockneten, dörrten (sie krachten und knirschten im ungewaschenen Mund) —, er dachte daran, daß er sich damals gesagt hatte, nicht gelobt und nicht geschworen, wenn man je wieder aus dieser Verelendung heraus käme, aus dieser Verdrecktheit und Versautheit, aus dem Verkumpeln und Verhungern, dann könnte man sich vornehmen, sich auf nichts mehr einzulassen, was auch nur von fern an die Vorgänge und Zustände erinnerte, die sie Privatleben nannten, nichts mehr davon bitte, habe *ich* nicht bestellt, zurückweisen, also nichts mehr von dieser Art von permanentem Privatbetrieb, von diesem Hangen und Bangen, von ihren Liebes-, Familien- und Haushaltsgeschichten, ihren „Abendteuern" und „Erlebnissen", es stand nicht dafür, sondern das Pensum, das Aufgegebene, das Zugewogene, das Vorgenommene unauffällig zu verrichten, stumm wie die Männer mit der einzigen Chesterfield, Les Miserables, ein bis zwei Züge pro Schlund, regelmäßig verrichten, früh zu Bett und früh heraus, eine Kammer genügte, gekalkt, geweißt, ein Küchentisch, ein Küchenstuhl, nach Möglichkeit weißes Papier, am offenen Fenster sitzen am Tisch und schreiben, Pensum um Pensum, Tag für Tag, geduldig, genau, sorgfältig, was man zu schreiben hatte: nicht von der vergänglichen Misere, nicht von vergänglichen Gefühlen, keine Distellyrik, keine Kumpelprosa, nichts vom Kippensuchen und von der Okarina am Stacheldraht, nichts vom „Organisieren" und von den Konservenbüchsenkunststückchen im Lager, sondern zunächst einmal wieder erfinden, ins Freie, ins Ungewisse hinaus schreiben und erfinden, die Einfälle kamen dann oder blieben aus, eine Fabel erfinden, Gebäude, Geräusche, Bäume, Straßen, Männer und Frauen erfinden, phantasieren, imaginieren, eine Welt in den Ausdruck zu bringen, die Wirklichkeit zu phantasieren, die noch stets immateriell war und unerklärlich und über Ursache und Wirkung hinausging, also nicht auf die bequeme, zeitnahe Tour, die Milchmädchentour, die plump vertrauliche Tour, nichts von der beliebten Tuchfühlung mit dem schon sagenhaften, einfachen Mann von der Straße, der im Traum nicht daran denkt, sein Geld auszugeben für Prosa, für Novalis oder Baudelaire, geschweige denn sie zu lesen, der bei Flaubert an den Flobertgewehr denkt, und dies mit Recht, also nicht auf die biedere, hemdsärmelige Tour, die schlurige, schnodderige, schluderige Tour, die bald danach aufkam und die sie den harten Realismus tauften, nicht diese Abonnentenliteratur, als hätte Prosa etwas mit Realität zu tun, Musik etwas mit Nachrichten, ein Bild vom Zöllner-Rousseau etwas mit Natur, so wenig wie Butter mit Margarine, aber diese Margarine-Autoren wußten nichts von der Kunst, und ihre Existenz war platt und allgemein, die Kunst paßte ihnen nicht zur Margarine, Kunst war noch immer Abstand, Verzicht auf Anbiederung, und dann war Kunst Abstrahieren, Herausnehmen, Herauslösen, Abziehen aus dem fortwirkenden, unaufhörlichen Zusammenwirken der fliehenden Wirklichkeit und damit für alle Zeiten abstrakt, gegen die Zeit gefeit, von Medaillen nicht betroffen, von Aktualitäten verschont, sie war eine der Signaturen von der Fragwürdigkeit, von der Einsamkeit, von der unendlichen Ahnung und Trauer des Menschen, der sein vergängliches, hinfälliges Los kannte, von der Melancholie und von der tragischen Hoffnung des Menschen — aber wie sollten sie das begreifen und ihren literarischen Kollegen am Biertisch begreiflich machen?

Sie war jetzt in der gelben Sandmulde verschwunden und er nahm sich nichts vor, das Pensum war in der Früh geschrieben worden, zwischen fünf und sieben, man konnte auch einmal daraus vorlesen, und Blau und Blond mochten Blau und Blond bleiben, solange sich die Farben hielten.

Er ging nach drei Tagen hinüber, gegen Abend, er hatte in einem Moorweiher geschwommen, in einem Binnensee, lag in der Sonne und ließ sich trocknen, erfrischt und die Wasserkühle noch auf der Haut, die Tür zur Atelierscheune stand offen, er ließ den Messingklopfer dreimal fallen und es rührte sich nichts. Er setzte sich auf die Sandsteinstufen, später wurde ein Dachfenster oben geöffnet und sie rief unsichtbar, sie käme herunter. Dann war es wieder still, Bienen summten vorüber, die Schatten unter den Bäumen rückten vor, das Gras duftete, und dann hörte er Schritte und stand auf. Wäre er jetzt fortgegangen, hinter den Hecken verschwunden, dann hätte er später auch Bier getrunken, vielleicht nicht so unmäßig viel.

Sie strahlte ihn an, pure Freundschaft, unverbindlich, und er war zu lange von diesem Schimmern und Lächeln entwöhnt, um sich nichts darauf einzubilden. Sie gingen nicht in das Atelier, sondern zwei steile Stiegen hinauf, über einen winzigen Gang, dann noch einige Stufen, in dem kleinen Raum mit der schrägen Giebelwand standen Wildblumensträuße auf dem Boden, es gab da nur ein schmales Klappbett und eine Truhe, ein violettes Tuch lag darüber, er setzte sich auf das Fußende des Lagers, zwischen die Fensterluken, und sie lief hinaus, er legte die Manuskriptblätter auf die Knie, dann hörte er sie zurückkommen, sie stellte die Tasse Néscafé für ihn auf die Truhe, daneben legte sie ein Päckchen Camel, nahm sich ein großes, gelbes Kissen vom Bett und setzte sich in den Winkel an der Tür. Er trank, rauchte, dann begann er zu lesen. Sie rührte sich nicht auf dem Fußboden, sie sah ihn nicht an, er las mehr, als er vorhatte, über eine Stunde, die Wildblumen rochen herb, Schafgarbe, Geißblatt, er hatte ein umfangreiches Kapitel aus dem Roman vorgelesen, sein Gesicht war feucht und heiß, er wischte es mit dem Taschentuch ab, sie saß auf dem Kissen hinter der Tür, nicht versunken und nicht verkrampft, sie rührte sich noch immer nicht, „und was halten Sie davon?“ fragte er endlich.

Sie blickte auf, scheu und lieblich, dann blickte sie wieder zu Boden. Damals wußte er noch nicht, daß sie es nicht leicht hatte, Worte rasch zu finden, einen Ausdruck, daß sie ungeschickt war im Reden, daß sie nicht flink sein konnte im Sprechen, nicht behend, gar nicht schlagfertig, zugleich fühlte er, daß sie ein Urteil hatte, auf ihre Weise, daß sie unbeirrbar blieb,

und ihre Ansichten waren dann nicht angelesen oder nachgesprochen, sondern unmittelbar erlebt, hellfühlend erfaßt.
Sie dankte ihm mit freundlichen, unbeholfenen Worten, dann stand sie auf und lief mit der Kaffeetasse hinunter, er rauchte aufgeregt und fühlte sich zufrieden und gewichtig, dann kam sie wieder herauf, und er trank noch eine Tasse starken und süßen Néscafé. Er rauchte wieder und erzählte und sie hörte ihm zu, die Schülerin auf dem Fußboden, und wenn er sie zum Lachen brachte, war er überrascht, wieviel Einfalt und Glück und Wärme in ihrem Lachen klang, und er dachte nicht: zum Teufel mit ihnen, zum Teufel mit allen Lieblichen, Sanften und Zärtlichen in dieser Welt.
Er dachte nur, es ginge ihn nichts an. Er kannte sein Pensum. Später, als es zu spät war, begriff er, was ihm an diesem verhaßten Privatleben nicht mehr behagt hatte, an diesem fatalen Eigenheimleben, an dieser Sucht nach Befriedigungen und nach Abwechslungen, an dieser wehleidigen Gier nach Genuß und nach romanhaften Konflikten, nach Amateurvorstellungen, nach Privatinszenierungen —, aber da war es schon zu spät, da zappelte er schon in den Fallstricken, da war er in die Falle, die er sich selbst ausgebaut hatte, gerannt, die Falle des unerbittlichen Anspruchs, die Elitefalle, des Anspruchs auf Niveau.
Gerede eines gestrandeten Biertrinkers. Was wollen Sie davon ernst nehmen? Er hätte in seiner Kammer bleiben können, er kam wieder, er las wieder vor, in einer kühlen Ecke des Hochateliers, draußen ein heißer Sommertag, er war schon gegen vier gekommen, unverabredet, er hatte sie schon zweimal nicht angetroffen, es blieb alles unabgesprochen. Er saß in dem unbezogenen Sessel, man sank nach einer Seite ein, stützte sich auf die Lehne und las. Sie lief an diesem Tag in einem Strandanzug herum, der einmal hellblau gewesen war, sie schien matt, ermüdet, sie fragte ihn, ob es störte, wenn sie beim Zuhören auf einer Art von Riesenkautsch sich ausruhte, es störte ihn nicht, er las, blickte einmal auf, sah sie still dort liegen in dem engen, verblaßten, leichten Anzug, lang ausgestreckt, und er stand

nicht auf und ging nicht fort, er rührte sich nicht, er hielt den Atem nicht an und las weiter und las zu Ende und zündete sich dann eine Zigarette an. Er sah nicht mehr hin. Als er hingesehen hatte, hatte er nichts von der Zukunft gesehen, nichts von den Schritten gehört über der morschen Holzbrücke, darunter das nachtklare Wasser hinströmte, die langen, grünen Wasserpflanzen bewegte und das weiße Mondlicht spiegelte, er konnte dort nichts von den Briefen lesen, die nicht geschrieben waren und die ihn Tag für Tag verbrannten vor Erwartung und betäubten vor Mutwillen, nichts von den Muscheln und Steinen und Baumrinden sehen, mit Worten und Zeichen bedeckt wie mit unhörbarem Flüstern überzogen —, niemand denkt daran, daß er nie etwas von der Zukunft sieht, und er kann sich nicht verhalten danach und einrichten. Es hatte ihn nur eine Ahnung berührt, als er nach ihr hingeblickt hatte, die Ahnung einer ungesagten, einer ungehörten, einer ungeschehenen Übereinkunft, und es hatte ihn befallen wie ein Klingelzeichen in der tiefsten Stille, in einem Raume, in dem es keine Klingel gibt. Wie eine Überrumpelung allzu langen Schweigens.
Keine Ausreden scheuen, die reine Wahrheit fürchten wie offenes Feuer und sich in das hellste Licht rücken. „Es geht auch anders, doch so geht es auch." (Brecht.)
Er hatte zu Ende gelesen, sie rührte sich noch immer nicht, sie blickte vor sich hin und fort in die Luft, dann hörte er das Kind rufen, das düstere „Engelchen", das sie so maßlos verwöhnte, auch sie mußte das Kind jetzt rufen hören, und er wußte nicht, daß sie nicht aufspringen konnte, in diesem Augenblick nicht und noch nicht in den nächsten Sekunden, und das war nicht gestellt und nicht gewußt, nicht in Szene gesetzt und nicht vorgeführt, als müßte sie immer noch zuhören, dem, was längst verklungen war und verhallt, bis dann das grimmig blickende „Engelchen" herein kam, und dann erhob sie sich langsam und ungeschickt und ging mit dem unwilligen Kind hinaus.
Was sind Worte wie geistesabwesend oder träumend oder somnambul, man kann sie schon nicht mehr hören oder lesen, bis

zum Überdruß getragen und abgetragen, und für jedes unbekannte und neue Gesicht fehlt ein unbekanntes und neues Wort, für jeden neuen Tag, für jede noch nicht dagewesene Stunde, doch wo sollten die Worte entstehen und der Ausdruck gebildet werden, wenn sich dazu niemand mehr Mühe gab, neue Worte nicht gefragt, und: „Ausdruck entsteht nicht durch Plenarbeschlüsse", schrieb Gottfried Benn.
Sie kam nach einiger Zeit durch das Monumentalatelier zurück, sie hatte den Quälgeist draußen mit Brei oder Pudding beruhigt, sie setzte sich auf den Rand der Riesenkautsch, strich über die hellblonden Strähnen und preßte die schmalen Hände zwischen die schmalen Knie, und auch in diesem Augenblick der Stille, des Schweigens, der Ratlosigkeit vermochte man nichts von der ungeschehenen Zeit zu erblicken, blieben die Fenster der Zukunft blind, man konnte berechnen, wie das Wetter wurde (mit 95% Wahrscheinlichkeit) und wann die Kometen kamen und verschwanden, er im Hochgefühl der vorgelesenen Seiten und geblendet, taub, er konnte nicht sehen und nicht hören, wie er den nächtlichen Feldweg hinunter schwankte von der Landstraßenkneipe und sich an dem Balken der Holzbrücke festhielt, um zu erbrechen, was er Bierglas um Bierglas in sich hineingeschüttet hatte, stöhnend erbrechen, während man hinter ihm die Kneipentür abschloß und die Lichter ausdrehte, nachdem die Kasse nachgezählt und das Geld in der Konservenbüchse im Küchenschrank untergebracht worden war —, er sah sie nur vor sich sitzen im klaren Licht der beiden nach Osten geöffneten Fenster, befangen und wortlos, lieblich und scheu, und er war nüchtern und zufrieden und voller Hochgefühle, und die Zukunft hatte nie stattgefunden. —
Hier müßte gesagt werden, der sich der Biersucht Bezichtigende hat über Gebühr lange (Sprechen Sie noch? — Bitte, nicht trennen!) mit Vorerklärungen herumlaboriert, und zwar weitschweifig gewichtig, um nicht zu sagen unterdrückt feierlich. Kommen wir also zur Endstation, Zug fährt nicht weiter, alles aussteigen, die nächsten Anschlüsse bei der Auskunft Bahnsteig vier. Bitte beeilen!

Er verabschiedete sich, und sie sagte wie stets, mit dem leicht singenden, etwas hohen Ton, auf Wiedersehn, und er möchte doch bald wiederkommen. Einmal kommt man nicht mehr wieder.

Er ging durchs Moor zurück, durch die Hitze und das namenlose, grelle Licht, und er dachte daran, daß er noch einmal stehengeblieben war, vor den Birken, und sich umgewandt hatte, er sah sie winken, oder genauer, er sah einen hellen Arm aus dem Dachfenster und eine Hand winken, er winkte zurück und ging weiter, und nun sollten wir das Tempo des Berichtes etwas beschleunigen.

Sie waren inzwischen befreundet, kein Privatleben, habe ich nicht bestellt, und er hatte versucht, zu erklären, warum es unnötig war, Du zu sagen, für ihn war es unnötig, und sie bat ihn eines Tages, nachdem er vorgelesen hatte, sie hatte sich auf dem Klappbett ausgestreckt und er saß mit dem Manuskript vor ihr, um einen Kuß, wenn man sich schon siezen mußte. Er lehnte es mit einer Entschuldigung ab, weniger freundlich als bestimmt. Wieder bewirtete man ihn mit Kaffee und Zigaretten aus den Care-Staaten, er blieb bis zum Abend, sie ging in die Küche und brachte einen Teller mit Eipulver-Rührei und gebratenem Dosenschinken, Weißbrot, Butter und Kaffee, in diesen Monaten nahezu schon dreiste Erquickungen, und er sättigte sich unverhohlen, auch an der hilfreichen Bemutterung, Mondlicht durch die Nordscheiben des Ateliers, und als er aufbrach, fragte sie, ob sie ein Stück mitgehen könnte.

Das monderhellte und mondveränderte stille Moor, die moorstille Nacht, gemähtes Schilf zu Garben zusammengestellt, vereinzelt, sie waren schon über zwei Stunden gegangen, durch einen Moorwald, die Behausungen lagen weit zurück, und nun saßen sie an eine Schilfgarbe gelehnt, nebeneinander, und rings war alles fremd, fremd und bedrohend, still, bedrohend unheimlich, und nur, weil man nicht ganz allein war, hielt man das Grauen noch von sich. Sie lehnte sich leicht an ihn, sie hatte während der Wanderung nicht gesprochen, er streichelte ruhig ihr Haar, er würde es einmal nicht mehr streicheln. Nicht im Mondlicht und nicht im Lampenlicht, und auch das Streicheln war noch unnötig, das Reden unnötig, atmen und schweigen, schweigen und hören, was nicht gesprochen wurde und nicht widerrufen, die kalte Nachtbläue, blauer Nachtraum und das leuchtende Mondgrauen, eine Schilfgarbe genügt, um sich anzulehnen, Schweigen genügt, und die Verlorenheit kann ihr altes Stück in der Luft spielen, im kalten Mondscheinwerferlicht, Binsen, Schilf und Disteln, unter den Horizonten spielen, der Vorhang der Firmamente ist aufgezogen, die Beleuchter haben die Sternbilder illuminiert, der schwarze Waldrand ist wie echt, nur die beiden Darsteller wollen den Souffleur nicht hören, er flüstert schon nicht mehr aus seiner chthonischen Grube, er spricht schon etwas zu laut aus der Moorvertiefung, aus der Tümpelmulde, er droht bereits mit der Textrolle, und der Mund ist den beiden nicht zugefroren, sie sind nicht ertaubt und sie sträuben sich? Sie meinen, sie wähnen, sie könnten sich darüber hinwegsetzen, ablehnen, was man für sie angeschafft hat, Kostüme, aus Fleisch und Blut, aus Haut und Haar, Erhebungen und Vertiefungen, die uralten Erfindungen, millionenfach bewährt, hinwegsetzen, ablehnen, um nicht zu sagen verschmähen?

Das Pensum, 60 bis 80 Zeilen, in der Früh zwischen fünf und sieben, Früh für Früh, er streichelt ihr Haar nicht mehr, wer kann diese Prosa schreiben, wie Haar und Wangen gebildet sind, Augen und Mund, genau, keine Prosa wird sich so anfühlen wie diese Lippen, die er nicht kennt, sie sitzen in der Mondnacht nebeneinander, es ist schon viel zu spät, um mit Worten einzuholen, was sich um Worte nicht kümmert, sie lehnen an der Schilfgarbe, und da er lange genug geschwiegen hat, könnte er jetzt sagen, ich liebe dich nicht. Und sie könnte es wiederholen. Das Lachen ist ihnen längst vergangen, Scherz und Ironie, längst wissen sie, was sie fühlen, miteinander, füreinander, und weil es nicht Verdienst ist, nicht geleistet, nur widerfahren, könnten sie die Verneinung aussprechen. Also lieben wir uns nicht, was wäre damit getan? Gefühlt ist nicht getan, nicht

eine einzige Zeile bleibt davon zurück. Und sie sind nicht gefragt worden, niemand hat sie vor diesem vergänglichen Los gewarnt, in der Luft kann man nicht anklopfen und eine Tür aus Licht läßt sich nicht öffnen, niemand ist gekommen und hat ihnen gezeigt: auch diese Stunde kehrt nicht wieder, nie in aller Ewigkeit.
Daran denken sie nicht, daran liegt ihnen nichts, sie sind an keinem Kreuzweg angekommen, sie haben sich nur dem Ort genähert, den man findet, wenn man alles hinter sich läßt, die Gewißheiten und die Hoffnungen, die Gräber und die Heimatwege, diesem Ort haben sie sich genähert, wo Namen und Worte nichts mehr wiegen, einem Ort aus Hauch und Vergehen, unter dem blaukalten Himmel der Nacht, in der zehrenden, saugenden Riesenstille der Nacht allein, der Souffleur hat das Winken und Rufen aufgegeben, sie sitzen nebeneinander in die Schilfstauden gelehnt, und was sie nicht wissen, fühlen sie miteinander, dieses ruhige, ungestörte Ausgesetztsein unter dem hell scheinenden Mond, dieses verlassene, verlorene Übereinstimmen, das nichts mehr bedeuten kann und nichts mehr hilft, einer mit dem andern allein, in der mondstillen Mondnacht wie in der Einöde des Todes allein.
Sie sind aufgestanden und den Weg übers Moor zurückgegangen, manchmal Hand in Hand, Arm in Arm, und manchmal sind sie stehengeblieben, neben einem Moorgraben, vor einer Schilfwand, ihre kühlen Gesichter haben sich berührt, vielleicht sehen wir uns nicht wieder, denkt er, wozu — soll man sich wiedersehn? Und sie denkt, ich wünschte es mir oft, ich wünschte es mir lange, einmal einen zu treffen, der nichts anerkennt, weil er alles noch einmal erfinden und bilden muß, der in der Luft lebt, weil er den Boden verlassen hat, wo man handelt und tauscht, erwirbt und vermehrt, wo man siedelt und gründet, Zugvogel, der um sein Pensum bangt, Freibeuter, der sich nichts durchgehen läßt beim Hinschreiben, Landfahrer, dem es um Ausdruck geht, um Stil, um drei Worte, Phantast, der nach der Wirklichkeit trachtet, dort, wo sie kein Geschäft mehr zuläßt, keine Kalkulation, keinen Profit und wo der Gewinn nach

Verlusten zählt, nach Verlieren, die Erklärungen verlieren, Glauben und Wähnen verlieren, Gewißheit und Sicherheit verlieren, um ins endlose Offene zu gelangen, ins unendlich Ungewisse, dort, wo nichts mehr stimmt und alles ins Grenzenlose aufgeht. Einem solchen wollte sie einmal begegnen, dem man auf der Straße über die Achsel nachsieht, auf der Straße, die ihr Haushalt war, ihre Familienbahn, ihr Geschäftsgang und ihr Stammtischweg, und dann traf sie einen und er wollte sich nicht halten lassen, nicht wiegen und nicht betten.
Der Mond ist ohne Landesgrenze, die Nacht ist ohne Rufnamen, das Moor kennt seine Eltern nicht.
Auch in diesem Augenblick, im Mondschatten vor der Atelierscheune, konnte er den Text der Zukunft nicht lesen, während die Schmalhüftige, Blonde, Stumme vor ihm stand, die Schrift in ihren Armen, die ihn zu halten versuchten, schimmernde Seiten des Leibes, der sich anschmiegte und dann in der Tür verschwand.
Er kam wieder, von einer Mutter geboren, gebadet und getrocknet, gefahren und zugedeckt, genährt und Laufen gelernt, Laufen und Sprechen, er ging übers Moor und er sprach mit ihr, und der Sommer ging vorüber und der Herbst rauchte im Moor.
Er schrieb das Pensum in der Früh, am Klapptisch, vor dem Lukenfenster, nüchtern, die Tasse mit schwarzem Kaffee, das Päckchen Zigaretten, Sträuße von Heidekraut, Sträuße von Vogelbeeren hingen an Nägeln an der verblichenen Kammerwand, und die Sonne schien draußen, und der Regen rauschte draußen in den alten Nußbäumen, und der Moornebel hängte seine Lautlosigkeit aus, er trank den bitteren Kaffee und rauchte und schrieb sein Pensum, und öfter schrieb er es um, er war in dem stillen Raum allein, und er war nun nie mehr allein in der Stille, kein Privatleben, nichts von Persönlichkeitsgefälle, nichts von Tagträumen, man wollte endlich einmal die Mühe, die Geduld, die Ausdauer und die Verzweiflung am Tisch, an der begonnenen Seite, am steckengebliebenen Kapitel, wozu, das fragte man nicht, wofür, das blieb dahingestellt, für wen,

das wußte niemand. Die Mühe und die Verzweiflung, und was man flieht, das überholt einen, und was man meidet, das sucht uns dreifach heim.

Zuweilen, wenn er aus dem entlegenen Dorf zurück kam, das stille Treppenhaus hinauf ging, es roch stickig nach altem Gebälk, nach Holzjahren, nach Treppenzeit, fand er auf dem Türbalken, wo der Kammerschlüssel lag, einen bunten Stein, ein Schneckenhaus, ein Stückchen Birkenrinde, eine Häherfeder, da und dort war ein Wort hingeschrieben, winzige Buchstaben, eine Zärtlichkeit, eine Freude, ein Gruß, und er stand da in der Dämmerung und Stille des Bodenflurs und las das Rindenwort, das Schneckenhauswort, eine winzige Innigkeit, vogelfederleicht, und er dachte nicht daran, daß dies dem Augenblick gehörte, den Tiefen, den Fernen des Augenblicks und damit seiner Trauer, seinem Vergehn, er dachte nicht an den ungeheuerlichen Widersinn alles Vergehens, das trostlose Minuten schwinden, das Gräberfeld der Jahre, der Jahrtausende, und vielleicht wurde deshalb diese Mühe unternommen, die Verzweiflung gewagt, mit dem Pensum gegen die treibenden Strudel der Zeit sich zu wehren, gegen das flutende Hinwegstürzen, um etwas Sichtbares zu bilden, das morgen nicht schon Erinnerung war, das übers Jahr nicht in memoriam war, sondern aus dem Innern sichtbar blieb, erscheinend und wirkend. Vielleicht. Was wußte er davon.

Und manchmal nahm er ein zerlesenes Buch mit, eine Anthologie, Lyrik der Gegenwart, und las daraus vor, sie hörte gern zu, sie saß auf dem Fußboden, auf einem verknautschten Kissen, kauerte in einem Türwinkel und rührte sich nicht, das Kind spielte draußen, es redete mit seinen Puppen, die nicht essen und nicht trinken wollten, und er las diese Gedichte vor, Trakl, Heym, las Benn, Loerke, Lehmann und Langgässer, und er fühlte, wie sie das aufnahm, nicht gleich, zögernd, langsam, und danach gab es nichts mehr zu sagen, das hatten diese aus der Mühe gegoren und gebrannt, und sie hatten es vor dem Augenblick geschützt, vor dem Alltag verborgen —, leiden und verzweifeln, das gab es überall, hoffen und harren, davon lief die Welt über, kaufen und verkaufen, das hörte Tag und Nacht nicht mehr auf, und das alles schwand rasch wieder hin, und die Totengräber hatten zu tun, die Henker und die Hebammen, und wenn man über ein paar ihrer Jahrhunderte hinblickte, dann war es lärmender Betrieb und vergossenes Blut und Feldherrnphrasen und Kriegerdenkmale und Geschichtsbücher und es war nichts, wovon man hätte sagen können: hier, sieh dir das an, hör dir das an, das ist möglich, das ist *vollendet!* Und der lärmende Betrieb, den sie hinterher Geschichte nennen, geht weiter, wälzt sich weiter, und nur einige wenige, einzelne, es sind die notorisch Faulen und Obdachlosen, sie starben früh oder sie brachten sich um oder versanken in der Umnachtung, sie paßten in keinen Betrieb, die gaben sich Mühe, lebenslang, sie paßten in kein Gebetshaus und in keine Partei, sie blieben unwahrscheinliche Existenzen, unzurechnungsfähig, gaben sich Mühe für ein Nichts, weil sie etwas von einer Spur ahnten, von einem Zeichen, von einer Sprache, die niemand versteht, der nicht in der Stille ausgehalten hat, in der Ödnis, in der Gewißheit dieser tragischen Hoffnungslosigkeit, in der immer währenden Einsamkeit dieses Menschentums.

Musiker, Maler, Poeten. Das Arbeitsamt hat keine Verwendung für sie. „Was heißt hier schöpferisch? Damit haben wir nichts zu tun. Wollen Sie Arbeit, oder was wollen Sie eigentlich?" Als Ricarda Huch, dreiundachtzigjährig, von Weimar nach Kassel übersiedeln wollte, antwortete das dortige Wohnungsamt: eine Dame namens Huch ist hierorts nicht bekannt. Sie starb bald darauf in Schönberg bei Frankfurt.

Er hatte Gedichte von Wilhelm Lehmann vorgelesen. Nun blätterte er noch einmal zurück, sie kauerte in der Türecke, „hör dir das an", sagte er:

> „Sei nicht ängstlich, du bist nicht allein: über dir hörst du den Wind die welken Weidenblätter brechen,
> Unter dir im Erdendunkel mit sich selbst die Spitzmaus sprechen."

„Oder dies", sagte er:

„Verbirg dich, sei leise,
Mit allen Vögeln machst du gewesene
und zukünftige Reise."

„Was gäbe ich dafür", sagte er, „hätte ich diese eine Zeile geschrieben:

‚Dem Perückenbaum streicht der August übers Haar'."
Das war nicht nur unirdisch irdisch, das war nicht nur Mühe und Pensum, Geduld und Ausdauer, da war noch etwas vorgekommen, das man nicht aussprechen sollte: Zauber.
„Ja, Ernst", sagte sie. Und sie blieb in der Türecke, auf dem Boden, ein stiller, blauer Septembertag, gelbe Birnen, man hörte sie auf den Boden klopfen, sie rollten ins Gras, blaue Septembertage, und sie kauerte in der Türecke, nicht unersättlich, verloren, gebannt, und er hätte sich jetzt gewünscht, daß sie sich weniger sorglos anzog, nicht eine rote Schürze als Bluse trug und einen gelben Rock, aus einer Gardine zusammengesteckt, „punktefrei", sie verschenkte lieber ihre Kleiderkarten, aber vielleicht gab es das nicht, daß man sich schick anzog, elegant, *und* diesen unmittelbaren, diesen offenen und tiefen Sinn bewahrte für ein Nichts, für einen Hauch von Nichts, für eine Zeile aus einem Gedicht, die mehr Größe hatte, Ahnung und Vollendung als alles, worauf sie sich in diesem Jahrhundert etwas zugute hielten, das gab es offenbar nicht, daß man gewandt und tüchtig war und „fabelhaft" aussah *und* die Welt vergessen konnte vor einem Gedicht von Trakl, und wenn die Versierten, die Repräsentativen, die Hochverdiener und Kongressisten, die gemüdet in ihrem Porsche durch die Länder flitzten, das provinziell nannten, wenn man „unmöglich" angezogen war und nicht eingeladen wurde und nicht für sich selbst kochte, sondern mit dem Brei und dem Pudding für das Kind auch vorlieb nahm, und mit Gedichten versuchte zu leben, weil man sie nicht als flüchtigen Kunstreiz zwischen anderen Reizen konsumierte, sondern wörtlich nahm, wichtig und traurig und allein tragisch nahm, dann

mochte das für immer provinziell heißen und vor ihrem hohlen Hochmut bewahrt bleiben, vor ihren guten leeren Manieren und ihrer forschen Nichtigkeit.

Heute, hätte er sagen müssen, heute gab es das offenbar nicht mehr, daß man in der „Gesellschaft“ zu Hause war und die Welt vergessen konnte vor einem Gedicht, nicht nur vergessen, daß man dieses verehren konnte, beschützen und verehren, rühmen —, und dann fiel ihm die Strophe aus einem Gedicht von Gottfried Benn ein, er hatte an den blauen Septembertag draußen gedacht, blau, das hatten diese Verse gerufen, „Ich habe einige Zeilen daraus behalten“, sagte er, „am Anfang heißt es:

‚Bist du auf Grate gestiegen,
sahst du die Wipfel klar‘,

und nun dies:

‚Ewig schweigend das Blaue,
wer noch an Stimmen denkt,
hat schon den Blick, die Braue
wieder in Sehnsucht gesenkt‘.“

Sie schwiegen, es blieb still in der Giebelkammer. Er dachte für sich, stumm, allein, daß nichts ohne Schweigen gedieh, nur in der Schweigsamkeit, in dem vereinsamten Schweigen konnte man dem Privatbetrieb entgehen, dem Ziehen und dem Zerren, dem Anzetteln und Verzetteln, dem illustrierten Familienroman —, und wohin trieben sie beide?

Was man flieht, das überholt einen. Was man meidet, das sucht uns dreifach heim.

Schweigen, Schweigen ohne Sehnsucht. Die Bläue war ohne Sehnsucht, Licht und Schatten, Wasser und Wind waren sehnsuchtslos. Nur die Stimmen wurden von ihr heimgesucht.

Er stand auf, und sie sagte nicht, willst du schon gehen, und sie fragte nicht, gehst du schon heim.

Draußen dunkelte die Dämmerung, roch die Luft süß von gilbenden Blättern und Blumen durchs offene Fenster, sie ging neben ihm durch das stille, halbdunkle Hochatelier, Sandalen, verschossenes Gewand aus Schürze und Vorhang, und die hellen, fast goldblonden Strähnen wusch sie mit Benzin, trocknete schneller und reinigte gründlich, sie war faul und unordentlich und paßte in keinen Illustrierten-Roman, in kein Sekt-Inserat, wo die Hochbusige, wohlfrisiert, schafsnasig, „lieb", lilienmilchgesichtig und „sonnig" ihrem Schnurrbartgalan, Herrenklasse, den Kelch entgegenhebt, die Auslese der Ausgelesenen, die garantiert große Welt, ohne Scheckbuch wären sie Oberkellner und dümmliche Fatzken, die elegante Welt, die Dandys ohne Baudelaires tragische Größe und Ruhm, und wie nahm sich dieser leidige weltmännische Rummel neben einer einzigen Zeile von Georg Heym aus:

„Schilf rauschet uns. Und die Irrwische scheinen,
Die wir ein dunkeles Schicksal erlost.
Behüte dein Herz, dann wird es nicht weinen
Unter dem fallenden Jahr ohne Trost."

Oder Trakl:

„Der grüne Sommer ist so leise
Geworden und es läutet der Schritt
Des Fremdlings durch die silberne Nacht.
Gedächte ein blaues Wild seines Pfads,
Des Wohllauts seiner geistlichen Jahre!"

Er sah die hohe Angelrute in der Fensterecke, deutete auf die Baumleiter, die daneben stand. Sie nickte, er trug die Leiter vor und lehnte sie gegen die Galeriebrüstung oben. Dann stieg er mit der Angelrute hinauf, über die Brüstung, warf die Angelschnur im Halbdunkel hinunter, ging damit auf der Galerie langsam hin und her und sie klatschte unten nicht in die Hände, der Luftangler, der Galeriefischer, er legte den Angelstock hin, zündete ein Streichholz an, fand einen Lampion mit Kerzenstummel, zündete den blauen Stummel an und leuchtete über den Galeriebogen: ein Schreibtisch, Bücherstöße, ein Schrank mit gesprungener Glastür, Körbe mit Briefen, geplatzte Koffer, Hutschachteln, Kleider, Hüte und Schuhe, vergoldete Rahmen, Stoffrosen —, er löschte den Kerzenrest, als der Lampion Feuer fing, und er ging zur Brüstung, dort unten leuchteten jetzt zwei blaue Lampen, Stehlampen in Schrankwinkeln, mit blauen Tüchern verhängt, dazwischen befand sich ein langer Gang, unregelmäßig mit Ecken und Kurven, eine Gasse mit Winkeln und Schatten, er zündete noch ein Streichholz an und fand eine karierte Reisemütze, Spazierstock mit Elfenbeingriff, eine lange Zigarettenspitze aus Tula, ein rotes Halstuch mit weißen Punkten, das Streichholz erlosch, er setzte die Mütze auf, band sich das Halstuch um, nahm Spazierstock und Zigarettenspitze und stieg die Baumleiter hinunter. Der Scheinwerfer eines Radfahrers glitt draußen durchs Moordunkel, er schwang den Spazierstock nach Geckenart und rauchte eine Zigarette in der langen Spitze, die Mütze tief in der Stirn, und die beiden verhängten Lampen waren blaue Straßenlaternen, er ging die leere, stille Gasse hinauf und herunter, niemand kümmerte sich um ihn und er dachte daran, wie verhext dies war, dieses Los, vierzig Jahre, achtzig Jahre unerbittlich dieser Eine und Selbe bleiben zu müssen, kein Umtausch, nicht eine halbe Stunde ein anderer, wenn das überhaupt noch Verdammnis war, viel schlimmer, wenn das nicht idiotisch grauenhaft war, zwanzigtausend Tage und Nächte nur er selbst, nicht der Karl und nicht der Gustav, nicht der Max und nicht der Hanns, er kehrte an der Südlaterne um und ging die stille Gasse entlang, kam an der Nordlaterne an und hörte sie kommen. Er sah eine fremde Frau mit kleinem, flachem Hut und blauem Schleier, Lackpumps, schwarze Pelzjacke, darunter ein weinrotes Kleid, Nylonstrümpfe, er ging auf sie zu und roch das Parfüm, Paris, D'Orsay, sie ging an ihm vorüber, sie sah ihn gar nicht, er starrte ihr nach, wo war der Text, seine Rolle, das Stichwort, und dann kam sie noch einmal an ihm vorüber, dieses Mal grüßte er, nahm die Sportmütze ab, sie neigte ein wenig den

Kopf und ging weiter, zögerte, blieb stehen, wandte das verschleierte Gesicht zur Seite —, blutiger Dilettantismus, dachte er, wenn die Rolle stimmt, habe ich jetzt nicht das Wort, warum redet sie nicht, sie erwartet angeredet zu werden. Sie nickte, als hätte sie seinem Stummsein zugehört, wenn er jetzt sprach, dann wurde es Kino, Nachtvorstellung. „Dein Leben gehört mir", „Konflikt des Herzens", „Gefangene Seele", „Erwachendes Leben", worauf wartete sie, er konnte eines tun, nicht sprechen, er konnte zu ihr hingehen und schweigen, und nun hob sie den blauen Tüll ein wenig, bis über die Oberlippe, und er blickte in dem bläulichen Laternenlicht auf ihren schmalen, etwas großen Mund, unbemalt, sie feuchtete die Lippen mit der Zungenspitze an, sie glänzten, leicht geöffnet, hellrosa, er blickte ruhig auf diesen schönen Mund, das frische Weiß der Zähne im Lippenspalt, in der Katherinenkirche in Oppenheim lagen die Schädel in Reihen übereinander, im Keller, beingelb und knochengrau, viele noch gut erhaltene Schneidezähne, „wer immer in Wahrheit und Weisheit wahrnimmt, wie die Dinge in dieser Welt vorübergehen, in dessen Augen gibt es kein ‚Es ist' in dieser Welt", so stand es in den *Reden der mittleren Sammlung,* er sah jetzt, wie die rosigen Lippen lächelten, und er schmeckte den Durst, er schmeckte den Hunger nach diesem zarten, nach diesem duftenden, warmen, schimmernden Leben, das noch über der Grube wandelte, er spürte, wie ihn das älteste Begehren heimsuchend durchdrang, durchwehte, anfällig, süchtig, das Hungern und Lechzen nach dem rasenden, tobenden Wüten, er blickte noch immer auf ihre schimmernden, lächelnden Lippen, wollte er nicht einmal, ein einziges Mal nicht mehr er selbst sein? Aber wer außer sich selbst geriet, mußte wieder ins Selbst zurück, und war danach kein anderer, und hatte dann nur die Stricke geknotet, daran sie alle rüttelten ein Familienleben lang, er verneigte sich vor diesen schönen Lippen, und sie zog den Schleier unters Kinn und ging weiter und verschwand in der Gassenecke hinter der Nordlaterne.

Das stille Atelier im bläulichen Lampenschein, die Herbstluft der offenen Fenster, er sah noch einmal diese Lippen vor sich, schimmernd weich, Inschrift des Lockens, Quell des Schmeichelns, Trunk des Unauslöschlichen, er setzte sich auf einen wackeligen Hocker, rauchte und wollte nichts denken, und dann dachte er daran, daß sie auch davon Zeichen zurückgelassen hatten, Male, Worte und Zeichen, die notorisch Berufslosen, die abgezehrten Müßiggänger, die verwahrlosten Melancholiker, die Gescheiterten, die Drogenesser, Trinker und Asozialen, Baudelaire, Keats, Shelley, Swinburne, auch davon, und nie genug,

„Wenn die Lampe vergossen,
Im Staube liegt tot das Licht,
Wenn die Wolke zerflossen,
Ward der Regenbogen zunicht;

Wenn das Spiel zerbrochen,
Ist Weise und Lied verhallt,
Was der Mund gesprochen
Liebevollstes, vergißt sich bald."

Shelley, Borchardt hatte ihn unvergleich übertragen, nachdichtend, und es fiel ihm die Strophe von Swinburne ein,

„Dein Fuß, das Riedgras hinüber
Sich trug wie ein Wind bläst sacht,
Du gingst wie April mir vorüber,
Gesicht, aus der Rose gemacht."

die Übertragung von Bernus —, und man hatte davon genommen und gezehrt, Jahre und Jahrzehnte, damit gelebt und sich dem Unwägbaren, diesem Hochschein, dem Musischen verschworen, und dann mußte man eines Tages, befohlen, den Schnarrtext, die Hammerschnauze, das kalte Geplärr anhören, des Oberheerführers verheerendes Volksgeraunze, den Genossenton idiotischer Unfehlbarkeit, die Banditendrohungen, das unüberbietbare Sprachgehunze, und das Pack jaulte vor Genugtuung über diese giftigen Schmähungen, tobte vor Gier und Wonne und soff sich voll an dem Gehässigkeitsgeifer, Jahre

um Jahre, bis man dann eines Tages nichts mehr hörte, weil man auf den Knien kriechend die Spitzen von jungen Disteln sammelte und was noch an Löwenzahn zwischen dem Stacheldrahtgang zu finden war, mit Chlorwasser in einer Büchse kochte, die man Tag und Nacht umgehängt hatte, kochte mit dem Papier, das der Wind von den Lokusgräben her über das Lager wehte, da war nichts mehr zu hören vom Ausrufer der Vorsehung, mit diesem widerlichen, größenwahnsinnigen Kitsch war es zu Ende, der braune Spuk war wie stinkender Bovistenstaub verflogen und es fehlte überall an Särgen, an Holzwolle, sechs Jahre Vorsehungsgebrüll und drei Millionen Leichen bei uns, das war die quittierte Rechnung, und was sollte man den Angehörigen der Toten sagen? Man konnte ihnen jetzt nicht mehr gut das Führergedicht hersagen, vom Führerlyriker, Mitglied des SA-Kulturkreises, Referent in der obersten SA-Führung, Herrn Böhme aus Frankfurt an der Oder, „wenn wir Deutschland sagen, sagen wir Dich, reden wir Deinen Taten den Lobgesang und Deinen Toten“, auf diesem braun polierten Leierkasten konnte man den Hinterbliebenen nicht mehr vorspielen, 50 Gramm Fett pro Monat und bei Salzheringen auf der Straße im Schneetreiben zwei Stunden mit einem alten Kochgeschirr anstehen, die zerbombten und ausgebrannten Städte, die gesprengten und eingestürzten Brücken lagen im Rhein und im Main und konnten noch nicht gehoben werden, aber Böhme von der Oder hatte auch daran gedacht, „wenn wir Deutschland sagen, fragen wir Dich, was Du für Brücken noch hebst über Völker und stürmendes Meer“, in den feuchten Kellerwohnungen zog es nicht immer gerade stürmend, in den schimmligen Wohnhöhlen hörte sich das mit dem Lobgesang auf die Toten wegen der ungenügenden Akustik ausgesprochen ungünstig an.
Wo war er wieder hingeraten? Von Shelley bis zum letzten, gefährlichen, weil verantwortungslosen gereimten Kitsch, zum letzten, menschlichen Verrat.
„Die Ideenflucht gehört zur manischen Trias. Einerseits besteht eine hochgradige Ablenkbarkeit ..., so daß das Denken durch geringste Reize von außen schon beeinflußt wird; anderseits

geben die jeweiligen Denkinhalte Anlaß zu neuen Assoziationen; Reime, Späße, Wortspiele usw. sind z. B. maßgeblich. So läßt das ideenflüchtige Denken einen eigentlichen Inhalt vermissen und entsprechende Ziele bleiben meist unerreicht.“ Herbert Binswanger, Kurzes Lehrbuch der Psychiatrie.

Er hörte ihren Schritt, dann war es still, auf der Laternengasse zeigte sich niemand, er wartete, und dann sah er jemand im Schatten der Galeriepfeiler stehen.
Meist unerreicht. Er zog die Sportmütze über das rechte Ohr, stand auf, schlenkerte mit dem Spazierstock und ging auf die Galeriepfeiler zu, blieb stehen und begegnete ihrem Blick, sie hatte sich angemalt, Augenbrauen und Lippen, die Wangen geschminkt, unter dem durchsichtigen, dünnen, schwarzen Spitzenschal, altmodisch kunstreich, den sie über der linken Schulter zusammenhielt, schimmerten die hellen Zeichnungen der Glieder hindurch, darunter trug sie nichts als ein schwarzes Tuch über den Mädchenbrüsten, die Formen der Schenkel und der Hüften, das blonde Dreieck der Scham, wieder begegnete er ihrem Blick, scheu, ängstlich, heimlich und gebannt, und wieder fehlte der Text, das Stichwort, und er ging zum ersten Male vorüber, in aller Welt lautete nun der Vordruck „na Kleine?“ oder „willst du was trinken?“, und er kehrte vor der Laterne um und ging langsam zurück und nahm mit den Augen, was nicht nur die Augen als Bild innen belichten, Wahnhaftes und Glaubhaftes, Unstimmiges und Peinigendes, Verehrung, Trauer und Begierde.
Meist unerreicht. Er ging vorüber, ohne ihr zuzunicken, durch ihren starren Blick hindurch und die abendliche Gasse hinunter und legte die Mütze und das Halstuch und den Spazierstock aufs Fensterbrett. Er lehnte sich an die Baumleiter, rauchte, und als er aufblickte, war sie verschwunden. Er fühlte sich enttäuscht, weil er nichts erfunden hatte.
Er hatte die Jahre zwischen zwanzig und dreißig erlebt, miterlebt, mitgelebt, und er hatte die Zeit zwischen dreiunddreißig und fünfundvierzig ertragen, in Ungeduld, Resignation und

vollkommener Hoffnungslosigkeit, das war vorüber, der stramme Marschtritt der braunhemdigen Biergröler, das Podiumgebell besoffener Unflate, vorüber, die Grundausbildung, die Zwangsjahre der „Gefechtstätigkeit", zuletzt der Bombenkrieg, die qualmenden, funkensprühenden, verdunkelten Straßen, der endlose Endsieg und die Selbstliquidierung der großspurigen Schergen samt Leibwachen, vorüber, Stacheldraht, Hungerschmerzen, Durchfall und Kippensammeln, vorüber, und nun war keine andere Schaubühne mehr möglich, und was sie soeben hier zwischen blauen Stehlampen improvisieren wollten, an einem Herbstabend, in einer schizoid verbauten Atelierscheune, war Mottenkiste.

Kein Stück mehr möglich, keine Inszenierungen, allenfalls mit Toten, mit Gefallenen, und wenn man sich Mühe gab, kläglich oder nicht kläglich, keine Einsicht zu scheuen, dann war nach dem Blutgemetzel, und man hatte auf allen Seiten das Vorletzte aufgeboten an Grausigstem und erst mit dem Letzten Schluß gemacht, zwei Millionen Grad Gluthitze mitten in den Straßen zweier Städte, mit dem Massenbäumen glühender Zundermenschen, dann war nach dieser Blutsintflut auch keine *Zeit mehr möglich.* Wiederholungen, Nachahmungen, aber keine neue Zeit.

Kunst, Religion, Philosophie, die Wissenschaften: ein Schmarren. Das hatten einige Saalredner praktisch bewiesen. Und weil man danach nicht mehr so denken und so tun konnte, als handelte es sich nur um einen bedauerlichen und unbegreiflichen Weltverkehrsunfall, schritt man um so geschäftiger zur Tagesordnung und zum Wiederaufbau.

Er stieg jetzt geräuschlos durchs offene Fenster hinaus und stand eine Zeitlang draußen in der Dunkelheit, im Gras unter den Platanen, dann ging er einige Schritte auf die Moorstraße zu und dann fühlte er, bevor er im Dunkeln etwas sehen konnte, daß jemand in der Nähe stand. Sie stand unbeweglich in der Nähe im Gras und wartete auf ihn. Wenn keine Zeit mehr möglich war, dachte er, dann war auch alles andere nicht mehr möglich, und selbst das tägliche Pensum mußte dann im Betrieb, in der Bedrängnis der Notdurft untergehen.

Sie kam heran, still, geduldig, in einem dunklen Kleid, sie nahm seine Hand und sie gingen nebeneinander über die dunkle Moorstraße. Wenn keine Zeit mehr möglich war, dann war auch das, was man die literarische Zeit genannt hatte, nicht mehr möglich. Die kulturelle Zeit. Das Firmament war von dunklen Wolken bedeckt, die Lichter der Sterne blieben in dieser Nacht unsichtbar.

„Schreiben", sagte er auf der nächtlich stillen Straße, „Literatur, ich fürchte, auch das wird nach allem, was geschehen ist, weit zurück bleiben, unzulänglich, oder billige Girlanden, Schützenfest."

„Du mußt nicht verzweifeln."

„Ich muß zweifeln und verzweifeln, denn es war doch alles für die Katz. Bücher, Generationen um Generationen haben gelesen, von den Akademien bis zu den Volksbibliotheken in Stadt und Land, und als es darauf ankam, auf nichts als auf die lautere Besinnung, wählten sie NSDAP und erstrebten 4 Kinder zwecks Rückzahlungsentpflichtung der Ehestandsdarlehen. Lesen? Wozu noch schreiben?"

„Du gibst damit anderen etwas."

„Man lebt nicht für andere und man stirbt nicht für andere, man schreibt, um klar zu kommen, ein seemännischer Ausdruck, das heißt, um los zu kommen."

„Wovon los?"

„Von den Unklarheiten, von allem Seichten und Schlammigen, sie versinken täglich von neuem darin."

Sie schwieg und er nahm seine Hand aus ihrer Hand, sie gingen über die dunkle Moorstraße, durch die Moorstille, die Herbstnachtstille, das Schweigen der dunklen, herbstbitteren Luft, und er wußte, es ging eine neben ihm, die ängstlich war und scheu, die unordentlich war und vergeßlich, zart und behutsam, die mit Wasser und Schilf und Heidekraut und Feldblumen Umgang hatte, mit den Bäumen und den Steinen, behutsam, zögernd, wie man mit etwas umgeht, das sich verbirgt, das nicht antwortet, wenn man ruft, das in Zeichen erscheint, die man nie entziffert, Bedeutungen, die man ahnt und erlebt, aber nie versteht. Nichts von jener zeltlärmenden und wandervogelbewegten Naturliebe, nichts von der seppelhosigen Zünftigkeit der Kraxler, Hüttenstammkunden, der Klampfhennen und deftigen Brettlhelden, die bald wieder das Schweigen der Grate, die Aura der Hochwälder verheeren würden, nichts davon, und so blieb sie ohne Plan und Vorhaben aus der Zeit fort, aus dieser Zeit draußen, aus all dem, was man mit schwachsinnigem Behagen und betriebsarmem Fortschrittsstolz „unsere Zeit“ nannte, was hatte sie damit zu tun? Und wenn er vorhin gedacht hatte, daß nach dem schauerlichen Riesenbankrott der weißen Zivilisten keine Zeit mehr möglich war, dann mußte sich das nicht auf jene Gegenwart beziehen, die nie begonnen und nie aufgehört hatte, weil sie immer währte, und sie lebte in dieser Gegenwart, in dieser heimlichen und immerwährenden Gegenwart, in der es keine Neugründungen gab, keine Geschichtsabschnitte, Moose, Farne, Moorwasser, sie wurden nicht aktuell, so wenig wie der Himmel aktuell wurde, der Wind, die Sterne, aber diese Vernunfttermiten mußten ihre entwirklichte Winzigkeit vor dem Weltall hochpäppeln mit letzten Heutigkeiten, mit dem tönenden Kehrricht ihrer Weltwochensensationen, und was nicht modern war, war veraltet und lächerlich, und so mußte die eine, die neben ihm durchs Moor ging, für immer veraltet und lächerlich erscheinen den Modefeschen und Uptodatesnobs, den Bargrößen und Cocktailschwätzern, die eine, die neben ihm ging, war unrichtig, unwahrscheinlich, unmöglich, als hätte er sie erfunden, wenn er dazu imstande gewesen wäre, und nun griff sie wieder nach seiner Hand und sie gingen von der Landstraße über einen Moorpfad, den er nicht sehen konnte und den sie kannte, und dann saßen sie in einem türlosen Heuschuppen, keine Zeit mehr möglich, das Schreiben unzulänglich, kein Schauspiel mehr möglich, nachdem das Inferno inszeniert worden war und sich sechs Jahre auf dem Spielplan gehalten hatte, man war noch einmal davon gekommen und das nächste Stück machte hoffentlich mit allem und jedem Schluß, dann konnten die Wälder aufatmen, die Wale und die

Eisbären, dann mußten die Seehunde keine Gummibälle mehr balancieren, die Elefanten nicht mehr die Drehorgel drehen, die Schimpansen nicht mehr Rollschuh laufen, die Bären nicht mehr Motorrad fahren, Schluß mit allen Zirkuskinkerlitzchen, auch mit der Literatur, dem neuen, ungewöhnlich bedeutenden Zeitroman, Schluß mit den Schlachthäusern, ihrem Gebrüll und Blut hunderteimerweise stündlich, dem Altargeklingel und dem Fahnen- und Kanonensegnen, und die Steine, die Pflanzen und die Tiere, in der Luft, im Wasser und auf der Erde, waren dann — sofern sie nicht auch zerstört waren den unermüdlichsten Quäler und gigantischsten Mörder endlich los.
„Woran denkst du?"
„An dich."
Es mochte nichts einfacher und einfältiger sein, nichts heimlicher und nichts selbstverständlicher, nichts schwieriger und nichts unvorstellbarer, sie lagen auf dem Streu nebeneinander, sie küßten und streichelten sich, und dann dachte er, daß dem in der Welt nichts gleichkam, so binseneinfach und so unausdrückbar gut und schön. Immer. Es sollte nicht aufhören, nie. Unvorstellbar nie. —
An dieser Stelle des Berichtes um Himmelswillen keine Phrasen scheuen, kein Pathos meiden, alle Register ziehen und vor allem das erwartete, beliebte und bewährte Seelengeraschel bieten, das tiefe, geschmerzte Getue, bedeutend, am besten ganz auf heilig gehen, Mysterium, klagend und edelbitter, der Lichtkämpfer Sektiererzitterlitanei, mit Reformkostwürde, und Hans Henny Jahnn hatte geschrieben, es gibt überall nur Fressen und Gefressenwerden. Den Mut zur Kläglichkeit und zur Angst, man erwarb ihn nicht mit Heilerde und Weizenkeimlingen im sündigen Unterleib, nicht mit Knäcke und Senkfußeinlagen, Nichtraucher atme dich frei, ins Licht hinauf, nicht fort sollst du dich pflanzen, sondern höher, so hoch es geht, den Mut zur Kläglichkeit und zur Angst, man fand ihn nur bei den geduldig Mutlosen, den ausdauernd Hoffnungslosen, den wahnlos Aufrichtigen, die genug Phantasie besaßen, um die flüchtige Vergeblichkeit aller Vorhaben täglich von neuem einzusehen,

bei den trostlos Aufrichtigen, die längst wußten, daß wir von Kindesbeinen an von der Angst gelebt wurden, von der Ungewißheit geführt, von der Unsicherheit und Ratlosigkeit, von der Angst, die nichts war als die Dimension der Vergänglichkeit, der unaufhörlichen Vergängnis dieser ewigen Zeit.
Sie lagen zusammen, wie es vorgesehen war, geplant und entworfen, erfunden und ausgeführt von jener Instanz, die auch die grotesken Tiefseefische erfunden hatte, mit verschiebbaren Scheinwerferaugen, Seesterne und Seeanemonen, die Seegurke und den Seeigel, unverständlich wozu, die Riesenkraken und die Quallenvölker, Phantasiegeburten einer barocken Erfindungsmacht, die Experimentierlust eines genialen Schöpfungsstabes, der achtarmige Riesenpolyp, Octopodus, schickte in der Laichzeit mit seinen Samenfäden geladene Patronen hinunter in die Wassertiefen, wo sie zerplatzten und befruchteten, das war mit Genauigkeit und Phantasie durchkonstruiert, man war versucht, von einer schon hemmungslosen Phantasie zu sprechen, von einer unermüdlichen Lust am unersättlichen Erfinden, Myriaden von Insekten, wozu? Käfer, Spinnen, Skorpione, Heuschrecken, wozu? und man hatte den Eindruck, daß hier nicht nur beliebig wahllos, sondern letztlich *zuviel* erfunden worden war, so daß sich das Meiste davon überall im Wege sein mußte, das summte, lärmte, schrie und fraß sich gegenseitig und nicht nur in den Urwäldern am Kongo oder Amazonas, und dann schließlich dieses Experiment, das denkend dies alles erfaßte und von der Hinfälligkeit allen Lebens wußte und lebenslänglich nicht vergessen durfte, daß es zur Verwesung bestimmt war —, wer in aller Welt, außer den Dogmatikern und Ideologen, war töricht und hybrid genug, die Erfindung des Menschen als geglückt zu bezeichnen?
Sie lagen zusammen, wie es erfunden, geplant und am Modell ausgebildet worden war, und daran dachten sie nicht und die Mühen waren gering, die Ernten der Freuden heimzubringen, die Zisternen der Zärtlichkeit auszuschöpfen, die rasch sprudelnde Quelle irdischster Lust, und die Feuerräder der Lust waren im Nu abgebrannt und erloschen.

Als würde der Seele etwas entrissen, und die heimgesuchte Seele fühlt Stille, Frieden, den Frieden der Trauer und der Entmachtung Stille.
Wir haben das nicht erfunden. Und wir wissen, wozu die Erfinder den Lohn süß machten und die Mühe gering. —

Der Niedergang war kurz und nicht unzeitgemäß.
Eine Reise zu seinem Verleger, Verhandlungen, Besuche, Lesungen am Sender, er blieb über drei Wochen ohne feste Anschrift unterwegs, dann kehrte er ins Moor zurück, ins Haus der abwesenden Astrologen, in die Dachkammer, an das Klapptischchen vor dem Lukenfenster. Auf dem Türbalken lag der Schlüssel, kein Schneckenhaus, keine Vogelfeder, kein Birkenrindenstück. Er ging am nächsten Morgen zur Atelierscheune, dort blieben Fenster und Türen geschlossen, rufen und klopfen umsonst. Im Dorfwirtshaus, wo er sein Mittagessen verzehrte, Stammgericht, markenfrei, erfuhr er den nichtssagenden, unerheblichen, den allzu unerläßlichen, phantasielosen Sachverhalt, wie ihn Zeitumstände bewirken. Einer von Hunderttausend, er ist aus der Kriegsgefangenschaft entlassen, hat sich in einem Sanatorium erholt, gewartet, bis das pausenlose Zittern der Hände und das minutenlange Stocken beim Sprechen mit aufgerissenem Mund sich beruhigt hatte, verschwunden war, und nun kann er den ersten Brief selbst schreiben — sie hatten ihn nicht schlecht fertig gemacht in den Barackenlagern — schreibt, an welchem Tag, mit welchem Zug er in dem Moordorf ankommen wird, und dann wird er an der Bahn abgeholt, Dorfbahnhof, von seiner Frau und dem vierjährigen Töchterchen, die Tränen des Wiedersehens, Ergriffenheit und Freuden, Zärtlichkeiten und Bemutterung, und nach einer Woche fährt ein Lastwagen vor, Holzkocher, und nach vier Stunden fährt der Holzkocher davon und die Familie ist in die Stadt gezogen. Wenn man Freunde hat, die einem helfen, hat man auch Glück, wenn man Glück hat, hat man auch Freunde.
Das ist völlig in Ordnung. Gefühle, Tagträume, Stimmungen, Gedichte vorlesen, Mondgespräche, Schilfekstasen, nichts dage-

gen einzuwenden. Und dann Fragebogen, Nährmittelkarten, Miete, Strom, Kartoffeln, Kohlen, Briefmarken, Scheuerlappen, die Schuhe sind zu besohlen, die Wäscherei verlangt nicht nur Barzahlung, Seifenpulver oder Kernseife sind mitzugeben. Alles völlig in Ordnung. Roman- und Filmautoren unterschlugen die Kohlenkiste, den Küchendunst im Haar der Angebeteten, den Zwiebelgeruch, Ärger und Verdruß über einen Wasserrohrbruch am späten Abend, die Handwerker haben längst Feierabend, stellen Sie doch den Haupthahn im Keller selbst ab, wir schicken morgen früh einen Gesellen, der Haupthahn ist nicht zu finden, denn es gibt keinen Keller, das Wasser zieht unter den Türen in die Wohnung ein, nichts ist geduldiger als Wasser, oder die Miseren der verstopften WCs, davon schweigen selbst die abgebrühtesten Realisten, könnte den Buchabsatz beeinträchtigen, Literaturpreischancen belasten, Leser könnten sich ekeln, von den Grausamkeiten und kühnen „Unzüchtigkeiten" werden sie noch stets fasziniert, genug von dem unübersehbaren und unaufhörlichen Alltagsmüll —, und während er bei einem Glas Ersatzbier die Nachricht vom Umzug in die Stadt zur Kenntnis nimmt, fällt ihm ein Spiel ein, das nun nicht mehr gespielt werden kann, ein literarisches Spiel, man hätte es zwischen den blauen Laternen in der Ateliergasse spielen können, und man hätte es vorher üben müssen, drei bis fünf Autoren genügten, sagen wir Hemingway, Hesse, Wassermann, den frühen Rilke des „Kornett" und vor allem Wiechert, und zwar die erotischen Passagen, und sie hätten sich jeweils im Stil dieser erotischen Prosa miteinander unterhalten, sich angesprochen, sich umworben und lyrisch pathetisch versagt oder „erhört", unvorstellbares Vergnügen, die gut und edel gemeinte und wolkig erhitzte Leidenschaft, im Text, zu spät, in die Stadt gezogen, wie hätten sie bei solchen Dialogen lachen können, über diese Komik, wenn das Pathos zum Kochen kommt oder die lyrische Seelenzittersprache beginnt —, jetzt lachte niemand, Frau Wirtin, ich möchte zahlen, jetzt würde er wieder allein vor dem Pensum sitzen, am Lukenfenster, wenn er das aushielt, zum Teufel mit diesem Pensum, er wollte —,

was wollte er denn, er wollte doch nicht etwa leben? Privatleben?
Da hatte er einmal eine getroffen, war ihr begegnet, die nicht zurecht kam mit dem sagenhaft idiotischen bürgerlichen Haushalt, kochen, putzen, spülen, abtrocknen, waschen, flicken, bügeln, nähen, unzurechnungsfähige Zumutungen, sie hatte sich die Gedichte von Valéry abgeschrieben, die Übertragungen von Rilke, weil das Buch nicht zu beschaffen war, sie kannte die meisten Gedichte davon auswendig und sie hatten sie zusammen gelesen, La jeune Parque, Cimetière marin, Narcisse, mochten die Kochtöpfe mit den Kochresten, die Teller mit den Speisekrusten in der Küche für einige Tage Schimmelhaare ziehen, was hatte das mit Valéry zu tun? Und dann dachte er einen Augenblick an diese wütende Sucht des Vegetabilischen und Mineralischen, mit der Verwesung über Ungeschütztes herzufallen, mit Rost und Grünspan unermüdlich jedes erreichbare Fleckchen zu überziehen, mit Fäulnis schneller zur Hand zu sein, als dies alles Zeit benötigte, um zu entstehen, und zugleich waren diese Vergänglichkeitsdarsteller gieriges Leben, das hungrig nach Nährmitteln, nach Lebensmitteln, nach Obst, nach Speisen trachtete —, wer hatte die weitverzeigte Familie Schimmel erfunden, den gemeinen Kopfschimmel, den graugrünen Pinselschimmel, den Kolbenschimmel, das sogenannte Kellertuch, dick, samtartig, weich, schwarz, grün schillernd in Kellern an alten Fässern, die sogenannte Wetterzotte oder Schwindfaser, baumwollartig, schneeweiß in Bergwerken, an der Luft zusammenfallend, unersättlich gieriges Leben, einsames, Einöden sind bevorzugt, nur mit ständigem, regelmäßigem Schrubben und Polieren war ihm beizukommen —, mochten die Küchentöpfe ihre Pilzgärten beziehen, sie hielt es nicht mit dem Wischen und Fegen, man konnte mit ihr über den „Hesperus" sprechen, über Clemens Brentano, über die Bettina und über die Droste, mochte rings alles im Lande hallen und schallen vor Küchentrieb, Hausputz und Staubsaugernahkämpfen, mochten sie sich mit den Teppichen zu Tode klopfen und mit Millionen Staubtüchern ins Grab wischen, meterlange Bettlaken aus allen Fenstern

hängen und mit Taschenlampen und Spürhunden nach Schmutzspuren ein Leben lang fahnden, mochte alles Anmutige, Zarte, rein ins Unsichtbare Enthobene, alle musische Stille ringsum in den Putzschlachten und Scheuergefechten zugrunde gehen —, man konnte mit ihr zu jeder Stunde über ein Gedicht der Droste sprechen, Die Mergelgrube, Im Moose, Die Taxuswand, Im Grase, zu spät, mit Mann und Kind in die Stadt gezogen, er bezahlte das graue Pampfgericht und das bierähnliche Suddelgetränk, geben Sie mir noch zehn Eckstein auf Raucherkarte, und ging durchs Moor zurück in die enge Dachstube. Heidekrautsträuße, Vogelbeersträuße an Nägeln an der verfärbten Kalkwand, und nun kannst du ja großtun mit deinem Jammer, dem nagenden, bohrenden, stechenden inneren Wimmern, deine so klugen, so einsichtigen Reden hast du doch ständig, wie weise, gewürzt und geschmückt mit den ach so profund klingenden Hinweisen auf diese trostlose, diese entwürdigende Vergänglichkeit aller Dinge, Privatleben erschien dir als die letzte aller Zumutungen, du wolltest dein Pensum schreiben und nichts von den Erfindungen wissen, die mit der Zärtlichkeit beginnen und mit dem röhrenden Schrei aussetzen, du wolltest vom Werk nicht lassen und Hochmut kommt vor dem Blätterfall, nun kannst du ja toben und wüten und die Luft bewegen mit deinem Stöhnen, und für das Pensum sehe ich zunächst mehr als schwarz.

Kleine Fische, da sitzt einer in der Kammer, allein, und der Jammerpilz hat endlich Nährboden gefunden, wuchert in ihm und schießt auf, der Kummerpilz, der gemeine Herzschimmel, nun kannst du ihr Bild, das Foto der Blonden, Schmalhüftigen, im Badeanzug sitzend im Gras, die angezogenen Knie sind nicht geschlossen, aufstellen in einem Winkel und frische Blumen im Glas davor wie für eine jung Verstorbene, und das Sprungfedergestell und die drei Matratzen kannst du bei Gelegenheit per Fracht zurückschicken —, und die Stunde ging ohne Verspätung zur nächsten Stunde über, und die Tage ließen sich nicht beirren und nicht aufhalten, die Wochen zogen unbekümmert ins Land und wieder hinaus, die Jahreszeiten verrich-

teten mit den üblichen Unregelmäßigkeiten ihren Boden- und Wetterdienst, wurden zu Quartalsende gekündigt und blieben für ein Jahr in Beurlaubung, die Jahre hielten die Kalenderindustrie in Brot, Taschenkalender, Abreißkalender, Heimatkalender, Familienkalender, Der Lahrer Hinkende Bote, Lobt froh den Herrn (Keine Anzeigen), Tierschutzkalender, Frostkalender, Betonkalender, Mühlenkalender, Feuerwehrkalender, Zollkalender, Bayerischer Metzger-Kalender, Eisenbahn-Kalender, Zeit und Ewigkeit (Keine Anzeigen), Jagdkalender, Deutscher Volkskalender (17 Heimatausgaben), Astrologen-Kalender, Der kleine hinkende Hunsrücker Bote (Rotationsdruck), Deutscher Realschul-Kalender (Flachdruck), Klerus-Kalender (Hochdruck), die Jahre kamen und gingen fort und sie kam nicht wieder ins Mooratelier, in die Atelierscheune, niemals mehr, und nach der Währungsreform kamen die ersten Exportbiere zum Ausstoß, ff. gepflegte Starkbiere, Friedensqualität, 14% Stammwürze, und somit sind wir allmählich am Ende dieses Berichts angekommen. —
Sich wichtig nehmen, sich bedauern und bemitleiden, den Umständen die Schuld in die Schuhe schieben, den Verhältnissen, auf ausgiebigen Gebrauch von Hätte und Wenn achten, Blamagen abstreiten, die eigene Wehleidigkeit ableugnen, und wo das Versagen nicht länger zu vertuschen ist, sich nach „bedeutenden" Ursachen umsehen, nach verhängnisvollen Gründen, zuletzt die Argumente der Schicksalswürfel, der Unabwendbarkeit. Wenn die Manuskripte nicht geschrieben werden, die schlechten Aspekte verantwortlich machen (die „Ephemeriden" geben täglich Auskunft), Mangel an Zeit und das leidige Geldverdienenmüssen, wenn die Manuskripte nicht gedruckt werden, auf die Lektoren schimpfen, wenn die Bücher nicht genug Absatz finden, auf den Verleger schimpfen, setzt sich nicht für seinen Autor ein, säuft sich zu oft die Hucke voll anstatt das Geld für Inserate auszugeben, und wenn man selbst zuviel Bier trinkt, repräsentative Gründe anführen, philosophische Argumente, Schopenhauers Pessimismus und Baudelaires Forderung „Berauscht euch!", auf Haltung gehen, „die Art der Anteil-

nahme, die ich in mir der zeitgenössischen Geschichte gegenüber beobachte, ist die eines Menschen, der sich weniger ... usw." (E. Jünger), ich in mir gegenüber, das haut schon hin, je weniger dahinter im Busch an menschlicher Größe, Wärme und Tiefe und Weisheit, es fasziniert die Edelherrengeste, (zum Unterschied zu dem zu früh verstorbenen Freund Hans Schiebelhuth, dessen Demut und Zartheit und Innigkeit die Größe der Schlichtheit und der Herzlichkeit war), bedeutende Existenzen erregen Ärgernis bei den Eingebildeten, denn sie machen zunächst einmal gar keinen bedeutenden Eindruck, zeigen sich lächerlich einfach und fast schon albern natürlich, essen, trinken und gehen wie du und ich, ihr Auftreten wirkt im Lokal belanglos, unbeholfen, linkisch (bis man sie einmal im Gespräch hat und die Brunnen aufgedeckt werden), während die schöpferisch garantiert Vertrockneten, die Negierer und Kritisierer, die weltgereisten Feuilletonisten gelassen eine Pracht von Haltung hinlegen, bevorzugt vom Ober bedient werden, der Frauengunst sich nicht erwehren können —, er war einem bekannten Übersetzer begegnet, die diskrete Umgangsform, beträchtliche Einnahmen, lehnte es ab, in Deutschland zu wohnen, konnte man ihm ja auch nicht zumuten, „gewiß, noch immer im gleichen Hotel in Zürich", gemüdet, man muß sich natürlich ab und zu sehen lassen bei diesen Tintenfingern, Schlipslosen, diesen Unzurechnungsfähigen, unmögliche Kumpane, sehen lassen, sobald sie Erfolg hatten, „schicken Sie mir doch gelegentlich etwas, hier ist meine Karte, möchte sehr gern mal etwas von Ihnen übersetzen, mein Zug geht in einer Viertelstunde, hätte Sie sehr gerne noch gesprochen", die geölten Vermittler, die mattgecremten Literaturegel, aber nun endlich zur Biersucht, Binswanger untersucht sie in dem Abschnitt „Die chronischen Vergiftungen" und unterscheidet a) Die einfache Trunksucht, und b) den chronischen Alkoholismus.

Wenn er abends vorhatte, einzuschlafen, lange genug gelesen, die Lampe ausgeknipst, versuchte er, nicht an sie zu denken. Es wurde nichts daraus, denn er hatte insgeheim den langen Tag über vorgehabt, abends, in der Stille, im dunklen Zimmer, ungestört, unabgelenkt, unaufhörlich an sie zu denken. An ihr Haar, wenn er im Dunkel darüber strich, an ihren Hals, an den Haaransatz an ihrem schmalen Hinterkopf, den er im Dunkel küßte, an den Duft von Wangen und Haar, wenn er mit dem Mund diese zarte Stelle hinter dem kleinen Ohrläppchen berührte, es wurde nichts daraus, nicht an sie zu denken, Schlafmittel halfen nicht mehr und machten ihn wach. Kalte Fußbäder und Vollatmen, Trockenfrottieren und bis Tausend zählen fand er gegen atemloses, erpresserisches Sichsehnen kläglich, geschmacklos. Das Geräusch der kalten Brause konnte niemals ihr helles, junges, leises, jubelndes Jauchzen überbrausen, das beliebig zu ihm herdrang und jetzt wie mit Rasierklingen, extradünn, 0,06 mm, spurlos einschnitt, es wurde nichts daraus mit dem Widerstand. Natürlich ein haltloser Schwächling, was heißt hier Liebe, werden Sie energisch, Mann, Fernkurs dauert vierzehn Tage, Nichterfolg ausgeschlossen oder Betrag zurück, „Wie meistere ich mein Schicksal?" gegen doppeltes Rückporto, oder warum beschäftigen Sie sich nicht endlich mit dem höheren Leben?, siehe Gratisprospekt „Wie erlange ich Zutritt in höhere Welten", Bestellungen nimmt jede gute Buchhandlung entgegen, oder nehmen Sie täglich Blattgrün, und Ihr Hausvermieter erzittert vor Ihrem verjüngten Schritt —, er knipste das Licht an, es war vorgekommen, daß es so bitter, so elend wehtat, daß er so jämmerlich hilflos litt, daß er sich nur noch hin und her wälzte und auch das Atmen mühsam wurde, würgend, er stand auf, zog sich an, verließ das Haus und ging in die Kneipe an der nächsten Ecke. Exportbier, hell. Vorher einen Kirsch. Und nicht in einer Ecke allein am Tisch. Der Wirt kannte diesen Bebrillten, Großkopfeten, Gescherten, wenn der keine Ansprache findet, verzehrt er nur eine Flasche Bier (Reinverdienst 15 Pfennig für mich) und geht wieder, also setzt man sich zu ihm, denn er will ja Geklön hören, „aber abgesehen davon findet der Trunksüchtige im Wirtshaus jene Form der Geselligkeit, die ihm zusagt, und kann somit seinem Bedürfnis nach speziellen mitmenschlichen Beziehungen unter Gleich- oder Ähnlichgesinnten Genüge leisten", sagt Binswanger.

Die ihm zusagt, jene Form, speziell, du meine Güte, vielleicht konnte man auf das Geklön hin endlich schlafen, und während er zuhörte, wie Paul, der Wirt, die Geschichte mit dem Schäferhund erzählte, hörte er sie flüstern, nah, an seinem Haar, an seinen Lippen, und er hörte zugleich Paul zu: „wir verkauften doch damals diese Taschen, du hast sie ja mal gesehen", er erinnerte sich, kleine Damentaschen, wertloses Glitzerzeug, imitierte Schlangenhaut mit Perlmutt, sie brachten sie nur bei den Amis an, die kauften sie für ihre Freundinnen, und wir hatten das Städtchen schon abgegrast, aber mein Kumpel wußte noch eine Adresse, wir fahren also mit dem Wagen hin, der Cäpten wohnte in einem Park, großes Schild am Gittertor, Eintritt streng verboten, und hinter dem Eisengittertor ein großer, schwarzer Schäferhund, ein Wolfshund, scharf wie Gift, „da kommen wir nie hinein", sagte ich, „laß mich nur machen", sagte mein Kumpel, „wart' hier solange, ich bin bald wieder zurück, du holst inzwischen das Abschleppseil aus dem Wagen", und dann kam er nach fünf Minuten mit einer prima Fleischwurst zurück, etwas angeräuchert, „das roch der Hund auf zehn Meter", sage ich dir, und ich machte eine Schlinge ins Seil und kletterte an den Eisenstangen hoch und ließ die Schlinge hinter den Stangen runterhängen, und mein Kumpel hielt vorsichtig die Wurst hin, der Hund schnappte danach und man hörte sein Wolfsgebiß zuklappen und Willi zog die Wurst schnell zurück, und dann wieder etwas vor und dem Hund tropfte es aus dem Maul und dann war er richtig mit dem Kopf durch die Schlinge und biß in die Wurst und ich zog die Schlinge zu, stieg runter vom Tor und band das Seil fest, dem Hund war gar nichts, er war nur angebunden und tobte und wir gingen rein in den Park und um die Büsche rum ins Haus von dem Cäpten.
Willi zeigte ihm die Glitzertäschchen, der Cäpten sah uns mies an, „wie sind Sie hier hereingekommen?" fragte er und ich sah black und dachte, er schmeißt uns hochkant raus. „Durchs Tor", sagte Willi. „Haben Sie keinen Hund gesehen?" fragte der Cäpten. „Hund?" fragte Willi, „was für'n Hund?", der Cäp-

ten sah uns finster an. „Einen großen, schwarzen Hund", sagte er, „meinen Wolfshund." Willi blickte jetzt mich an. „Hast du'n Hund gesehn, Paul?" Ich mußte mir auf die Zunge beißen, „was für'n Hund denn?" sagte ich und Willi sagte, „er hat auch keinen Hund gesehn, Cäpten." Jetzt zog der Cäpten die Füße vom Tisch und stand auf. „Wo soll denn der Hund sein?" fragte Willi. „Keiner rührt sich hier vom Fleck", sagte der Cäpten, „bis ich zurück komme." Er warf uns sein angebrochenes Päckchen Camel hin und ging hinaus. „Jetzt sind wir an der Latte, Willi", sagte ich. „Red doch nicht", sagte Willi, „du kannst immer bloß dämlich reden." „Der holt den Hund jetzt und läßt ihn auf uns los", sagte ich, „und dann sind wir gewaschen und gekämmt, das sage ich dir." Und dann hörten wir den Schritt vom Cäpten im Treppenhaus ..., während er zuhörte, wie Paul die Geschichte mit dem Hund erzählte, hörte er sie flüstern, damals, als sie sein Haar küßte, er konnte sie in der dunklen Heuhütte nicht sehen, flüstern, Lieber, ja, ja, wie es erfunden und ausgeführt worden war, Lieber, während er fürchtete, den Augenblick fürchtete, wo es vergangen war, noch nicht, noch, ja, und der Blitz konnte nicht fern bleiben, flüstern, nicht im Raum, nicht in dieser Bierkneipe, nicht in diesem Beisel, sondern in seinem Kopf, wo war das aufbewahrt, ihre Stimme hinter seiner Stirn, leise liebliche Stimme, ihr Bild hinter diesem Gehäuse aus Bein, Lächeln und Atmen, die hohen, weißen Schenkel, die schmächtigen Arme und die schmalen Hüften und die glühende Benommenheit, wenn ihre Hand ihn streichelte, er konnte diesem Flüstern nicht entrinnen, während der Wirt weiter erzählte, „und dann ging die Tür auf und der Cäpten kam rein und sagte: „Ihr seid ja ganz große Gangster", aber dann lachte er und wollte wissen, wie wir das mit dem Hund genau gemacht haben, und Willi erzählte es ihm, und er lachte die ganze Zeit und sagte, wir wären ganz gefährliche Strategen und dann kaufte er uns eine Tasche ab.

Noch eine Flasche Exportbier, vergessen, trinken, das Flüstern vergessen, das Flüstern löschen mit diesem schaumigen messinggelben Gerstenwasser, Hopfensud, 14% Stammwürze,

Brauereiabfüllung, Ehrenpreis 1874 Für Das Absolut Beste Bier, eine Art Ritterorden mit roten Schleifen auf dem Flaschenetikett und darunter Für Verdienste Um Die Industrie, und nach drei Flaschen kam er in Fahrt, und nach vier Flaschen nahm ihn die Strömung mit, wurde das Flüstern schwächer, klang entfernter, und nach fünf Flaschen hielt er Reden, laut, selbstgefällig, prahlend, großspurig, riskierte er die dicke Lippe, während er tagsüber verschlossen und finster den Leuten aus dem Wege ging, um niemand erkennen und grüßen zu müssen, steckte er die Brille in die Tasche, jetzt gab er an wie eine Horde Wilder aus dem Busch, fünf Jahre Soldat, und der Batteriechef hatte ihn anderthalb Stunden verhört und dann zur Sau gemacht, ich bringe Sie vors Kriegsgericht, Befehlsverweigerung während der Gefechtstätigkeit, und danach mußte er, nach einem strengen Verweis vor der angetretenen Batterie, in diesen Bunker der Dusseligen ziehen, der Schwachköpfe, der Flugmelder, und nachts alle vier Stunden zwei Stunden Flugmeldewache, bei strömendem Regen im November und bei wüstem Schneetreiben im Dezember, während die Batterie im Dunkel schlief, man sah nicht die Hand vor den Augen und wußte nicht mehr, wo die Geschütze standen, und dann weckte man die Ablösung, fünf Minuten vor der Zeit, und dann war die Ablösung wieder eingeschlafen, die Luft im Bunker zum Scheibenschneiden dick und der Gestank von Schweißfüßen und Blähungen, Gemüsegärtner und Hausdiener, Hausierer und Kassenboten, die Dämlichen der Batterie, sechzehn Mann in dem engen, gemauerten und versenkten Bunker in einem Lehmacker, Rübenacker, man knipste die Taschenlampe an und packte die schnarchende Ablösung an den Füßen, hat der Mauken, raus, schon zehn Minuten über die Zeit, und dann kroch man selbst wieder auf den feuchten Strohsack, durchgefroren, der Gestank und das Geschnarche ringsum, solange die Füße knochenkalt waren, schlief man nicht ein, und wenn man eingeschlafen war, wurde man an den Füßen gepackt, los Mensch, raus, und um Zeit zu gewinnen und um zu sich zu kommen, dösig und den dicken, ekligen Geschmack im Munde, zündete

man sich eine Zigarette an und fragte nach dem Wetter, dann hieß es, es schifft draußen, alles unter Wasser, mach bloß, daß du rauskommst, dann zog man die feuchten, verquollenen Holzpantinen an, trank einen Becher Lorke, kalt, aus der ewig fettigen Mannschaftskanne, Karabiner laden und sichern, Stahlhelm auf und den viel zu langen, fünf Mäntel schweren Wachmantel an, raus in den Nachtregen und in die Postengrube, in die stockdunkle Nacht, kein Brett zum Unterstellen, die Kameraden schliefen, solange kein Einflug gemeldet wurde, und das Nacht für Nacht, und tagsüber stand man übermüdet alle zwei Stunden eine Stunde Wache, die anderen waren zum Kartoffelschälen in einem mistigen Kuhstall abkommandiert, und das alles waren für Paul nur kleine Fische.
Damit konnte man vor dem Wirt nicht prahlen, Paul war gelernter Rohrleger, und das Schuften und der Dreck und Regen und Schnee waren für ihn nasse Kleider, die abends über dem Küchenherd trockneten, nasse Schuhe, die man unter den Herd feuerte, er konnte Paul alles mögliche begreiflich machen, doch kaum dies, daß man mit siebenunddreißig Jahren, davon zwanzig Jahre Lesen, die Autoren der Weltliteratur, Lesen und Gedichteschreiben, Erzählungen schreiben, zumindest untrainiert war, wenn man von einem 25jährigen Fatzken, Student und Batteriechef, fertig gemacht wurde, untrainiert, wenn man mit gleichgültigen Kameraden, Fuhrknechten und Austräger auf dem langen, ungestrichenen und klebrigen Latrinenbalken nebeneinander saß, der Gestank, das Geplätscher, die Hosen runter und die drastischen Zoten, war für Paul eher gemütlich, man drückte sich so lange vom Geschützreinigen, es hatte wenig Sinn, Paul klar zu machen, daß das Lesen von moderner Lyrik, Rimbaud oder Swinburne, Valéry oder Rilke oder Trakl, wenn man sich zwanzig Jahre damit eingelassen, daß diese Liaisons scheu machten, lichtempfindlich, lärmempfindlich, für den Latrinenbalken linkisch, als einzelne waren sie nicht einmal so unangenehm, er erinnerte sich gern an Ernste Ernste, Kahlkopf, Spitzmausgesicht, kindlich schlau, verschmitzt und lustig, fünfzigjähriger Berliner mit Sprachfehler, den Mund voller Sprach-

fehler, wie die behaupteten, die ihn nicht mochten, der alles alles zweimal zweimal sagte sagte, um sich über das Stottern hinwegzuhelfen, unverständlich gutartig und schreckhaft nervös, er hörte sich gern dieses Mutterwitzmundwerk von Ernste Ernste an, den nichts aus der behenden Munterkeit kippen konnte.

„Innerhalb der psychischen Reihe tritt beim Gewohnheitstrinker bald eine Abstumpfung der feineren Gefühle ein, und eine sittliche Verrohung zeichnet sich deutlich ab“ (Binswanger), deutlich oder undeutlich, wen ging das etwas an, schicklich oder nicht, wer fragte danach, wer hatte danach gefragt, wenn die Einflüge gemeldet wurden, viermal am Tage, Zahnbürste, Rasierapparat, Seife, Handtuch und Zigaretten in die Taschen, eine Decke untern Arm und ab, und dann saß man im Gefechtsbunker, Rauchen verboten, und blickte auf die wandgroße Mattglastafel, Nordwesteuropa in Planquadraten, die dicken Kreidepfeile waren die Bomberverbände, sieht mulmig aus heute, waren mehr als zehn Verbände über der Scheldemündung, die Flugmelderinnen hinter der Glastafel, schwarze Kittel mit weißen Kragen, Kopfhörer um, wischten alle drei bis fünf Minuten die Kreidepfeile aus und zeichneten neue Pfeile ein, die neue Position, Uhrzeit daneben, und nun waren es zwei Verbände, im Norden und im Süden, wo die bloß heute hinfliegen, konnten auch diesmal wieder vorbeifliegen, und dann plötzlich der Knick in den Pfeilrichtungen, und jetzt kam der Schwarm der dicken Pfeile von Norden auf sie zu, senkrecht runter, und der Südverband kam rauf, senkrecht rauf, die Pfeile wurden jetzt breiter gezeichnet, mußten ganz schwere Bombermaschinen sein, diesmal sind wir dran, gute Nacht, ihr Lieben, beim letzten Angriff hatten sie Flugblätter abgeworfen „eure Bunker nützen euch nichts mehr, wir kommen das nächste Mal mit Spezialbomben“, und dort, wo die Offiziere vom Stab saßen, war es schon eine Zeitlang still, die Batterien rings um die große Stadt schossen längst aus allen Rohren, gaben den Munitionsverbrauch laufend durch, und dann der Befehl: „Schotten dicht!“, jetzt mußten die dicken Pfeilschwärme sich begegnen, und dann rumste es, sei meiner armen Seele gnädig, und dann regten sie sich nicht mehr und fuhren in die Hölle ein, rums, der Bunker hob sich und begann zu schwingen, zu schlingern und zu schaukeln, mit dem nächsten Donnerschlag wurde es dunkel, „Notbeleuchtung!“ rief der Adjutant, eine Karbidlaterne wurde angezündet, die furchtbar krachenden Bombeneinschläge oben auf dem Bunker, an den Seiten, vorn und hinten, er hielt sich jetzt die Ohren zu, aber das Krachen und Wummern drang durch, das Heulen und Platzen, der kleine Oberwachtmeister mit der Karbidlaterne stand reglos an der Glastafel, leichenweiß, und sechs Flugmelderinnen drückten ihre Köpfe an seine schmächtige Brust, an seinen schmalen Rücken, das Geschlinge ihrer Arme um seine kleinen Schultern, seinen mageren Hals, sie weinten ohne Laut, rumms, das Höllengeorgel, die Satansmesse, dieses Mal mußte es das Totenhemd sein, das er anhatte, am Hemdzipfel die Erkennungsmarkennummer mit Wäschetinte, 30 Minuten dauerte der Angriff schon, Februar 1945, und hörte nicht auf, das von der Angst verschwitzte Totenhemd, aus der Lüftungsanlage an der Decke schoß ein glühender roter Feuerstrom und erlosch, 35 Minuten, diesmal wollten sie den Regimentsbunker wirklich knacken, damit hätten sie den Stab des stärksten Flakregimentes im Ruhrgebiet, das sie selbst das Tal des Todes nannten, endlich erledigt, jede Sekunde konnten sie es schaffen, 40 Minuten, rumms, noch einen Volltreffer auf die Kante des Bunkers, schlingern und wiegen, scheußliche, gräßliche, anhaltende, schauerliche Angst, klägliche entsetzliche Todesangst, wer fragte denn jetzt danach, wie es einem zumute war, „Denken und Urteilsvermögen verflachen, allmählich sinkt das ganze intellektuelle Niveau, und dieser Vorgang kann in eine alkoholische Demenz ausarten“, haben die Sorgen, allmählich, kann, er legte sich die gefaltete Schlafdecke auf den Kopf und drückte die Ohren damit zu, ging neben einem Pfeiler in die Hocke, wenn die Betondecke, rumms, herunterkrachte, konnte man neben dem Pfeiler —, aber der würde unter den Eisenbetonmassen zusammenknicken wie ein Schilfhalm, 50 Minuten, da wurde man nicht gefragt, ob es herunterging vom Niveau, Abstumpfung der feineren Gefühle, die legten ihre Bombenteppiche nach Maß, zwischen jeder Angriffswelle die Totenstille, nicht sprechen, Hadesbezirk, die Münze für den Fährmann in den Mund nehmen, Charon wartet im Kahn, man verliert sie leicht, lebt wohl Mutter und Vater, Schwester und Bruder, nicht sprechen an den Ufern des Acheron, Telefonleitungen sind längst zerstört, 55 Minuten, dann hörte es auf, Angriff beendet, letzter Pulk im Abflug, die Stadt brannte und jagte Explosionen hoch, die Toten waren tot und die Schwerverletzten mußten aus den Bränden gezerrt werden —, sie taumelten wie mit eingeschlafenen Seelen aus dem Bunker, und ein Glas Rum wäre jetzt eine Labung gewesen.

Fünf Jahre Zwangssoldat, Kanonier, Gefreiter, Obergefreiter, U-Lehrgänge abgelehnt, immer wieder stichhaltige Ausreden erfunden, von Kampf- und Blutbändchen im Knopfloch verschont, man zwang ihn fünf Jahre, eine der Millionen Rollen zu spielen, die gespielt wurden, er wählte die unauffälligste, Landser, namenlos, wenn er Glück hatte, überlebte er diese Mordraserei, darauf allein kam es an, danach konnte man sich wieder besinnen, wer man war, zu sich selbst kommen, verändert gewiß, unerbittlich gewiß, Jahr für Jahr lebte man von diesem Selbst meilenweit entfernt, von sich selbst getrennt, Gedulden, Schutzfarbe entwickeln, mit Geländefarbe tarnen, und dann den Augenblick überstehen, wo man es nicht mehr aushielt und wo man wußte, daß man es nicht mehr aushalten konnte mit diesem Warten auf das Ende, auf das Überleben, diesen Augenblick überstehen, er kam im Jahr vielleicht einmal vor, ohne ersichtlichen Anlaß, wo man ins Leere stürzte, weil nichts mehr unter den Füßen war, als wäre die Geduld durchgescheuert, aufgebraucht, ich halte es nicht mehr aus, ich kann es nicht mehr aushalten, was kannst du denn nicht mehr aushalten, dieses jahrelange Aushalten, diesen Augenblick nur überstehen, diesen Blitz der Verzweiflung, der einschlug und die Geduld und das Gefaßtsein zu Asche glühte, das Leben innen ausbrannte zur Totenhöhle, diesem Nu, ohne unmittelbaren Anlaß, man ist eine Treppe hinunter gegangen, auf eine Tür zu, elf Uhr vormittags an einem Märzmorgen, brennende Zigarette in der Hand, man ist auf den Steinstufen im Treppengebäude stehen geblieben und denkt: aus, es ist aus, ich kann nicht mehr, dies nicht mehr ertragen, schon das vierte Jahr, siebenundvierzig Monate, ich bin jetzt einundvierzig, dem nächsten livrierten Koofmich, der hier als Stabsoffizier mir in den Weg kommt, nachts saufen sie sich den Wanst voll mit den jungen Schätzchen von der Vermittlung, morgens laufen sie mit schweren Gesichtern herum, und wenn sie die gedunsenen Lippen aufmachen, kommt ein Krähen heraus, dem nächsten spucke ich ins Gesicht, breche ich das Nasenbein, diesen Augenblick der Schwebe überstehen, nichts mehr unter den Füßen, und in dem Bunkerraum, wo die Offiziere Nacht für Nacht zechten, hing eine Keramik, Enzianblüten und darunter als Wahrspruch:

Blau ist keine Farbe,
Blau ist ein Zustand.

Rühr dich nicht, bleib so stehen, wie du stehst, tritt die Zigarette aus, atme nicht anders wie immer, laß diesen Augenblick vorübergehn, es kommt nur darauf an, daß du vorübergehen läßt, mach dich schwach, leicht, du hast dich nur versteift, wenn der Schnee lange genug gefallen ist, wenn der Schnee hoch genug auf dem Bambusblatt liegt, weicht es nach unten aus und der Schnee rutscht ab, mach dich schwach und weich, wie Wasser, es hält sich immer unten, es lohnt sich nicht, daß du das Ertragen aufgibst, und dann konnte er sich nicht mehr vorstellen, daß es überhaupt noch etwas in der Welt geben könnte, das so irrsinnig unerträglich wäre wie dieses jahrelange Stillhalten, Warten und Mitspielen in diesem widersinnigen pausenlosen Mordwüten, warten, bis einmal der Vorhang über diesen Mörderaufzügen fiel.
Der Augenblick ging vorüber, er gehörte zu einem anderen Pensum, das zu leisten war, die fünf Jahre gingen vorüber, und wenn er jetzt am Morgen nach einer Flaschenbiernacht erwachte mit gedunsenem Gesicht, verklebten Lidern, mit

Kopfschmerzen wie Messerstiche, dann schlug ihn das Gefühl der Vernichtung nieder, geißelten ihn die Gewissenshiebe, dann hätte er sich in der gleichen Sekunde umbringen können, keine Ausreden mehr möglich, er hatte sich wie ein Stint besoffen, er hatte sich in der Kneipe aufgeführt wie der letzte Schwachkopf, dafür hatte er also fünf lange Jahre ausgehalten. Für Flaschenbier und Kneipengeklön. Krümm dich und winde dich, bäum dich und krieche am Boden, wer sich selbst zum Schinder macht, verdient nur, daß ihn das Gewissen an der Gurgel packt, um ihm die Klinge in die Seele zu stoßen. Danach, später, am Schreibtisch, das jämmerliche restlose Versagen. Wie sollte auch das Schreiben nach solchen billigen Exzessen aussehen? Kläglich, schmählich, nichts, was zwingend war, was Griff hatte, ohne Schwung, nichts von brennender, verzehrender Intensität, nichts von Fülle und Atmosphäre, nichts von pleromatischer Essenz. Nichtiges Schreibgerede.
Was nützt es, sich auf die großen Fabulierer zu berufen, die große Biertrinker waren, Jean Paul, Chesterton, auf die Drogenesser, Baudelaire, Trakl, sie hatten das Pensum geleistet, sie hatten vor dem Werk nicht versagt. Und niemand kam, klopfte an und trat ein und sagte, wenn Sie imstande sind, einen Menschen unwirklich wirklich zu lieben, und Sie verlieren ihn über Nacht, dann sind Sie auch verloren, für die nächste Zeit, man kann das Erinnern nicht überm Knie entzwei brechen in Stücke und fortwerfen, die Erinnerung ist ein blutsaugerischer Erpresser, sagen wir ein bis zwei Jahre oder drei, dann werden Sie's hinter sich haben, Gedulden, Aushalten, Ausbluten.
Und man würde den klugredenden Besucher fragen, was soll ich in diesen zwei bis drei Jahren tun? In dieser Misere hier, überall Wohnungsenge, Tür an Tür mit der Mischpoke, jeder beobachtet, belauert jeden, in jedem Stockwerk krähen die Neugeborenen, überall Lärm, Motorradlärm, Traktorenlärm, Radiolärm, und das noch außerhalb eines Vorortes, und wenn Sommerset Maugham schrieb, zehntausend Seemeilen wirken auf den scheußlichsten Liebesschmerz lindernd, dann kann man vielleicht sagen, wer ein Haus an der Côte d'Azur besitzt, Cap

Ferrat, damit er im Dezember London verlassen kann, eine Woche in Paris verbringt in einem ruhigen Hotel auf dem linken Seine-Ufer, sich seine Freunde einlädt in ein Restaurant am Boulevard Raspail, mit dem Wagen dann weiterfährt in die Provence und ans Mittelmeer, französische Riviera, dort auf dem flachen Dach seines Hauses täglich das Pensum schreibt, einen neuen Roman, man hat in der Früh im Meer geschwommen, man hat über sich nicht eine fünfköpfige Familie wohnen, das Getrampel, Geklopfe und Hinknallen von Stühlen, zwei Kleinkinder rennen im Kreis pausenlos zwei Stunden über ihm herum, im Hof donnert ein Lastzugmotor beliebig lange, weil der Fahrer irgendwo seinen Schwatz hält, man hat über sich allenfalls Pinienkronen, den Mittelmeerhimmel, die Sommersitze sind mit Bougainville überzogen, man hat die Weite, die Stille zu Gästen, Einsamkeit, Fernen, Nice liegt in der Nähe, Toulon, Aix-en-Provence, die Alpes maritimes, Zitronengärten, Olivenwälder, Rosen, Agaven und Oleander, die Einsamkeit der westdeutschen Mietskaserne ist nicht die Einsamkeit der Corniche, der kupferroten Felsen im azurenen Meer, der Pinienhaine und des weißen Küstensandes, und die Provinz von St. Paul de Vence ist nicht die Provinz von Trautheim oder Malchen, was sollte man also in diesen zwei Jahren tun?

Und der Besucher sieht die leeren Bierflaschen hinter der Tür und die leeren Wacholderflaschen hinterm Schrank und empfiehlt schließlich ein mittleres Sanatorium.

Damit ist dieser Bericht faktisch zu Ende, man wollte ja keinen Zeitroman schreiben, und für die nächsten Wochen wünscht man nicht gestört zu werden.

E. K.
ehem. Flaschenbiersüchtiger
z. b. V.

VI

Ich legte die Schreibmaschinenseiten zusammen, schob sie in das große Kuvert, klebte den Cellophanstreifen darüber und zündete mir eine Zigarette an. Da hatte sich mir einer vorgestellt und war nicht im Zimmer gewesen. Er wünschte nicht gestört zu werden. Nicht zur Veröffentlichung bestimmt. Es war mir recht bedrückt zumute. Er hatte alle Register gezogen und sich weiß der Himmel nicht geschont, und dann dachte ich daran, wie bequem sie sich's machten, wenn einer verworfen wurde, weil er trank. Und Cyril Connolly hatte geschrieben: „Verschwörung der Pflanzen: heute ist der Mensch auf der Hut vor schädlichen Insekten; vor Leberegel, Termiten und Kartoffelkäfern; aber hat er an die Möglichkeit gedacht, daß er als Zielscheibe für einen Angriff der Pflanzen auserwählt, von Weinrebe, Hopfen, Wacholder, von der Tabakpflanze, dem Teeblatt und der Kaffeebohne zur Zerstörung bestimmt wurde?"
Zur Zerstörung war alles bestimmt. Wir lebten hier auf Besuch, en passant, nur der buddhistische Mönch zog die Konsequenz aus dieser Einsicht und lehnte es ab, an dem Gesellschaftsspiel teilzunehmen, das sie Leben nannten oder Wissen ist Macht oder Einigkeit macht stark.
Es wurde an die Tür geklopft, Tivoli brachte das Tablett mit dem Abendbrot. Bismarckhering in Mayonnaise, Tee und Butterbrote. Aus der Tasche zog er die „Abendausgabe", ich las die mit Blaustift angestrichene Meldung:

Berittene Geisteskranke flüchtig

Verden/Aller (ap.) Zwei aus der Heil- und Pflegeanstalt Rothenburg (Hannover) entwichene Geisteskranke machen seit Sonntag die Gegend um Verden unsicher. Sie konnten noch nicht wieder eingefangen werden. Vor ihrer Flucht hatten sie sich Pferdehalfter beschafft und geäußert, daß sie nach Wild-West-Art auf freier Weide Pferde einfangen und damit ihre schnellere Flucht ermöglichen wollten. Bauern berichteten, daß sie zwei der Ausreißer bereits hoch zu Roß in der Nähe von Verden gesehen hätten.

Soweit die Pressemeldung. Ich legte einen Bismarckhering zwischen zwei Butterbrote und biß hinein.
„Anruf für Sie", sagte Tivoli, „siebzehn und vier."
Das ist einundzwanzig, dachte ich, also heute abend neun Uhr.
„Sonst nichts?" fragte ich.
„Besuch von Karl und Helmuth", sagte Tivoli, „sonst nichts."

Ich legte das Heringsbrot hin, sprang auf, umarmte Tivoli und tanzte mit ihm im Zimmer herum, er ließ sich etwas widerstrebend führen. Dann drückte ich ihn in einen Sessel, gab ihm eine Zigarette und Feuer und biß wieder in das Heringsbrot. Dieser Bericht des Flaschenbiertrinkers hatte mir zugesetzt. Die Freude über Tivolis Erscheinen, über die Pressemeldung und über den unerwarteten Anruf machte mir dies noch deutlicher, das Elend eines anderen (aus der unsichtbaren Verwandschaft) ist unser Elend, es kann morgen bei uns einziehen, wenn wir nicht gerade gestern von ihm verheert worden sind. Aber ich hatte jetzt einen Anlaß, zu vergessen und mich auf die Zukunft zu freuen, sie schien mir nahe genug, wenige Stunden.
Ich riß eine Seite aus dem Notizbuch und schrieb einige Besorgungen auf. Tivoli las den Zettel und nickte. Aus dem Brustbeutel nahm ich einen Geldschein.
„Kann Hugo das noch rechtzeitig besorgen?"
„Er wird den großen Rucksack nehmen", sagte Tivoli, „und mit meinem Rad fahren."
„Wir werden eine helle Nacht haben", sagte ich, „du sagst allen Bescheid, mit denen wir gern zusammen sind, also Frl. Pringsfeld und den Herren Alvenshain, Kreuder und Dr. Schmidt. Wir treffen uns im Wildgarten, in der Nähe von Konrads Behausung, nicht vor halb zehn. Am besten gehst du gleich zu Hugo, er soll die besorgten Sachen zu Konrad bringen."
Tivoli nickte mir lächelnd zu, stand auf und nahm den Zettel und das Geld und verließ das Zimmer. Wenige Minuten danach klopfte es wieder, ein Herr im dunkelbraunen Anzug, zweirei-

hig, Bügelfalten, blütenweiße Manschetten, tadellos gebundenem taubengrauem Binder, schwarzer Hornbrille mit dicken Gläsern, trat mit einer Verbeugung ein.
„Verzeihung, wenn ich störe“, sagte er und schloß die Tür, „ich möchte Ihre Zeit nur für eine Minute in Anspruch nehmen.“
„Aber mit dem größten Vergnügen“, sagte ich, er gab mir in korrekter Haltung die Hand und blickte sich dann im Zimmer um.
„Ich wollte mich nicht nur für Ihre freundliche Einladung bedanken“, sagte er, stutzte, verzog das Gesicht und deutete mit ausgestrecktem Zeigefinger auf das große, braune Kuvert. Es lag noch auf dem Tisch.
„Sie haben?“, fragte er und blickte mich mißtrauisch an.
„Es ist verschlossen“, sagte ich, „ich weiß wirklich nicht, aufrichtig, wie es auf meinen Tisch gekommen ist. Nehmen Sie doch bitte Platz.“
Er nahm in höflicher Haltung in einem der Sessel Platz, zupfte an den Bügelfalten und schlug dann die Beine übereinander. Er trug Ringelsocken, breite gelbe und rote Streifen. Ich bot Zigaretten an, wir rauchten.
„Schön und gut“, sagte er, er blickte prüfend, streng, „ich kann einen Frosch von einem Nashorn unterscheiden. Und ich habe den Eindruck, wenn Sie erlauben, daß Sie nicht zu den Leuten gehören, denen man noch das Geringste vorzumachen braucht. Also zu den Leuten, die wissen, wo der Sargmacher den Knochenleim holt. Wenn Sie denn also diesen konfusen Bericht gelesen haben, nun, dann um so besser.“
„Vielen Dank“, sagte ich, „ich habe ihn tatsächlich gelesen und–“
„Dann können wir ja Fraktur reden“, unterbrach er mich, „man verlangte hier einen Bericht von mir, und jetzt bildet man sich ein, etwas über mich erfahren zu haben. Fehlanzeige. Ich habe längere Zeit gern und viel Bier getrunken, alles übrige ist frei erfunden, aus dem Handgelenk, bringt der Beruf mit sich.“
„Nicht so wichtig“, sagte ich, „schließlich wurden auch wir erfunden, ob wir's glauben oder nicht. Sie verwenden in Ihrem Bericht, wenn ich so sagen darf, drastische Ausdrucksmittel,

Bleirohr und Sandsack. Erfunden oder nicht erfunden, was spielt das schon für eine Rolle? Es kommt doch auf den Ton an, auf die ungebrochenen Farben, wenn Sie wollen, auf die Windstärke des Ausdrucks."

„Genau", sagte er, „genau richtig. Der Röntgenleser. Sie können auch sagen auf das Volumen oder auf die 60%. Niemand begreift das bei uns heute. Die jüngeren Autoren versuchen es mit allen Mitteln, mit der Schnoddrigkeit oder mit der minutiösen Genauigkeit, mit dem aggressiven Ton oder mit der obszönen Ruchlosigkeit, mit der sinnigen frommen Tour oder mit ich weiß nicht was, neuerdings auch mit der stark gefragten, ‚kristallklaren nüchternen Diktion', und wenn Sie genauer hinschauen, ist's Verschnitt, 38%, nichts hochprozentig, nichts lebensgefährlich, keine Abstürze, keine Detonationen, pausenlos eifrige Wortbastelei, ich kann mir nicht helfen, und ein einziges Kapitel des enormen Henry Miller — er ist nicht auf allen Seiten enorm, aber dort, wo er wirklich enorm wird — läßt die Produktion von zwei Generationen wie Magermilch erscheinen, bestenfalls Joghurt. Entschuldigen Sie bitte, was Sie da von mir gelesen haben, ist noch lange nicht erste Garnitur, ich ahne vielleicht jetzt, worauf es ankäme, und sie können alle so verblüffend uninteressant erzählen. Dafür bieten sie uns Edelgesinnung oder die beliebte Karussellfahrt vom Jasagen zum Leben, diese herzigen Lichtkämpfer, auch der Glaube an den Menschen zieht immer mal wieder. Vielleicht bin ich stilsüchtig, aber es liegt nicht am Stil allein, was den Ausdruck macht, man kann es nicht erklären, auch Flaubert war ihm auf der Spur. Er schrieb: ‚Ich frage mich, ob ein Buch unabhängig von dem, was es aussagt, nicht die gleiche Wirkung hat? Wie das Fundament des Parthenon.' Er meinte den nicht engagierten, den reinen Ausdruck. Heute sind sie alle Thematiker mit Gefrierstil. Was sagt eine Rose aus? Sicher alles andere als den Glauben an den umwälzenden Fortschritt oder an die Unfehlbarkeit der Vernunftschlüsse. Sie sagt gar nichts aus, thematisch, sie behält ihren Sinn für sich, reiner Ausdruck. Oder eine Buddhastatue. Was sind vor ihr Worte wie Entrük-

kung, Versenkung, innere Wesensschau? Lauter Kräutertee. Aber Flaubert schrieb auch: ‚Die Melancholie ist nichts als eine Erinnerung, die von sich selber nichts weiß.' Das ist nun einmal kein Romanvorwurf, kein Thema für Industrie- oder Zeitromane.
Verzeihen Sie bitte, ich nehme Ihre Zeit ungebührlich in Anspruch und möchte doch nur sagen, daß ich heute abend sehr gern komme. Wird eine junge Dame unter uns sein? Ausgezeichnet. Und ich darf wieder mein Schreibzeug mitbringen? Vielen Dank. Danke sehr. Auf heute abend dann, auf Wiedersehn."
„Auf Wiedersehn, Herr Kreuder", sagte Ich.
Als er hinausgegangen war, war mir alles andere als wohl zumute, eine reichlich sonderbare Teemischung, dachte ich, ein Cocktail aus Clownerie und Kontemplation, garantiert manisch depressiv, Kino und Kloster, Jux und Klausur, ich möchte nicht in seiner Haut stecken, man sollte einmal etwas von ihm lesen. Nun, es war wirklich kein Hochmut angebracht, ihm gegenüber. Durch die Verzerrungen hindurch blickte mich der getriebene und der geschundene, der verlorene Bruder an, um den wir uns nicht kümmern, weil wir angeblich die Zeit nicht aufbringen, die Geduld, den Mut für das brüderliche Wort. Da hatte einer Unterwasseraufnahmen gemacht von sich selbst, und die schwimmende Herzfigur zeigte Risse, Narben, Flecken und Beulen, die Herzränder ausgefranst, so war er wieder hochgekommen, nicht zerstampft von den Elefantentritten des Verhängnisses, nicht gepeitscht von der Ananke, gegen welche die Götter selbst nicht kämpften, sondern gezeichnet, gebrannt, gebrochen und für immer in die Irre verscheucht.
Ich blickte auf die Uhr, es war Zeit, zu Konrad zu gehen. Ich ging in den Garten hinunter, in das Sommerabendlicht, das nicht mehr blendete. Es hat nicht die klare, schonende Milde des Herbstlichtes, nicht die Tönung der Frische und das Ungezügelte, Windblanke des Frühjahrs, es hat das Strohgelb und Rohrkolbenbraun hoher Sommertage, die tiefen Maislichter des Sommerdschungels, den schon angegilbten Farbton aus des

Sommers Einsiedelei. Ich durchschritt den gezirkelten Vorgarten, Grasschnitt und Blumenbeete bleiben hier stets „auf Vordermann", und ging durch den brütenden, wuchernden Wildgarten zu Konrads Behausung. Der alte Gärtner räumte noch vor dem weißen Steinhaus auf, Bretter, Balken und Geräte, wie sie der Probeschriftsteller benutzt hatte für seinen Lärmtrick, ich half ihm eine Zeitlang, brachte den Schubkarren in den Schuppen, schichtete die Ziegelsteine auf, dann gingen wir hinein und setzten uns an den Küchentisch, der wieder aufgeräumt worden war. Auch die Badewanne war wieder blank. Konrad legte mir die Schiefertafel hin. Ich nahm den Griffel und schrieb:

„Darf ich den Schlüssel für die Eisenpforte bis morgen früh behalten? Ich treffe mich nachher mit einigen Leuten drüben unter den Tannen und möchte gern den Tisch und die Hocker von Ihnen ausleihen. Könnten wir sie jetzt schon hinaustragen? Wir würden uns freuen, wenn Sie heute Abend zu uns kämen. Für die Pferde habe ich Hafer besorgen lassen."

Ich schob ihm die Tafel hin, er las, wischte mit dem Schwamm darüber und sagte:

„Wieviel Pferde?"

„Zwei", schrieb ich. Ich zog die „Abendausgabe" aus der Tasche und zeigte ihm die Pressenotiz. Er las, blickte auf und lächelte, lächelnd rieb er sich die braunen, fleckigen Hände.

„Wenn es nicht zu spät wird", sagte er dann, „für die Pferde will ich noch sorgen."

Er stand auf, hängte die Schiefertafel an den Küchenschrank und faßte den Küchentisch an. Wir trugen den Tisch hinaus und stellten ihn ins hohe Gras unter die Tannen. Dann holten wir die Hocker. Konrad brachte noch eine Hängematte, wir banden sie in Augenhöhe zwischen den Tannen fest, mit doppelten Knoten. Ich sah auf die Uhr, es war Zeit, an die Pforte zu gehen. Konrad winkte mir nach.

Auf dem Grasweg zur Mauer und an der Mauer entlang verließ mich die Vorfreude. Ich war wieder allein in diesem Sommerabend, seine Gegenwart erschien mir plötzlich riesig und erdrückend, ich mußte erst gar nicht daran denken, wie weit dieser Abend reichte, von Fernen zu Fernen, über Felder und Wälder, über die Städte und großen Ströme, und wo hörte er in der Höhe auf? Niemand antwortete mir, niemand sagte mir, wer jetzt an diesem stillen, warmen Sommerabend teilhatte, teilnahm, an dieser uferlosen Abendgegenwart, in der ich zwischen tausend leuchtenden Farbflächen einige Farbflecken bedeutete, ich fühlte mich kleinmütig und nichtig, was trieb ich mich hier an einer fremden, alten Mauer mit Efeuwuchs herum, ich wollte mich mit meinen Versuchen beschäftigen, mit der Zeit, mit der Stille und mit den Geräuschen, die in der Zeit nicht zu orten waren, und ich hatte mich wieder in die Verhältnisse anderer eingelassen, ich konnte, wie stets, nicht widerstehen, mich um andere zu kümmern, und dann dachte ich, vielleicht lohnt es sich nicht einmal, sich um sich selbst zu kümmern. Neben der Pforte lag ein Panamahut, ich nahm ihn aus dem Gras und setzte ihn auf. Ich wartete auf Geräusche, es blieb alles still draußen. Auf den stillen, schilfumstandenen Seen würden die Wasservögel bald zu ihren Schlafplätzen rudern, sie würden das Gefieder noch einmal mit dem Schnabel putzen und glätten, hungrig oder nicht hungrig, sie würden still die Nacht verbringen, den Kopf unter dem linken Flügel, ohne Gepäck, wenn Wind aufkam, würde ihr Wasserzimmer schwanken, das Rohr flüstern und wispern, sie konnten kein Licht anmachen neben ihrem Wasserbett, wenn Wind und Regen heftiger wurden, das Luftheulen sie weckte, Wasserhuhn, Haubentaucher, Wasserralle, Moorhuhn, wieviel Uhr ist es denn, das konnten sie nicht fragen, in ihrem schwimmenden Zimmer tickte keine Uhr, und sie gehörten zu diesem Sommerabend, zu dieser Sommernacht wie alle Wesen ringsum, Maulwurf und Ohreule, Schwalbe und Grille, die von uns nicht geschaffen, die von uns nicht geliebt, die von uns bedroht und für immer verlassen worden waren.

„Naturlyrik?“ Das sollte wohl die billigste Bezeichnung der Gutrasierten sein, der forschen Gewitzten, die unterm Strich beliebig höhnten, frozzelten und sich solange wichtig vorka-

men, solange sie noch eine Leistung anpinkeln konnten. Ich dachte, daß es für mich nur noch diese Lyrik gab, aus welcher der Mensch endlich einmal herausblieb und mit seinen Interessen und seinen Denkmodellen und seinen ewig verunglückten Glücksautomaten.
Dann schloß ich die Pforte auf und sah den berittenen Polizisten drüben auf der Landstraße, dunkelgrüne Uniform, Landespolizei. Er hielt jetzt den Grauschimmel an und blickte zu mir herüber, ich zog die Pforte bis auf einen Spalt zu, was gingen mich schlecht bezahlte Landjäger an, der Uniformierte trieb das Pferd auf die Wiese und ritt auf die Pforte zu. Ich schloß schleunigst ab, lehnte mich an das Efeugestrüpp und verhielt mich still.
Nach einer Weile wurde von draußen an die Pforte geklopft. „Aufmachen!" Ich antwortete nicht. Was gingen mich reitende Kopfjäger an? Ein Pferd aus Wasser, dachte ich, einmal möchte ich einen Schimmel aus Wasser galoppieren sehen.
„Machen Sie doch um Himmelswillen auf", sagte die trockene Stimme des Landespolizisten, „ich fühle, daß Sie hinter der Pforte stehen."
Ich regte mich nicht, mochte er fühlen, was er wollte und solange es hell blieb. Ich hatte ein wohlgenährtes und verwöhntes Vorurteil gegen Uniformierte. Einen wohlbehüteten und genußreichen Haß gegen die unerzogene Sturheit und amtliche Unverschämtheit dieser uniformierten Klumpen. Sie hatten ihr Gewissen verraten zugunsten einer geschützten Anonymität, sie hatten die Existenz und die Einsamkeit verhökert gegen den Befehlsanzug, den Dienstrevolver, der Staat kaufte laufend jedes unselbständige, noch so kümmerliche Ich auf gegen festen Sold und Witwenversorgung, ich fühlte, daß ich wütend wurde und hätte jetzt gerne geraucht.
„Sie zwingen mich, anders vorzugehen", sagte der grüne Polizist hinter der Pforte, „ich warne Sie zum letzten Mal, hören Sie mich an:

‚Die Weide schwillt im Hauch des Grundes über,
Das Land taucht aus den Gräsereien fort,

Einsilbig Wasser klingt schilfwärts herüber,
Am Himmelsboden wächst der Niemandsort'."

„Halt!" rief ich und schloß die Pforte auf. „Karl, kommen Sie schleunigst herein!"
Er stieg vom Pferd, der Grauschimmel scheute vor dem engen Durchgang.
„Verzeihen Sie bitte diese Ungelegenheiten", sagte er und warf die grüne Dienstmütze über die Mauer, „ich fürchte, die Uniform hat meine Stimme verändert."
„Du bist ein gutes Pferd", sagte ich, ich klopfte den feuchten, warmen Hals des Tieres, „ein liebes Pferd, und ich habe Hafer für dich besorgt, und im Garten kannst du frisches Gras fressen und einen Eimer Wasser bekommst du sofort."
Ich streichelte die warmen, samtigen Nüstern, der Grauschimmel beschnupperte mein Gesicht. Ich lotste das Pferd durch die Pforte, der Lyriker wischte sich den Schweiß von der Stirn, die großen, blauen, schwermütigen Augen in dem länglichen, weißhäutigen Gesicht blickten mich unter schweren Lidern freudig und ratlos an. Ich schloß die Pforte ab.
„Ich weiß nicht", sagte er mit einem zugleich listigen und hilflosen Lächeln, „aber könnten wir hier nicht noch einen Augenblick warten?"
„Halten Sie das Pferd, Karl", sagte ich, „damit es nicht in die Treibhäuser galoppiert. Ich möchte mir jetzt eine Zigarette anzünden."
„Oh, ja", sagte der lange, schmächtige Mann mit dem sandblonden Haar, schüchtern und frohlockend, „das ist gut, man konnte auf diesem Pferd wirklich nicht rauchen."
Ich hielt ihm das Päckchen hin, wir rauchten, und dann sagte er: „Gut? Ja. Ich fürchte, ich habe Helmuth verloren. Aber er wird doch bald hier sein, meinen Sie nicht auch?"
„Wir wollen es hoffen", sagte ich, „wo haben Sie ihn denn verloren?"
„Ja", sagte er, „ja, wo habe ich ihn verloren?"
„Macht nichts, sagte ich, „Helmuth wird uns schon finden. Wir können noch etwas hier warten."

Er zog eine flache, viereckige Flasche aus der inneren Rocktasche und blickte mich unentschlossen und lächelnd an.
„Korn", sagte er, „aber ganz mild. Wollen Sie einen Schluck?"
Ich trank einen Schluck aus der Flasche, der Korn war ziemlich warm. Dann trank er einen Schluck und steckte die Flasche ein. Ein Faustschlag krachte gegen die Pforte, der Lyriker zuckte zusammen, das Pferd hob den Kopf und drehte nach der Seite.
„Macht doch auf!" rief eine hohe, klagende, kindliche Stimme.
Ich schloß die Pforte auf. Draußen stand ein mittelgroßer, rothaariger junger Mann in einem verkrumpelten grünen Kordanzug, er strahlte mich verzweifelt an, verschwitzt und Heuhalme im Haar, ein junges, braunes Pferd am Halfter, das Pferd tänzelte unruhig, ich trat zurück und er führte das Pferd mit kindlichen Reden herein. Ich schloß die Pforte wieder ab.
„Ei, wie denn, Doktor?" sagte er zu mir und umarmte mich und klopfte mir auf den Rücken.
„Famos", sagte ich, „ich bin wirklich froh, daß ihr alle beide jetzt in Sicherheit seid."
„Ja, ja", sagte der Lyriker bedächtig, versonnen, „ach ja, in Sicherheit, gewiß, ja."
„Junge, Junge", sagte Helmuth, „du hast wirklich Nerven, Karl, du verschwindest einfach im Wald und läßt mich der Meute als Hundefutter zurück."
„Ich wußte nicht, daß ich dich verloren hatte", sagte Karl, „aber hier sind wir vor ihren Hunden doch sicher, nicht?"
„Ach, es ist ganz schrecklich mit ihm", sagte Helmuth, er lispelte leicht beim Sprechen, wenn er aufgeregt war, „er gibt überhaupt nicht acht, wo er hin reitet."
Ich ging jetzt mit Helmuth und neben dem braunen Pferd voraus, Karl folgte uns mit dem Grauschimmel.
„Er war gestern über drei Stunden verschwunden", fuhr Helmuth fort, „ich suchte ihn überall, schließlich entdeckte ich ihn in einem verlassenen Steinbruch, ich beobachtete ihn von oben, durch ein Gebüsch, er ritt dort unten immer wieder im Kreis herum, Runde für Runde, nicht größer als ein Maulwurf,

dann warf ich einen Stein hinunter. Da hielt er sein Pferd an und blickte in die Höhe und rief etwas von Ausgang. Er wollte mir weismachen, er könnte den Ausgang nicht mehr finden. Aber er fühlte sich dort unten bloß unverständlich wohl und hatte unsere Flucht vergessen."

Karl ging jetzt mit dem Grauschimmel neben uns her, er hielt uns an, reichte Helmuth die Flasche und sagte: „Trink doch noch einen Schluck, ja?" Helmuth gab mir die Zügel und trank und Karl fuhr fort: „Er ist nämlich über alles gerne auf der Flucht, nicht wahr, Helmuth? Wir hatten auf dem Feld hinter der Anstalt gearbeitet, und dann wurde es dunkel und man hatte uns hinter den Erlen am Bach vergessen. Wir suchten die halbe Nacht, bis wir eine Scheune fanden, es regnete nicht stark, aber gleichmäßig und andauernd, und wir hatten keinen Pfennig Geld. Am andern Morgen schrieb ich eine Quittung für die beiden Pferdehalfter und zwei alten Sättel, ich hängte die Quittung an einen Nagel, das Geld wollten wir später dem Bauern schicken. Dann gingen wir auf die Weide, wir wollten uns Pferde leihen, aber es kam niemand, und dann liefen uns die beiden Pferde nach, wir hatten Würfelzucker und Mohrrüben in den Taschen, die fraßen sie gern, ja, und dann sind wir mal eben ein bißchen ausgeritten."

„Mal eben ein bißchen ausgeritten", sagte Helmuth aufgeregt und lispelnd, „er war von Anfang nur aufs Reiten aus und er hatte alles so eingerichtet, daß wir hinter den Erlenbüschen vergessen werden mußten. Warum hast du die grüne Uniform angezogen?"

Wir gingen durch den Wildgarten auf Konrads Steinhütte zu. „Ja", sagte der Lyriker, „ach, ja, wir waren durch und durch naß vom Regen und trabten auf der Landstraße und weit und breit keine Scheune und es wurde immer dunkler, und dann war uns der unbeleuchtete Lastwagenanhänger unter den alten Kastanien doch wirklich willkommen. Wir knöpften die Plane auf und kletterten hinein, bis oben voll von neuen Uniformen, dann banden wir die Pferde unter den Bäumen fest und deckten sie mit Uniformen zu, und Helmuth wollte keine Uniform anziehen wegen seines Komplexes, sie waren ihm auch etwas zu groß, aber mir paßten die Größen."

„Und was stand in der ‚Abendausgabe'?" fragte Helmuth.

„Nun ja, gewiß, ja", sagte der Lyriker, „die übertreiben doch immer, es stand drin ‚berittene Geisteskranke flüchtig', das ist doch nur für die Leser bestimmt. So, wie es wirklich war, war es gar nicht interessant, sondern anstrengend, um nicht zu sagen aufreibend und unerquicklich. Meinen Sie nicht auch?" Er lächelte mir zu, ironisch, sorglos und verzichtend.

„Wir sollten uns jetzt um die Pferde kümmern", sagte ich, „danach wird sich alles andere finden, habt ihr denn schon etwas gegessen?"

„Karl hat die ganze Zeit Zwieback gegessen", sagte Helmuth, „er nimmt nur Korn und Zwieback zu sich, weil er sich vor Magenverstimmungen fürchtet."

„Wir haben beim Kaufmann Schulden gemacht", sagte Karl, „wieso Helmuth immerzu Ölsardinen vertragen kann, das werde ich wohl nie begreifen."

„Das ist Konrad", sagte ich, „der Eigentümer des Anwesens, er hat es nur verpachtet, ein weiser alter Mann, es stört ihn gar nicht, daß er völlig taub ist."

Sie umarmten Konrad, dann stritten sie sich wieder, als sie die Pferde am Schuppen festbanden, Konrad füllte schon den Wassereimer unter der Wasserleitung neben der Tür. Unter den Tannen erschien Hugo mit einem großen Rucksack und winkte mir mit beiden Armen.

Die Abendsonne stand schon tief und es war noch warm. Ich hörte das saugende, schmatzende Trinken des Pferdes hinter mir und ging zu Hugo hinüber, er setzte den schweren Rucksack auf den Tisch.

„Exzellenz", sagte Hugo, er fuhr sich mit dem Unterarm über das schwitzende Gesicht, dann knüpfte er die Schnur des Rucksackes auf, „reitender Besuch? Schutzmann am Abend, da bleibt mir der Reim, den es nicht gibt, in der Kehle stecken."

„Niemals erlabend", sagte ich, „der Landjäger ist ein verkleideter Lyriker, der Rotschopf ist ein bekannter Radierer und Maler.

Wie die ‚Abendausgabe' heute meldet, sind die beiden aus einer Heil- und Pflegeanstalt entwichen und konnten noch nicht wieder ‚eingefangen' werden."

Hugo ließ mich stehen und lief, mit den langen Armen schlenkernd, hinüber zu den ermüdeten Reitern, die Pferde fraßen schon ihren Hafer, Hugo begrüßte die beiden Gäste mit ruckenden und zuckenden Verbeugungen und hielt dann eine Ansprache. Ich packte schon die Flaschen aus. Dann kam Hugo wieder zurück, Karl und Helmuth blickten verwundert zu uns her, sie hängten die Pferdehalfter und die Sättel an den Schuppenpfosten auf.

„Eminenz", sagte Hugo, „man wird seines Kummers nicht mehr froh, wenn man endlich wieder einmal echten Phantasten begegnet, verfolgten Phantasten, neuen reitenden Helden, die man einsperren will, weil sie dem lahmen Zauber der öffentlichen Sicherheit ein Schnippchen schlagen. Der öffentlichen Ordnung aus Profit, Spesen und Prozenten, bezahlter Roheit, patentamtlich geschützter Ausbeutung und pensionsberechtigten Kulturphrasen. Große Phantasten, die man mit gezuckerter Büchsenmilch zähmen will, weil sie hartnäckig und unbeirrt nach einem im Wind vergrabenen Schatz suchen."

„Sie sind Ihnen also sympathisch?" sagte ich und überlegte, daß wir den Wassereimer für die Bierflaschen haben mußten.
„Sympathisch, Effendi?" sagte Hugo, er warf die Salzbrezeln auf den Tisch, „mehr als sympathisch, sozusagen aus eignem Fleisch und Blut, und warum will man sie einsperren? Damit es nicht in die Presse kommt, daß die Öffentlichkeit längst vom Leben ausgesperrt ist, die Ehen Gefängnisse sind und die Berufe Zuchthausstrafen und die Feiertage widernatürliche Unzucht an der Ewigkeit. Mit Verlaub, Herr Sprengmeister, die Presse darf diese Meldungen nicht bringen, daß die Familien Folterkammern sind, daß für jedermann Leben ohne festen Wohnsitz und Existenznachweis verboten ist, außer für Igel, Eichhörnchen und Bussarde, die Hunde werden besteuert und die Katzen ersäuft."

Ich öffnete eine Bierflasche, reichte sie Hugo, er trank aus der Flasche einen langen Schluck. Die Sonne war jetzt untergegangen. Im Osten wurde der Himmel schon hellgrün. Ich hatte Durst und öffnete eine Rotweinflasche mit Hugos Korkenzieher-Bunkermesser.
„Leben verboten", sagte Hugo, er mußte aufstoßen und entschuldigte sich, die Hand vor dem Mund, „erlaubt ist was befohlen, nämlich arbeiten und kaufen, und davon leben die Industrien. Es lebt doch längst niemand mehr."
„Wir müssen uns Gläser bei Konrad leihen", sagte ich.
„Besorge ich sofort, meine Damen und Herren, und warum lebt niemand mehr? Höchstens ein Meschuggener wie Hugo flennt noch vor weißen Wasserrosen in einem schwarzen, stillen Teich. Man weint nur aus Liebe, Meister vom Stuhl, und Liebe ist Freude, und Freude ist Starkstrom, Gefühl ist ihnen lebensgefährlich. Es gibt nichts Phantastischeres als diese Hochspannung: das Gefühl der Begeisterung! Und die Getränke sind die handelsüblichen Nachschlüssel für den Nachttresor der Gefühlsgewalt."
„Brief und Siegel", sagte ich, „gebe ich Ihnen darauf, machen Sie die Nachschlüssel klar, einen Eimer mit frischem Wasser her für die Bierflaschen und für den Genever, und vor allem Gläser. Die ‚Abendausgabe' meldet nicht, warum die beiden in die Heilanstalt kamen."
„Hole ich sofort, Herr Oberförster", sagte Hugo, „warum sie in die Blödenturnhalle kamen? Kohl und Karotten, wer öffentlich unbequem wird und er ist noch in keiner Partei oder Sekte, denn dann wird die Saalmiete im voraus bezahlt oder das Heilszelt auf dem Meßplatz, Standgeld entrichtet, der wird gegriffen und landet im Knast oder in der Hupla." — „Hupla?"
„Heil- und Pflegeanstalt, auch Ips genannt, Idioten-Paradies. Leben findet nur noch in Romanen oder subventionierten Kulturinstituten statt, ich meine die städtischen Bühnen, Premierenmieten für den Einzelhandel verbilligt. Der gestanzte Alltag kennt nur Zwangsarbeit und Kriminalfälle. Wagt jemand noch zu leben?"

„Nur wenn es dunkel wird", sagte ich, „vielleicht holen Sie jetzt einen Eimer Wasser und genügend Gläser."
„Flucht aus der Wirklichkeit", sagte eine Stimme hinter den Tannen, Hugo lief schon zu der weißen Steinhütte, „das wirft man mir immer wieder vor in Rezensentenkreisen, dort weiß man offenbar genau, was die Wirklichkeit ist, die Physiker wissen es wieder einmal nicht, seitdem sie die Kausalität gesprengt haben, die Philosophen wissen es noch weniger, die Altarbeamten und Beichtangestellten verweisen auf das Jenseits, aber ich bin den lesefreudigen Rezensenten für diesen Hinweis dankbar. Sie verhalfen mir zu einer Entdeckung. Die Situation ist nämlich umgekehrt, uns, ausschließlich uns flieht die Wirklichkeit, wir haben sie vergrämt, sie will nichts mehr mit uns zu tun haben und läßt uns endgültig im Stich. Was will dieser Polizistenknoten hier?"
Der Schriftsteller kam unter den Tannen vor, er trug jetzt eine meerblaue Tropicalhose und einen langen, tabakfarbenen Rock, senfgelbes Hemd ohne Binder, finster starrte er durch die dicke, schwarze Hornbrille.
„Ernesto!" rief in diesem Augenblick der Rotschopf, der Landjäger winkte herzlich und unbeholfen, dann liefen die beiden durchs Gras auf uns zu.
„Buddha ist überall", sagte der Schriftsteller, „Helmuth, Karl, wie seid ihr hierher gekommen? Habt ihr bei mir angerufen? Laßt euch umarmen. Mit Pferden? Sie sind mit wirklichen Pferden gekommen, sehen Sie sich doch die beiden an, vergnügt und ausgelassen, die pure Flucht in die Wirklichkeit, und ausgerechnet hier in diesem Nervenhain? Ausgeschlossen, aber wahr, die Ritter von der tieftraurigen Gestalt, und nun setzt euch einmal hin und erzählt nicht fortwährend gleichzeitig, man wird ja schwindelig davon."
Redend umarmten sie den Schriftsteller abwechselnd, er schob sie zum Tisch. Dann sagte der sandblonde Lyriker:
„Nervenhain, wieso? Sind wir hier nicht in einer Gärtnerei?"
„Hör dir das an", sagte Helmuth lispelnd, „er kann das Phantasieren nicht unterdrücken. Gärtnerei. Natürlich, Krankengärt-

nerei, das riecht man doch im Dunkeln gegen den Wind. Er fragt wie dieser Taucher auf dem Meeresgrund, aber vielleicht kennst du den schon, Ernesto? Der Taucher kämpft gerade mit dem Handbeil gegen einen riesigen Tintenfisch, der fortwährend die Sicht mit Tintenangriffen vertintet, die Wassersicht, und dann bekommt er durchs Helmtelefon die Meldung: ‚Sofort raufkommen, Dampfer sinkt!‘ Und der Taucher fragt: ‚Warum denn raufkommen?‘ Aber da antwortet oben schon niemand mehr.“

„Ich kannte ihn noch nicht“, sagte der Schriftsteller, „ich freue mich, euch wiederzusehn, laßt euch anschauen. Und was habt ihr wieder angestellt, daß euch die Behörde am Kragen nahm?“

„Trink erst mal einen Schluck“, sagte Karl, er entkorkte die flache, viereckige Flasche, „ganz milder Korn, schmeckt morgens im Bett vor dem Aufstehen am besten. Es sind nämlich zwei Geschichten, und jeder von uns erzählt sie anders.“

Der Schriftsteller wischte mit dem Handballen über die Flaschenöffnung und trank einen kleinen Schluck. Hugo trug den überschwappenden Wassereimer heran und ich stellte die Bierflaschen und den Genever in den Eimer.

„Und wie kommst du hierher?“ fragte Karl.

„Ich hatte zuviel Flaschenbier getrunken“, sagte der Schriftsteller, „ihr habt mich ja öfter im ‚Keller-Klub‘ erlebt, das mußte aufhören, außerdem hatte ich wieder einmal zuviel Komplexe.“

„Komplexe?“ fragte Karl und nahm rasch einen Schluck Korn.

„Man fand es hier heraus“, sagte Kreuder, „ich wußte ja nichts davon. Natürlich können sie einen plagen, Untermieterkomplexe, Gefangenschaftskomplexe, Fluchtkomplexe, aber nun zu euren Geschichten.“

Hugo brachte in einem Bastkorb die Gläser. Ich stellte fünf Wassergläser hin und schenkte dreimal Bier ein, öffnete eine Packung Lucky strike. Der Schriftsteller zog einen dicken Schreibblock aus der Rocktasche, *D*eutsche *I*ndustrie *N*orm, DIN A 5, klappte ihn auf und nahm den Kugelschreiber in die Hand.

Hugo und ich tranken Rotwein.

„Wohl bekomm's!" sagte ich, und weil wir alle durstig waren, tranken wir die Gläser leer.
„Halt", sagte Helmuth, „willst du denn mitschreiben?"
„Nur Notizen", sagte der Schriftsteller, „wer behält denn schon alles? Und nun fangt an."
„Hör zu, E. K.", sagte Helmuth, „laß Karl seine Geschichte nicht selbst erzählen, er bleibt nicht bei der Sache und erfindet unter der Hand alles mögliche dazu, und er merkt es nicht einmal."
„Ja, ach ja", sagte Karl, „gut, Helmuth, vielleicht kannst du sie besser erzählen. Dafür erzähle ich aber nachher deine Geschichte."
„Ei mir ist es recht", sagte Helmuth, „und wenn du mich nicht unterbrichst, dann unterbreche ich dich nachher auch nicht. Und nun hört zu. Karl hatte schon seinen dritten Gedichtband veröffentlicht, wie du ja weißt. Sie gingen gar nicht. Die Auflagen blieben liegen. Karl wartete ein Jahr, ließ sich einen Bart wachsen, es wurde nur ein schütterer Jungbart, und als er genug Remittenden-Exemplare zusammen hatte, mietete er einen leeren Laden und besprach sich lange mit mir. Er brauchte eine Theke und ein Stehpult. Ich besorgte sie ihm, schwarz gestrichen. Die Ladenwände strich ich tintenblau. Dann malte ich ihm ein Eisenschild, Leier und zerbrochener Ölzweig in Silber auf schwarzem Grund. Darunter in gelber Leuchtfarbe:

KARL KAJETAN
Poesiewaren

Auf dem Gewerbeamt hatte er Schwierigkeiten, bis man sich auf Antiquariat einigte. Dann malte ich ihm noch ein Plakat fürs Schaufenster:

HEUTE ERÖFFNUNG!

Halt! Gehen Sie nicht vorüber! Auch Sie haben Zeit, sich ein Gedicht anzuhören! Eintritt frei! Keine Tellersammlung! Aufenthalt nach Belieben. „Ein Gedicht ist eine Gabe des Himmels", sagte Thomas Mann. Sie treten ein, hören zu und gehen wieder.

An der Wand, hinter dem Stehpult, hing ein großes Schild:

SPRECHT BITTE
NICHT!

Karl stand hinter dem hohen, schwarzen Stehpult, schwarzer Pullover mit Rollkragen, schütterer Sandbart, schwarze Kordhose. Auf der Theke lagen die Remittenden, zu stark ermäßigtem Preis. Er las ruhig seine Gedichte vor, deutlich und langsam, und blickte niemals auf, ob nun jemand zuhörte oder nicht. Der Laden hatte keine günstige Lage, Altstadtviertel. In den ersten Tagen kamen Chauffeure herein, Fernfahrer, Zeitungsträger, Marktfrauen, Schupos und Kellner. Dann sprach es sich herum. Karl las jeden Tag von neun bis zwölf und von drei bis sechs. Schließlich kamen die ersten Studenten, Studentinnen, mittelose Schriftsteller, junge Maler und ältere Bildhauer. Der Laden war zuletzt gestopft voll. Karl las ein Gedicht nach dem anderen, mit kleinen Pausen, ohne aufzublicken. Die Leute standen herum, hörten still zu, kamen und gingen leise. Ab und zu trank Karl einen Schluck Wasser. Ich stand hinter der Theke, zeichnete Köpfe und verkaufte stumm die Remittenden. Dann setzten sich die Zuhörer allmählich auf den Fußboden. Es war Sommer, niemand redete, niemand lachte. Mitunter schlief jemand ein und wurde von den Herumsitzenden leise geweckt, wenn er schnarchte. Ein griechischer Student, klein, schwarzhaarig, blauschimmernd an Kinn und Wangen, brachte eines Tages einen Fisch mit. Er zog ihn aus der Aktentasche, wickelte das braune Packpapier auf der Theke aus und deutete auf die weiße Karte, sie war mit einer Stecknadel an der Schwanzflosse des Kabeljaus befestigt. Ich las:

Im Namen der Poesie Griechenlands diesen unschuldigen Boten aus den menschenlosen Tiefen des Meeres

in Verehrung
Georgios Vlachopoulos.

Ich bedankte mich stumm und wickelte den großen Fisch wieder ein. Ich legte ihn unter die Theke. Anfang Juni, Karl schnupperte einige Male, ohne aufzublicken, trank einen Schluck Wasser und las weiter. Es roch den ganzen Vormittag nach Kabeljau. Kurz vor zwölf las Karl ein neues Gedicht vor, er hatte es in der Nacht geschrieben. Langes gedämpftes Händeklatschen. Karl dankte mit bedächtigen Verbeugungen.
Eine junge, hellblonde Studentin, langes grünes Kleid mit großen Wiesenblumen, am Hals geschlossen, brachte am Nachmittag drei Seerosen mit. Ich mußte eine Schale mit Wasser besorgen, sie hielten sich nicht lange. Inzwischen waren die Remittenden verkauft, neue Auflagen waren im Druck. Die Besucher wechselten und brachten öfter etwas mit. Eine Tüte Kandiszukker, eine Graphik, ein Kistchen Korinthen, Vermouth und eine Dose Olivenöl. Was nicht verdarb, blieb als Dekoration auf der Theke. Sonntags mußten wir geschlossen halten, da hätten die Leute mehr Zeit gehabt, und sie wären ausgeruht gewesen. Aber der Einzelhandel blieb unerbittlich.
Karl erhielt öfter Briefe. Zustimmend, ablehnend, höhnend von den Anonymen. ‚Warum suchen Sie sich keine anständige Arbeit?‘ schrieb ein Anonymus, ‚dieses gefühlvolle Gefasel bringt uns nicht weiter. Wer nicht mit anpackt, sabotiert den Wiederaufbau.‘ Ein anderer schickte, ungenannt, Einschreiben, einen Hundertmarkschein. Ich besorgte einige Hocker mit Bastsitzen und große Steingutaschenbecher, die auf dem Fußboden standen. Es durfte geraucht werden. Wäre alles gut gegangen, wenn man Karl nicht aufgefordert hätte, einmal über Lyrik zu sprechen. Man schrieb die Bitten und Fragen auf Zettel, die ich sammelte, aber Karl wollte nicht. Schließlich mußte ich ihn überreden, man konnte die schriftlichen Eingaben nicht länger übersehen. Es war eines Abends, nach Ladenschluß, ich hatte grüne Heringe besorgt, das ist die billigste Fischsorte, und ich briet sie in der Pfanne mit Margarine, auf dem Spirituskocher in unserer Dachwohnung. Karl mochte sie nicht wegen der vielen Gräten. Ich konnte das schon verstehen, aber Kabeljau war viel teurer. Er hatte gerade einige Gräten im Hals, hustete

und lief rot an, ich klopfte ihm mit der flachen Hand den Rücken, dann konnte er sie wieder rausspucken. Er war jetzt wütend. ‚Ich werde diesen Vortrag halten', sagte er mit dunkelrotem Gesicht, ‚und ich werde ihnen nichts ersparen, nichts!'
Wir sprachen den Vortrag die halbe Nacht durch. Am anderen Morgen malte ich ein Plakat, schwarze Schrift auf gelbem Grund:

KARL KAJETAN
Spricht Montag vormittag 9 Uhr 15!
Thema · *Hat es noch einen Sinn, Gedichte zu lesen*
Unkostenbeitrag freiwillig · Kommen Sie
bitte pünktlich!

Montag 9 Uhr 15 war der Laden gedrängt voll. Karl stand hinter dem schwarzen Stehpult, bißchen blaß um die Nase, und jetzt blickte er zum ersten Mal auf und in die Augen der Besucher. Das brachte ihn erst recht in Fahrt. Neben der Tür stand ein Milchkrug, irden, für den Unkostenbeitrag. Es klimperte ordentlich und ich sah sie auch Scheine hineinwerfen. Ich habe ein ganz gutes Gedächtnis und mußte mir ja die Rede zu Hause mindestens ein halbes Dutzend mal anhören. Karl sagte:
‚Meine lieben Zuhörer!
Es hat natürlich keinen Sinn mehr, heute, Gedichte zu lesen. Sie werden fragen, warum? Die Antwort ist ebenso einfach wie verheerend. Gedichte haben einen Sinn. Ich komme noch darauf zurück. Die Menschen haben heute keinen Sinn. Sie sind vollkommen sinnlos. Mit der größten Anstrengung läßt sich nichts Sinnloseres ausdenken als die heutigen Menschen. Wie überall, gibt es auch hier Ausnahmen. Es sind jedoch nur zwei, der Clown und der Künstler. Ich nannte den Clown zuerst, denn ich halte ihn für den größeren Künstler.
Für die Qualität eines Gedichtes gibt es keinen stichhaltigen Beweis. Wer Wilhelm Busch liebt, lehnt vielleicht Ringelnatz ab. Wer Kästner liebt, lehnt vielleicht Endrikat ab. Und wer

Lehmann und Langgässer liebt, lehnt vielleicht Hagelstange ab. Unbenommen. Und wer ein Leben lang Tierkadaver verkochen muß, in der städtischen Abdeckerei, oder Abortgruben leeren, lehnt vielleicht die Lyrik in Bausch und Bogen ab. Er wird auch keine Gedichte schreiben.
Vorhin sagte ich, die heutigen Menschen sind vollkommen sinnlos. Jetzt möchte ich hinzufügen, sie sind außerordentlich schädlich. Sie sind sinnlos, weil sie jeden Sinn verloren haben. Es verlangt sie auch nicht mehr nach einem Sinn. Denken Sie nun einmal daran, der letzte Mensch wäre vor dreißig Jahren gestorben und es gäbe auf der ganzen Welt nicht einen einzigen Menschen mehr, schwarz oder weiß, berufstätig oder nicht, männlich oder weiblich. New York, London, Paris, Rom, Lissabon, Berlin, Moskau, am hellichten Tage nur Hunde und Ratten, und Geier, im übrigen wäre es dort still wie im Wald. Für die Erde wäre das ein bedeutender Gewinn. Ruhe und Frieden. Erdöl, Erze und Kohlen blieben, wo sie waren. Die Bodenerosion wäre verschwunden. Überall Wasser genug. Kein Hase, kein Reh, keine Wildente, kein Wal und kein Kabeljau würden den Menschen vermissen. Kein Baum und kein Fluß. Kalte und heiße Kriege finden nicht mehr statt. Die Sonne scheint ungehindert, die Blumen blühen, der Wind weht und der Regen fällt, die Jäger sind verrottet, die Diktatoren und die alten Kämpfer, Hungersnot und globale Vernichtungskriege fallen fort, weil die Anstifter vermodert sind.
Nun hat es immer wieder einzelne gegeben, die erkannt haben, daß die Menschen überflüssig, sinnlos und gefährlich sind. Sie haben die Lehre von der Gewaltlosigkeit aufgenommen und weitergegeben, und sie haben sich stets geweigert, auf Befehl zu plündern, zu zerstören und zu morden. Sie haben auch eingesehen, daß man nicht immer nur *nehmen* kann. Und so haben sie versucht, ohne geschäftliche Kalkulation und ohne festes Gehalt, zu geben. Es sind daraus die Kunstwerke entstanden. Früher waren es die religiösen Opfer, die Anrufungen, die Gebete, man dankte den unsichtbaren Mächten, Göttern und Dämonen, daß man Glück und Frieden erleben durfte auf dieser Erde,

den Zauber der Jahreszeiten, die Fülle der Wälder und der Meere, Freundschaft und Liebe, denn was immer die Freude auch schenkte, es war *unverdient*. Wer sich am Rauschen des Waldes freute, am Ziehen des Stromes, am Duft der Wildblumen, am Leuchten der blauen Herbsttage, den ergriff ein unbestimmtes Gefühl tiefer Dankbarkeit. Aber auch Verzweiflung über die Menschen, denn die meisten von ihnen waren unfroh, mürrisch, verbittert, hämisch und gierig. Genuß und Erfolg waren ihre Beweggründe. Der letzte Weltkrieg hat das noch einmal ausgiebig vorgeführt. Genug, sinnlos genug.

Ich sagte vorhin, Gedichte haben einen Sinn. Und Sie haben ein Recht, zu fragen, was ich darunter verstehe. Ich will es zunächst umschreiben. Eine Schreibmaschine hat keinen Sinn, sie hat einen Zweck. Der Sinn hat keinen Zweck. Zweck und Ziel sind gleichbedeutend. Der Sinn hat niemals ein Ziel. Der Mensch heute regt sich von morgens bis abends um seiner Ziele willen, er nennt sie seine Interessen. Der Sinn ist ohne Interessen. Und nun werden Sie fragen, was hat nun einen Sinn? Die gesamte Schöpfung. Sie hat keinen Zweck, sie hat kein Ziel und keine Interessen. Im Kleeblatt, in der Mohnblüte, in einer Platane erscheint uns die Schöpfung an Ort und Stelle, sie sind der Kosmos, das Universum an Ort und Stelle. Diese Formulierung stammt von Klages. Also erscheint uns der Kosmos in der Wirklichkeit. Die Wirklichkeit erscheint uns im Augenblick, in der *Gegenwart*. Der Sinn der Gegenwart ist nicht zu erklären, er ist unerklärlich wie der gesamte Kosmos, er ist nur zu *erleben,* denn die erscheinende Gegenwart ist voller Ausdruck.

Sehen Sie sich den heutigen Menschen am besten nicht auf seinen Ausdruck hin an. Die Schöpfung machte keinen Pfusch, in Gesteinen, Pflanzen und Tieren gibt es keinen verhunzten Ausdruck. Der Mensch hat sich selbst verpfuscht. Zuchthäuser, Irrenhäuser, Krankenhäuser des weißen Mannes sind überfüllt. Die Schlote rauchen, die Industrien produzieren, die Gelehrten erfinden, die Forscher entdecken, und von Zeit zu Zeit ist das riesige Blutbad fällig. Angst, Sorge und zehrende Ungewißheit bedrohen und lähmen heute den Menschen, und ab und zu schlägt einigen von ihnen noch das Gewissen, denn sie wissen, daß sie den Sinn verraten haben. Hat es da noch einen Sinn, Gedichte zu lesen?

Ich verneinte es vorhin. Es hat natürlich einen Sinn, Gedichte zu lesen. Gedichte haben einen Zweck, keine Interessen und kein Ziel. Ihr Sinn ist unerklärlich, man kann nur davon sprechen, was sie bewirken. In jedem Falle eine Gestimmtheit, eine Stimmung. Diese Stimmung kann bei einzelnen, die noch der absichtslosen Begeisterung fähig sind, der tiefsten Begeisterung, für Augenblicke oder für Stunden alles andere ringsum ungültig erscheinen lassen, unwirklich und sinnlos, ja widersinnig. Das ist die rechte Wirkung der Kunst, der Dichtung. Auf diese Stimmung, auf diese Augenblicke, auf diese Stunde kommt es an. Wenn Sie von einem Kunstwerk, von einem Gedicht so entscheidend getroffen werden, daß ringsum nichts mehr Gültigkeit für Sie besitzt, auch Ihr eigenes Leben nicht und alles, was Ihnen je zugetragen wurde an Welterklärungen und Denkergebnissen —, dann befinden Sie sich gleichsam selbst im Sinn dieses Kunstwerks, der Sinn ist wie ein Funke übergesprungen, und Sie befinden sich in solchen Augenblicken in der Gegenwart, d.h. in der Wirklichkeit des Sinns.

Wenn Sie dann nicht nur aus Erwerbsangst bestehen und aus einem lebenslangen Was-denken-denn-die-Leute?, dann erfaßt Sie vielleicht eine grenzenlose Empörung über die grauenhafte Sinnlosigkeit unserer Zeit. Wenn eine Kunstschöpfung, wenn nur ein einziges Gedicht von Größe und Rang diese Stimmung und diese Empörung in Ihnen bewirken kann, dann wird Ihnen augenblicklich die weiße Menschheit als hoffnungslos wahnsinnig vorkommen.

Nur für diesen hellsichtigen Augenblick lohnt es sich, zu leben. Was nehmen Sie in den Städten wahr? Den Lärm, die sinnlose Betriebsamkeit von Wahnsinnigen. Lassen Sie sich von diesem Augenblick durchtränken, er wird ja vorübergehn und Sie werden Besorgungen machen müssen für das Abendbrot, durch-

tränken, bis die pausenlose Sinnlosigkeit der Betriebsamen in Ihnen zu dröhnen beginnt, bis Sie sich die Frage gestellt haben: Was soll ich nun um alles in der Welt nach diesem Augenblick noch tun? Soll ich mich auf die Straße stellen und ihnen sagen, daß diese wahnsinnige Sinnlosigkeit auf einen noch grauenhafteren Krieg zurast, daß Ärzte, Richter, Gelehrte, Generäle, Politiker nicht unterlassen, um diesen Untergang vorzubereiten, weil sie vom Sinn dieser im Grunde immateriellen und damit metaphysischen Wirklichkeit verlassen sind, der nur noch in der Kunst erscheint, was soll ich in diesem Augenblick der wahrsichtigen Unzurechnungsfähigkeit tun?'
,Sie sollen uns jetzt unauffällig folgen', sagte eine barsche Stimme in der Nähe der Tür, ,keine Unruhe, meine Damen und Herren, der Laden wird geschlossen und Sie gehen jetzt alle ruhig nach Hause, der Redner kommt mit uns.'
Es waren drei in Zivil, draußen hielt eine schwarze Limousine, und höflich und zaghaft, wie Karl nun einmal ist, fragte er weder nach ihren Ausweisen noch nach einem Haftbefehl, er folgte den Agenten so wie er hinter dem Pult stand, ohne Baskenmütze, die Leute waren verblüfft und eingeschüchtert, den Inhalt des Milchkruges konnte ich noch unauffällig in die Taschen stecken und Karl trat die Reise zum Kreisgesundheitsamt und danach in die Heil- und Pflegeanstalt an. Habe ich alles richtig erzählt?"
Der Lyriker nickte schweigend. Es war dunkel geworden im Garten. Fräulein Pringsfeld und Herr Alvenshain waren vor einer Viertelstunde gekommen und hatten sich still an den Tisch gesetzt. Ich machte sie mit Karl und Helmuth bekannt.
„Und dann bist du ruhig mitgegangen?" fragte der Schriftsteller, er hatte längst aufgehört, Notizen zu machen, weil es zu dunkel war. Er rieb sich das Kinn, heftig, als hätte ihn ein Insekt gestochen.
„Ja", sagte Karl, „ach ja, es waren schließlich doch zuvorkommende Leute. Und auf dem Gesundheitsamt sagten sie zu mir, sie hätten volles Verständnis für meine Lage und daher auch

für meine Ansichten. Ich müßte ja erbittert werden, sagten sie, wir sind auch nicht viel besser dran, die hochgekommenen Proleten fahren heute die großen Wagen und behängen ihre Weiber mit klotzigem Schmuck, und wir arbeiten hier für ein Gehalt im Monat, das sich diese Analphabeten an einem Nachmittag verdienen. Sie wollten eben nur mal einen Test machen. Ich sah sie mir nun der Reihe nach an, diese Tester, alles propre Leute, gewissenhafte Studienzeit, Militärdienst, die Kriegsjahre, fliegergeschädigt, auch aus den Ostprovinzen, nette Leute, aber von Tuten und Blasen keine Ahnung.

‚Ohne mich', sagte ich zu ihnen, ‚testen Sie sich doch gefälligst selbst, meine Herren.'

‚Es sind mehrere Anzeigen gegen Sie ergangen', sagten sie höflich, ‚wir sind nun einmal verpflichtet, Sie vorzuladen und zu testen.'

Da ging ich zur Tür, aber sie hielten mich fest, ich wehrte mich, es gab eine widerwärtige Zerrerei, drei von ihnen umklammerten mich, der vierte schob mir den Ärmel hoch und der fünfte machte mir eine Injektion. Sie wirkte ziemlich schnell, ich wurde müde und schlief dann ein. Sagten Sie vorhin nicht etwas von Genever?"

Ich holte die Geneverflasche aus dem Wassereimer, Hugo gab mir sein Bunkermesser, dann goß ich ein Wasserglas halbvoll und stellte es Karl hin. Er lächelte dankbar und nahm einen tiefen Schluck. Hugo erhob sich und füllte die Biergläser.

„Zentimeterweise", sagte der Schriftsteller, „sollte man ihnen das Rückgrat brechen. Sie werden schlecht bezahlt und riskieren nichts, diese Vorschriftenorgane, Bestimmungentrottel, und sie rächen sich gern für die eigene Sinnlosigkeit. Das Ergebnis ist unser behördlich konzessioniertes Menschenlos, die Wirklichkeit als Kartei, das Leben als Aktenzeichen. Kafka hat es unheimlich genug dargestellt. Und was wurde aus dem geschlossenen Poesieladen?"

„Das ist Helmuths Geschichte", sagte Karl, „er wird mich nicht unterbrechen, ich werde sie jetzt erzählen."

„Augenblick noch bitte", sagte ich, „ich sehe Dr. Schmidt kommen, er trinkt gern Genever und hat Vergnügen an solchen Geschichten."
„Eine unerhörte Geschichte, Durchlaucht", sagte Hugo, „so wahr wie dieser Sommerabend, man hört es geradezu, wie sie alle am nächsten Krieg arbeiten, und in der Ferne rumpelt es schon die ganze Zeit. Der Krieg kann morgen früh schon ausbrechen, der Himmel sei unsrer armen Seele gnädig."
Dr. Schmidt kam zögernd an unseren Tisch.
„Guten Abend", sagte er, beruflich leise, „nehmen Sie bitte keine Notiz von mir, es ist mir ganz lieb, daß es schon dunkel ist."
Er setzte sich neben mich auf einen Hocker. Ich schenkte ihm Genever ein.
„Sie haben Besuch bekommen?" fragte er leise.
„Freunde von Herrn Kreuder und mir", sagte ich, „sie erzählen gerade ihre Geschichten."
„Famos", sagte Dr. Schmidt, „es schmeckt mir wieder. Wo sollte man sonst hingehen abends?"
„Und nun fangen Sie bitte an, Karl", sagte ich.
„Nachdem sie mich aus dem Laden geholt hatten", begann Karl, „war Helmuth zunächst etwas hilflos. Er verdrückte sich und ging drei Tage nicht aus der Dachwohnung. Dann erhielt er mehrere anonyme Briefe, die ungenannten Freunde klärten ihn auf und schließlich wußte Helmuth, daß uns der Einzelhandel erledigt hatte, der Kleinhandel, vor allem die Lebensmittelgeschäfte. Wir hatten diesen Feind und seine Macht unterschätzt. Ich habe mir sagen lassen, in anderen Ländern sind die Ladengeschäfte bis in die Nacht geöffnet, auch sonntags, und so bleiben die Straßen auch nachts lebendig. Bei uns bestimmt der Krämer, daß die Läden schon um sechs Uhr abends dicht gemacht werden, die Straßen veröden. Leute, die Grieß abwiegen und Handkäse einwickeln, beherrschen unser Stadtbild. Natürlich vorbildlich organisiert, von der Lyrik kennen sie die Reklameverse. Man kann ihr schreckliches Los verstehen. Sie müssen so oft am Tage den gleichen Satz sagen, manchmal

alle zehn Minuten, ich kann das gar nicht ausrechnen, wieviel Sätze das im Jahr gibt, geschweige denn in dreißig oder fünfzig Jahren, daß sie erbittert werden müssen. Niemand von uns hat ein Leben lang sagen müssen: ‚Solls sonst noch was sein?‘ Helmuth überlegte also, was er dem Einzelhandel antun könnte. Ich konnte ihm nicht davon abraten, denn ich war schon interniert. Er versuchte es zunächst mit Gerüchten. Wir hatten damals in der Stadt viele Typhuserkrankungen, in drei Fällen starben die Erkrankten, es waren Kinder, zwei Achtjährige und ein siebenjähriges Mädchen. Mit der Schule hatte es nichts zu tun, denn es waren große Ferien. Helmuth erzählte überall die gleiche Geschichte. Die beiden Achtjährigen hießen Gunther und Folker, das Mädchen hieß Edeltraut. Sie kannten einander nicht, wohnten in verschiedenen Stadtvierteln und erkrankten alle drei am gleichen Nachmittag. Man wüßte, erzählte Helmuth, daß die Kinder an diesem Nachmittag Besorgungen gemacht hätten, in Kolonialwarenläden. Folker hatte Salzheringe und Schmierseife besorgt, Gunther Fliegenfänger und Maizena, und Edeltraut Büchsenmilch, Camembert und Suppenwürfel, Ochsenschwanzsuppe. Drei verschiedene Stadtviertel, drei verschiedene Kolonialwarenläden, und sie brachten den Typhustod nach Hause. Und was wollen Sie damit sagen, wurde er gefragt. Ich berichte nur die Tatsachen, und an den Tatsachen ist nicht zu rütteln, sagte Helmuth. Man erkundigte sich bei den verzweifelten Eltern. Ja, die Kinder waren an dem Tag, als sie ins Bett gesteckt werden mußten, einholen gegangen. Das Flüstergerücht verbreitete sich schnell. Dann starb ein Erwachsener, 30jähriger Bürogehilfe, Junggeselle. Natürlich hatte er noch am letzten Abend zwei Bratheringe beim Krämer besorgt. Helmuth ließ durchblicken, daß die Gesundheitsbehörde diese Tatsache kannte und verschwieg. Die Zahl der Typhuskranken stieg an, neue Todesfälle. Nun behauptete Helmuth, keines dieser Typhusopfer hätte in einer Drogerie eingekauft. Helmuth hatte eine Schwäche für Drogerien. Die Gerüchte summten und schwirrten weiter, und in den Kolonialwarenläden wurde es schon stiller. Mehr und mehr kauften die Leute in den drei großen Drogerien ein, Adler-Drogerie, Hirsch-Drogerie und Schwanen-Drogerie.

Aber es ging ihm zu langsam. In einer dunklen Neumondnacht packte Helmuth in seine Aktentasche einen Kanister mit roter Ölfarbe und einen kräftigen Pinsel und zog los. Zwischen zwei und vier, bevor es hell wird, sind auch die Streifen ungefährlich. Helmuth malte auf die Schaufenster der Kolonialwarenläden metergroße Fragezeichen und in den oberen Bogen einen Totenschädel, in den unteren Bogen ein Grabkreuz. Bis ihm die Farbe ausging. Die Wirkung am nächsten Tage war recht zufriedenstellend. Schweigend, von Menschenansammlungen beobachtet, schrubbten die Krämer in weißen Ladenkitteln vor ihren Läden an den Fragezeichen herum. Man begann, die Kolonialwarenläden zu meiden, und die Drogerien waren jetzt überfüllt. Weitere Todesopfer wurden gemeldet. Der Einzelhandel berief eine außerordentliche Mitglieder-Versammlung. Der ‚Generalanzeiger für Stadt und Land' brachte folgende Notiz:

Böswillige Gerüchte

(Eig. Meld.) Ein seit Wochen hier umlaufendes Gerücht, die Typhuserkrankungen in unserer Stadt stünden in irgendeinem Zusammenhang mit dem Einkauf in den Kolonialwarenläden, wurde vom Referenten des Städtischen Gesundheitsamtes als völlig unbegründet und absurd bezeichnet. Die Bevölkerung wird gewarnt, den Gerüchten Glauben zu schenken, und aufgefordert, die Urheber namhaft zu machen. Wir verweisen im übrigen auf eine Bekanntmachung des Einzelhandels, Seite 6.

Auf Seite 6 war dann zu lesen:

Aufklärung!

Unsere verehrte Kundschaft hat ein Recht, Genaueres über die verantwortungslosen Gerüchte in unserer Stadt zu erfahren. Die beklagenswerten Fälle von Typhuserkrankungen und ihre Todesopfer wurden in gewissenloser Weise zu einer Hetzkampagne gegen die Spezereiwarenhandlungen unseres Verbandes mißbraucht. Es ist noch zu früh, auf die Spuren hinzuweisen, die zur Ergreifung des oder der Anstifter führen werden. Inzwischen haben die Untersuchungen der Gesundheitsbehörde einwandfrei ergeben, daß von einer unmittelbaren oder mittelbaren Ursache der Krankheitsfälle in bezug auf den Einkauf in unseren Ladengeschäften nicht die Rede sein kann. Der Zweck dieser Verdächtigungen liegt auf der Hand. Man will den in Kriegs- und Nachkriegsjahren schwer geprüften Einzelhandel schädigen durch verleumderische Gerüchte, die an die übelsten Methoden politischer Brunnenvergiftungen erinnern. Wir hoffen indessen, daß unsere verehrte Kundschaft ihren klaren Kopf behält und diese unsinnigen Gerüchte geschlossen zurückweist.

DER VORSTAND
gez. *Melkschnell. Wickler. Tütenbrink.*

Und Helmuth sann auf neue Wege. Er traf sich mit einem ehemaligen Kriegskameraden, Walter S. Zink, Inhaber der Auskunftei ‚Späher'. Zink hörte sich Helmuths Geschichte an, sie saßen abends in der ‚Stadtschänke' und tranken Bier. ‚Laß es gut sein, Helmuth', sagte Zink, ‚du hast dem Einzelhandel eine Schlappe beigebracht, erledigen kannst du ihn nie. Seine Macht ist geradezu unwahrscheinlich. 40 Milliarden Umsatz im Jahr.'
‚Wenn nicht offen, dann geheim', sagte Helmuth. ‚Ich werde als Partisan hinter den Linien arbeiten. Karl konnte nur interniert werden, weil er nicht organisiert war. Also muß ich den Einzelhandel dort angreifen, wo er nicht organisiert ist, den Thekenkrämer privat.'
‚Und wie willst du das machen?' fragte Zink, ‚willst du seine Töchter verführen?'

,Das liegt mir nicht', sagte Helmuth, ,im übrigen werden sie heute schon früh genug verführt. Sie könnten auch nach Heringen riechen oder Käse.'

,Ich sehe da kaum eine andere Möglichkeit', sagte Zink, ,solange der Reingewinn nicht beträchtlich sinkt, wirst du sie privat nicht beunruhigen können. Familienärger haben sie wie jedermann, doch der kostet sie nichts. Ich möchte dir gern helfen, das weißt du, und mir persönlich sind sie völlig schnuppe. Im Gegenteil. Ich habe die Jahre noch nicht vergessen, als man mit den Lebensmittelkarten in der Hand anstehen mußte. Da waren sie mächtig, und wenn man nichts anzubieten hatte, was sie interessierte, dann blieben sie eisern und wogen aufs Gramm. Über den Daumen gepeilt, sind es natürlich in allen kulturellen Bezirken hämische Analphabeten, die ihre große Zeit hinter sich haben. Denn während der braunen Pest durften sie mitbestimmen, was Kunst war und was entartet. Das können sie heute noch nicht verwinden. Kürzlich war ich in einem Zigarrenladen, kaufte meinen Feinschnitt. Der Lädchenmann reichte mir eine Liste, Unterschriften für eine Eingabe an die Landesregierung. Man war mit dem Intendanten nicht zufrieden, weil er experimentierte und sich damit rasch einen guten Namen geschaffen hatte. Natürlich lehnte ich ab. Organisierte Hetze, man kennt das ja. Nicht zu unterschätzen. Der Feinschnittmann fährt auch seinen Wagen. Seine Absichten formulierte er bündig: ,Dem Intendanten stelle mer es Bään.' Ich fürchte, die Lädchenclique wird es schaffen.

,Was willst du machen? Du kannst sie nicht ermorden, es gäbe auch zuviel Leichen, und hinter der Theke wären sofort andere am Tütenfüllen. Vielleicht versuchst du es mit Erpressungen?'

,Womit kann man Einzelhändler erpressen?' sagte Helmuth. ,Soll ich ihre Kleinstkinder entführen und verstecken, Windeln waschen und Grießbrei kochen und mir das Gekräh anhören? Wo käme ich da hin?'

,Und wie wäre es mit Ungeziefer? Tütenweise in die Läden?'

,Räuchern sie mit Jacutin wieder aus.'

,Oder mit ungefährlichen Knallpaketen per Nachnahme?'

‚Könnte schuldlos Herumstehenden die Nerven ruinieren.'
‚Dann bleibt nur noch Brandstiftung oder Heiratsschwindel.'
‚Liegt mir auch nicht. Ja, ich könnte schon verzweifeln, weil mir nichts einfällt. Aber ich möchte sie zur Verzweiflung bringen.'
‚Das ist schon zu machen', sagte Zink, ‚aber bedenke, wie mühevoll. Hast du die Einzelhändler gezählt? Du wirst alt dabei, sage ich dir. Kunst, Kultur hat für diese Leute nie stattgefunden. Sie halten die Kitschindustrien auf vollen Touren. Du solltest dich um deine Arbeiten kümmern. Noch zwei Bier bitte.'
‚Sie haben Karl zur Strecke gebracht, und das muß ich ihnen heimzahlen. Prost! Kannst du mir sagen, wie ich zu Spatzen komme?'
Zink wischte den Bierschaum von den Lippen und überlegte. Dann zog er seinen kleinen, grünen Taschenkalender aus der Jacke. Er blätterte darin, riß einen Zettel raus und schrieb eine Zahl darauf.
‚Wende dich an diese Nummer', sagte er, ‚dort meldet sich nur nach 21 Uhr jemand. Du mußt natürlich sagen, daß du auf meine Empfehlung hin anrufst. Sieh zu, wie du mit ihnen einig wirst, was den Preis betrifft.'
‚Ich habe noch das Geld aus dem Milchkrug', sagte Helmuth, ‚was können denn die Spatzen kosten?'
‚Im Dutzend werden sie billiger sein', sagte Zink, ‚das ist nicht nur bei Romanen so. Es kommt darauf an, wieviel du brauchst.'
Helmuth rechnete in Gedanken nach. Zink blickte auf seine Armbanduhr.
‚Zwanzig nach neun', sagte er, ‚du könntest ja jetzt mal anrufen.'
Helmuth stand auf und ging mit dem Zettel in die Telefonkabine neben dem Büffet. Er warf zwei Groschen ein und wählte die Nummer. Eine Zeitlang hörte er nur den Rufton, dann meldete sich ein Krächzen und er drückte den Zahlknopf durch. Der Krächzer meldete sich nur mit der Nummer. Helmuth berief sich auf Zink und fragte, ob man ihm Spatzen besorgen könnte. Das käme ganz darauf an, sagte die krächzende Stimme. Worauf,

fragte Helmuth. Auf die Bedingungen, wurde ihm geantwortet, wieviel und bis wann? Zweihundert bis dreihundert, sagte Helmuth, und möglichst bald. Lohnt sich nicht, sagte der Krächzer, aber rufen Sie nachher nochmal an.
Helmuth hängte ein und ging zu Zink zurück. Er trank noch ein Glas Bier und einen Korn, und dann ging Zink nach Hause und Helmuth rief nochmal an.
‚Gemacht', sagte die Krächzerstimme, ‚dreihundert in acht Tagen, wo wohnen Sie? Die Rechnung geht Ihnen morgen durch Boten zu. Wie üblich bar im voraus.'
Am andern Morgen wurde Helmuth in aller Frühe aus den Federn getrommelt. Draußen auf der Mansardentreppe grinste ein junger Schornsteinfeger. Er nahm seinen Zylinder ab und holte einen roten Briefumschlag heraus. Helmuth riß den Brief auf und las die quittierte Rechnung. Für private Dienste DM soundsoviel. Unterschrift unleserlich. Helmuth zählte die Geldscheine in den Zylinderhut des fröhlichen Kaminkehrers. Später ging er zu Franz. Er hatte mit Franz in der Gefangenschaft im gleichen Zelt drei Monate gehungert. Franz, jetzt wieder Rechtsanwalt und Notar, konnte noch nie eine Gefälligkeit abschlagen. So bekam Helmuth den Schlüssel zu dem Gartenhäuschen, das Franz am Waldrand besaß. Auf der quittierten Rechnung stand links unten: ‚Wir erwarten Ihren Anruf zwecks Angabe des Bestimmungsortes.' Den konnte Helmuth jetzt angeben. Das Gartenhaus hieß ‚Almfrieden'.
Natürlich konnte er das Vorhaben nicht allein ausführen, er mußte sich zwei Mitarbeiter suchen. Unter den Malerkollegen fand er sie nicht. Da besuchte er eine öffentliche Kundgebung der KP in Keller's Biergarten, hörte sich die altmodischen Verheißungen für die Geknechteten und Ausgebeuteten an, die Hetztiraden und die stürmischen Drohungen und sang am Schluß ungerührt mit: ‚Wacht auf, Verdammte dieser Erde, die stets man noch zum Hungern zwingt...'.
Danach lernte er zwei junge Arbeitslose kennen, man trank Bier miteinander, die beiden hatten auch schon ‚gesessen', angeblich politisch. Da sie ihn ausfragten, machte Helmuth ihnen

klar, was ihm am Kommunismus nicht paßte, nämlich die Partei. Die Parteileitung, die Richtlinien, die Bevormundung, die Unterdrückung von Zweifel und Kritik. Also wurde ich Anarchist, erklärte Helmuth, ich zerstöre allein, im Grunde ist alles reif zur Zerstörung, aber vor allem die Partei. Da machen wir nicht mit, sagten die zwei, ich arbeite mit Spatzen, sagte Helmuth, du hast wohl einen Vogel, sagten die bierdurstigen Fanatiker, ich arbeite mit dreihundert Spatzen, sagte Helmuth, Junge, Junge, der ist richtig, sagte der lange Arbeitslose, ihr braucht ja nicht mitzumachen, sagte Helmuth, willst du denn ein Ding drehen, fragte der kurze Arbeitslose, kein Ding, sagte Helmuth, wenn ihr dicht haltet, kann ich es euch ja erzählen und noch drei Bier auf meine Rechnung.

Auf Offenbarungseid, sagten die zwei, wir verzinken keinen, und Helmuth entwickelte seinen Plan.

Das sind alles Kleinkapitalisten, sagte der Lange, wir haben von denen keinen in unserer Partei. Mir soll's recht sein, sagte der Kurze, schicken ihre Rotzjungen und Gören auf die höheren Schulen, also da mache ich mit gegen die Heringsbändiger. Nu halt mal bloß die Luft an, sagte der lange Fanatiker, mal halbwege, was springt denn dabei für uns raus? Ich will Marie sehn, Pinke, Zaster. Einen Fuffziger für euch beide, sagte Helmuth und wie ist das mit Vorschuß, Chef? fragte der Lange, zwanzig in die Hand, sagte Helmuth, dann laß mal erst 'ne Lage Doppelte kommen, sagte der kurze Fanatiker, was für Doppelte? fragte Helmuth, Kurze, sagte der Lange, doppelte Kurze, Mensch, du bist auch nicht mit Köm getauft worden. Wenn's weiter nischt is, als Spatzen sortieren, sagte der kurze Arbeitslose, wann soll's denn losgehen?

Die Spatzen wurden in einem verdeckten Käfig auf einem Lieferwagen bei Dunkelheit gebracht, man schaffte sie in den ‚Almfrieden'. Nach Mitternacht ging Helmuth mit den beiden Gehilfen los. Es regnete dünn, die Arbeitslosen zogen den großen Leiterwagen mit dem verhängten Käfig, die Spatzen piepsten und zwilchten, sie waren hungrig, hatten den ganzen Tag noch nichts picken können. Der Kurze trug eine Tasche umgehängt mit einem kleinen Motor, Batteriestrom, er bediente den elektrischen Glasschneider. Helmuth stand Schmiere, der Kurze sägte unverdrossen das Loch in die Schaufensterscheibe und der Lange stopfte pro Laden zehn Spatzen durch das Loch und klebte dann Isolierband darüber. Es regnete schon stärker, niemand war mehr unterwegs, und so war auch kein Schutzmann zu sehen. Gegen vier Uhr war der Käfig leer, dreißig Läden versorgt, sie traten den Rückmarsch zum ‚Almfrieden' an. Dort kochte Helmuth auf dem Kanonenöfchen noch einen starken Grog, und bei Hellwerden trennte man sich wieder, die Gehilfen waren bezahlt.

Um sieben fuhr Helmuth mit dem Fahrrad los, es regnete nicht mehr, die Sonne schien wieder und funkelte in den Schaufenstern. Die Einzelhändler tranken zu Hause in der Küche ihren Kaffee. Die Spatzen waren schon wach, schwirrten in den Auslagen herum, pickten alles an, Käse, Butter, Schmalz, Wurst und Kekse, die Leute blieben vor den Kolonialwarenläden stehen, lachten, klopften an die Scheiben, die Sperlinge schwirrten und pickten, dann erschienen die ersten Kleinhändler, Helmuth sah ihnen zu, sie näherten sich mißtrauisch ihren Lädchen, stutzten, schlossen verwirrt auf, und die Kunden folgten ihnen neugierig. Danach sah Helmuth überall die Einzelhändler wütend in ihren Läden herumspringen, um die Spatzen zu fangen, und die Spatzen schwirrten wild herum, die Tür wurde wieder aufgerissen, die Kunden versuchten mit Hüten und Taschen die Spatzen zu vertreiben, die meisten lachten, die Einzelhändler schlugen mit langen Besen und Schrubbern nach den Vögeln, und Helmuth fuhr mit dem Rad von Laden zu Laden, und jetzt hatte er seine Genugtuung. Der Delikateßwarenhändler Buntschuh alarmierte die Städtische Feuerwehr, an seiner Schaufensterscheibe klebten Sauerkrautfäden und Fleischsalat, die Schulkinder pfiffen und johlten, die Sperlinge hatten sich allmählich satt gefressen, saßen träge und aufgeplustert in den obersten Regalen, putzten sich das Gefieder und waren dort oben nicht leicht zu vertreiben, die weißen Spritzer und Klümpchen ihrer Verdauung klebten auf Edamer und Salami, die Einzelhändler

telefonierten fortgesetzt, schlossen vorübergehend ihre Läden und räumten die Schaufenster aus. Reporter aus den umliegenden Städten brummten mit ihren Motorrädern heran, knipsten nach Herzenslust, fragten die Umstehenden aus, die Polizisten hatten verlegene Gesichter, forderten zum Weitergehen auf und machten sich keine Illusionen über den für den Nachmittag vom Chef angesetzten Rapport. Die vertriebenen Sperlinge saßen jetzt in den Straßenbäumen, zwilchten und tschilpten, ließen weiße Losung fallen, und Helmuth war nach seiner Rundfahrt zufrieden und müde und fuhr in den ‚Almfrieden' zurück. Dort fand er noch einen Zettel der Arbeitslosen im Briefkasten an der Gartentür: ‚Wenn du uns mal wieder brauchst, dann freitags im *Anker*. Heil Moskau!'
Am übernächsten Tage wurde Helmuth in seiner Dachwohnung in der Früh verhaftet. Nachbarn hatten ihn angezeigt. Sie hatten beobachtet, wie er den geliehenen Leiterwagen zurückbrachte, und hatten Spuren von Spatzendreck darin entdeckt. Er hatte ihn nicht gründlich genug gereinigt.
Auf dem Polizeirevier gab er lachend alles zu. Die grimmigen und wichtigtuerischen Kloßköppe stierten ihn feindselig an. Warum haben Sie diesen Unfug angerichtet? Das wird Sie teuer zu stehen kommen, wie sind Sie überhaupt zu den vielen Spatzen gekommen, das können Sie nicht allein ausgeführt haben, wer sind Ihre Komplizen? Hören Sie gefälligst auf, hier zu lachen! Wieviel Spatzen waren es überhaupt?
Dreihundert, sagte Helmuth, und ich habe sie einzeln gefangen, auf dem Dach, mit Spatzenfallen.
Haben Sie dafür Zeugen?
Nur die Spatzen. Ich wollte ihnen mal ein Frühstück geben, mit allem Drum und Dran, sie sind auch von Gott geschaffen, und ich wollte damit dem *Herrn* ein Opfer bringen, den Käsehändlern und Tütenfritzen macht das doch wirklich nichts aus. Oder sagte Helmuth, dem *Himmel* ein Opfer bringen, den Himmel mit den Krämern versöhnen, so wird es wohl gewesen sein.
Erzählen Sie das mal jemand, der die Hose mit der Beißzange anzieht, sagten die Revierbeamten, bei uns zieht das nicht, den

Himmel versöhnen, Ihnen ist wohl zu wohl geworden? Kunstmaler nennen Sie sich? Haben Sie überhaupt einen Ausweis? Von der Arbeit drücken, nennen wir das hier. Der hat nicht alle Tassen im Schrank, sagte ein älterer Polizist, Quadratschädel mit Schmalzscheitel, sieh dir ihn doch bloß an, der ist dämlich, sage ich dir, der hat 'nen kleinen Mann im Ohr, alles Verrückte, diese Künstler, laß ihn abführen, wenn er das Protokoll unterschrieben hat.

Mit dem Schreibmaschinenschreiben und mit dem Satzbau haben sie dort immer Schwierigkeiten, sie drücken sich entsetzlich steif, unbeholfen und umständlich aus. Daher ließen sie es zuletzt zu, daß ihnen Helmuth ein flottes Protokoll diktierte, mit geschickt formulierten und abstrusen Argumenten. Danach wurde er in die Zelle gebracht, am Nachmittag holten sie ihn mit der grünen Minna ab. Sie untersuchten ihn auf seinen Geisteszustand, und Helmuth lachte und tschilpte, flatterte mit den Händen und gab haarsträubend dämliche Antworten. Wie sind Sie ausgerechnet auf Sperlinge verfallen? fragte der Psychiater. Weil ich früher, sagte Helmuth, in einem meiner früheren Leben selbst einmal ein Sperling war, ein Feldsperling, und daher weiß ich, wie es tut, wenn man wenig zu picken findet.

Helmuth wurde zur Beobachtung in die Heil- und Pflegeanstalt überwiesen. Der ‚General-Anzeiger für Stadt und Land' meldete in der Abendausgabe:

Kunstmaler schmuggelt
dreihundert Sperlinge in Lebensmittelgeschäfte!
Grober Unfug oder Geistesverwirrung

Im Hof der Anstalt traf ich dann Helmuth am nächsten Morgen, wir wurden zur Feldarbeit eingeteilt. Das ist Helmuths Geschichte, ja. So ist es doch gewesen, Helmuth?" fragte der Lyriker.

Helmuth nickte, in der dunklen Luft konnte ich die Gesichter am Tisch kaum noch erkennen. Ich freute mich, daß Fräulein Pringsfeld in meiner Nähe saß. Niemand sprach, reglos schienen sie alle zu lauschen, denn seit einigen Minuten war aus der Ferne ein dumpfes, rumpelndes, ununterbrochenes Rollen zu hören.

Dann sagte der Schriftsteller neben mir: „Diese Spatzengeschichte ist nicht nur soziologisch interessant. Sie ist so sympathisch, weil die Empörung zu Schelmenmitteln greift, zum Jux. Betrachten Sie sich dagegen den Attentäter von heute, schon der Konstitution nach ist er ohne Humor, er ist finster, durch und durch essigsauer und und pathetisch, der blutige Faltenwurf ist ohne souveräne Phantasie, ohne Selbstironie und massiv realistisch. Man darf ihn nicht necken. Er fürchtet in der Welt nur zwei Dinge: Mißerfolg und ausgelacht zu werden. Gelächter paßt nicht zu seiner geladenen Wut. Seine Energie ist blindwütig wie sein Revolver, dem niemals etwas anderes einfällt, als loszuknallen oder zu versagen. Das knarrt und rumpelt ja schon ganz gehörig, haben Sie noch einen Schluck Bier für mich, Hugo?"

Hugo holte schweigend eine Bierflasche aus dem Eimer und reichte sie mir. Als der Flaschenverschluß mit einem „Plob" aufsprang, wurde es taghell über dem Tisch.

„Beleuchtung!" rief Hugo. Der scharf gezogene Rand der weißen Mondscheibe rückte hinter den schwarzen Wäldern am Horizont herauf. Das rumpelnde, ratternde Rollen näherte sich unaufhaltsam. Ich schenkte dem Schriftsteller ein.

„Trinken wir", sagte der Schriftsteller, „auf den unwiderstehlichen, auf den ausgelassenen und phantastischen Rebellen", er hob das Glas mit dem schaumigen Bier, stutzte, stellte es wieder auf den Tisch, nahm die schwarze Hornbrille ab, putzte mit dem Taschentuch die dicken Gläser und setzte sie wieder auf. Dann starrte er nach der großen Platane.

„Haben Sie das gesehen?" fragte er mich. Ich nickte. Hugo war unruhig geworden, ruckte und zuckte mit Schultern und Armen und wackelte mit dem kahlgeschorenen Kopf. Das rumpelnde, knarrende Rollen war jetzt ein hartes, ratterndes Rasseln, das auf uns zu kam.

„Er klettert!“ rief Hugo, „er ist in die Platane geklettert!“ Es war jetzt taghell im Garten, plötzlich hörte das dröhnende Rasseln auf, als hätte die Luft ringsum jeden Ton erstickt.
„Beobachtet uns aus dem Baum“, sagte Hugo, „fertig machen zum Spähtrupp!“ Er sprang auf.
„Keinen Schritt jetzt!“ sagte Dr. Schmidt, „hinsetzen, Hugo, Sie trinken jetzt einen Genever mit mir!“
Karl und Helmuth hatten sich umgedreht und beobachteten die Platane. Es blieb alles still, nichts regte sich in dem großen alten Baum. Fräulein Pringsfeld schob ihren linken Arm unter den Arm von Herrn Alvenshain. Das kalte Mondlicht ließ die Gesichter am Tisch wie blutleer erscheinen.
„Eure Magnifizenz“, sagte Hugo, trank den Genever, stöhnte, hustete und fuhr fort: „Wir haben keine Nachtferngläser, das ist alles.“
Aus der Luft fiel ein langer, schwarzer Draht auf den Tisch, eine Bierflasche fiel um, der Draht ruckte hin und her, dann sah ich, daß er lief. Der Draht lief über den Tisch, hob sich, fiel wieder zwischen die Gläser, hielt ein und lief weiter.
„Brüderlichkeit“, sagte jemand hinter uns, „ein Telegramm, Herr Doktor.“
Tivoli kam in Hausschuhen durchs Gras, Fräulein Pringsfeld lachte erleichtert, der schwarze Draht lief über den rechten Arm des Eisenbahnrates, er schob ihn in die Beuge des Ellenbogens und betrachtete ihn mit staunender Zurückhaltung. Dr. Schmidt hielt sich den Zettel mit dem Telegrammtext dicht vor die randlose Brille, las, nickte, blickte auf und sagte leise: „Kein Grund zur Beunruhigung, die Übung wird bald vorüber sein.“
Tivoli ging lautlos davon. Das eiserne Rasseln setzte plötzlich von allen Seiten ein, und aus der Platane stieg eine giftgrüne und eine glühend rote Leuchtkugel hoch, stiegen höher, standen still und erloschen. Der Schriftsteller nahm den Kugelschreiber und kritzelte auf dem Schreibblock wild drauflos. Ich schenkte frisches Bier in die Gläser, Rotwein für Hugo und mich.
Karl sagte etwas, was niemand in dem Höllenlarm verstehen konnte, Helmuth tippte mit dem Zeigefinger an die Schläfe.

Dr. Schmidt kippte wieder einen Genever, dann krachte es dumpf und brechend und die hohe Bruchsteinmauer bewegte sich auf uns zu, sie fiel, an drei Stellen auseinanderbrechend, in einer Länge von zehn Metern mit dumpfen Schlägen und Knacken ins Gras.

„Herein ohne anzuklopfen!“ sagte Hugo. Niemand bewegte sich am Tisch, es war wieder totenstill.

„Das geht doch etwas zu weit“, sagte Dr. Schmidt leise. In der langen, ausgezackten Mauerlücke stand, schwärzlich im kalten Mondlicht glitzernd, ein riesiger Panzer, seine Scheinwerfer blendeten uns, in der Höhe flog eine Eisenklappe auf, ein schwärzliches Gesicht schob sich heraus, sagte grinsend „'sorry“ und verschwand, die Eisenklappe wurde zugezogen, der Motor sprang dröhnend an, das lange Geschützrohr drehte hin und her und der Panzer rasselte rückwärts davon.

„Völlig realistisch“, sagte der Schriftsteller, das rasselnde Lärmen wurde schwächer, „noch konkreter kann man es beim Himmel nicht haben.“ Er griff nach seinem Glas und verschob dabei mit dem Ellenbogen seinen Schreibblock, sofort wanderte der dicke Block über den Tisch davon, Herr Alvenshain fing ihn ein und zog ihn von dem laufenden schwarzen Draht herunter.

„Junge, Junge“, sagte Helmuth, und nun lispelte er wieder, „bei euch ist ja wirklich der Hund los. Das soll 'ne Heimat für Nervenkranke sein?“

„Ja, ach ja“, sagte Karl, „man war so gar nicht darauf gefaßt, wirklich nicht.“

„Wetten?“ sagte der Schriftsteller, „daß man den Panzer wieder für eine Erfindung von mir halten wird?“ Er kritzelte mit finsterer Schnelligkeit weiter. Das Rasseln war in der Ferne verschwunden, von allen Seiten summte es jetzt am Himmel.

„Zur Sicherheit“, sagte Dr. Schmidt, „sehen Sie jetzt einmal nach, Hugo, ob die Ausgänge am Haus fest verschlossen sind. Dann bringen Sie meinen Schlüsselbund wieder hierher.“

„Befehl, Herr Sanitätsrat“, sage Hugo, „die Wach- & Schließgesellschaft nimmt die Kurve.“ Er stand auf und nahm den Schlüsselbund, steckte ihn ein, und im gleichen Augenblick lief ein mannshohes Gebüsch im Zickzack durch den Wildgarten, die Zweige flatterten leicht im Mondlicht, mit einem Sprung stürzte Hugo hinterher.

„Zurück, Hugo!“ rief Dr. Schmidt, „sofort zurück!“

Hugo bremste im Laufen, warf die langen Arme hoch und stemmte sich gegen den eigenen Schwung, er torkelte einige Schritte weiter, drehte um und das rennende Gebüsch verschwand unter den Akazien. Der Schriftsteller kritzelte grimmig weiter.

„Die Pferde“, sagte Karl, „wir kommen hier noch in Teufels Küche.“

„Die Pferde sind doppelt angebunden“, sagte Helmuth, „du willst doch nicht schon wieder fliehen?“

„Möchten Sie etwas trinken?“ fragte ich Fräulein Pringsfeld. Sie blickte mich schweigend an, dann lächelte sie, sie vergaß, mir zu antworten.

„Es wird ja bald vorüber sein“, sagte ich zu ihr. Sie senkte lächelnd ihr hübsches Gesicht.

„Befehl ausgeführt“, sagte Hugo keuchend, „in einer Minute wäre das feindliche Gebüsch am Boden gewesen und zerstört.“

„Sie haben hier niemand nachzulaufen“, sagte Dr. Schmidt, „gehen Sie sofort zum Haus und prüfen Sie sämtliche Türen.“

„Auch im Namen des Magistrates“, sagte Hugo, „möchte ich Ihnen allen hier danken für die großzügige Unterstützung.“

„Hauen Sie ab!“ sagte Dr. Schmidt. Hugo schlüpfte unter der Hängematte durch und verschwand zwischen den Tannen. Das Summen in der Luft näherte sich von allen Seiten.

„Jemand klopft unter meinen Füßen“, sagte Herr Alvenshain ruhig und sachlich, als hielte er ein Referat, „was soll ich ihm mit den Füßen antworten?“

„Ich will doch lieber mal nach den Pferden sehen“, sagte Karl und stand auf, „es klopft nämlich auch unter mir.“

„Das können Detonationen sein“, sagte Dr. Schmidt, „die der Erdboden weiterleitet.“

„Am besten geh ich mal mit", sagte Helmuth und sprang auf und holte den Lyriker ein, eingehängt gingen die beiden hinüber zu Konrads Behausung. Der Schriftsteller schrieb unermüdlich weiter, riß eine Seite vom Schreibblock und stopfte sie in die Tasche, trank einen Schluck Bier und kritzelte wieder drauflos. Ich spürte, wie es unter meinen Füßen rumorte. Dr. Schmidt hielt sich sehr aufrecht und schenkte sich aus der Geneverflasche ein. Herr Alvenshain öffnete den Mund, sagte etwas, das niemand in dem donnernden Motorenlärm verstehen konnte, eine Viermotorige brauste ziemlich niedrig über den Garten hinweg. Das Donnern verlor sich, Dr. Schmidt kippte seinen Genever, dann sagte Fräulein Pringsfeld:
„Das Gras bewegt sich, dort!"
Der Schriftsteller blickte nur kurz auf und schrieb weiter, ein dicker Grasbüschel flog in der Nähe hoch und ins Gras. Dann flog wieder ein Grasbüschel durch die Luft, und dann blickten wir nach der weißen Wolke, die langsam, lautlos und hin und her schwankend in den mondhellen Wildgarten herunter schwebte. Die ganz in Leder gekleidete kleine Gestalt, die darunter hing, streifte schon mit den Füßen die Sträucher, und aus der Erde, dort, wo die Grasbüschel hochgeflogen waren, glänzte ein polierter, runder Topf auf, ruckte hin und her und versank wieder. Die weiße Wolke trieb gegen die hohe Platane, berührte die starken Äste und fiel in sich zusammen.
„Er sagt, er möchte etwas zu trinken", sagte Fräulein Pringsfeld. Herr Alvenshain nahm die Bierflasche und füllte sein Glas bis zum Rand.
„Ich will es ihm bringen", sagte sie und trug das überschäumende Glas vorsichtig dorthin, wo im Takt ein kurzes Spatenscheit im Mondlicht aufblinkte, Erdschollen wurden herausgeworfen. Sie kniete ins Gras und reichte das Glas mit dem hohen weißen Schaum in die Erde hinunter.
Nichts wird ihr besser bekommen, dachte ich, als hier benötigt zu werden und Durst zu stillen.
Sie kehrte ruhig mit dem geleerten Glas an den Tisch zurück. Der weiße, zusammengesunkene Fallschirm sank träge von der

Platane ins Gras. Das Motorengebrumm in der Luft schwoll wieder an. Der Schriftsteller riß die beschriebene Seite vom Block, stopfte sie in die Tasche und steckte sich mit zittrigen Händen eine Zigarette an.
„Unmöglich", sagte er, „völlig unmöglich, diese verschiedenen, gleichzeitigen Vorgänge auch gleichzeitig darzustellen. In der Musik geht das spielend, sie kann mit hunderten von Instrumenten gleichzeitig arbeiten, der Autor kann immer nur Wort an Wort rücken, während die Wirklichkeit zugleich auf allen Seiten vor sich geht. Realismus? Spottschlecht! Kein sogenannter Realist wagt zu schreiben: er sah, hörte, roch, fühlte, schmeckte und dachte in diesem Augenblick, wo er mit Sodbrennen aufstieß, ihm die kleine Zehe juckte und er niesen wollte und nicht konnte, daß oder wie... Aber ich gebe es noch nicht auf."
„Es wurde nach einem Arzt gerufen", sagte Fräulein Pringsfeld.
„Ich hörte es auch", sagte Herr Alvenshain, „und zwar ist ein Arzt verwundet worden."
Dr. Schmidt sprang auf und fiel über den schwarzen Telefondraht, der vom Tisch herabhing. Er fiel der Länge nach ins Gras, stützte sich auf und rutschte im Kreise herum, er kämmte mit den Fingern das Gras so lange ab, bis er die Brille wiedergefunden hatte, sie war weich gefallen und er setzte sie vorsichtig wieder auf. Dann erhob er sich und betrachtete im Mondlicht seine Hände.
„Genever", sagte er, „gießen Sie bitte Genever drüber!"
Herr Alvenshain zog den Telefondraht über den Kopf, nahm die Flasche vom Tisch, und Dr. Schmidt streckte die hohl aufgehaltenen Hände vor. Sorgfältig goß der Eisenbahnrat den hochprozentigen Schnaps in die Handflächen, und der junge Arzt führte die berufsmäßigen Waschbewegungen aus. Durch die große Mäuerlücke krochen mühsam zwei kleine, erschöpfte Gestalten, sie schleppten zwischen sich eine Feldtragbahre, Netze schaukelten von ihren Stahlhelmen vor ihren rußgeschwärzten Gesichtern. Auf der Bahre bewegte sich jemand unter der grü-

nen Wolldecke, die viel zu groß war und über den Mauerbrokken nachschleifte. Dr. Schmidt hielt im Laufen die Hände hoch ins Mondlicht, um nichts zu berühren. Die beiden kleinen, kriechenden Männer setzten die Bahre hin. Dann drehten sie die Köpfe zur Mauerlücke. Das Brummen in der Luft hatte aufgehört. Der Schriftsteller blickte immer wieder rasch hoch und schrieb weiter. Dann hörten wir das Knallen von Fehlzündungen und das dröhnende Lärmen eines heranbrausenden Motorrades, der starke Scheinwerfer drehte heran und der Fahrer bremste die Maschine vor der Mauerlücke. Eine langbeinige, magere Gestalt mit riesiger Schutzbrille unterm Stahlhelm sprang ab, schob die Schutzbrille über den Rand des Stahlhelms, bückte sich, zog aus dem Beiwagen einen flachen Blechkasten und schleppte ihn am Griff zur Tragbahre. Dr. Schmidt stellte sich ihm vor und streckte ihm die mit Schnaps behandelten Hände ins Gesicht. Der Fahrer roch daran, nickte grinsend, klappte den Kastendeckel hoch, zog die durchsichtigen Gummihandschuhe heraus und streifte sie Dr. Schmidt über die Hände. Dann goß er aus einer blauen Flasche eine farblose Flüssigkeit Dr. Schmidt über die Gummihandschuhe. Er zog die grüne Wolldecke von dem Verwundeten, nahm eine blinkende Schere aus dem Kasten und schnitt vom Kragen über die Schulter bis zum Handgelenk hinunter Jacke und Hemd des verwundeten Mannes auf. Der Kopf des Liegenden, kurzgeschoren, erschöpftes, schmales, intelligentes Gesicht, folgte schwerfällig der munter schnipselnden Schere. Die beiden Rußgesichter hielten die glimmenden Zigaretten mit der hohlen Hand bedeckt, bei jedem Zug höhlten sich ihre Wangen unter den grünen Netzen tief nach innen, sie blickten unbeteiligt zu. Der Fahrer warf die Schere in den Kasten, nahm den Kopf des Verwundeten mit beiden Händen und drehte ihn nach der Seite. Er hielt ihn dort fest und Dr. Schmidt verlangte jetzt „besseres Licht als diese Mondfunzel". Die beiden kleinen, ermatteten Bahrenträger rückten heran und knipsten ihre starken Stabscheinwerfer an. In diesem Augenblick hielt Fräulein Pringsfeld die Hand vor den Mund und stand auf. Sie ging einige Schritte nach

den Tannen, griff in die Hängematte und übergab sich. Herr Alvenshain war schon neben ihr und klopfte leicht ihren schmalen Rücken.
„Nun, nun, gnädiges Fräulein“, sagte er, „es ist das Beste, was Sie tun können.“
Der Schriftsteller blickte sich um, nickte und schrieb weiter.
„Mir ist nur etwas schlecht geworden“, sagte Fräulein Pringsfeld leise.
„Selbstverständlich“, sagte Herr Alvenshain, „das ist doch ganz natürlich.“ Behutsam klopfte er mit der flachen Hand zwischen ihre Schulterblätter.
Aus der Erde, dort, wo vorhin die Grasbüschel hochgeflogen waren und die Erdschollen, schob sich eine kurze Gestalt mit dicken Lederhandschuhen heraus, schüttelte die Erdklumpen ab und hängte sich den Karabiner quer über die Schultern, stülpte den Stahlhelm über und kroch flach, wie eine Echse auf dem Bauch durchs Gras davon. Die beiden kleinen Tragbahrenwärter zogen an ihren Zigaretten, die sie durchs Netz in den Mund schoben, und stießen den Rauch durch die Nase aus, sie blickten der kriechenden Gestalt gemüdet nach. Ich hörte Schritte hinter mir.
„Gehorsamst zurück“, sagte Hugo, schnaufend, er warf den Schlüsselbund zwischen die Gläser auf den Tisch. Der Schriftsteller zuckte zusammen, richtete sich auf und sagte:
„Ich komme hier überhaupt nicht mehr mit.“
Eine Zeitlang ging Herr Alvenshain mit Fräulein Pringsfeld hinter uns auf und ab, dann sah ich sie nicht mehr.
„Uff“, sagte Hugo, er setzte sich wieder neben mich, „da kriecht schon wieder einer von diesen GI’s herum, mit einem einzigen Sprung wäre er erbeutet und hinter die Linien geschafft. Aber der Doktor läßt heute keinen Nahkampf mehr zu. Und wen hat er dort unterm Messer?“
„Einen verwundeten Kollegen“, sagte ich.
„Äskulap Heil“, sagte Hugo, „wo sind die berittenen Phantasten, Sir?“

„Haben sich entfernt", sagte ich.

„Ihre Gespräche kann ich nicht auch noch mitschreiben", sagte der Schriftsteller, er warf den Kugelschreiber auf den Tisch, zündete sich eine Zigarette an und rauchte hastig vier, fünf Züge hintereinander.

Die beiden rußgesichtigen Träger standen auf, faßten die Bahre an und trugen sie mit knieweichen Schritten über die Mauerbrocken, ihre Netze schaukelten hin und her. Der lange Fahrer trug den flachen Blechkasten und Dr. Schmidt ging untätig hinterher. Wieder war es im Garten still. Dann hörte man ein Summen, es wurde zweimal hochgetrieben, dann polterndes Rumpeln und Knarren, ein Motor dröhnte auf und lief dann im Leerlauf weiter, wir konnten das haltende Fahrzeug nicht sehen, zwei matte Schüsse, das waren die Wagentüren, dann heulte der Motor wieder auf und das Rattern und Knarren entfernte sich und der Lärm ließ nach. Der lange Fahrer kam zu seinem Motorrad zurück, trat auf den Kickstarter, trieb den schweren Viertakter hoch, sprang auf die Maschine, zog die Schutzbrille über die Augen und die großen Lederhandschuhe über die Hände, grüßte Dr. Schmidt mit erhobener Hand, drehte den Scheinwerfer an und brauste los.

„Eine Tausender, Sir", sagte Hugo, „schaffen die spielend. Wir sind die dämlichen Friedlichen und sie müssen ihren Rabatz haben. Könnte jetzt den Fallschirm in Sicherheit bringen, schikke Polohemden für Hugo eingetroffen!"

„Dämlich oder friedlich", sagte der Schriftsteller, er steckte den Schreibblock und den Kugelschreiber in die Jackentasche, „darüber vielleicht später mehr. Ich muß eine Handvoll Schlaf auf die Augen bekommen. Ich gehe in die Hängematte und igle mich ein. Wenn's wieder losgeht, dann zerren Sie mich bitte wach."

Er trug den Hocker vor die Hängematte, kletterte hinein, legte sich auf die rechte Seite und zog die Knie an.

Dr. Schmidt stand unter der Platane und redete mit Hugo. Ich sah, wie Hugo den großen, weißen Fallschirm zusammenrollte und sich über die Schulter hängte, dann stapfte er durchs Gras davon.

Dr. Schmidt kam an den Tisch zurück, er setzte sich mir gegenüber und prüfte den Geneverrest in der Flasche. Er schenkte sich ein und trank. Der Mond über uns hatte einen dunstigen Hof bekommen. Der Schriftsteller schlief bereits in der Hängematte und schnarchte gleichmäßig. Dr. Schmidt roch an seinen Händen und zündete sich eine Zigarette an. Ringsum war es völlig still, ich schloß einen Augenblick die Augen, ich hätte gern einen Kaffee getrunken.

„Es ist ja überhaupt niemand mehr hier?" sagte Dr. Schmidt. Ich öffnete die Augen und nickte.

„Herr Kreuder schläft in der Hängematte", sagte ich, „seine Freunde sind verschwunden."

„Diese Mauer muß morgen früh wieder zusammengeflickt werden", sagte Dr. Schmidt. „Möchte wissen, wo sie mit dem unterirdischen Stollen begonnen haben? Zu faul jetzt, um reinzukriechen." Er schenkte die beiden letzten Genever ein.

„Alsdann", sagte er und wir blickten uns an und kippten es hinunter.

„Hör'n Sie mal", sagte er, „es ist schon spät und wir sind hier allein. Herr Kreuder schnarcht und Hugo treibt sich irgendwo herum. Ich war von Anfang an auf Ihrer Seite. Sie könnten mir jetzt sagen, wer Sie sind. Sie sehen ja nicht aus wie einer, der seinen Namen vergessen hat und dafür eine Woche vorausbezahlt."

„Eine ganze Woche?" sagte ich, „nun gut. Und wir sitzen ja schließlich nicht hier, mitten in der Nacht, um uns über irgendwelche Namen zu unterhalten. Ich denke an die kurze Zeit zurück, die ich hier zubrachte, und ich kann aufrichtig sagen, ich hätte das alles wirklich nicht erwarten können. Und ich rede nicht einmal von dem stärksten Eindruck."

„Ich komme wieder in Fahrt", sagte Dr. Schmidt, „dieser Panzer war mir auf den Magen geschlagen. Haben Sie noch eine Flasche Bier? Vielen Dank. Wenn ich zum Beispiel nicht Herbert

Schmidt hieße, glauben Sie, daß dann alles mit mir anders wäre?"

„Es ist mit niemand anders", sagte ich, „wer vollkommen aufrichtig ist, weiß, daß es mit niemand anders ist. Tivoli oder Schmidt oder Kreuder, sobald man den richtigen Ausblick gefunden hat, spielt das alles keine Rolle mehr."

„Ausblick?"

„Überall", sagte ich, „wo Sie wollen, können Sie ihn finden. Auf einem Baum oder unter Wasser. Ob er allerdings richtig ist, weiß der Himmel, ich nenne ihn einmal so. Ist der Mond richtig? Wer wir hier sind, das ist doch so vorübergehend, daß es an den Gräbern schon wieder unwahrscheinlich wirkt. Grabsteine mit Inschriften, lange, lange Reihen, Fichtenkränze mit Weidenkätzchen, und die Grabstellen sind laufend numeriert. Was soll das denn unter dem Himmel heißen: wir sind dagewesen? Zahllose sind dagewesen und haben sich darüber unterhalten. Völlig unwahrscheinlich. Wir decken das mit Phrasen ab, Aufgaben, Schaffensgeist, Verantwortungen, Lebensziele, um die fürchterliche Melancholie nicht mit Namen zu nennen. Nur dagewesen zu sein. Das ist so unwiderruflich, daß es vom Ende her alles bei Lebzeiten schon ungültig macht, nicht zum Text gehörig, eine Anmerkung bestenfalls. Auf dem Münchener Hauptfriedhof spielt am Heiligabend unter der hohen Lichtertanne eine Bläserkapelle den Toten alte Weisen vor. Ich sah auf dem Dorffriedhof in Unterföhring auf den Gräbern bunt geschmückte Christbäumchen, Lametta und Glaskugeln und niedergetropfte Kerzen, die hatten am Weihnachtsabend gebrannt. Für die Dagewesenen. Und solange wir noch jemand helfen können, bleiben wir von der letzten Wahrheit verschont, von dem letzten Ausblick."

„Jetzt sagen Sie schon, was Sie damit meinen."

„So geht es nicht", sagte ich, „man weiß nur etwas ganz genau, wenn man es selbst geworden ist. Also kann ich es nur andeuten. Ich vermute, es gibt keine Zeit."

„Wie?"

„Wenn es eine Ewigkeit gibt“, sagte ich, „dann gibt es nicht die Zeit. Wenn die Ewigkeit mit sich identisch ist, läßt sie sich nicht ratenweise apperzipieren.“

„Ratenweise?“

„Es käme darauf an“, sagte ich, „stets so zu denken, als gäbe es keine Zeit. Die Wahrscheinlich, daß es nur die Ewigkeit gibt, ist größer. Körperlich können wir uns nicht so verhalten, als ob es nur die Ewigkeit gäbe. Atmen, Durst, Hunger und Schlaf. Die Ewigkeit braucht keinen Schlaf. Aber graben Sie einmal einen Toten nach einem Monat wieder aus. Er wird das nicht mehr sehen, was aus ihm geworden ist, er würde sich davor ekeln. Und nun nehmen Sie einmal an, wir könnten an den Toten einige Fragen richten, und er würde uns antworten können, nicht mit den verwesten Lippen, nicht mit der weggefaulten Zunge, die man zum Sprechen braucht, sondern wir würden seine Antworten hören, wie man im Traum jemand sprechen hört, inwendig. Welche Fragen würden wir an ihn richten?“

„Fragen Sie“, sagte Dr. Schmidt.

„Warum bist du an einem Spiegeltrick zugrunde gegangen?“

„An einem Spiegeltrick?“

„An dem Trick mit der sogenannten Zeit. Was du für Zeit gehalten hast, war nichts Wirkliches, waren Spiegelungen, wovon, braucht man nicht erst zu erraten.“

„Wie ist es möglich, daß es davon Spiegelbilder gibt?“

„Was in der Zeit sich spiegelt, kann nicht die Zeit sein. Wir wissen das aus bestimmten Erlebnissen.“

„Weiter“, sagte Dr. Schmidt, „das ist nicht neu. Die Seele als Spiegel der Ewigkeit. Aber wo ist der Trick?“

„Ich will den Toten deutlicher fragen“, sagte ich, „also, ich frage dich, wußtest du nicht, daß die seltenen Augenblicke in deinem Leben, wo du wirklich frei warst, wo du nicht mehr geplagt warst und nicht beladen, nicht gequält und nicht bekümmert, nicht ruhelos durch Wünsche und nicht friedlos durch Erwartungen, nicht gelähmt durch Angst und nicht getrieben von der Verzweiflung —, wußtest du nicht, daß diese seltenen

Augenblicke in deinem Leben, wo es auch keine Erinnerung mehr gab und keine Zukunft, sondern nur noch die eine, alles andere ausschließende Gegenwart der Augenblicke —, wußtest du wirklich nicht, daß dies gar keine Augenblicke waren, keine Sekunden und keine Minuten, keine Stunden, daß diese seltenen Augenblicke von reiner Gegenwart keine Zeit waren, sondern etwas unvergleichlich anderes, für das es hier keinen Ausdruck gibt?"

„Und was antwortet der Tote?"

„Er antwortet nicht."

„Fragen Sie ihn, warum er nicht antwortet!"

„Er muß sich besinnen, jetzt höre ich seine Antwort. Er sagt, meine Frage sei völlig sinnlos. Er sagt, was hätte es ihm geholfen, ob er es wußte oder nicht? Denn *danach* wäre doch immer etwas zu tun gewesen, und wenn man nur zur Omnibushaltestelle gehen mußte. Er sagt, er hat einmal am Wasser gesessen, genauer, an einem Fluß, es war der Rhein. Er saß im Gras, auf der Uferböschung, und er war allein, an einem Sommertag. Er hatte im Strom geschwommen, er war einen Kilometer stromaufwärts gegangen und dann ins Wasser und mit der Strömung geschwommen, sie war so heftig, daß er die Stelle verfehlte, wo er am Ufer wieder herausklettern wollte über die großen Steine, die Strömung trug ihn weiter, und als er dann schließlich das Ufer erreichte und die Böschung hinaufkletterte, mußte er den Graspfad unter den hohen Pappeln zurückgehen bis zu dem Platz, wo seine Kleider lagen, der Wind rauschte in den Pappeln und im ersten Augenblick fror es ihn, bis er wieder trocken war, und bevor er zu seinem Platz kam, blieb er an einem Soldatengrab stehen, eine längliche Vertiefung im Gras, mit Feldsteinen markiert, eine verrostete Blechbüchse ohne einen Tropfen Wasser und längst verwelkte Margeriten darin, ein kleines Holzkreuz ohne Farbe und ohne Namen, er stutzte und blickte eine Zeitlang darauf nieder, dann ging er weiter und dann saß er neben seinen Kleidern und schaute über die Weite des Stroms, der Himmel war dort sehr hoch und in großen Entfernungen über den rauchgrauen Höhenzügen glänzten tiefweiße Wolken, die Sonne brannte auf seine Haut, der Wind wehte und rauschte in den Pappeln, der Strom zog breit und glitzernd unter ihm vorbei, da saß er nun mit angezogenen Knien und blickte in die sonnenhelle und windoffene Ferne, zwanzig Schritte neben ihm das versengte und vergessene Grab, und hinter ihm die hohen grünen Sommerwiesen mit den tiefgelben Blumeninseln, die Silberpappeln und die Weidenbüsche, da war ihm wohl die Zeit verlorengegangen, die Erinnerung und die Zukunft, da war er wohl zum Spiegel der Gegenwart geworden, zum Spiegel des Stroms, des Windes und des Himmels, und er saß still da und es hatte sich nichts ereignet und nichts war ungewöhnlich, kein Grund zu Erregungen oder zu Tränen, gar nichts, er fühlte sich weder leicht noch frei, denn er fühlte sich vorübergehend gar nicht mehr, er hatte sich in die Gegenwart verloren, und er wußte nicht, wie lang das dauerte, eine Stunde oder zwei oder eine halbe Stunde, verloren, als hätte er das Tor gefunden, durch das man aus sich fort geht, dorthin, woher man einmal gekommen ist in diese Zeit, die für die Gräber sorgt und für die Tränen —, und in die Zeit kehrte er erst wieder zurück, als er zu frieren begann, als er sich anziehen mußte, um zum Omnibus zu gehen. Er konnte nicht immerzu dort im Gras sitzen bleiben am Strom, es würde dunkel und kühl werden, er mußte also wieder etwas tun, er war ja nicht der Fluß oder die Pappel oder das Weidengebüsch, die konnten bleiben, die wurden *getan,* von der Erde und vom Himmel, von der Sonne und vom Wind, und dann ging er auf der Uferböschung bis zur Omnibushaltestelle an der Motorfähre, und er mußte öfter auf die Uhr blicken und sich zuletzt beeilen, und damit war natürlich alles endgültig vorbei. Und wenn er sich später fragte, was er dort erlebt hatte, dann wußte er es gar nicht genau, so, als wäre er nicht recht dabei gewesen, nur mit seinem Schatten vielleicht, den die Sonne hinter ihm ins Gras zeichnete, und irgendwo in der Tiefe oder Höhe seines Selbst mit einem leichten, versonnenen Zug oder Hauch von ruhiger und unverletzlicher und unerklärlicher Melancholie, die er als weiß empfand, leise und weiß.

Was half es ihm, viel oder wenig davon zu wissen, und daß er für eine Weile jeden Zeitpunkt verlassen hatte und in die Gegenwart hinein entrückt war? Nichts, er mußte ja nach Hause fahren, die Leute im Omnibus starrten ihn beharrlich und unausgesetzt und unbeweglich an, er konnte sie nicht daran hindern und es wurde ihm davon schlecht, da litt er schon wieder an der leeren Dauer, am Warten und Ertragenmüssen, an den leeren Längen von leeren Minuten, die nichts mehr mit jener Gegenwart zu tun hatten, deren grenzenlose Fülle er erlebt hatte. Begraben. Seit einem Monat begraben und erinnert sich daran, an den Sommertag am Strom und an den Wind in den Pappeln."

„Gut, gut", sagte Dr. Schmidt, „das ist deutlich genug. Aber warum bestand der Tote nicht auf seinem Erlebnis und ließ sich von nichts mehr beirren?"

„Tun Sie mal selbst so etwas", sagte ich, „mit wem wollen Sie dann darüber reden? Er hätte ja mit jemand darüber sprechen können, und verstanden hätte ihn vielleicht ein Kind, das gerne Märchen hört."

„Und nun wollen Sie sagen", sagte Dr. Schmidt, „er hat ein Leben lang die Gegenwart vertan, weil er sie wie wir alle mit der Zeit verwechseln *mußte?*"

„Er mußte gar nicht", sagte ich, „er hatte nur nicht den Mut, *nicht* an die Zeit zu glauben."

„Und wo ist der Spiegeltrick?"

„Wenn ein Kind die Hand ins Wasser streckt, am Teich, um die weiße Wolke zu greifen, dann ist es auf eine Spiegelung hereingefallen. Es hielt das Wasserbild für die wirkliche Wolke. Wer hier nach Stunden, Tagen und Jahren greift, weil er sie für etwas Wirkliches hält, fällt auf einen Spiegeltrick herein. Er greift nach der Gegenwart und vergißt, daß man die Gegenwart nur erfährt, wenn sie *uns* ergreift und aus der Zeit wieder herausnimmt. Sie können auch sagen, nur die Gegenwart kann uns von dem Alpdruck der Zeit befreien. Früher bevorzugte man das Wort erlösen."

„Hören Sie mal“, sagte Dr. Schmidt, „damit wollen Sie doch nicht behaupten, daß die Gegenwart identisch sei mit der Ewigkeit?“

„Die Gegenwart *ist* Ewigkeit“, sagte ich, „aber was wir hier von der Gegenwart erfahren, ist meistens nur die Zeit, die Strekke, die Mengen, Quantitäten, die man messen kann, und ihre Qualität ist ohne Zeit.“

„Bißchen knifflig, finden Sie nicht? Ich bin müde. Es ist spät geworden. Wie sagten Sie? Die Qualität der Gegenwart ist ohne Zeit? Also wäre die Ewigkeit zeitlos? Und wenn es diese Zeit nicht gibt, dann wäre doch alles gut aufgehoben?“

„Das sollte es wohl sein“, sagte ich, „und wenn man am Ende einen Strich darunter zieht und zusammenzählt, was kommt dann heraus? Drei Silben, mehr nicht. Einsamkeit.“

„Heiliger Christophorus“, sagte Dr. Schmidt, „sprechen Sie dieses Wort nicht mehr aus. Man kommt doch jeden Abend einmal um vor —, ich will es nicht mehr hören, wer hat uns denn dazuverdammt, so schauerlich endlos allein zu sein?“

„Allein ist man nur in der Zeit“, sagte ich, „in der Ewigkeit der Gegenwart ist niemand allein, weil es dort kein Ich mehr gibt. Wie es diesem Mann am Strom widerfuhr. Sobald die Gegenwart überhand nimmt, selten genug, dann geht das Ich unter, und mit dem Ich geht die Zeit unter, aber danach lassen wir dieses Ich wieder auftauchen, mit seinen Triebfedern, mit seinem Willen, und nun kann's ja wieder fröhlich losgehen mit planen und handeln und mit dem schäbigen Wuchern mit der Zeit, diesem Spiegelgespenst, und die Gegenwart wird wieder einmal gründlich ausgetrieben.“

Ich hörte einen Schritt hinter mir und drehte mich um. Durch den stillen Garten kam Hugo mit einem langen Pfahl über der Schulter, das Mondlicht glänzte auf der frischen weißen Ölfarbe des Holzschildes.

„Halten zu Gnaden“, sagte Hugo und hielt die weiße Holztafel mit der schwarzen Inschrift schräg über den Tisch. Ich las:

BAUSTELLE

Schuttabladen verboten!

„Sie werden diese Mauer wieder zusammenflicken", sagte Dr. Schmidt, „der Portier kann Ihnen dabei helfen. Bis zum Abend steht sie wieder, klar?"

„Steht sie wieder wie neu", sagte Hugo, „das verspreche ich Ihnen im Namen des PEN-Clubs, als wäre sie nie gefallen, und der übrigen Tiefseegewerkschaften."

Er nahm den langen Pfahl wieder über die Schulter, sagte grüßend „halb drei" und ging zur Mauerlücke hinüber.

„Ich habe morgen früh Dienst", sagte Dr. Schmidt, „zwei Einlieferungen. Wenn Sie noch bleiben wollen? Alsdann, gute Nacht!"

„Gute Nacht", sagte ich, „und wenn Sie mit Herbert Schmidt allein sind, dann lassen Sie jeden Gedanken im Stich und sich in der Stille treiben, wie Wasser, oder sinken, bis zur Gegenwart."

„Gut, gut", sagte Dr. Schmidt, „bis morgen!"

Hugo trieb den Pfahl zwischen die Mauerbrocken, mit dem Schild nach draußen. Er winkte mir zu, rief etwas von „Gegenwart und Wasserwart" und ging unter den Akazien pfeifend davon. Es war wieder still im Garten.

Als ich nach einer Weile aufstehen wollte, sagte der Schriftsteller in der Hängematte:

„Moment mal. Will Sie nicht aufhalten. Wie war das mit Ihren Eindrücken hier? Hörte ich nicht im Traum so etwas wie von einem stärksten Eindruck?"

Ich lehnte mich gegen die Tischkante. Er lag in der Hängematte auf der Seite und starrte mich durch die große schwarze Hornbrille an.

„Ich meinte Ihren Krankenbericht", sagte ich, „nicht zur Veröffentlichung bestimmt. Wo hätte ich den sonst zu lesen bekommen?"

„Puh", sagte er und ich fühlte, daß er das gern gehört hatte, „früher nannte man das literarischen Exhibitionismus, und der große alte Strindberg konnte das freihändig und mit dem Rükken zur Lenkstange, mit dem Fahrrad in die Hölle und retour, das bißchen Biertrinken und in den Kneipen verschüttgegangen, weil der Schatz mit Ehemann und Kind in die Stadt gezogen —, das ist doch jämmerlich und nicht mal einen Vorschuß wert." „Man kann es natürlich auch so ansehen", sagte ich, „und dann ist nichts einen Vorschuß wert und alles Krumme Lanke oder Biermanns Eisrevue, nachts um halb drei. Aber wenn Sie über diesen Abend schreiben sollten, dann lassen Sie mich bitte raus, ich bin nämlich gar nicht hier gewesen."

„Holzauge sei wachsam", sagte Kreuder, „natürlich sind Sie nicht hiergewesen, ich werde Sie ausklammern, ich weiß nicht mal Ihren Namen und was Sie sonst so treiben."

„Man treibt sich herum", sagte ich, „meint man, und wird herumgetrieben, bis man eines Tages in die Linden treibt, die auf Friedhöfen prächtig gedeihen. Als wäre man nie am Licht und in der Luft gewesen. Fliegenfänger für Eindrücke. Für Eintagsfliegen, die auf den Leim gehen. Werde noch einen Rundgang machen, gute Nacht!"

„Gute Nacht", sagte Kreuder, „kein schlechter Abgang für einen Herumtreiber. Herumtreiber? Gar nicht mal übel als Titel."

Ich knöpfte die Jacke zu, fischte meinen Panama aus dem Gras und kletterte über die Mauerbrocken und ging durch die feuchte, von den Raupenketten des Panzers verwüstete Wiese hinüber auf die Landstraße. Die schwarzen Baumschatten sahen wie parallel angelegte schräge Gräben aus. Die Landstraße war leer und totenstill. Der Mond stand tief am Himmel und würde bald untergehen. Es war so still auf der Landstraße, als wäre dies die Lücke, da sie der Zeit entging und der Stille angehörte, und die Stille war die Herkunft der Gegenwart.

An der Kreuzung sah ich Licht hinter den Zweigen der staubigen Fliederbüsche und den Ligusterhecken. Auf dem dunklen Platz stand ein haushoher Lastwagen mit Anhänger, meterhohe gelbe Blockbuchstaben: „3 Glocken Eiernudel". Das Licht kam aus den Kneipenfenstern. Das Wirtshaus-Schild sagte:

FERNFAHRER-RUH

Das war der zweite, der neue Name. Darunter konnte man im Mondlicht die Reste des alten Namens entziffern:

ZUR WALDESRUH

Ich stieg die ausgetretenen Sandsteinstufen hinauf und trat in das erleuchtete, große Schankzimmer. Am Ecktisch zwischen den Fenstern saßen zwei robuste Männer in vertragenen, blauen Kitteljacken. Sie schliefen, den Kopf in die Hände gestützt. Zwischen ihren aufgestützten Ellenbogen standen leere Kaffeetassen auf ovalen Nickeltabletts. Ich setzte mich an einen Tisch mit einem riesigen, weißen Reklame-Aschenbecher, der mir Kali-Düngung empfahl, und rief nach dem Wirt.

„Ping, ping, ping", antwortete die Wanduhr über dem Ausschank. Der Fernfahrer mit dem weißblonden Haar und den wimpernlosen Augen wurde wach, drehte das Gesicht, nickte mir zu und rief mit rauher Stimme „Franz!". Dann schlief er mit dem Gesicht in den großen Händen wieder ein.

Hinter dem Büffet öffnete sich eine Tür, aus der dunklen Türöffnung trat lautlos der Wirt. Er trug eine gestrickte graue Weste, Pantoffeln, rieb sich den eckigen, stichelhaarigen Kopf und blinzelte mich an. Ich sagte Guten Morgen und bestellte eine Tasse Kaffee.

„Tasse Kaffee", wiederholte er blinzelnd und verschwand rückwärts, mit dem Gesicht nach mir, mich beobachtend, in der dunklen Türöffnung. Dann rauchte ich eine Zigarette, die Fernfahrer schliefen tief und unbeweglich. Gedanken und Vorstellungen, die sich mir aufdrängen wollten, wies ich ab. Ich scheuchte sie fort. Ich wollte nichts denken müssen, da tauchten sie wieder auf, unversehens, bis ich merkte, daß ich mich mit ihnen beschäftigte und sie von neuem wieder fortscheuchte. Daß sie sich von mir vertreiben ließen, zeigte, daß sie eine gewisse Selbständigkeit besaßen, nahezu ein Eigenleben führten, und unermüdlich versuchten, sich mir aufzudrängen. Wenn man sich mit ihnen beschäftigte, identifizierte man sich unwillkürlich mit ihnen, und darauf allein kam es ihnen an. Man durfte diese Unterscheidung nicht verlieren. Sie waren nicht Ichselbst, und man konnte sie loswerden, wenn man sich ernstlich bemühte.

Jetzt kam der Wirt mit einem Nickeltablett um das Büffet herum und stellte es vor mich auf den Tisch, rückte den Kali-Aschenbecher zur Seite, sagte „bitte sehr" und schlurfte wieder davon. Aus der dickwandigen, weißen Tasse dampfte es leicht, es roch kräftig nach Kaffee. Ich riß das durchsichtige Papier von den Zuckerwürfeln, warf sie hinein, rührte um und trank. Gedanken und Vorstellungen, die sich wieder aufdrängen wollten, ließ ich nicht herankommen. Ich nahm den Kugelschreiber aus der Tasche und schrieb auf den Rand der *„Fußball-Woche"* die Namen, die ich nicht mehr behalten wollte: „Der Bullenwärter, Dr. Schmidt, Schwester Paula, Prof. Dr. v. Mengen, der Direktor, Alvenshain, Hugo, Kreuder, Karl und Helmuth, Konrad, Tivoli." Ich zögerte, und dann schrieb ich noch hin: „Frl. Pringsfeld." Einzeln strich ich jeden Namen durch. Dann merkte ich, daß ich mich nicht aufgeschrieben hatte.

Ich schwankte zwischen Logiergast und Herumtreiber. Dann schrieb ich „Versuchsperson", und strich es ebenfalls durch. Ich riß den Zeitungsrand ab, zündete den weißen Papierstreifen an und hielt ihn über den Kali-Aschenbecher und hörte das Telefon klingeln. Die Tür hinterm Büffet wurde zugeschlagen. Eine Stimme sprach hinter der Tür, man konnte nichts verstehen. Dann wurde die Tür geöffnet und der Wirt kam heraus. „Zahlen bitte", sagte ich und legte ein Geldstück auf den Tisch. „Das wird wohl für Sie sein", sagte der Wirt, „kommen Sie mal her." Er kratzte sich unter der Achselhöhle.

Ich stand auf und ging hinter das Büffet und durch die Türöffnung in das dunkle Zimmer. Der Wirt folgte mir, schlug die Tür hinter uns zu und drückte mir den Hörer in die Hand. Dann ging er durch eine andere Tür in die erleuchtete Küche. „Hallo", sagte ich in die Sprechmuschel und blickte auf den Lichtstreifen im Türspalt. In der Ecke mir gegenüber schlief jemand und blies die ausgeatmete Luft geräuschvoll durch die Lippen, als puste er regelmäßig auf alles, was ihm im Traum angeboten wurde. Von oben, offenbar von einem Schrank, sprang etwas auf meine Schulter, schnurrte und rieb den Kopf an meinem Hals, eine kleine Katze.

„Alvenshain“, sagte die Stimme in der Hörmuschel.

„Hallo“, sagte ich.

„Endlich“, sagte er, „gut, daß ich Sie noch erreicht habe. Ich rief schon zweimal an. Jemand möchte Sie noch sprechen, bleiben Sie bitte am Apparat. Und nochmals meinen aufrichtigsten Dank!“

„Bitte, nichts zu danken“, sagte ich. Dann wartete ich, das Kätzchen ziepte mich am Ohr. Der Schlafende in der Ecke pustete regelmäßig auf diese Welt.

„Brüderlichkeit“, sagte eine Stimme in der Hörmuschel, mild und zaghaft, „ich wollte dir nur adieu sagen.“

„Adieu, Tivoli“, sagte ich, „lieber Tivoli.“

„Fräulein Pringsfeld möchte noch mit dir sprechen“, sagte Tivoli. Dann war es still, und ich wartete, und dann hörte ich ihre leise Stimme:

„Ich kann noch nicht schlafen“, sagte sie. „Ist es wirklich wahr, daß alles, was wir tun, gar nicht stimmt?“

„Ich wünschte, es wäre anders“, sagte ich, „aber mit dem Wünschen ist es noch nicht getan.“

„Woran liegt es denn?“ fragte sie.

„Wenn ich das wüßte“, sagte ich. „Es muß etwas verlorengegangen sein, irgend wann, etwas in uns, ein Sinn, der einmal bewirkte, daß es nicht so wie heute war, und daß es mit uns stimmte.“

„Kann man ihn nicht wiederfinden?“

„Er ist nicht nur verlorengegangen“, sagte ich, „ich fürchte, er ist vernichtet worden und hat uns verlassen.“

„Wer hat ihn vernichtet?“

„Unser Denken“, sagte ich, „also wir selbst. Etwas, das älter ist als wir selbst, das so alt ist wie die Ewigkeit, haben wir mit unserem Denken vertrieben und vernichtet.“

„Woher weiß man denn davon?“

„In den Mythen und in den Märchen sind noch die Spuren davon zu finden.“

„Was ist es denn?“ fragte sie.
„Schuldlosigkeit“, sagte ich. Dann hörte ich einen klagenden Laut, dann war es still. Sie hatte den Hörer aufgelegt.
Ich tastete nach der Tischplatte, fand den Apparat und legte auf. Das Kätzchen sprang von meiner Schulter, der Schlafende pustete auf alles in der Welt. Ich tastete mich im Dunkeln zur Tür, aber ich konnte sie nicht öffnen, die Türklinke fehlte. Sie konnte herunter gefallen sein. Ich bückte mich und fuhr mit den Händen über den Fußboden, ich konnte sie nicht finden. Dann richtete ich mich auf und suchte den Lichtschalter neben der Tür. Ich drehte ihn um, nichts, ich drehte ihn wieder um, wieder und wieder, die Birne mußte defekt sein. Dann öffnete ich die angelehnte Tür. In der erleuchteten Küche war niemand. Ich sah, daß die beiden Küchenfenster vergittert waren, zwei weiß gestrichene Eisenstangen vor jedem Fenster.
Ich ging durch die leere Küche mit ihrem abgestandenen Geruch und öffnete die Tür neben dem langen weißen Emailleherd. Das Küchenlicht fiel einige Meter in den dunklen Flur. Ich fand den Lichtschalter im Flur, drehte ihn, nichts. Auch diese Glühbirne schien defekt zu sein. Meine Streichhölzer lagen noch drin auf dem Tisch neben der Kaffeetasse. Vielleicht war auch eine Sicherung durchgebrannt. Plötzlich ging das Licht in der Küche aus. Noch ein Kurzschluß, dachte ich und ging auf dem dunklen Flur weiter, mit den Händen tastete ich die Wand ab, dann stieß ich gegen eine Tür. Der Ausgang in den Hof, dachte ich und drückte die Klinke nieder und öffnete die Tür.
„Herein ohne anzuklopfen“, sagte eine Stimme vor mir. Ich blieb im Dunkeln stehen.
„Wo geht es hier hinaus?“ fragte ich.
„Wo hinaus?“
„Hinaus“, sagte ich, „wer sind Sie eigentlich?“
„Wo wollten Sie denn hin?“ fragte die Stimme.
„Ich will jetzt endlich hier hinaus“, sagte ich.
„Das ist nicht der Ausgang“, sagte die Stimme. „Wollten Sie fliehen? Vor wem denn? Ich würde Ihnen nicht dazu raten. Sind Ihre Versuche beendet?“

„Was wollen Sie eigentlich?“ fragte ich.

„Das sollten Sie doch selbst wissen“, sagte die Stimme, „Sie haben mich gefragt.“

„Was wissen Sie von meinen Versuchen?“ fragte ich.

„Alles, Sie sind damit gescheitert. Angeblich wollten Sie sich mit Geräuschen beschäftigen, und mit der Zeit. In Wirklichkeit wollten Sie etwas anderes. Sie versuchten, Ihre Identität zu verlieren. Sie suchten einen Ausgang aus Ihrem Ich. Sie sind aus einem fahrenden Zug gesprungen und über eine Mauer geklettert und haben den Mann ohne Namen gespielt, für einige Tage. Dann sind Sie wieder verschwunden. Damit kommen Sie nicht durch.“

„Ich verstehe Sie nicht.“

„Sie verstehen mich ausgezeichnet. Ich habe keine Lust, Sie zu belehren. Aber ich rate Ihnen, kehren Sie um. Gehen Sie zurück, soweit Sie können, dann werden Sie an den Ausgang kommen.“

„Welchen Ausgang?“

„Gehen Sie in sich selbst zurück. Solange Sie noch fortgehen, finden Sie den Ausgang nicht.“

„Wohin, um Himmelswillen?“

„In den Himmelswillen.“

Hinter mir wurde es hell. Ich drehte mich um, das Licht in der Küche brannte wieder.

„Wo stecken Sie eigentlich?“ fragte der Wirt aus der Küche. Er schlurfte den halbdunklen Flur heran.

„Wer ist dieser Mann?“ fragte ich und deutete dorthin, wo die Stimme jetzt schwieg.

„Wo?“ fragte der Wirt. Er trat neben mich und griff nach einem Schalter und knipste Licht an. Ich stand in einem leeren Zimmer, Bänke, Tische und Stühle waren an den Wänden aufeinandergestellt. Unter der Decke hing ein rissiger Öldruck. Ein blauer Gebirgssee, inmitten von dunkelgrünen Tannen, dahinter ein hohes Gebirge mit gezackten Graten, darüber weiße Wolken in einem blauen Himmel.

„Was suchen Sie hier?“ fragte der Wirt. Er blickte mich mißtrauisch an und kratzte sich den stichelhaarigen Kopf.
„Jemand sprach hier mit mir“, sagte ich.
„Sie hören wohl Stimmen?“ sagte er. „Sind Sie vielleicht von diesem — Sanatorium da drüben?“
„Ich möchte jetzt gehen“, sagte ich, „wo ist hier der Ausgang?“
„Sie stehen mit dem Rücken davor“, sagte er, „so können Sie ihn natürlich nicht finden.“
Ich drehte mich um und öffnete die Tür und ging die Stufen hinunter und hinaus in die Nacht.
Es wurde schon hell am Himmel.

Epilog

Zu schreiben
vom Glück und Unglück,
das ist, als ob einer schreiben will
vom Wind oder von der Luft. Denn es
sind beide unsichtbare Dinge, die
auch nicht mit Händen zu
greifen sind.

PARACELSUS

Eselhof,
Post Wiesensteig/Württ.
Septemberabend

Herrn
Ernst Kreuder
c/o Sanatorium Waldheim
über Hoxhohl

Darmstadt 2 Land

Sehr geehrter Herr Kreuder,
ich las inzwischen eine Erzählung von Ihnen. (Ihr Bericht über das Biertrinken und den von Jammerpilzen war ja nicht zur Veröffentlichung bestimmt.) Eselhof ist ein Weiler von 7 Bauernhöfen. In der Tiefe, nicht sichtbar und auch nur bei Westwind hörbar, rollen die Fahrzeuge auf der Autobahn Stuttgart – Ulm.

Vieles erinnert mich hier oben an Jean Paul, von dem ich jetzt die „Flegeljahre" und den „Hesperus" gelesen habe. In „wissenschaftlichen Kreisen" — ich leitete über ein Jahrzehnt in einem Kurort im Taunus ein Institut für Psychotherapie — hält man von der erzählenden, von der belletristischen Literatur nicht viel.

Ich habe in der Zwischenzeit einiges gelesen, das nicht zum Fach gehört. Dadurch wurden viele längst bewährte und anerkannte „Wahrheiten" für mich wieder fragwürdig.

Sie erinnern sich noch an den Mann, der damals, im Sommer, in Waldheim eindrang (über die Mauer), mit der Absicht, ein Experiment durchzuführen? Ich hatte bis zu diesem Tage nur mit Erkrankten experimentiert. War also ungenügend vorbereitet. Und scheiterte kläglich. Heute sehe ich nun, dieses Scheitern gehört zum Experiment wie der Schwanz zum Hund, ich war nur noch nicht gründlich genug gescheitert.

In Waldheim wollte ich zunächst Versuche mit der Identität anstellen. Mir war aus der indischen Philosophie der Unter-

schied zwischen Ich und Selbst bekannt. *C. G. Jung* sagt darüber in seinem Geleitwort zu Daisetz Teitaro Suzuki, „Die große Befreiung": „Gleichwie das *Ich* eine gewisse Erfahrung meiner selbst ist, so ist das *Selbst* eine Erfahrung meines Ich, welche aber nicht mehr in der Form eines erweiterten oder höheren *Ich,* sondern in Form eines *Nicht-Ich* erlebt wird."
Ich war ungenügend vorbereitet zu scheitern, wenn man darunter den Vorgang versteht, das Ich zu verlieren, um das Selbst zu erfahren.
Als der Panzer nachts die Mauer eingedrückt hatte, verließ ich das Sanatorium und wanderte in der Morgendämmerung durch die Laubwälder. Die Luft war still, lau und feucht. Es roch nach fauligem Laub, nach nasser Rinde und nach Pilzen, nach Walderde und nach schimmligem Holz. Vor fünfzig Jahren hätte man in einem Briefe noch geschrieben: ich befand mich in einer wunderlichen Verfassung. Höchst ungenau und allgemein. Mir war zumute wie einem Totenkläger, der nichts zu beklagen hat. Kläglich.
Dann wurde es in der Luft unruhig, Sausen und Rollen. Einzig und allein ihr, dieser geisterhaft weitverbreiteten Luft verdanken wir das beliebige Herumziehen und Ankommen von Geräuschen. Ich kehrte im Wald um und ging zurück, und dann hörte ich wieder das Sausen und Surren und Brummen, aber ich kehrte jetzt nicht mehr um und stand kurz danach auf dem Grasstreifen der Autobahn.
Sieht aus eine Kegelbahn für Leute von Pappelgröße. Surr, surr, surr. Der Lärm wischte vorüber. Kläglich und rauchend betrachtete ich den Frühverkehr. Schließlich bremste ein großer, schwarzer Citroen und hielt. Der Fahrer lehnte sich zur Tür, klinkte auf und sagte: „Kommen Sie rein, wo wollen Sie denn hin?" Ein junger Mann, Igelhaarschnitt, buntbedrucktes Oberhemd als Jacke, die Texashose bis zu den Waden hochgeschlagen. Er grinste freundlich. Ich murmelte meinen Dank, und in dem Augenblick, als ich einstieg, sah ich auf dem Rücksitz ein faltiges, verhutzeltes Gesicht, runde, dunkelbraune Augen von steinalter Stille.

Ich nickte dem alten Männchen zu, klappte die Tür ins Schloß, und der Wagen zog an und der junge, grinsende Igelkopf hielt mir sein Päckchen Camel hin. Wir rauchten, fuhren ständig 110 und redeten, was man so in der Früh daherredet. Dann wurde ich nach Stunden wieder wach, weil der Wagen hielt. Weit und breit keine Ausfahrt. Die Wälder gelbgrün im grellen Mittagsleuchten. Das alte Männchen stieg vorsichtig aus, verneigte sich mit vergnügten Augen und tappte an einem dünnen Spazierstock über eine gemähte Wiese davon. Plötzlich war er, noch mitten in der Wiese, verschwunden.
„Moment bitte", sagte ich, „ich möchte auch hier raus." Wir drückten uns die Hände, dann grüßte der Igelkopf mit dem Zeigefinger, grinste, gab Gas, und ich warf die Tür von draußen zu und die schwarze Limousine zog rasch und funkelnd davon. Ich ging durch die heiße Luft über die kurzgeschorene Wiese und wollte herausfinden, wieso das alte Männchen hier einfach verschwinden konnte. Dann hörte die Wiese vor mir auf, und ich blickte in die goldblaue Luft der Tiefe. Ein ausgedehnter Kalksteinbruch, Loren und Schienen, Gestrüpp und Büsche, Bretterhütten, riesenhafte Kalksteinblöcke, ich sah auch die Steinsäge, die den Berg in Würfel geschnitten hatte. Nichts regte sich dort unten, die Steinsäge sah wie ein Hebekran aus und stand auf Schienen, das große Stahlsägeblatt war bis zur Hälfte ins Gestein eingedrungen, dann hatten sie den Motor abgestellt und den Steinbruch verlassen, vor Monaten vermutlich. Über das Kreissägeblatt sprudelte dünn und unaufhörlich ein klarer Wasserstrahl. Kein Laut, Bretterhaufen, Bohlen, Schubkarren, Schmetterlinge. Auf einem kleinen Pfad stieg ich in Kehren hinunter, kletterte über Steinbrocken und zwängte mich durch Weidensträucher, dann ging ich auf die größte der alten Baracken zu. Das alte Männchen stand reglos in der dunklen Türöffnung und sah mich herankommen.
Ich blieb stehen, bückte mich und hob ein Stück Kalkstein auf, betrachtete es rundherum und warf es fort. Er stand noch immer in der Tür und beobachtete mich unbeweglich. Ich nahm den Panama vom Kopf.

„Ein heißer Tag“, sagte ich, und dann roch ich den Kaffee. In der Hütte zischte es, er lief hinein und ich setzte mich auf einen Kalksteinblock, zündete mir eine Zigarette an und wartete. Schließlich rief er durch die offene Tür. Ich stand auf und ging hinein in das Halbdunkel und sah zunächst nicht viel. Bücher und Zeitschriften auf einer großen Tischplatte, die auf Holzblöcken stand. Er hantierte im Hintergrund mit Tassen, vor sich hin lächelnd, und ich stand vor dem Büchergestell, während er ein Paket Würfelzucker öffnete und in eine Glasdose schüttete. Ich versuchte, die Rückentitel zu lesen, Swedenborg, Paracelsus, Agrippa von Nettesheim, Laotse, Buddha, Upanishaden, Bhagavad Gita, Görres, im Fach darunter 64 kleine, schwarze Bändchen Jean Paul, im Fach darüber Baudelaire, Poe, Rimbaud, Valéry, Lautréamont, Novalis, Arnim, Brentano. Er bat mich, die Tür zu schließen, und danach konnte ich die Titel nicht mehr entziffern.
In den Ritzen der Fensterläden standen gelbe Lichtstreifen, die Hitze blieb draußen, es war halbdunkel und fast kühl in der Baracke. Seine kleinen, gelben Hände forderten mich auf, am Tisch Platz zu nehmen. Ich nahm zwei Würfelzucker, rührte um und trank einen Schluck von dem heißen, starken Kaffee. Die stillen Tiefseeaugen blickten mich freundlich und ernst an. Er riß die durchsichtige Hülle von einem Päckchen Zwieback und schüttete sie auf einen Holzteller. Er ließ mir Zeit. Seit er mich hereingerufen hatte, war noch kein Wort gesprochen worden. In der Stille hörte ich den Wasserstrahl über das Sägeblatt sprudeln.
Dann zündete ich mir eine Zigarette an und erzählte. Wie ich nach Waldheim gekommen war, von Tivoli, Dr. Schmidt, Hugo, Konrad, von dem Professor und von Ihnen, von Helmuth und Karl. Er hörte mit halbgeschlossenen Augen zu, unbeweglich. Ich deutete meine Versuche an, erzählte von Herrn Alvenshain und Fräulein Pringsfeld und sagte schließlich, daß vermutlich alles vergeblich war, ich war gescheitert.
Als ich schwieg, öffnete er die Augen und blickte mich an, ohne etwas von mir zu sehen. Ich hatte fast eine Stunde geredet.

Dann nahm er einen Zwieback vom Holzteller, stand auf und trippelte in der Hütte herum. Ein kleines, altes Männchen, gelbes verhutzeltes Gesicht, vertragener, schwarzer Anzug, dünne graue Haare mit weißen Strähnen darin. Vorn reichte der Haaransatz über die Schläfen vor, erinnerte mich an ein Foto von Kafka. (Die gewölbten, freien, glatten Idealistenstirnen sind meist pure Ausstattung. Auch Proust hatte diese vom Haaransatz zugezogene kleine Stirn.)

Er trippelte durch die Baracke, die kleinen, gelben Hände ineinander verhakt auf dem gebeugten Rücken. Ein dünnes Kinnbärtchen hätte zu seinem Gesicht gepaßt, dachte ich, dann öffnete er plötzlich einen Fensterladen, und ich wurde von dem grellen Sonnenlicht geblendet. Er deutete mit dem kleinen Arm hinaus.

„Die kleine Baracke dort drüben", sagte er, „vielleicht sehen Sie sich den Raum einmal an."

Ich stand auf und ging hinaus und zu der kleinen Baracke hinüber. Ein Tisch, ein Stuhl, ein Klappbett und ein Spind. Spinnweben in den Ecken und am Fenster. Dann ging ich zurück. Er stand am Fenster und sah mich herankommen.

„Sie können dort drüben wohnen", sagte er durch die Fensteröffnung, „mein Sohn wurde vor sieben Wochen auf der Autobahn totgefahren. Seither liegt der Steinbruch still."

Er ging vom Fenster fort und ich trat in die Baracke und schloß die Tür. Ich setzte mich wieder hin, er zog den Fensterladen bei.

„Was haben Sie bisher gelesen?"

Ich wußte, was er meinte und schwieg.

„Was Sie vorhaben", sagte er, „läßt sich am besten durch Lesen vorbereiten. Durch richtiges Lesen. Es ist wie unsichtbares Gehen mit einem unsichtbaren Begleiter. Geisterreise, auf der Sie die anerkannten Auffassungen von unserer Welt hinter sich lassen." Er deutete auf das schwarze Büchergestell. „Was wollen Sie lesen?"

Ich schwieg.

„Prosa", sagte er. „Poetische Prosa, Kunstprosa, wird heute kaum noch geschrieben. Also keine Gedankenprosa, Begriffsunterhaltungen, keine Konstruktionen im Aktenstil. Imaginative Prosa, mediterran, unprotestantisch, pleromatisch, halluzinativ, und Alfred Schuler nannte es Telesma. Die Handschrift der Vision. Nehmen Sie diese drei Bände mit und ein Päckchen Zwieback, dort drüben können Sie ungestört lesen, die Steine sind die einzigen Nachbarn, die man heute noch ertragen kann."
Ich schreibe Ihnen dies, weil mir beim tagelangen Lesen im Steinbruch klar wurde, wie wenig ich bisher von Ihrem Metier wußte. Ich fand es kurios und exzentrisch, daß Sie in Waldheim Romanszenen „probten", bevor Sie ans Niederschreiben gingen. An jenem letzten Abend schrieben Sie wild und unverdrossen, um die Vorgänge, die sich ringsum im Garten ereigneten, zu Papier zu bringen. Ich hielt es für eine Marotte. Heute begreife ich, der Versuch, die Wirklichkeit in Worte zu bringen, ist eine der schwierigsten Unternehmungen, die man sich vorstellen kann. Neben den Texten der großen Prosaisten erscheinen die Leistungen der Forscher und Entdecker in aller Welt nur nützlich und daher unzulänglich: kamen sie mit den Seelen des Daseins überhaupt in Berührung?
Was liegt da vor, fragte ich mich, wenn einer im geschlossenen Zimmer am Tisch zwanzig Jahre, dreißig Jahre versucht, die Worte der Wasser zu schreiben, die grün und eilend und wortlos in die Zukunft fließen? Er versucht, das Geheimnis der Welt zu erraten.
Was liegt da vor, fragte ich mich, wenn einer ein Leben lang damit zubringt, die Erscheinungen alter Gärten, zerbrochener Terrassen, flechtenbewachsener alter Bäume, das Klima gestorbener Zeit zu erzählen, den Hall von Schritten zu schreiben, den der Wind fortträgt, den Ruf von Stimmen, die in der stillen Luft versinken, die Geräusche der Zeit, die über das Ufer der Gegenwart fließen und nachklingen, während ihre Zeit schon vergangen ist, was liegt da vor, wenn einer die dahinfliegende Zeit auffängt mit durchlässigen Worten, schreibend ihr Fortrükken in grünen Teichen, in den Efeugeweben brüchiger Mauern,

in platzenden Sumpfblasen, im Flüstern rosiger Lippen, die sich küßten, in blauen Rauchspiralen über einsamen Hütten nachzuholen versucht, nachzusagen mit Vokalen und Konsonanten? Er versucht, die Fremdheit der Welt zu bekennen, ins Geheimnis des Daseins zu blicken, das Vergehen des Sichtbaren anzuhalten im Ausdruck hergerufener und hingeschriebener Worte.

Aber das ist Ihnen ja längst bekannt. — Als ich darüber nachgedacht hatte, wurde mir das Verhängnis des Ich deutlicher. Solange einer die unsichtbare Binde nicht herunterreißen kann, sagte ich mir, die ihm das Ich vor die Augen knüpft, solange wird er von der Wirklichkeit des Daseins immer nur das erblicken, wonach dieses Ich verlangt.

Zuweilen, wenn ich viele Stunden auf dem Klappbett gelegen und gelesen hatte, stellte sich ein Zustand ein, der nichts als unerklärliche Fremdheit war. (Als wäre ich dem Dasein ähnlicher geworden.) Ich hatte Sinn und Gefühl für Zeit nicht mehr zur Hand, und auch das Ichgefühl war verflogen. Fühlte mich wie ein Es, das ich nicht kannte und das aus einer Stimmung bestand, im Schweben anhaltende Fremdheit. Mir war ich unverständlich geworden, begriff die simpelsten Wörter nicht mehr, was war „aber“, „und“, „oder“? Es konnten Vogelnamen sein, Wasserfarben, Baumarten.

Aber man kommt ja immer wieder zu „sich“, das Ich kehrt zurück aus der Abwesenheit wie ein vertriebener Hausbesitzer in sein Haus. Es wünscht, uns mit seinen Wünschen zu besitzen. Etwa vier Wochen hatte ich dort gelesen, dann lieh mir mein Gastgeber kein Buch mehr. Er meinte, ich könnte nun ausreichend lesen, er schickte mich auf Spaziergänge. Das war schwieriger, im Anfang, mühevoller, die Wirklichkeit zu lesen als Literatur. Es gilt, die erste Stunde zu überwinden, weil man solange in Gedanken herumläuft statt in der sichtbaren Welt. Danach beginnt man, deutlicher und eindringlicher zu sehen und dann findet sich wieder diese Fremdheit ein und später diese leichte Entrücktheit, die bis zur Ichverlorenheit vorrücken kann. In stillen Wäldern, oder wenn man lange von Höhenwegen in die Fernen beim Gehen schaut. Bis dann eines Tages folgendes geschah.

Ich war früh aufgestanden, trank ein Glas eisiges Quellwasser, steckte mir etwas Zwieback ein und trat aus der Hütte. Im Steinbruch blieb es totenstill, steinstill, Mäuse und Eidechsen schliefen wohl noch, doch das Sonnenlicht war schon so grell, daß ich noch einmal umkehrte und von dem Nagel an der Barackenwand die alte Mütze herunterholte. Ich zog das Mützenschild über die Stirn und ging durch den Steinbruch und dann eine Strecke die stille Landstraße entlang. Bog schließlich in einen Wiesenweg ein, der aufwärts führte zu einer der drei bewaldeten Kuppen, die etwa 800 Meter hoch sind. Plötzlich hörte der steil ansteigende Weg mitten im Wiesenhang auf. Das Gras war im Schatten naß und noch nirgends gemäht. Zwischen den hohen grünen Stengeln leuchteten die gelben, roten und blauen Blumen, glänzte das Spinnwebensilber, tropfte es von den Sträuchern, und wenn man still stehen bleibt, fühlt man das absichtslose, kunstlose Übereinstimmen der kleinsten Stelle aus Zweigen, Halmen, Laub und Blumen, die mühelose, unsichtbare Übereinkunft der wildwachsenden grünen Orte, das nie entworfene Gartenhafte in dem willkürlosen Miteinander der Gräser und kleinen Sträucher, die arglose Freundschaft des unberührten Beinanderwohnens von grünen Wesen, die uns mit dem Ausdruck ihrer lautlosen Zeichen bezaubern.

Der Wiesenhang wurde steiler und steiniger. Birken und Buchen stiegen vor mir auf, zuletzt konnte ich nur noch gebückt Schritt für Schritt höher kommen, zog mich an Büschen hinauf, und plötzlich rutschte ich, drehte mich halb und fiel, Fetzen von Gestrüpp in den Händen, den Berghang hinunter, überschlug mich und flog mit der Stirn gegen einen großen, glatten weißen Stein.

Was sich danach zutrug, läßt sich nicht erzählen, weil jede Beziehung fehlt. Vielleicht läßt sich der Vorgang andeuten, wenn ich jetzt von mir in der dritten Person berichte.

Dem Manne, der ausgeglitten und den Hang hinuntergestürzt war, öffneten sich nach ungewiß langer Zeit die Augen. Sie

blickten geradeaus. Sie sahen in eine schwimmende, gelbgrüne Reglosigkeit. Dann wurde der bunte, flirrende Luftteppich in seinen Mustern deutlicher und die lautlosen Bäume und Sträucher, die grünen Gräser, die gelben, roten und blauen Tupfen der Blumen wuchsen in seinen Blick hinein, die goldgrüne Tiefe des Wiesentals und die bläuliche Tiefe der Ferne über der dunkelgrünen Waldkuppe drüben kehrten in seinen Blick herein und weiteten ihn zu einer Gegenwart und Nähe ohne Grenzen. Doch der Mann wußte nichts davon. Er wußte nicht, wo er sich befand, ob er saß oder stand, lag oder ging oder schlief, das konnte er sich auch nicht fragen, er wußte nichts von sich selbst, von seiner Gegenwart, von seiner Anwesenheit, und so war eigentlich niemand da, der die Gräser und Sträucher und Bäume und grünen Tiefen sah, das Erblicken ging von niemand aus und das Erschaute ging auf niemand zu, es erblickte sich selbst durch seine offenen Augen, ruhig, unverletzlich, in einer Dimension entzeitlichter Gleichzeitigkeit, darin Drinnen und Draußen ineinander weilte in der fliegenden Klarheit unerreichbarer Nähen aus gelbem Licht und entfernungsloser Tiefen aus blauer Luft und grünem Blätterrauch.
Alles, was dieser Mann später davon berichtete oder erklärte, war ungefähr und unzulänglich. Wenn er sagte, es wäre ihm vorgekommen, als hätte die Morgenwelt der Wiesen und Büsche und Bäume mit *seinen* Augen nach einem Verschwundenen umhergeblickt, nach einem Verschwundenen, dessen Gefühl noch wie ein unhörbarer Hall oder wie eine unsichtbare, reglose und wartende Gestalt in der kühlen Luft der Wiesen stand, — dann versuchte er nur, anzudeuten, die Landschaft hätte nach ihm Ausschau gehalten, und da sie Menschliches nicht erblicken kann, hätte sie nach dem unsichtbaren Luftstrauch oder der fliegenden Lichtstaude oder wie das Gefühl eines Menschen für sie wahrnehmbar sein mag, Umschau gehalten —, wenn er dies später äußerte, dann scheint das nicht nur unzulänglich, sondern einfach unverständlich.
Wichtiger wäre es, zu erwähnen, daß er die ganze Zeit, während er von nichts wußte und nichts von dem, was seine Augen

erblickten, still und spiegelklar etwas fühlte, was mit dem uns bekannten Fühlen nicht mehr zu vergleichen ist. Was er fühlte, oder was es in ihm fühlte, da er ja als Ich nicht vorhanden war, befand sich nicht nur außerhalb der Gefühlspole von Freude und Trauer, Lust und Leid, sondern jenseits menschlicher Gefühlsstimmungen, so daß sein Fühlen nur eines spiegeln und ihm entsprechen konnte: den grenzenlosen Daseinsaugenblick einer seit Äonen außermenschlichen Wirklichkeit.

Ahnte er, so könnte man müßig fragen, in der Vertauschung, in die er nach dem Sturz geraten war, die Gewißheit alles niemals zu Erratenden? Den vormenschlichen, menschenfernen, magischen, von Milchstraßen gezeichneten Bazar des Weltalls? Nun, er wußte nichts davon. Er wußte nicht, ob er lebte oder vergangen war, ob er an allen Gliedern gelähmt und in allen Sinnen ertaubt war bis auf das Schauen, und wie lange überhaupt dieses sehende Fühlen währte in der auf niemand mehr bezogenen Richtungslosigkeit. Denn plötzlich war es vorüber. Er erwachte, d.h. er kam zu sich und fühlte Schmerzen, hinter der Stirn, in den Knien und Ellenbogen, denn kniend und mit den Ellenbogen aufgestützt fand er sich in einem niedrigen Gestrüpp liegend, das ihn aufgefangen hatte, als er den Hang hinunter stürzte.

Jetzt wußte er auch, vielmehr jetzt wußte ich wieder, wo ich war. Mit den Schmerzen kam das Nachdenken in Gang, ich bewegte mich, ich mußte aus diesem Gestrüpp herauskommen. In der Tiefe auf dem sandweißen Weg zwischen den grünen Wiesen rollte ein Bauernwagen mit einem braunen Pferd, das Knarren des Fuhrwerks drang eintönig regelmäßig und schwach zu mir herauf wie aus der Zeit einer anderen Welt. Auf Händen und Knien kroch ich aus dem niedrigen Gestrüpp und tappte einige Schritte und setzte mich auf einen breiten, von dünnem Moos bewachsenen schwarzen Baumstumpf. Dann durchsuchte ich meine Rocktaschen. Fand zerbrochene Zwiebackstückchen und kaute sie langsam.

Zunächst dachte ich, das ist noch einmal gut gegangen, dann fragte ich mich, was vorgefallen war. Aber in meiner Erinnerung blieb es dunkel, ein dunkler Flur, und man tastet herum nach einem Fenster, nach einer Tür. Wenn man ohnmächtig ist, sagte ich mir, träumt man nicht, oder nur in der Sekunde, in der man zu sich kommt. Ich war hier heraufgestiegen und war ausgerutscht und hatte das Gleichgewicht verloren, und jetzt hatte ich eine Beule auf der Stirn. Aber irgendwann, davor, dazwischen oder danach, mußte ich etwas gesehen haben, was ich noch niemals sah.

Vielleicht hinderte mich nur das Brennen der Beule und der ziehende Kopfschmerz, es in der Erinnerung wiederzufinden. In einem Zustand vertauschter Gegenwart mußte ich etwas gefühlt haben, was ich noch niemals fühlte. Plötzlich ging es mir auf: wenn ich abwesend war und gefühlt hatte, dann war es ohne mein Ich vor sich gegangen. Dann hatte ich das Ich für unbestimmte Zeit eingebüßt, die Identität verloren. Und jetzt hatte ich sie mir wieder aufgehalst.

Vorsicht, Stufen! sagte ich zu mir. Wenn in mir gefühlt und gesehen worden war und ich war nicht dabei, was hatte denn gesehen und gefühlt, wer war dieses unbekannte Es?

Sie sehen, sehr geehrter Herr Kreuder, wie ich zuletzt mit der Nase auf das Selbst gestoßen wurde. Phm also verdanke ich dieses entgrenzende Anschauen und Fühlen.

Nur, was war damit getan? Getan war gar nichts, aber es schien mir, einem Dasein, das ich noch nicht kannte und das man ins Unrecht gebracht hatte, war damit Gerechtigkeit widerfahren: dem Dasein der Welt in seinen nicht auf den Menschen gerichteten und nicht auf den Menschen bezogenen Vorgängen. Ich folgerte: nur eine von diesem Menschenich, seinem Willen und seinen Interessen, seiner Habgier und seiner Neugier entledigte Seelenverfassung vermochte dem Dasein eines Universums noch gerecht zu werden. Der Ort, wo diesem unendlich alten und unendlich mächtigen Dasein der Weltalltiefen und Milchstraßenkontinente Zustimmung und Entsprechung widerfahren konnte, war nicht das machtsüchtige und wissenssüchtige Ich, sondern das Selbst im Menschen, jenes unangreifbare, geheime Selbst, darin das Dasein des Menschen identisch

war mit den Vorgängen der irdischen und astralen Wirklichkeiten.
Irgend ein Unfaßbares im Menschen, eine siderische Essenz mußte doch identisch sein mit den Flügen der Vögel, mit dem Gefieder der Farne, mit der Struktur der Moose, mit dem Relief der Baumrinden, identisch mit dem Klang strömenden Wassers, mit den Zeichnungen auf den Flügeldecken der Käfer, und diese Essenz war niemals das hoffnungslos verdorbene Interessenbündel seines Ich. Nur in dem ichlosen Selbst war der Mensch eine der Initialen der Schöpfung, eine der Ordnungen des Weltalls, eine der Signaturen des kosmischen Daseins.
So wenig dieser unendliche Kosmos menschlich war, so wenig war dieses höhere Selbst im Menschen menschlich. Ich war eher bereit, dieses Selbst, das Geheimlehren, Religionen und Kulturen sichtbar gemacht hatte, zu den Urbildern der Wirklichkeit zu zählen, ähnlich den Urbildern des Wassers und des Lichtes.
Und wenn ich mich fragte, wie das nun mit dem Erleben war, dann fand ich nur diese Antwort: das, was in uns nicht nur den Anblick, die Farbe, die Spiegelungen und die Bewegungen des Wassers erlebte, sondern vor allem den „Geist" des Wassers, sein geheimes, außermenschliches Wesen, wie es das Wesen der Wälder, der Berge und des Feuers erlebte, das konnte niemals dieses Menschenich sein, dem doch nur Widerstände widerfuhren, Mangel oder Leere, und das sich in der Bewältigung und im Triumph manifestierte. Überwindungen und Genugtuungen, Angst und Sorge, das waren die Signale des Ich. Es war konstitutionell erlebnis*unfähig*.

Soweit war ich mit meinen Fragen gekommen, als ich von dem moosigen Baumstumpf aufstand und durch das Gestrüpp hinauf in den Wald stieg. Dort kam ich auf einen breiten stillen Waldweg, der in langen Windungen abwärts führte. Die Luft war jetzt heiß, nur im Schatten der Buchen war es noch kühl, auf dem Feld zwischen den Hecken erblickte ich Stauden von blauen Glockenblumen, von rotem, geflecktem Fingerhut, von dunkelgelber Arnika und hohe Büschel von zarthalmigem hellgrünem Waldgras. Die Schmerzen hinter der Stirn ließen nach, die Beule war erheblich angeschwollen, ich fühlte mich leicht im Gehen und unpersönlich und mehr den grünen Bildern zugehörig als mir selbst, und dann begriff ich plötzlich etwas vom Innern der Angst.

Nicht wenige der Patienten, die zu mir gekommen waren und die ich behandelt hatte, litten unter den Heimsuchungen der Angst, und einige waren von der Angst bereits zerfressen wie der Leichnam eines Tieres in einem Ameisenhaufen. Diese Angst hatte sich in ihnen selbständig gemacht wie der Teilhaber einer Firma, der plötzlich die Macht an sich gerissen hat und nun mit Methoden arbeitet, die den Charakter unverhüllter Erpressung offenbaren. Die Firma, in der sich diese Vorgänge abspielten, nannte man seit je die Persönlichkeit eines Menschen. Patienten, denen es an nichts Nachweisbarem fehlte, geistig und körperlich, wurden von der Angst erpreßt. Es waren die Angstkranken.

Die zur Verfügung stehenden Behandlungsmethoden sind Ihnen sicher nicht unbekannt, ebenso die Fachbezeichnungen. (Ich erinnere mich an Zitate aus einem psychiatrischen Lehrbuch, die Ihr Bericht „In eigner Sache“ enthielt.)

Geheilt wurden die meisten Patienten nur für eine gewisse Zeit, sie wurden beruhigt, ermutigt und von der Angst entfernt. Wenn sie aus der Behandlung entlassen wurden, waren sie wieder imstande, „normal“ zu reagieren und sich „normal“ zu verhalten, und das ist, wie wir wissen, bedingt genug. Im Grunde wurden diese Menschen wieder der Verfolgung ausgeliefert, der Verfolgung durch ihr Schicksal.

Ich glaubte jetzt, daß ich den Patienten helfen konnte, wenn es mir gelang, sie dahin zu bringen, die Souveränität über das Ich zu gewinnen. Dazu gehörte es, daß sie für einige Zeit von diesem Ich loskamen, sich ichlos machten, um jener höheren Instanz in sich zu begegnen, die ebenso unpersönlich wie unverletzlich war, nämlich dem Selbst. Denn dieses verborgene Selbst im Menschen war im Grunde nichts anderes als der metaphysi-

sche Quell des Daseins. In diesem Selbst waren sie identisch mit dem Weltgrund, und damit unüberwindlich.
Aber erzählen Sie das mal einem von der Angst gefolterten Menschen. Er wird Sie für verrückt halten.
Ich kam jetzt hinunter in das enge, langgestreckte Tal und hörte von weitem die Motorräder auf der asphaltierten Straße knattern und dröhnen. Nach der Pause der Nachtstille war der penetrante Ichbetrieb wieder losgebrochen, die wütige rigorose Ichbesessenheit. Ich überlegte, daß ich meinen Patienten nur helfen konnte, wenn es mir gelang, Einfluß auf ihre Gedanken zu gewinnen, also ihr Denken zu ändern. Ich konnte ihnen keine Vorträge zumuten über das Wesen des Ich und des Selbst —, so wenig wie Sie als Romanautor dies heute Ihren Lesern zumuten könnten. (Der Erkrankte interessiert sich nur für die Heilung, der Leser nur für die Vorgänge im Roman, die ihn faszinieren.)
Das Knatterrad, ich meine das Lärm und Gestank stiftende Motorrad kam mir jetzt vor wie ein ins Mechanische übersetztes Ich: es kannte nur noch eines, loszurasen und die Entfernungen, also die Ferne, zu entwirklichen und die Gegenwart zu entzeitlichen. Der motorisierte Triumph des Ich. Inzwischen nahmen im Menschen die Angst und die Leere zu. Wo das Ich mit unersättlicher Raublust die Landschaften verödet, die Seelen verdorben und die Herzen verheert hatte, erhoben sich in der saugenden Leere die Phantome der *Unmenschlichkeit*.
Es war noch nicht lange her, die Büros der diplomatischen Vertretungen der Länder der freien Welt bei uns waren zu den üblichen Zeiten geöffnet, daß man eines Morgens begann, ältere Menschen, Männer und Frauen, aus ihren Wohnungen zu holen, um sie fortzubringen. Also mitten im „Frieden". Früh um 6 aus dem Schlaf läutete oder klopfte, die ersten Straßenbahnen fuhren schon und die Laternen brannten noch in den nachtdunklen Straßen, es war November und wurde erst um 7 richtig hell, ältere Ehepaare, sie durften sich noch flüchtig waschen und anziehen, aber man ließ ihnen keine Zeit, das Frühstück zu richten und Kaffee zu trinken, Menschen wie du und der

und ich, seit Generationen Einwohner der Stadt und sogenannte Nichtarier, abholte, sie sahen ihre Wohnungen nie mehr, auf Lastautos fortbrachte, um sie entkleidet in sogenannte Duschräume zu schicken, wo man sie wie Ungeziefer mit Gas tötete, mitten im „Frieden". Die Krematorien, darin man die Leichname der Ermordeten verbrannte, rauchten bald Tag und Nacht, und das Konzertpublikum, das Theaterpublikum blieb von dem Geruch der dunklen Rauchwolken verschont. —

Ich kam jetzt in den Steinbruch, die Luft war heiß und still. Ich ging den engen Pfad zwischen den Sträuchern hinauf und legte mich neben den kleinen Bach ins Gras. Sein Wasser floß lautlos und rasch, es blieb durchsichtig bis auf den weißen Sand am Grund und es war kalt wie die steinernen Tiefen, aus denen es herauf sprudelte.

Ich kühlte die Beule auf der Stirn und blickte lange in das fließende, lichtklare Wasser, ich schaute dem stillen Hinströmen zu, als wäre es der Sinn der Welt. Dann blickte ich wieder ins Gras, ins gelbe Morgenlicht und in den dunkelblauen Morgenhimmel, und diese schwebenden Tiefen aus Stille, Luft und Fernen. Ich dachte an die uralte Verwaltung der Welt, niemand befragte sie, bis zum heutigen Tage wußte niemand, wie es zu diesem Dasein der Welt gekommen war, zum Dasein des Wassers, des Lichtes, der Luft und der Erde.

Es kam nicht auf uns an, und das Wasser fließt weiter. —

Schließlich stand ich auf und ging zu den Bretterhütten hinunter. Aus der Blechröhre auf dem Dach der großen Baracke stieg Holzfeuerrauch, bläulich und flimmernd. Ich klopfte an und hörte ihn antworten und trat ein.

Während ich die Tür hinter mir zuzog, konnte ich noch einmal aus diesem Augenblick herausgehen und denken: zwei Männer sagen sich Guten Morgen in einer alten Baracke. Es ist ein heißer Morgen an einem heißen Tag, es ist eine verlassene Szenerie, Kalksteinbruch, es ist ein beliebiger Ort auf der Erde. Es sind zwei beliebige Männer in der Welt, und sie warten auf etwas. Der Geruch von Holzfeuer und Kaffee ist in der Luft der Hütte, sie werden sich jetzt zum Frühstück hinsetzen, aber auch nach dem Frühstück werden sie auf etwas warten, geduldig, während sie eindringlich miteinander reden, hoffnungslos, während sie verzweifelt oder zuversichtlich hoffen. Worauf warten sie?

Niemand wartet auf das Hinlegen und Sterben, es ist viel zu bekannt und unvermeidlich. Worauf einer ein ganzes Leben lang wartet, das hat noch niemand herausgefunden, und ahnen ist nicht wissen, Glauben ist nicht Gewißheit.

Der kleine alte Mann stand in der Ofenecke, schwarze Hose, grünes Baumwollhemd, er drückte den runden dunkelbraunen Brotlaib an die schmächtige Brust, jetzt hielt er das Messer still, und ich blickte in sein gelbes Runzelgesicht, in die dunklen Tiefseeaugen, das Warten alterte darin mit der Geduld der Verlassenheit, er sah mich schweigend an, fragend, als wüßte ich die Antwort auf die Zeit, die uns das Warten auferlegt und das unkenntliche Ziel verschweigt.

„Wie sind Sie zu dieser Beule gekommen?"

Ich nahm ihm das Messer und den Brotlaib ab und schnitt ein halbes Dutzend Brotscheiben herunter, und seine Brust unter dem grünen Baumwollhemd mit den weißen Mehlspuren darauf wirkte jetzt hinfällig und hilflos, er trug die Kaffeekanne zum Tisch und goß den Kaffee in die weißen Steinguttassen, und der kräftige Duft bewirkte, daß sich mir der Magen zusammenzog.

Ich hatte zwei große Butterbrote gegessen mit Salz darauf und trank jetzt die dritte Tasse Kaffee, ich rauchte eine Zigarette und erzählte ihm von meinem Gang in der Früh und er unterbrach mich nicht.

„Vermutlich hatten Sie eine leichte Gehirnerschütterung", sagte er, als ich schwieg. „Sie sollten sich etwas hinlegen".

„Nicht nötig", sagte ich, „ich muß heute noch weiter."

„Dann sind Sie also weitergekommen?" sagte er.

„Weiter?" sagte ich, „wenn ich wüßte, wohin? Vielleicht zurück, vielleicht bin ich heruntergekommen. Zuerst gaben Sie mir diese Bücher zu lesen, die nötig sind, um auszugleiten, zu straucheln und zu stürzen. Um zusammenzubrechen. Diese Männer, diese Autoren haben durch die Jahrhunderte hindurch doch nur ihre Prosa geschrieben, um alles gesicherte Wissen dem Wind wieder in Fetzen hinzuwerfen und noch einmal von vorn anzufangen. Denn sie versuchten, die Welt im *Ungesicherten* zu erblicken. Nicht nur im vorjährigen Laub, im vorjährigen Röhricht. Sie versuchten, im Unbeachteten, die Welt zu erfahren, nicht nur im fliegenden Staub, den die Jahre in der Luft hinterlassen, nicht nur im Index vertrockneter Flußgräben und verschilfter Schlammgruben, sondern auch an einem Feldweg im Sommer, an einem Torfbruch im Herbst, an den eistreibenden schwarzen Flüssen im Winter, versuchten, dort die Welt zu erraten. Die Hand zu erraten, die nicht nachließ, die Brandung im Rollen zu halten, gleichmütig brüllend und donnernd, nachdem die grünen Meere gegründet waren, die blauen Berge, die gelben Wildnisse und die schwarzen Wälder, die Hand oder die Handschrift des Autors, der fortging und diesen Text stehen ließ aus Zwielicht und Regen und Wasserfällen, diese Handschrift nicht nur zu deuten und weiterzulesen auf zerfallenen, vom Moos bewohnten Felswänden, die Manuskriptseiten umzublättern über dem Lichtstrauch von endlosen Sonnenblumenfeldern, mit den Seitenzahlen der Hornissen —, sondern noch einmal die Anstrengungen auf sich zu nehmen, es zum Ausdruck zu bringen, in den Ausdruck zu hauchen, zu flüstern, zu rufen, es bis in den Grund des Ausdrucks zu sinnen, um es am Ende zu rühmen."

„Zu rühmen, wozu?"

„Wozu haben Sie mir diese Prosa gegeben? Ich habe ein Lebtag lang vieles gelesen, es interessierte mich und es war nötig zur Orientierung. Kisten voller Exzerpte sind im Kriege verbrannt. Aber ich habe nie wochenlang in einer Baracke gesessen oder auf dem Klappbett gelegen und nichts getan als Prosa gelesen von manischen Außenseitern, imaginativen Monomanen, Ekstatikern der Prosa, weil ich das früher für unwichtig hielt."

„Sie haben Lesen gelernt."

„Ich sollte ja nicht nur lesen", sagte ich, „ich sollte mein Wissen widerrufen, und das bedeutete nichts anderes als —"
„Als? Na und?"
„Als zu Boden zu gehen und ausgezählt zu werden, um dann mit einer Beule aufzustehen und von nichts mehr zu wissen. Ihre Kur war eindeutig genug. Mit diesen großen Erleuchteten, Wortzauberern brachten Sie mich zu Fall. Als ich mich wieder auf dem Boden auflas, schob ich einen Haufen Schutt aus dem Wege, Erfahrungsmüll, Bildungsscherben, Abfall von Wissen und Erforschen. Ich mußte das bisherige Denken beiseite räumen, seine Methoden waren nicht dazu geschaffen, das Wirken der Welt zum Ausdruck zu bringen. Das unternahmen nur Dichter, Künstler, sie allein durften die Welt rühmen. Begriffe und Zahlen, damit wurde die Wirklichkeit guillotiniert. Ideen, Ideologien, damit wurde das Daseinskontinuum zum Gewohnheitsverbrechen eingestuft und die Gedankenneurose verherrlicht, der Nihilismus kontaktlosen Denkens, die Mathematik gegen die kosmische Dämonie wurde das Anliegen der Nobelpreisträger."
„Augenblick bitte, ich höre Schritte."
Der kleine alte Mann stand auf und ging zum Fenster und blickte vorsichtig hinaus.
„Mehrere Herren in dunklen Anzügen, dunklen Hüten, jetzt klopfen sie drüben an Ihrer Baracke und treten ein. Wenn Sie unbelästigt bleiben wollen, zeige ich Ihnen, wie Sie hier verschwinden können."

Und damit möchte ich nun diesen Brief beenden. An jenem heißen Vormittag verließ ich meinen Gastgeber und wanderte sieben Stunden durch die Wälder hinauf, bis ich nach Eselhof kam. Mietete mich bei einem Bauern ein, geräumiges Zimmer im ersten Stock eines Bauernhauses, langgestrecktes, hundertjähriges Fachwerkgebäude, Wohnhaus und Ställe und Scheune und Wagenschuppen unter einem großen schwärzlichen Ziegeldach, auf dem Moos und Mauerpfeffer wachsen, keine Wand ist hier mehr senkrecht und kein Fußboden mehr wagrecht,

lange, halbdunkle, kühle Gänge, die Leute sind tagsüber draußen auf den Feldern, und das kleine siebzigjährige Wirtshaus drüben ist zugleich der Krämerladen und das Hilfspostamt.
Niemand fragte nach einem Namen, keine Anmeldezettel, Feriengäste kommen selten herauf, es ist ihnen zu einsam hier oben, das heißt zu langweilig.
Vor einigen Tagen fuhr ich mit dem Postauto hinunter nach Wiesensteig, es hat einen Elefanten als Wappentier, auf den Hinterbeinen aufgerichtet steht der schwarze Dickhäuter im geraniengeschmückten Marktbrunnen.
Zunächst besorgte ich mir einen leichten Koffer aus grünem Stoff, es war ein Mädler-Flugkoffer. Dann ging ich in die Läden und kaufte ein. 1 Paket Würfelzucker, 3 Dosen Néscafé, 1 Zeltkocher (Aluminium), 10 Packungen Trockenspiritus, Tasse, Löffel, 1 Feuerzeug, Feuerzeugbenzin, 200 Blatt Maschinenpost (weiß, holzfrei, mit Wasserzeichen, DIN A 4), 2 Aktendeckel, 10 Briefumschläge, 1 Kugelschreiber, 1 Spazierstock (Weichselkirsche), einige rororo-Bände (darunter Ihre „Gesellschaft vom Dachboden“), schließlich ein grünes Reise-Necessaire, das mit Rasier- und Toilettensachen vollgepackt wurde.
Vorgestern früh wurde der Koffer mit den Sachen vom Postfahrer in dem kleinen, hellblau angestrichenen Wirtshaus abgegeben. Ich ging hinüber, holte ihn und packte dann in meinem Zimmer aus. Der Spirituskocher bringt eine Tasse Wasser in 3 Minuten zum Kochen. Ich trank 5 Tassen Kaffee, und als ich Ihre Erzählung zu Ende gelesen hatte, schrieb ich in einem Zuge zehn Seiten.
Ich habe nicht die Absicht, ein Buch zu schreiben. Ich könnte mich nie dazu ermutigen. Es wurde mir beim Lesen der großen Prosaisten klar, daß es nichts Schwierigeres gibt, als zu schreiben, ich meine damit, genial zu schreiben. Auch dies werden Sie längst wissen. Ihre Erzählung liest sich, als wäre sie mühelos geschrieben, nebenher, die linke Hand in der Tasche, Zigarette im Mundwinkel, auf dem Postamt stehend an einem Schreibpult. Aber der erste Blick täuscht.

Auch ist mir klar geworden, daß Denken oder Reden zunächst einmal wenig mit Schreiben zu tun haben. Wer ins Schreiben geht, begibt sich in ein Element, das vom Denken und Reden so verschieden ist wie die Luft vom Wasser. Wer immer nur durch die Luft gegangen ist, wird im Wasser plötzlich neue Bewegungen machen müssen.
Wie rasch ist eine Geschichte erzählt, mündlich, gut und spannend, aber sie im Schreiben zu erzählen, dazu gehört, wie mir scheint, nicht nur jahrzehntelange Mühe, sondern ein Vorgang, über die bekannte Kunstfertigkeit hinaus, den man bezeichnen könnte als die Transponierung der Wirklichkeit des Autors in den Schreibausdruck, eine Übertragung der Grundrisse seiner inneren Figur in seinen Stil.
Diese Worte eines Laien werden Sie gewiß zum Lachen bringen. Vermutlich wußten die genialen Autoren nie, nicht einen Tag, worauf es beim Schreiben ankam. Aber sie waren eher bereit, sich zu Tode zu schreiben, als damit aufzuhören.
Vielleicht komme ich beim Schreiben dieser Aufzeichnungen dahinter, warum ich mein Institut eines Nachmittags im Stich gelassen habe (ohne Gepäck) und schließlich (über die Mauer) in Waldheim landete. Vielleicht auch nicht.
Wichtiger als alles andere, weil völlig „unwichtig“, scheint mir manchmal, eine Stunde oder zwei draußen zu sein. Also spazieren gehen, spaziare. Man hat hier einige Hügel sich selbst überlassen: Gestrüpp, niedriges Gras, Steine und für diese Gegend ungewohnt viele Wacholdersträucher. Ich kann nicht sagen, was sich da alles zuträgt oder nicht zuträgt, während man dort draußen herumgeht, einen Hügel hinan, an den hohen dunkelgrünen Wacholderbüschen vorbei, bevor der Abend kommt, in der warmen Septemberlautlosigkeit. Ich kann es nicht schreiben. Man behilft sich, indem man das meiste umschreibt.
Auf diesen fast kahlen Hügeln, oder dazwischen, den Waldrand in der Nähe, allein voranzugehen, bringt mich zuweilen in einen Zustand, den ich mit nichts vergleichen kann. Wenn ich mir jetzt Mühe gebe, Gelesenes zu vergessen und die zur Verfügung stehenden Redewendungen beiseite zu lassen, dann finde ich

kein Wort, das diesen Zustand beschreiben könnte, geschweige denn einen Satz. In die Nähe kommen etwa Worte wie Ruhe und Geheimnis. (Nichts Neues.)

Das Jahrtausende währende Gezerre derer, die begraben wurden, verbrannt, an der Luft oder im Wasser verwesten, wie derer, die noch atmen und aufrecht gehen und geladen sind wie Pistolen (mit Eifer geladen, mit der Sucht, sich zu entzünden, mit dem Wahn von Plänen und mit der Wut, zu unterdrücken) —, dieses Gezerre findet hier draußen nicht statt. Der Wind biegt die Spitze eines hohen Wacholderbusches zur Seite. Die Feldsteine wurden seit Generationen nicht fortbewegt. Die Luft ist klar, bis zu den Horizonten kein Fabrikschornstein. Sie gehen nur so vor sich hin, halten die Augen offen und sind allein. Sie gehen spazieren und Sie lesen nicht und Sie sprechen nicht, und nach einer Stunde sind Sie in einer weder lustigen noch betrübten Verfassung, weder fröhlich noch düster, eher leicht. Eine Stunde lang nichts gelesen, nichts gesprochen und nichts geschrieben, nicht gegessen, nichts getrunken und nichts geraucht. Nur dahin gegangen und die Augen offen gehalten, Gestrüpp, Büsche, Gras, Steine und die Lautlosigkeit der Erde und die fast zeitlose Stille der Luft.

Oder zwei Stunden, und begegnet ist Ihnen niemand. Die Abendstille, die Grasstille, die Wacholderstille, der stille Himmel und die stillen Steine. Und dann fühlen Sie schon mitunter, wie Sie etwas von sich im Anschauen verlieren, Sie gehen um ein dichtes Gebüsch herum auf zwei schwarzgrüne, reglose Wacholderbüsche zu und werden uninteressant, der Waldrand bewegt sich nicht, nichts trägt sich zu und Sie verlieren, werden uninteressant und fürchten dann nur noch eines: dieser Zustand könnte bald aufhören, vorüber sein. Alle Zustände gehen vorüber. Felderstille. Und dann gehen Sie noch eine halbe Stunde, und es wird ringsum schon unsichtig. Zuerst dieses lakonische Verfärben, violett und braun, dann dieses fahrige Dunkelwerden, Lichtverstummen, und später steht hinter Büschen und Bäumen diese holzfeuerblaue Luft, und das Firmament wird im Osten schon wassergrün. Eine noch laue, fahle Dunkelheit, bevor mit Kohle grundiert wird, mit dem Schattenschwarz der Nacht.

Wozu laufen Sie draußen herum? Man verliert sich nur vorübergehend, doch das lange Gehen und Schweigen und Umschauen hat Sie nicht nur leicht werden lassen, uninteressant und durchlässig, es wurde mit jedem Schritt eine Spur in Ihnen hinterlassen, es wurde in Ihnen verschiedenes anders hingestellt, Frachtverlagerung, und was Sie an Wichtigkeit verloren haben, haben Sie vielleicht an Balance gewonnen, denn nun drängen Sie nicht mehr nach der Seite. Seit mehr als hunderttausend Jahren erscheint dieser Aufrechtgehende zwischen den Tieren und den Bäumen, und wenn es ein ZIEL gegeben hätte, dann war mehr als Zeit genug, es zu erreichen. Es hat nie ein Ziel gegeben und es wurden Annäherungen erreicht, an die Bahnstrecke der Welten, an den Kurs der Äonen, an den Fahrplan der unsichtbaren und unauffindbaren Verwaltung.

Und nun gehen Sie zurück, Sie sind müde und hungrig geworden, und vielleicht denken Sie daran, wenn Sie die Stufen zu Ihrem Zimmer hinaufgehen, daß Ihnen auf diesem Spaziergang nichts widerfahren ist, oder kaum etwas, denn er ist ja nicht mehr rückgängig zu machen, und vielleicht haben Sie jetzt das Wort gefunden, das Ihren Zustand beschreiben könnte, Sie haben eine Spur von dieser *Nähe* erlebt, Sie kamen in die Nähe der Bahn, die der Geisterschritt des Alls hinterläßt.

Was bleibt Ihnen danach zu tun? Das Ich ist wieder zum Vorschein gekommen, Hunger und Müdigkeit plagen die Unterkunft, darin dieses Ich haust und plant. Draußen war es nicht länger von Interesse. Dort waren Sie weiter gekommen, dort hatten Sie das Ich überholt, und beinahe hatten Sie das Selbst erreicht. Es kann nur identisch sein mit dem Selbst der Welt. —

Diesen Brief habe ich heute geschrieben. Ich hätte Sie drüben im Postwirtshaus anrufen können, aber was redet man schon am Telefon. Als bekannter Autor werden Sie öfter solche Briefe bekommen. Aber vielleicht antworten Sie mir gelegentlich, ob

Sie bereit wären, meine Aufschreibereien zu lesen, sobald sie beendet sind?

Mit freundlichen Grüßen
Ihr ergebener
J. C. Collins

Das gleichnamige Titelbild „Herein ohne anzuklopfen“ hat die in Griesheim bei Darmstadt lebende Malerin

BEATE KOSLOWSKI

gestaltet. Sie interpretiert den Text des Autors mit den ihr als Malerin zur Verfügung stehenden Mitteln, keine bloße Illustration also, sondern der Versuch zu einer neuen Kommunikation von Literatur und moderner Malerei.

Die Intentionen des Romans treffen sich mit denen der Malerin, wenn der Dichter mit dem „König der Farne“ über das zeitgenössische Menschenbild philosophiert oder wenn skurrile und weise Typen über Identität und Lebenssinn streiten.

Beate Koslowski, 1955 in Wiesbaden geboren, absolvierte ein Kunststudium an der Johann-Wolfgang-Goethe-Universität in Frankfurt und gründete 1981 mit dem Maler Michael Schlösser die Freie Kunstschule Darmstadt, die sie bis 1985 leitete.